STUART MACBRIDE
Eine Frage der Sühne

W0040070

GOLDMANN
Lesen erleben

Stuart MacBride

Eine Frage
der Sühne

Ein Fall für Roberta Steel

Thriller

Aus dem Englischen
von Andreas Jäger

GOLDMANN

Die Originalausgabe erschien 2017 unter dem Titel
»Now We Are Dead«
bei HarperCollins*Publishers*, London.

 Dieses Buch ist auch als E-Book erhältlich.

Verlagsgruppe Random House FSC® N001967

Deutsche Erstausgabe Oktober 2019
Copyright © der Originalausgabe
2017 by Stuart MacBride
Copyright © der deutschsprachigen Ausgabe 2019
by Wilhelm Goldmann Verlag, München,
in der Verlagsgruppe Random House GmbH,
Neumarkter Str. 28, 81673 München
Umschlaggestaltung: UNO Werbeagentur, München
Umschlagfoto: gettyimages / © peeterv
Illustrationen im Innenteil: © Stuart MacBride
Redaktion: Eva Wagner
AB · Herstellung: kw
Satz: Uhl + Massopust, Aalen
Druck und Einband: GGP Media GmbH, Pößneck
Printed in Germany
ISBN: 978-3-442-48826-1
www.goldmann-verlag.de

Besuchen Sie den Goldmann Verlag im Netz

Gewidmet
Alan Alexander Milne,
dem Autor des Buchs,
das mich zum Leser machte

Ähm… also… hüstel…

Im Herbst 2016 tat ich etwas FURCHTBAR DUMMES: Ich ließ mich dazu überreden, in der Quizshow *Celebrity Mastermind* aufzutreten.

Das kommt Ihnen jetzt vielleicht nicht *gar so* FURCHTBAR DUMM vor, weil Sie zu den gebildeten und kultivierten Menschen gehören, die sich an WICHTIGE DINGE erinnern können, wie zum Beispiel das Datum der Schlacht von Hastings oder was Sie gestern zum Frühstück hatten. Ich gehöre nicht dazu. Ich habe keine Ahnung, und auch wenn ich glaube, dass es ein weichgekochtes Ei war, *sicher* bin ich mir nicht. Ich habe ein Gedächtnis wie ein Sieb, und Quizshows mag ich *überhaupt* nicht, weil ich mir schon total ungebildet vorkomme, wenn ich mir so etwas nur anschaue.

Aber dann habe ich mich doch dazu überreden lassen. Als ich wieder bei Sinnen war, versuchte ich einen Rückzieher zu machen – und ließ mich erneut überreden. Oje…

Dann kam die GROSSE FRAGE: Was würde mein Spezialgebiet sein? Ich entschied mich für »Leben und Werk von A. A. Milne«, weil mein erstes Buch, an das ich mich erinnern kann, *Pu der Bär* war. Es ist das Buch, von dem ich sage: Das bin *ich*; das Buch, das in meinem innersten Wesen verankert ist und ganz tief unten in meinem dunklen, dumpfigen Herzen haust. Das erste Buch, das ich geliebt habe. Das Buch, das mich zum Leser machte. Also setzte ich mich auf meinen Hintern und las und büffelte wie blöd, um mich nicht zum Oberdoofdeppen der Nation zu machen.

Nun bin ich ein großer Anhänger der Recyclingidee, und so war es für mich sonnenklar, dass diese ganze Büffelei nicht umsonst gewesen sein sollte, nachdem die Schrecken des GROSSEN SCHWARZEN LEDERSESSELS ein wenig verblasst waren (ich habe immer noch ab und zu Flashbacks). Und so beschloss ich, das Ganze in ein Buch einfließen zu lassen.

Rein zufällig gab es da eine Geschichte, die ich gerne erzählen wollte und von der ich fand, dass sie sich wahrscheinlich ganz gut mit diesem ganzen A.-A.-Milne-Wissen vertragen würde, das immer noch in meinem Schädel herumschwirrte.

In der Geschichte geht es darum, was mit Detective Chief Inspector Roberta Steel passiert, nachdem sie in *Totenkalt* bei etwas SEHR, SEHR SCHLIMMEM erwischt worden war. Schließlich hatte ich sie ziemlich hängen lassen, und sie konnte es nicht erwarten, wieder mitzumischen.

Logan wiederum beharrte darauf, dass er in den letzten beiden Büchern SEHR, SEHR HART gearbeitet hatte und eigentlich viel lieber irgendwo Urlaub machen würde, wo es schön warm und sonnig ist – an einem Ort, wo nie irgendjemand ermordet, mit einem Klauenhammer malträtiert, von Gangstern bedroht oder von seiner Schwester geohrfeigt wird und wo auch niemand EXTREM STINKIGE INDIVIDUEN nach Waffen und/oder Drogen absuchen muss. Also taucht er in diesem Buch gar nicht auf (abgesehen von einem winzigen Gastauftritt, wo er sich aus Versehen in das eine oder andere Kapitel verirrt [und sich gleich wieder aus dem Staub macht, als er merkt, dass es in dieser Geschichte gar nicht um *ihn* geht {sondern um Roberta}]).

Aber keine Sorge, sie hat ja Detective Constable Stewart Quirrel, der ihr Gesellschaft leistet und sie daran hindert, irgendetwas zu tun, was uns allen leidtun würde. Jedenfalls wird er SEIN BESTES GEBEN, und mehr kann man doch von keinem Menschen verlangen …

Oje – Roberta wirft mir wütende Blicke zu und tippt auf ihre Uhr. Sie findet wohl, dass ich mehr als genug Zeit mit der Einleitung vergeudet habe und jetzt endlich in die Gänge kommen und mit dem Buch anfangen soll.

Womit sie vermutlich recht hat.

S. B. MB

Sitzen Sie bequem?

Inhalt

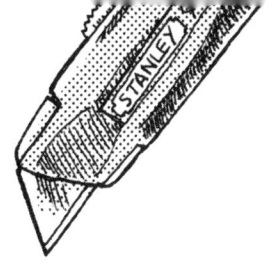

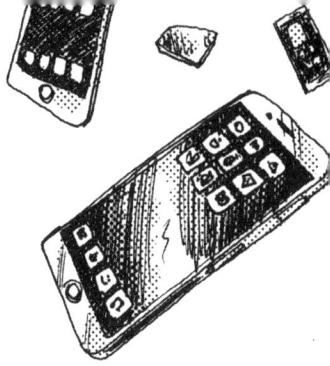

AUF DER TREPPE NACH UNTEN

Jack pfeift vor sich hin, während er sich langsam die Stufen hinunterarbeitet, Schritt für Schritt – aber die Melodie des Trauermarschs ist ganz zerhackt, weil er einfach nicht aufhören kann zu *grinsen*.

Okay, der Tag hat nicht so toll angefangen, aber er wird absolut perfekt enden. Spitzenmäßig. Eins a. Allererste Sahne. *Fan-tas-tisch.*

Es ist ein nettes Haus, vielleicht ein bisschen altmodisch eingerichtet, aber groß. Ist bestimmt einen *Haufen* Geld wert. Eine ehrliche Polizistin kann sich so was nie und nimmer leisten. Aber sie ist ja nicht ehrlich, nicht wahr? O nein, sie ist ein dreckiges, verlogenes, korruptes MISTSTÜCK.

Jack packt ihre Knöchel fester und schaut hinter sich. Schleift sie weiter die Treppe hinunter, immer schön langsam, damit das Miststück auch ordentlich mit dem Kopf auf jede einzelne Stufe knallt.

Donk. Donk. Donk.

Wenn sie sich als Lesbe hätte verkleiden wollen, sie hätte es nicht besser hinkriegen können. Eine Latzhose! Also wirklich, manche Leute haben echt null Modegeschmack. Sie trägt sogar bequeme Schuhe. Du lieber Gott, was für ein Klischee!

Und dann die Frisur – sieht aus, als ob man einen Scotchterrier in den Trockner gesteckt und anschließend an einen runzligen Schimpansen getackert hätte. Die Lesben in den Pornos sehen ganz anders aus – die sind alle geschmeidig und jung und knackig. Fügsam. Willig. Dankbar. *Vollkommen* anders als diese doofe Detective Sergeant »Ich-bin-was-ganz-Besonderes« Roberta Steel in ihrer Kampflesben-Latzhose.

Aber die wird sie nicht mehr lange tragen.

Ihre Lider flattern, als ihr Kopf auf die nächste Stufe knallt. Ihr Mund bewegt sich, als ob er nicht richtig verdrahtet wäre. »Unnnngggghhh...«

Boah... Der *Gestank*, den sie ausströmt – als ob jemand einen Penner in billigem Chardonnay und noch billigerem Parfum ersäuft hätte.

Na, egal. Jack ist bereit, über das alles hinwegzusehen, weil, er ist ja schließlich ein Gentleman. Und er hat *sehr* lange auf das hier warten müssen.

Er schenkt ihr ein Lächeln. »Oh, wir werden ja so viel *Spaß* haben!«

Donk. Donk. Donk.

ERSTES KAPITEL

*in welchem wir Bekanntschaft
mit Roberta Steel und ihrem scheußlichen
neuen Job machen*

I

Tufty machte einen Ausfallschritt und streckte den Arm aus. Seine Fingerspitzen streiften den Rucksack... doch als er zupacken wollte, bekam er nur Luft zu fassen. Zu langsam.

Der kleine Mistkerl lachte, rempelte sich zwischen einem Rentnerpaar hindurch, das gerade die Prepaidhandys begutachtete, und stürmte zur Tür hinaus. Sein Kumpel sprang unter schrillem Triumphgeheul über die am Boden liegenden Senioren hinweg und hinaus auf den Gehsteig. Dann rannte er nach rechts davon, nicht ohne vorher noch dem Schaufenster des Vodafone-Ladens den Mittelfinger gezeigt zu haben.

Tufty setzte ihnen nach und stürzte zur Ladentür hinaus auf die Union Street.

Viergeschossige Häuser aus hellem Granit säumten die vierspurige Straße, die Erdgeschosse eine ununterbrochene Reihe von Geschäften. Busse donnerten vorbei, weiße Lieferwagen, Taxis, Pkws.

Es waren bei Weitem nicht genug Fußgänger unterwegs, als dass die beiden in der Menge hätten untertauchen können. Sie versuchten es gar nicht erst. Lachend rannten sie davon, die Kapuzen ihrer Hoodies flatterten im Wind. Ein paar Mobiltelefone fielen scheppernd zu Boden, die Displays zersprangen auf den von Kaugummi-Akne entstellten Gehwegplatten.

Schau sie dir an: Beide keinen Tag älter als dreizehn, und führten sich auf, als ob das Ganze die größte Gaudi ihres Lebens wäre. Teure Turnschuhe, zerrissene Jeans, das eine

Kapuzenshirt knallblau, die Haare dazu grellorange – das andere hellrot, dazu dunkle Haare mit blondierten Spitzen – beide mit albernen Trendyfrisuren. Ohrringe und Piercings funkelten in der Morgensonne.

Tufty nahm Tempo auf. »He, ihr da!«

Hinter ihm war das Klackern von Absätzen auf dem Gehsteig zu vernehmen.

Er sah sich um, und da war sie: Detective Sergeant Steel, die doch *tatsächlich* einmal die Verfolgung aufnahm. Hätte er ihr gar nicht zugetraut. Ihr dunkelgraues Jackett war offen, das gelbe Seidenhemd schimmerte, die grauen Haare standen in alle Himmelsrichtungen ab, wie bei einem durchgeknallten Frettchen, das Gesicht zu einer Grimasse erstarrt. Wahrscheinlich war sie zuletzt als Kind richtig schnell gelaufen – um nicht von den Dinosauriern gefressen zu werden.

Ein Mann wischte sich Kaffee vom Sakko. »Ihr verdammten Rotzbengel! Den wollte ich noch trinken!«

Eine alte Frau hielt ihre aufgeplatzte Einkaufstüte umklammert, aus der die Waren auf den Gehsteig und über den Bordstein auf die Straße kullerten. »Kommt sofort zurück und hebt das auf, sonst versohle ich euch den Hintern!«

Ein Stück die Straße hinunter raste der Typ im blauen Hoodie mit vollem Karacho durch ein Grüppchen von Leuten, die plaudernd auf dem Gehsteig standen. Einer knallte mit einem donnernden *Boinnngggg* gegen das Fenster einer Anwaltskanzlei, die anderen gingen mitsamt ihren Einkäufen zu Boden. Zwei weitere Mobiltelefone, noch in der Verpackung, fielen aus dem offenen Rucksack und gesellten sich zu den Gestürzten.

Der rote Hoodie sprintete an dem E-Zigaretten-Laden vorbei, wo die Reihe von Granithäusern abrupt abbrach. Eine Unterbrechung in der Häuserzeile, ausgefüllt von einem kurzen schwarzen Eisenzaun und – nach einer

kleinen Lücke – einer Art pseudoneoklassizistischem, zwei-
geschossigem Fassadendings, hinter dessen ionischen Säulen ein Friedhof auf Kundschaft wartete.

Ein Grinsen, und der Rote schlug einen Haken nach
rechts, durch die Lücke und die Stufen hinunter.

Tufty biss die Zähne zusammen. Na los doch – *schneller.*

Vor dem Eisenzaun bremste er ab und blieb stehen.

Der Rote war noch auf der Treppe – er tänzelte von einem
Fuß auf den anderen, nach einem Viertel des Wegs aufgehalten durch eine Abordnung von Müttern, die ihre Kinderwagen die Stufen hinaufwuchteten.

Die Treppe führte vier, fünf Meter tief hinunter auf eine
schmale, kopfsteingepflasterte Straße, die unter der Union
Street hinwegtauchte.

Ha! Hab dich…

Rotkäppchen verzog das Gesicht, zeigte Tufty noch einmal den Finger – und dann sprang er. Setzte glatt über das
Treppengeländer hinweg. Ein Scheppern von verbeultem
Metall, als sein Fall vom Dach eines geparkten Transit gestoppt wurde. Im nächsten Moment rollte er herunter, landete sicher auf beiden Füßen und verschwand, immer noch
lachend, im Tunnel.

Der Fahrer lehnte sich aus dem Fenster und schüttelte
die Faust. »He!«

Blaukäppchen wollte offenbar nichts riskieren. Stattdessen wandte er sich nach links und rannte johlend quer über
die Busspur auf die Straße. Wildes Gehupe, ein Taxi und
ein Lastwagen legten eine Vollbremsung hin. Es fehlten nur
Zentimeter, sonst hätten sie dreißig Kilo Hoodie-Hack-
fleisch aus ihm gemacht.

Blau oder Rot? Blau oder Rot?

Steels Stimme übertönte die Hupen. »Platz da! Polizei!
Lassen Sie mich durch!«

Ein kurzer Blick – sie drängelte sich zwischen zwei Gaffern und ein paar hilfsbereiten Mitmenschen hindurch, die der alten Dame beim Auflesen ihrer Einkäufe zur Hand gingen.

Blau oder Rot?

Die Treppe war immer noch von Müttern und Kinderwagen blockiert.

Rot.

Tief Luft holen. »O Gott…«

Tufty legte eine Hand aufs Treppengeländer und schwang die Beine darüber hinweg ins Nichts.

Das Geländer zischte an ihm vorbei, dann landete er mit einem *BOING* auf dem Dach des Transit, der just in diesem Moment anfuhr. Tufty blieb noch Zeit für einen kleinen Schrei, dann machte die Welt einen Purzelbaum, und dann stoppten die Pflastersteine seinen Fall mit einem dumpfen Schlag, der ihm alle Luft aus der Lunge quetschte.

Aaah…

Die Steine waren kalt an seinem Rücken. Kleine, funkelnde gelbe Lichter leuchteten an den Rändern des strahlend blauen Himmels auf, im Takt des pulsierenden, schrillen Kreischens in seinen Ohren.

Steels Gesicht tauchte über dem Geländer auf. Sie starrte finster auf ihn herunter. »Was liegen Sie da rum? – Los, hinterher!« Sie schwenkte noch kurz die Faust, dann war sie wieder weg.

Urgh…

Tufty rappelte sich auf, schüttelte den Kopf – die kleinen gelben Lichter tanzten vor seinen Augen – und wankte in den Tunnel.

Roberta schüttelte den Kopf. Dummes Kerlchen. Hielt da mitten auf der Straße ein Nickerchen, während das Diebsgesindel sich aus dem Staub machte. Traue nie einem spindeldürren, zu kurz geratenen Detective Constable. Besonders denen mit roten Haaren – so kurz geschoren, dass der ganze Kopf einer verschimmelten Kiwi glich – und blassblauen Augen von der gleichen Farbe wie ein Klümpchen Blu-Tack, auf das der Hund gepieselt hat.

Das hatte sie nun davon, dass sie den Neuen zu einem Einsatz mitgenommen hatte.

Wehe, Tufty ließ sich Hoodie Nummer zwei durch die Lappen gehen – dann konnte er sich auf ein Zäpfchen aus Schuhleder gefasst machen.

Und inzwischen …

Sie rannte los, quer über den Gehsteig und hinein in den Vormittagsverkehr, die Hände wie Scheuklappen seitlich an die Augen gehoben, um nicht sehen zu müssen, was auf sie zukam. »Bitte nicht totfahren, bitte nicht totfahren, bitte nicht totfahren …« Hupen tröteten. Etwas GEWALTIGES trat voll auf die Bremse – die quietschte wie ein Schwein, fauchte wie ein Drache.

Eine wütende Stimme: »*SIE VOLLIDIOTIN!*«

Und da war der Gehsteig! Herrlicher, herrlicher Gehsteig. Sie ließ die Hände sinken.

Es war nicht schwer zu erraten, in welche Richtung Hoodie Nummer eins geflohen war – man musste nur der Spur aus fluchenden Passanten folgen, die auf dem herrlichen Gehsteig herumlagen. Und die führte in westlicher Richtung die Union Street entlang.

Roberta fischte ihr Handy aus der Tasche und wählte mit einer Hand, während sie am McDonald's vorbeilief und über eine junge Frau hinwegsprang, die mit einem schreienden Kind in den Armen neben dem Buswartehäuschen lag.

Aus dem Lautsprecher kam ein Seufzer, dann eine gelangweilte Frauenstimme. »*Leitstelle.*«

»Ich brauche Verstärkung in die Union Street, *sofort!*«

»Der nächste Wagen ist zwei Minuten entfernt. Wie ernst ist die Lage? Brauchen Sie ein Schusswaffenteam?«

Roberta bahnte sich einen Weg durch ein Grüppchen Idioten vor Clarks Schuhgeschäft, die alle Hoodie Nummer eins hinterhergafften. »Ladendieb: dreizehn oder vierzehn, blauer Hoodie, orange Haare, zerrissene Jeans…«

»Sie wollen mich wohl verarschen? Wegen einem Ladendieb schicken wir doch keinen Streifenwagen los!«

Der Tunnel unter der Union Street spuckte Tufty zwischen zwei hohen Granitbauten aus. Die Fassaden blaugrau im Schatten, die Erdgeschossfenster entweder zugemauert oder vergittert. Er lief humpelnd zum Ende der Straße. Bei jedem zweiten Schritt sog er zischend die Luft ein – es war, als ob seine linke Socke ihre Zähne in seinen Knöchel schlug.

O ja, lass uns den mit dem *roten* Hoodie verfolgen. Und von einer Brücke springen…

Das war der Lohn für seinen tapferen Einsatz: eine Kollision mit dem Kopfsteinpflaster und eine fleischfressende Socke.

Er platzte aus der Lücke zwischen den Gebäuden heraus und sah sich auf dem kleinen Platz um, der *The Green* genannt wurde. Zur Linken bildete die massige Siebzigerjahre-Beton-Hutschachtel des Aberdeen Market die abgerundete Ecke eines stumpfen Dreiecks. Alte Granithäuser auf den beiden anderen Seiten, und…

Da war er: Rotkäppchen. Hinter einer Reihe von großen Recyclingcontainern hüpfte er auf und ab, immer noch lachend. Die Mittelfinger gereckt drehte er sich tänzelnd um die eigene Achse. Wartete auf Tufty. Verhöhnte ihn.

Und dann lief er los, mitten über die Straße. Wollte sich aus dem Staub machen.

O nein, diesmal nicht!

Tufty gab Gas. Auf in den Kampf, tapferer Sir Quirrel!

Er nahm Anlauf, hob ab und schlitterte im *Starsky-and-Hutch*-Stil auf der Hüfte über den Container mit der Aufschrift »NUR KARTONAGEN« hinweg. Landete auf seinem verstauchten Knöchel und zischte.

Und lief weiter.

Rotkäppchen blickte sich um und grinste ihn an, während er in vollem Lauf auf die abgezäunte Terrasse eines kleinen Bistros zuhielt, voll besetzt mit verliebten Pärchen, die ein spätes Frühstück in der Sonne genossen. Rotkäppchen sprang über den Zaun und polterte von einem Tisch auf den nächsten, dass die Teller und Gläser nur so durch die Gegend flogen.

Gäste stürzten sich auf ihn.

Ein Mann prallte zurück, als seine Bloody Mary Bekanntschaft mit seinem Schoß machte. »He! Wohl verrückt geworden …?«

Eine Frau fletschte die Zähne. »Nimm deine versifften Latschen aus meinem Rührei!«

Doch Rotkäppchen war schon auf der anderen Seite über die Absperrung gesprungen und rannte weiter.

Tufty legte sich noch mehr ins Zeug und sprintete um die Terrasse herum. Ignorierte die Socke, die an seinem Knöchel knabberte. Näher, immer näher …

Horror-Hoodie Nummer eins tänzelte elegant um einen alten Mann mit Gehstock herum. Spielte sich ein bisschen auf, johlte triumphierend und verschwand um die Ecke des Schokoladengeschäfts.

Verdammt …

Roberta umklammerte ihr Handy fester. »Er läuft die Stufen zum Green runter!«

Wieder ein Seufzer von der gelangweilten Frau am anderen Ende. *»Von mir aus kann er laufen, bis er grün im Gesicht ist – Sie kriegen keinen Streifenwagen.«*

Das Gesicht des kleinen Mistkerls lugte noch einmal um die Ecke, begleitet von einer beidhändigen Victorygeste. Er schwenkte sie kurz in Robertas Richtung, dann war er wieder weg.

»Aber ...«

»Herrgott noch mal, Sie sind doch kein Kind mehr. Sie werden doch wohl kein SWAT-Team brauchen, um einen Ladendieb zu schnappen!«

Roberta schoss um die Ecke und hielt sich an einem großen, bärtigen Kerl fest, um nicht das Gleichgewicht zu verlieren. »Dann rutschen Sie mir doch den Buckel runter!«

Der Große zuckte zurück. »Was hab ich getan?«

Sie stopfte das Handy wieder in die Hosentasche und bremste schlitternd am oberen Ende der Treppe ab.

Oh ... *wow*, das ging ja ganz schön tief runter.

Mindestens dreieinhalb Stockwerke tief und so steil, dass nicht viel zur Vertikalen fehlte. Schmale Granitstufen mit zwei Geländern links und rechts und einem dritten in der Mitte. Wenn man hier stolperte, dann – boing, krach, rumms, polter, kuller, kreisch, wumms, splitter, BANG! Gefolgt von Sirenen und neun Monaten im Streckverband.

Hoodie Nummer eins hatte schon die halbe Strecke zurückgelegt, immer zwei Stufen auf einmal nehmend.

Ein iPhone in Originalverpackung fiel aus seinem Rucksack und knallte auf die Granitstufen.

Uah ...

Sie streckte beide Hände aus, hielt sie über die Handläufe. Und lief los.

Ich werde sterben, ich werde sterben, ich werde sterben ...

Unten am Fuß der Treppe flitzte Hoodie Nummer zwei

vorbei – der in Rot. Sein Lachen hallte von den grauen Fassaden wider.

Und Hoodie Nummer eins war auch schon fast unten angelangt. Grinsend blickte er sich zu ihr um.

Wo zum Teufel war Tufty, wenn man ihn wirklich mal brauchte?

Wie konnte ein einziger Detective Constable so völlig, total und *heillos*…

Da kam er gerannt, den Blick starr nach vorn gerichtet. Was bedauerlich war, denn Hoodie Nummer eins schaute auch nicht, wohin er lief, und rannte voll in ihn hinein.

Rumms!

Sie fielen zusammen auf das Kopfsteinpflaster, ein verdrehter Seestern aus Armen und Beinen. Ein wildes Geraufe und Gebalge folgte, während Roberta die letzten zwei Treppenabschnitte zum Green hinuntereilte.

Mit einem gedämpften Scheppern rollten die beiden gegen das »FUSSGÄNGERZONE ENDE«-Schild.

»Aaaah, lammichlos, lammichlos!«

Roberta bremste am Fuß der Treppe. Und sah nach rechts.

Hoodie Nummer zwei war gerade noch als roter Farbklecks zu erkennen – er lief immer weiter in den Tunnel hinein, der unter dem St. Nicholas Centre hindurch auf die zweispurige Schnellstraße führte. Noch einmal drehte er sich um und ließ sie seine Mittelfinger sehen. Dann hallte seine Stimme aus dem Tunnel, verstärkt durch die ganzen Beton- und Granitwände: »SEE YOU LATER, MASTUR-BATOR!« Und dann verschwand der rote Farbklecks im Dunkel des Tunnels.

»Verdammter Mist…« Roberta beugte sich vor, stützte die Hände auf die Knie und hechelte wie ein altersschwacher Labrador.

Tufty zog Hoodie Nummer eins hoch. Die Hände des

kleinen Mistkerls steckten hinter seinem Rücken in Handschellen.

Tufty hustete, wischte sich mit der Hand über die Stirn und schüttelte seinen Gefangenen ein wenig. »Du bist geliefert, Bürschchen – aber so was von!«

Der kleine Mistkerl grinste nur, stellte sich auf die Zehenspitzen und rief seinem Kumpel hinterher: »IN A WHILE, PAEDOPHILE!«

Die Jugend von heute.

Tufty stieß die schäbige graue Doppeltür auf und trat in einen schäbigen grauen Raum. Vom Zellentrakt im Untergeschoss hallten Stimmen herauf und wurden von den Betonsteinwänden zurückgeworfen – manche sangen, manche schrien, manche fluchten, manche weinten. Die »Gewahrsamstrakt-Sinfonie der North-East-Division in Zell-Dur« oder so ähnlich.

Tufty packte den Ladendieb im blauen Hoodie ein bisschen fester und bugsierte ihn zu dem brusthohen Schalter aus Buchenholzfurnier, der mit einer Auswahl der aktuellen Police-Scotland-Poster beklebt war: »SCHWINDLER, TRICKBETRÜGER, DIEBE«; »HABEN SIE DIESEN MANN GESEHEN?«; »HÄUSLICHE GEWALT IST NICHT LIEBE«; »›NEIN‹ HEISST ›NEIN‹!«

Ein Hüne von einem Mann stand über den Tresen gebeugt. Er trug das standardmäßige schwarze T-Shirt mit Sergeantsstreifen auf den Schulterklappen. Es brauchte keinen Hercule Poirot, um zu ermitteln, wer wieder mal den Rest vom Geburtstagskuchen vertilgt hatte – die Antwort war »elementar, mein lieber Morse«: Big Gary. Er hatte die Zungenspitze aus dem Mundwinkel geschoben, während er eifrig in einem Buch herumkritzelte.

Steel schlenderte zum Tresen, stellte sich auf die Zehenspitzen und spähte darüber hinweg. »Ah ja ...« Sie streckte die Hand aus und zog das Buch weg. »Ausmalen für Erwachsene?« Sie blätterte darin. »Ist das nicht ein bisschen zu schwierig für dich, Gary? Man soll doch *innerhalb* der Linien bleiben.«

Gary schnappte nach dem Buch, aber sie wich rasch einen Schritt zurück. Grinste.

»Tufty, Sie übernehmen das. Ich werde so lange Garys Bilder mit Pimmeln verzieren.«

Wieder schnappte er nach dem Buch, wieder verfehlte er es. »Wehe!«

Tufty schob Blaukäppchen näher an den Tresen. Dann tat er so, als betätigte er die Klingel an der Hotelrezeption. *»Ding.* Ein Einzelzimmer mit Bad und Seeblick, bitte.«

Ein winziges Lächeln flirtete kurz mit Garys Mundwinkeln. »Und auf welchen Namen ist es reserviert?«

Schweigen.

Tufty stupste Blaukäppchen wieder an. »Der nette Herr will wissen, wie du heißt.«

Blaukäppchen zog die Schultern hoch. Seine Stimme war leise und mürrisch. »Kein Kommentar.«

Ein Seufzer. Dann holte Gary ein Formular unter dem Tresen hervor und klatschte es darauf. »Na schön, Junge. Aber den Spruch solltest du dir eigentlich für später aufheben, wenn dein Anwalt hier ist. Also: Name?«

Ein Grinsen. »Ficktor McWichskübel. Der Dritte.«

»Oh, ich lach mich gleich tot.« Gary deutete auf ein weiteres seiner vielen, vielen Poster.

»Es ist eine Straftat, gegenüber der Polizei falsche Angaben zu machen.«

»Machen wir's nicht noch schlimmer, hm?«

Blaukäppchen zuckte wieder mit den Schultern. Er betrachtete seine weißen Turnschuhe. »Charles Roberts.«

»Danke. Und wo wohnst du, Charles Roberts?«

»Kein Kom...«

Gary deutete wieder auf das Poster.

»Froghall Crescent Nummer dreizehn.«

»Na bitte.«

Tufty zog ein Paar Nitrilhandschuhe an und griff in den Rucksack, den der Junge noch auf dem Rücken trug.

»He, Finger weg, Mann!«

Er legte zwei iPhones – nagelneu und noch original-verpackt – auf den Tresen. Es folgten noch ein halbes Dutzend Samsungs und drei Nokias, alle originalverpackt, acht gebrauchte Smartphones sowie vier Brieftaschen. Aus den Taschen des blauen Kapuzenpullis förderte er noch eine weitere Brieftasche und zwei gebrauchte Smartphones zutage.

»Die Sachen hab ich noch nie im Leben gesehen. Die haben Sie mir untergeschoben!«

»Ach ja?« Tufty fasste einen der Ärmel des Kapuzenpullis und zog ihn hoch. Drei Armbanduhren hintereinander fun-kelten im romantischen Schein der Neonröhren.

»Die haben Sie mir auch untergeschoben.«

»Sei doch nicht so ...«

Die Doppeltür flog mit einem Knall auf, und herein mar-schierte ein Schwergewichtsboxer in einem dunklen Anzug mit hellblauer Krawatte. Gebrochene Nase, schmale Augen, die Haare zurückgeklatscht, sodass der spitze Haaransatz gut zu sehen war. Zwei hässliche Typen in Zivil folgten ihm auf dem Fuß, beide mit identischen grauen Anzügen und roten Krawatten, Hipsterfrisuren und diesem »Ich-bin-ja-so-tough-und-cool«-Gesichtsausdruck. Wie eine Zwei-Mann-Boygroup. Die hässlichen Typen hatten einen kleinen Mann mit schmutzigem Gesicht in der Mangel, den sie zum Schal-ter manövrierten. Die Manschetten seines Hemds waren zerfranst und dunkelrot verfärbt, weitere Flecken zierten die Vorderseite seines zerschlissenen Pullovers.

Der Boxer wies auf Gary. »Sergeant McCormack, ich möchte, dass Mr Forester erkennungsdienstlich behandelt und dem diensthabenden Arzt vorgeführt wird. Besorgen Sie ihm einen Anwalt, und in spätestens einer Stunde will ich ihn in einem Vernehmungsraum sehen.«

Steel gab sich empört. »He, warten Sie, bis Sie dran sind. Wir waren zuerst da.«

Er richtete einen vernichtenden Blick auf sie. »Haben Sie etwas gesagt, Sergeant?«

»Ja, hab ich. Hinten anstellen, Freundchen.«

Der Boxer trat näher und baute sich drohend vor ihr auf. »Sie scheinen mir ein wenig verwirrt, *Sergeant*. Sie sind nicht mehr Detective Chief Inspector.« Er bohrte ihr einen Finger in die Schulter. »Und während Sie Ihre Ladendiebe und Junkies jagen, bringe ich Mörder hinter Gitter.«

Einer seiner Helfershelfer gluckste.

Steels Miene wurde säuerlich.

Aber er lächelte nur. »Ich stehe jetzt im Dienstgrad meilenweit über Ihnen, und wenn ich sage, mein Verdächtiger kommt zuerst dran, dann *kommt* er zuerst dran. Verstanden?«

Sie funkelte ihn an, ihre Kiefer mahlten, als ob sie auf irgendetwas Scheußlichem herumkaute.

»Ich sagte: Haben – Sie – mich – verstanden?«

Die Antwort war kaum vernehmbar. »Ja, Chef.«

»Oder wollen Sie noch mal vor die Interne Ermittlung gezerrt werden?«

Sie kniff die Augen zusammen. Bleckte die Zähne.

O Gott, jetzt würde es wieder losgehen, oder nicht?

Aber Steel schluckte es herunter. Sie ließ den Kopf kreisen, als ob sie einen steifen Hals hätte. »Nein, Chef.«

»Gut. Ich bin froh, dass wir das geklärt haben, Sie nicht auch?«

Bitte, schlag ihn nicht... *bitte,* schlag ihn nicht...

Tufty steckte sich einen Finger ins andere Ohr und lehnte sich an die Wand des Besprechungsraums, neben dem Whiteboard, auf das jemand mit schwarzem und rotem Marker einen riesigen Pimmel gemalt hatte. »Ja.... Nein.... Ich denke, das ist okay, oder nicht?... Waren wir das? Tut mir leid, das wusste ich nicht.«

Idiot.

Roberta ließ den Kopf in den Nacken fallen, über die Rückenlehne ihres Ledersessels, und starrte zur Decke mit dem regelmäßigen Gitternetz aus zahnpastaweißen Fliesen auf. Okay, war vielleicht kein berauschender Anblick, aber immer noch besser, als Harmsworth anschauen zu müssen.

Sie riskierte dennoch einen Blick.

Er saß auf der anderen Seite des langen, ovalen Besprechungstischs, die Füße auf einen der großen Notizblöcke im Schreibunterlagenformat gepflanzt, und studierte mit zusammengekniffenen Augen den *Aberdeen Examiner* wie jemand, der seine Brille vergessen hat. Er war ein pummeliger kleiner Kerl mit hohem Haaransatz und einem Gesicht, als ob er noch nie in seinem Leben gelächelt hätte. Ein miesepetriger Bluthund mit beginnender Glatze in einem zerknitterten braunen Anzug, der in der Nase bohrte, wenn er glaubte, dass niemand hinschaute.

Oh, sie hatte wirklich die ganzen »Spezialfälle« in ihrem Team, nicht wahr?

Robertas Handy meldete sich mit einem *Ding-ding*. Eingehende Textnachricht.

> Ich hab Lizzy Horsens mit acht Schlägen Vorsprung
> besiegt! Jetzt meckert sie rum wie 'ne alte Zicke! Sie wird
> fix und fertig sein, wenn ich den Pokal wieder gewinne!
> Ich bin eine Golf-NINJA!!! :)

Roberta lächelte und daumte eine Antwort:

> Golf-Ninja Susan! Dann wird heut Abend gefeiert,
> schätz ich mal? Du ziehst ein sexy Negligé an, und ich
> tu so, als wär ich gekommen, um die Waschmaschine
> zu reparieren.

Senden.

Harmsworth bohrte wieder in der Nase. Also, wenn er auf der Suche nach einem Gehirn war, dann grub er am falschen Körperende.

Ding-ding.

> Vergiss es. Logan kommt heute Abend die Kids
> besuchen, schon vergessen? Ich mache Hähnchenauflauf,
> also sieh zu, dass du pünktlich bist.

Mit Logan McRae, dem miesen Verräterschwein, an einem Tisch sitzen und das Brot brechen? Ihm die Auflaufform auf der Rübe zerbrechen, das schon eher.

Und ihn dann zwingen, die ganzen spitzen Scherben aufzuessen.

Du liebe Zeit – Harmsworth war *immer* noch zugange.

Er hob den Kopf und fing ihren Blick auf. Mit einem Seufzer zog er den Finger heraus und nölte mit seiner depressiven Leierstimme, die an Marvin den Roboter erinnerte: »Hört euch das mal an.« Er schlug auf seine Zeitung. »Blackburn: Anwohner in Angst vor perversem Sextäter. ›Ich kann nicht mal Essen kochen, ohne die Jalousien herunterzulassen‹, sagt Janice Wilkinson, in Klammern: einunddreißig. ›Was ist, wenn eines der Kinder aus dem Fenster schaut und ihn sieht?‹« Er seufzte abermals. »Der muss doch mehr als nur ein paar Schrauben locker haben, oder?«

Roberta sah ihn an und verzog das Gesicht. »*Ich* war immer diejenige, die die Mörder gefasst hat. Und was ist aus mir geworden? Jetzt hocke ich hier mit euch zwei Gurken.«

Tufty lachte. »Ich weiß. … Ja. Ist anzunehmen.«

»Ich meine, was für ein Typ ist das, der morgens aufwacht und sich denkt: ›Ich hab eine tolle Idee – ich setze eine Superheldenmaske auf und hol mir vor dem Küchenfenster von der Nachbarin einen runter, während sie das Geschirr spült.‹«

Der junge Idiot legte eine Hand über sein Mobiltelefon. »Sarge? Unser Knabe wäre jetzt bereit zur Vernehmung.«

»Hurra.« Sie ließ den Kopf wieder nach hinten kippen und prustete laut und feucht. »Urgh …« Ein feiner Nieselregen aus kalter Spucke ging auf ihr Gesicht nieder. Sie setzte sich auf und wischte sie ab.

Tufty wandte sich wieder dem Telefon zu. »Ja, wir kommen gleich runter.«

Harmsworth klatschte noch einmal demonstrativ auf seine Zeitung. »Apropos Wichser, habt ihr das hier gesehen?« Er drehte das Blatt um und zeigte ihnen einen doppelseitigen Artikel. Das Foto eines mageren kleinen Burschen unter der Schlagzeile: »POLIZEIKORRUPTION GRASSIERT IN ABERDEEN«, SAGT OPFER VON JUSTIZIRRTUM. Jack Wallace, das Dreckstück – da stand er in seinem feinen Anzug vor der Stadtverwaltung in der Broad Street. Er hielt ein Blatt Papier hoch, als ob das irgendetwas zu bedeuten hätte, und betrachtete es mit demonstrativ ernster und besorgter Miene. Der miese kleine Vergewaltiger.

Harmsworth schniefte. »Jack Wallace sagt, wir sind alle ein Haufen nichtsnutzige, korrupte Arschlöcher.«

»Jack Wallace kann sich von mir aus zusammenrollen und sich einem Lama in den Arsch schieben.«

»Er sagt, wir tun nichts als unschuldigen Leuten was anhängen und Bestechungsgelder kassieren.«

Sie drohte Harmsworth mit dem Finger. »Ich sag's nicht noch einmal, Constable.«

Ein beleidigtes Schnauben, und er wandte sich wieder seiner Zeitung zu. »Weiß gar nicht, warum ich mir überhaupt die Mühe mache. Interessiert ja doch keine Sau.«

Tufty steckte sein Handy ein und wies zur Tür. »Sarge?«

Harmsworth grummelte immer noch vor sich hin. »Ich sollte mich einfach vor einen Bus werfen. Da hättet ihr alle was zu lachen. Oh, seht euch mal Owen an, der ist ganz zermatscht und tot. Ist das nicht komisch? Ha-ha-ha.«

»Na ja, wir dürfen alle träumen.« Roberta stand auf. Sie wand sich ein wenig, dann fummelte sie an ihrem tückischen linken BH-Bügel herum. Wer auch immer diese BHs mit spitzen Metallteilen drin entworfen hatte, verdiente einen Tritt in den Arsch mit einem Stiletto. »So, jetzt Hintern hoch und an die Arbeit. Zwei Tee, Vernehmungsraum ...?« Sie sah Tufty an.

»Drei.«

»Und sehen Sie zu, dass Sie auch ein paar Kekse auftreiben.«

Ein Stöhnen, dann faltete Harmsworth mit großem Getue seine Zeitung zusammen, stand auf und verzog sein ohnehin schon miesepetriges Gesicht zu einer Märtyrermiene. »Ach ja, wir kommandieren Owen einfach herum, warum nicht? Ist ja nicht so, als ob er irgendwas zum Team beiträgt. Nein. Mach den Tee, Owen. Treib Kekse auf, Owen ...« Er schlurfte aus dem Zimmer und ließ die Tür hinter sich zufallen.

Idioten. Trottel. Meckerer. Und Arschlöcher. Warum bekam sie keine dynamischen, ehrgeizigen Sexbomben für ihr Team? Das war doch voll ungerecht.

Sie starrte finster an die Decke. »Ich schwöre beim geheiligten Grab von Jasmines Rennmaus Agamemnon ...«

Die Tür ging wieder auf.

Herrgott noch mal!

Robertas Miene verfinsterte sich noch mehr. »Zwei Tee und ein paar verdammte Kekse! Wie schwer kann das ...« Aber es war nicht DC »Heulsuse« Harmsworth. Es war ein ganzes Rudel von uniformierten Beamten, alle mit Notizbüchern und Klemmbrettern bewaffnet.

Der Rudelführer hatte Sterne auf seinen breiten Schultern, die ihn als Inspector identifizierten. Er sah über den Rand seiner kleinen runden Brillengläser hinweg auf seine Uhr. Oh, ich bin ja so *wichtig*! »Was tun Sie hier?«

»Inspector Evans. Ist ja eine halbe Ewigkeit her, was? Was machen die Hämorrhoiden?«

Er versteifte sich. »Ich habe diesen Besprechungsraum bis fünf Uhr gebucht.«

»Ich hab ihn nur für Sie warmgehalten.« Sie stand auf und wies mit dem Daumen zuerst auf Tufty, dann auf die Tür. »Wir sind sowieso gerade auf dem Sprung.«

Tufty folgte ihr auf den Flur, und als die Tür hinter ihnen zufiel, schnellte Inspector Evans' Stimme eine Oktave in die Höhe. *»Also, das ist doch nicht zu fassen! Wer malt denn hier dauernd Pimmel auf die Whiteboards?«*

II

»Kein Kommentar.« Charles Roberts' weißer Tyvek-Overall raschelte, als er auf seinem Stuhl herumwibbelte. Selbst in Größe XS war er ihm noch zu groß, die Ärmel und Hosenbeine ungefähr fünfzehn Zentimeter weit hochgekrempelt, damit sie nicht herumflatterten. Gewaschen, gekämmt und ohne seine Ladendiebsmontur wirkte er sogar noch jünger. Neun Jahre alt, allenfalls zehn.

Der Boden in Vernehmungsraum 3 bestand aus mehr Flecken als Teppichboden. Eine verdächtige feuchte Stelle in der Ecke beim Fenster hatte eine gewisse Ähnlichkeit mit Joseph Merrick, wenn man die Augen zusammenkniff. Dazu ein Radiator, der unermüdlich vor sich hin gurgelte, knackte und pfiff.

Roberts saß auf der Arme-Sünder-Seite des zerkratzten Resopaltischs, neben ihm seine Pflichtverteidigerin in einem schlecht sitzenden Hosenanzug. Sie sah ungefähr so gelangweilt aus, wie man es nur sein konnte, ohne daran zu sterben. Das Leben als Strafverteidigerin mittleren Alters, die für die Rechtshilfestelle arbeitete, war wohl nicht ganz die ausgelassene Nonstop-Party, als die es immer angepriesen wurde.

Ein traurig dreinschauender älterer Mann in einer ausgeleierten grauen Strickweste war am Ende des Tisches eingequetscht, auf einem Stuhl, den sie aus dem Büro gegenüber entwendet hatten. Graue Strickweste, graue Haare, grauer Schnurrbart, graues Gesicht.

Steel tunkte einen Schokoladen-Hobnob in ihren Tee und lutschte den geschmolzenen Überzug ab.

Sie war mutiger als Tufty. Niemals würde er auch nur einen winzigen Schluck von dem zweifelhaften milchigen Gebräu riskieren, das DC Harmsworth auf den Tisch geknallt hatte, begleitet von ominösem Gemurmel, dass niemand zu schätzen wisse, was er leistete. Fünf Personen im Raum. Zwei Tees.

Tufty fischte einen Beweismittelbeutel aus der blauen Plastikkiste zu seinen Füßen und hielt ihn hoch. »Ich zeige Mr Roberts jetzt Beweisstück Nummer neun.« Eines der nagelneuen iPhones, noch in der Schachtel und in Zellophan eingeschweißt. »Was ist mit dem hier, Charles, erkennst du das wieder?«

Ein raschelndes Achselzucken. »Hab ich noch nie im Leben gesehen.«

»Das hast du heute Morgen gestohlen, nicht wahr?«

Rascheln. »Kein Kommentar, okay?«

Steel hatte ihren Hobnob verputzt und leckte sich die Finger sauber. Dann lehnte sie sich auf ihrem Stuhl zurück und gähnte. Sie hatte die ganze Zeit noch kein Wort gesagt.

»Du und dein Komplize in dem roten Kapuzenpulli habt eine große Anzahl Smartphones aus den Läden in der Union Street gestohlen. Ich habe gesehen, wie ihr es getan habt.«

»Nee, haben Sie nicht.« Er wandte sich zu seiner Anwältin um. »Die lügen total. Ich und Billy, wir haben nie irgendwas geklaut.«

Steel ließ sich nach vorne kippen und vergrub das Gesicht in den Händen. »O Gott, ist mir *langweilig*.«

Die graue Strickweste seufzte. »Kommen Sie, Roberta, reißen Sie sich zusammen.«

Sie kippte wieder nach hinten. »Sie haben gut reden, Sie

müssen das ja nicht Tag für Tag über sich ergehen lassen. ›Kein Kommentar.‹ ›Ich war's nicht.‹ ›Ein großer Junge hat das gemacht und ist weggerannt.‹ Immer und immer wieder … Ihr Sozialarbeiter wisst ja nicht, wie gut ihr's habt.«

Roberts' Anwältin schob ihre Unterlagen zusammen. »Vielleicht wäre das jetzt ein guter Zeitpunkt, eine kleine Pause einzulegen?«

Steel schloss die Augen und schnellte mit dem Oberkörper nach vorne, die Hände flach auf der Tischplatte, den Kopf gesenkt. »Uuuuuuuuuuuuuuuh … UUUUUUUUHHHH …«

Alles starrte sie an.

Die Anwältin rutschte ein wenig auf ihrem Stuhl zurück. »Ist alles in Ordnung mit ihr? Müssen wir einen Arzt rufen?«

Doch da schmetterte Steel mit Donnerstimme: »Großer Häuptling Lionel Goldberg, bist du da?«

»Soll das vielleicht ein Witz sein?«

»Klopf einmal für Ja, zweimal für Nein.«

Die graue Strickjacke verdrehte die Augen. »Ich bitte Sie, Roberta, damit ist doch niemandem geholfen.«

»Großer Häuptling Lionel Goldberg, ich flehe dich an: Sende mir Hilfe aus der Geisterwelt!«

Roberts' Anwältin runzelte die Stirn. »Seit wann heißen Indianerhäuptlinge ›Goldberg‹?«

»Uuuuuuuu-uuuuuu-uuuuuuh … UUUUUUUuuuhhh …«

»O du lieber Gott.« Die graue Strickjacke seufzte. »Ich hätte letztes Jahr in Rente gehen können. Dann könnte ich jetzt auf dem Golfplatz stehen.«

»Sag mir, o weiser und mächtiger Geist, was hält die Zukunft bereit?«

Die Unterlagen der Anwältin verschwanden in ihrem Rucksack. »Ich werde Beschwerde einlegen. Das ist schlicht und einfach inakzeptabel.«

Steel hob eine Hand. »Großer Häuptling Lionel Goldberg

sagen: ›Gib Ruhe, Mädel!‹ Die Zukunft … ja, jetzt kann ich sie sehen!«

Charles Roberts grinste. »Die spinnt doch. Die ist echt nicht ganz richtig im Kopf.«

»Wir werden die nächsten anderthalb Stunden in diesem stinkigen kleinen Kabuff hocken und unsere Zeit vergeuden, indem wir uns anhören, wie er alles ableugnet. Dann werden wir ihn in eine Zelle stecken und … und wir werden uns die Aufnahmen der Überwachungskameras aus der Union Street besorgen und die der Kameras aus dem Laden, und wir werden ihn trotzdem wegen des Diebstahls dieser ganzen Handys drankriegen …«

»Nee, die haben Sie mir untergeschoben! Schon vergessen?«

»Was sagst du, Großer Häuptling Lionel Goldberg? Und dann werden wir uns die Protokolle der letzten drei Wochen anschauen? Was werden wir da finden, o mächtiger Geist?«

»Ich *bestehe* darauf, dass Sie auf der Stelle mit diesem lächerlichen Theater aufhören! Mein Mandant wird unter diesen Umständen keine weiteren Fragen beantworten!«

Tufty schickte ein entschuldigendes Lächeln über den Tisch. »Tut mir leid.«

»UUUUuuuuuh … Wir werden feststellen, dass die sechs Handyläden in der Union Street Waren im Wert von zwanzigtausend Pfund als gestohlen gemeldet haben? Und dass sie sicher sind, dass unser Charlie hier und sein Kumpel Billy die Täter sind?«

»Nee.« Roberts schüttelte den Kopf. »Und Sie können uns sowieso nix, weil wir noch Kinder sind. Wir sind nicht verantwortlich.«

»Und Charlie wird drei Jahre in einer Einrichtung für jugendliche Straftäter bekommen? Vielleicht in einer netten, gemütlichen Besserungsanstalt?«

Roberts' Anwältin schlug mit der flachen Hand auf den Tisch. »So, das REICHT!«

Steel lehnte sich zurück. Sie kratzte sich ein wenig unter dem Arm und starrte den frühreifen Ladendieb an. »Wo sind eigentlich deine Eltern, Charlie? Wie kommt es, dass wir einen Sozialarbeiter als deine geeignete erwachsene Person herholen mussten?«

Roberts zog die Kapuze seines rascheligen Overalls hoch, als ob er darin versinken wollte. Er wandte das Gesicht ab. Von der großsprecherischen Art war nichts mehr zu spüren. »Kein Kommentar.«

Steel boxte Tufty in den Arm. »Machen wir Schluss.«

»Vernehmung beendet um zwölf Uhr sechsundzwanzig.«

Von irgendwo unter ihnen drifteten Stimmen durchs Treppenhaus herauf. Aus der Kantine des Reviers kam das Klappern und Klirren von Besteck und Geschirr, begleitet von Blumenkohl-, Würstchen- und Frittendüften.

Steel zog ihre Jacke an und kämpfte mit den Ärmeln. »Lunch, Lunch, Lunch, Lunch, Lunch.«

Tufty folgte ihr die Treppe hinunter. »Ich wette fünf Pfund, dass sie Beschwerde einlegen.«

»Mir ist irgendwie nach Pizza. Pizza oder Nudeln.«

»Ich dachte, Sie wollten versuchen, möglichst nicht zu sehr aufzufallen?«

»Oder vielleicht eine Ofenkartoffel?«

Tufty seufzte. »Der Junge hat recht. Sie sind nicht ganz richtig im Kopf. Das wissen Sie schon, oder?«

»Was haben Sie denn gegen Ofenkartoffeln?«

»Ich rede nicht von Ofenkartoffeln, sondern von der Beschwerde!«

Ein kleiner Mann in einem eleganten Anzug war auf dem Weg nach oben. Vertikal ein wenig herausgefordert, aber drahtig und kräftig. Die Sorte, vor denen man sich immer besonders in Acht nehmen muss, wenn es Zoff gibt, weil sie etwas beweisen müssen. Er blickte auf, zog eine Augenbraue hoch. Dann blieb er mitten auf der Treppe stehen, streckte die Arme seitlich aus und packte beide Geländer, sodass ihnen der Weg versperrt war. »Detective Sergeant Steel, was höre ich da – Sie haben in Vernehmungsraum 3 eine Séance veranstaltet?«

»Oh, Detective Chief Inspector Rutherford, Sie werden es nicht glauben.« Sie biss sich auf die Unterlippe und legte einen Handrücken an die Stirn, womit sie entfernt an die Jungfrau in Nöten in einem B-Movie erinnerte. »DC Quirrel findet, dass es irgendwie *falsch* ist, Ofenkartoffeln zum Lunch zu essen.«

»›Großer Häuptling Lionel Goldberg‹?«

»Richtige Indianer waren im Geistführer-Laden gerade aus.«

Ein angedeutetes Lächeln. »Zeugen von jenseits des Grabes sind vor Gericht nicht zugelassen, Sergeant. Und Sie können froh sein, dass Charles Roberts' Anwältin keine Beschwerde einlegt.«

Sie runzelte die Stirn. »Ich glaube, meine erste Eingebung war die richtige: Pizza mit Schinken und Champignons und extra Käse.«

»Ich meine es ernst, Roberta.« Das angedeutete Lächeln verflog. »Das Letzte, was Sie gebrauchen können, ist noch ein Besuch von der Internen Ermittlung. Das nächste Mal kommen Sie vielleicht nicht so glimpflich davon.«

Ihre Miene verhärtete sich. »Danke, Chef.«

»Und was ist mit dem anderen Ladendieb, diesem ›Billy‹?«

Steel zuckte mit den Schultern. »Das dürfte Billy Moon sein. Er und Charles Roberts sind ein eingespieltes Diebesteam, seit sie laufen können. Er wird für ein paar Tage untertauchen, und dann wird er wieder durch die Läden ziehen und alles mitgehen lassen, was nicht niet- und nagelfest ist. Keine Sorge, den erwischen wir schon noch.«

»Wunderbar. Bleibt nur noch das Problem der entwendeten Mobiltelefone im Wert von dreiundzwanzigtausendachthundertsechzig Pfund, die irgendwo da draußen sind. Eine beträchtliche Menge an Diebesgut, die es sicherzustellen gilt, finden Sie nicht auch?«

»Chef.« Die Temperatur sank auf Tiefkühltruhenniveau.

»Dann sollten Sie es besser sicherstellen, nicht wahr?«

Sie legte wieder die Hand an die Stirn und ließ die Unterlippe zittern, wie eine wahre Schmierenkomödiantin. »Aber ... Aber Pizza?«

»Denken Sie immer dran: Der Weg zur Wiedergutmachung ist mit kleinen Siegen gepflastert.« Er ließ die Handläufe los und ging an ihr vorbei.

Tufty drückte sich an die Wand, um ihm Platz zu machen. Dann sah er dem Detective Chief Inspector nach, bis er um die Ecke verschwunden war.

Gleich darauf ertönte noch einmal Rutherfords Stimme vom Stockwerk über ihnen: »Und keine Séancen mehr!«

Tufty wartete, bis man oben eine Tür ins Schloss fallen hörte. »Also ... dann eben Pizza, oder?«

Steel ließ die Schultern sacken. »Verdammter Mist.«

III

Der Polizeitransporter rumpelte quietschend an einem großen Backsteingebäude vorbei, das von einer Pagode gekrönt
war.

Tufty blinkte rechts, wechselte auf die Abbiegespur und
wartete, bis sich im Gegenverkehr eine Lücke auftat.

Steel saß auf dem Beifahrersitz, die Füße auf das Armaturenbrett gepflanzt, und kratzte sich in der linken Knie-
kehle.

Im Radio sangen die Proclaimers und rühmten sich, wie
viele Meilen sie gehen würden für die Ehre, vor der Haustür einer gewissen Person fix und fertig zusammenbrechen
zu dürfen – wo es doch sicherlich sehr viel sinnvoller wäre,
dorthin zu *fahren*, sodass einem noch genügend Energie für
ein Tässchen Tee, etwas Marzipangebäck und eine Runde
ausgelassenen Schlafzimmersport bliebe.

Aber man konnte wunderbar mitsummen.

Steel streckte eine Hand aus. »Durchsuchungsbeschluss?«

DC Barrett rutschte auf seinem Sitz vor und brachte einen
Schwall Rasierwasser mit, vermischt mit Cheese-and-Onion.
Er hielt ihr ein Blatt Papier hin. »Unterschrieben, gestempelt
und datiert.« Im Rückspiegel sah er größer aus, als er war.
Blond, Stupsnase, abstehende Ohren. Ein wenig mehr Über-
biss, als für einen erwachsenen Mann gesund war.

»Danke, Davey.« Sie steckte das Papier in die Tasche, ohne
es auch nur eines Blickes zu würdigen. »So, besteht jemand
darauf, dass wir den *ganzen* Plan noch einmal rekapitulie-

ren, oder können wir uns einfach auf das Wesentliche beschränken?«

Rechts ab, dann den Berg hinauf und über die Eisenbahnbrücke.

Der Transporter war hinten mit einem Käfig ausgestattet, in dem die ganz schlimmen Bösewichte nach der Festnahme aufs Revier kutschiert werden konnten. Davor waren zwei Sitzreihen, vis-à-vis, angebracht. Und als Barrett sich wieder hinsetzte, konnte man Harmsworth und DC Lund im Rückspiegel erkennen. Harmsworth sah aus wie jemand, dem man gerade gesagt hat, dass er noch vierundzwanzig Stunden zu leben hat, aber die Geschäfte leider alle geschlossen sind. Und Lund sah aus, als hätte sie viel Zeit im Fitnessstudio verbracht und wäre dann beim Friseur eingeschlafen.

Tufty bog in eine große Siedlung mit Sozialwohnungen ein, erbaut nach dem Aberdeener Standardplan: Blocks mit je sechs Einheiten, aneinandergeklebt zu einer langen, gesichtslosen Reihe. Die Haustüren waren in fröhlichen Primärfarben gestrichen, doch die Häuser selbst trugen verblasstes Schmutzig-Weiß.

Barrett konsultierte sein Klemmbrett. »Froghall Crescent Nummer dreizehn – Adresse wurde genannt von einem gewissen Charles Roberts im Zuge der Vernehmung wegen einer großen Menge gestohlener Mobiltelefone, die sich bei der Festnahme in seinem Besitz befanden. Die Wohnungsinhaberin ist eine gewisse Miss Harriet Ellis, derzeit wohnhaft in einem Pflegeheim in Portlethen. Leidet unter Demenz. Nicht verwandt mit dem jungen Herrn Roberts. Und ich konnte auch keine nahen Angehörigen von ihr im System finden – die Wohnung wird also vermutlich als illegaler Unterschlupf benutzt.«

Lund beugte sich vor. »Hunde?«

»Nicht dass wir wüssten. Aber ich nehme auf jeden Fall meine Dose Bite-Back mit.«

»Okay... Dann melde ich mich schon mal zum Türaufbrechen. Ihr drei könnt reingehen und euch zuerst beißen lassen.«

Harmsworth stöhnte. »*Ich* sollte als Letzter gehen. Was kann ich denn dafür, dass die Hunde mich besonders lecker finden?«

»Dein Pech.« Lund nahm einen Schutzhelm vom Sitz neben sich und hielt ihn Steel hin, mit der Öffnung nach oben. Drinnen waren kleine blaue und rote Papierchen zu erkennen.

Tufty bog ein weiteres Mal rechts ab, in eine Straße mit zwei Reihen gedrungener Doppelhäuser aus Granit mit winzigen Vorgärten, von denen manche gepflastert waren und als Parkflächen dienten.

»Sind wir bereit?« Steel drehte sich um und griff mit einer Hand in den Helm, während sie sich mit der anderen die Augen zuhielt. Sie zog zwei Zettel heraus, entfaltete sie und musterte sie mit zusammengekniffenen Augen. Hielt sie auf Armlänge und kniff die Augen noch mehr zusammen. »Okay. Der heutige Kraftausdruck der Wahl ist ...«

Tufty schlug einen kleinen Trommelwirbel auf dem Lenkrad. »Ta-ta-ta-taaaa!«

»›*Motherfunker*‹. Und wenn etwas gut ist, dann ist es ›bombastuös‹.«

Wieder ein Stöhnen von Spaßbremse Harmsworth. »Oh, nicht schon *wieder*.«

Barrett nickte. »Geht doch nichts über die Klassiker.«

»Warum nehmen wir nie einen von meinen Vorschlägen?«

»Weil deine Vorschläge scheiße sind.«

Tufty packte das Lenkrad fester. »Und drei – zwei – eins!«

Er trat das Gaspedal durch, und der Transporter machte einen Satz nach vorne. Dann riss er das Steuer nach links und fuhr mit den Vorderrädern auf den Gehsteig vor einer Doppelhaushälfte mit zugewuchertem Vorgarten und zugezogenen Vorhängen.

Kurz bevor sie in die niedrige Backsteinmauer rauschten, stieg er auf die Bremse.

Er schnallte sich ab. Und: »Go! Go! Go!«

Steel boxte ihn. »He, das sag *ich*.«

Zu spät. Harmsworth warf sich nach vorn, riss Steel den Helm aus der Hand und setzte ihn auf, wobei ein kleiner Regen von Zettelchen niederging. Barrett zog die große Schiebetür auf, und Lund sprang heraus. Dann Barrett. Dann Harmsworth, der sich noch rasch einen Schutzschild schnappte und ihn im Laufen umschnallte. Tufty schloss sich ihnen an und stürmte durch das Gartentor auf die Haustür zu.

Nur Steel stieg seelenruhig aus, lehnte sich an den Transporter und ließ sich die Nachmittagssonne auf den Pelz scheinen.

Lund erreichte das Haus als Erste. Sie baute sich mit dem großen roten Nachschlüssel vor der Tür auf und holte damit aus, während Barrett und Harmsworth sich zu beiden Seiten flach an die Hauswand drückten.

Sie grinste. »Achtung, heiß und fettig!«

Der Minirammbock krachte in die Tür, dicht unterhalb der Klinke. Ein sattes Krachen verwandelte sich in ein donnerndes RUMMS, als das ganze Ding nach innen aufsprang und dabei den halben Rahmen mitnahm.

Lund duckte sich weg, und Harmsworth schob sich mit angehobenem Schild an ihr vorbei.

»POLIZEI! KEINE BEWEGUNG!«

Barrett sprang hinter ihm über die Schwelle, gefolgt von

Lund. Tufty bildete die Nachhut – denn Vorsicht ist die Mutter des Nicht-in-den-Hintern-gebissen-Werdens.

Im Flur roch es nach ranzigem Käse – der Gestank kam wahrscheinlich von dem kniehohen Haufen dreckiger Turnschuhe, der sich an der schäbigen Tapete auftürmte. Die Wände waren mit Kreidegraffiti verziert, darunter Strichmännchen, bei denen offenbar eine nackte Pamela Anderson als Modell gedient hatte. Werbesendungen und Flyer bildeten einen rutschigen Teppich auf dem Linoleum.

Lund nahm die erste Tür rechts und stürmte mit gezücktem Schlagstock ins Zimmer. »ALLES AUF DEN BODEN!«

Barrett platzte in einen Raum zur Linken. »POLIZEI!«

Und am Ende des Flurs trat Harmsworth die Tür auf und stürzte sich hinein. »SIE DA! HINLEGEN! ICH SAGTE – AAARGH! *MOTHERFUNKER!*«

Ach du Scheiße …

Tufty rannte los, schlitterte über den Werbepostteppich und weiter in eine Küche, die aussah, als wäre sie seit Monaten nicht mehr geputzt worden. Harmsworth lag in der Mitte des verdreckten Fußbodens, beide Hände vor die Augen geschlagen. Seine Haut war mit hellroten Flecken übersät, sein Hemd nahm rapide einen sehr dunklen Pinkton an.

Die Hintertür stand offen, und Tufty erhaschte gerade noch einen Blick auf eine türmende Gestalt. Männlich, um die eins achtzig, bekleidet mit Cargohose und einem grünen Action-Man-Pulli. Bürstenhaarschnitt. Der Typ blickte sich noch einmal kurz um, lange genug, um einen kurzen Kinnbart und eine besorgte Miene erkennen zu lassen.

Tufty drehte sich um und brüllte: »*OFFICER DOWN!* ICH WIEDERHOLE: *OFFICER DOWN!*«

Dann setzte er über den wimmernden Harmsworth hinweg und stampfte hinaus in den Garten.

Action Man hatte bereits die vergilbte, schüttere Rasenfläche überquert und war dabei, über den Zaun in den Garten des Hauses dahinter zu steigen.

»POLIZEI! STEHEN GEBLIEBEN!« Tufty durchquerte den Garten mit acht Schritten und schwang sich über den Zaun. Er landete in einem wesentlich gepflegteren Garten mit Obstbäumen und Terrassenmöbeln.

Wo war … Ah, da war er: Action Man war am Haus vorbeigelaufen und schlüpfte gerade durch ein mannshohes Tor, das zur Straße führte.

O nein, Freundchen.

Ein kurzer Zwischensprint, und Tufty war nur noch zwei oder drei Meter hinter ihm.

BANG, durch das Tor und weiter in die Einfahrt.

Eine junge Frau in einem gelben Sommerkleid hielt erschrocken inne, im Begriff, einen Armvoll Einkäufe aus dem Kofferraum eines kleinen Autos zu laden. Sie starrte die zwei Männer an, die auf sie zurasten.

Action Man packte ihren Arm, wirbelte sie herum und warf sie Tufty mehr oder weniger direkt in die Arme.

Sie kreischte auf, als sie mit ihm kollidierte, dann gingen sie zusammen zu Boden, während ein Hagel von Dosen und Packungen auf das Pflaster niederging. Sie rollten ein Stück, bis sie von einer grauen Rauputzmauer gestoppt wurden. Jetzt begann sie auf ihn einzuschlagen. »Lass mich los, du perverses Schwein! HILFE, POLIZEI!«

Klonk – eine Autotür wurde zugeschlagen. Dann heulte der Motor auf.

Tufty riss sich los – gerade rechtzeitig, um zu sehen, wie Action Man den Gang einlegte und sich nach hinten umdrehte. Die Reifen des Wagens kreischten, er schoss rückwärts aus der Einfahrt heraus, eingehüllt in blauen Abgasdunst, und *CRASH* – voll in die Seite eines Volvos, der auf der anderen Straßenseite parkte.

Ein durchdringendes Geräusch erfüllte die Luft: Die Alarmanlage des Volvos heulte empört auf, optisch unterstützt von der Warnblinkanlage.

Dann das Knirschen des malträtierten Getriebes, und der Wagen machte wieder einen Satz nach vorne, gerade als Tufty den Bordstein erreichte, und – zu dicht! Zu dicht! Er rettete sich mit einem Sprung nach hinten, als die Stoßstange auch schon nach seinem Hosenbein schnappte – und es um ungefähr zwei Zentimeter verfehlte. Und weg war er, mit röhrendem Motor und kreischenden Reifen.

Miss Sommerkleid stakste neben Tufty auf die Straße. »Bring sofort mein Auto zurück, du Mistkerl!« Sie hob eine Dose Bohnen auf und warf sie nach dem Fliehenden. Zu kurz – die Dose knallte auf den Asphalt, während ihr Wagen am Ende der Straße um die Ecke schoss und verschwand.

»Riecht ihr das auch?« Barrett sah von seinem Klemmbrett auf. »Irgendwie hab ich plötzlich total Lust auf Stovies mit Roten Beten.«

Harmsworth sah ihn finster an. »Ha-ha. Sehr witzig. Machen wir uns nur immer schön über Owen lustig.«

Das Wohnzimmer war ... Okay, es war eine Müllkippe. Pizzakartons stapelten sich auf dem Boden, in der Ecke lag ein Haufen gestohlener Klamotten – die meisten noch mit Sicherheitsetikett dran. Ein Teppich, der ... Na ja, am besten dachte man nicht allzu genau darüber nach, was ihn so verdammt klebrig machte. Aber bei all dem überwältigenden Siff hatten sie hier eine beeindruckende Sammlung von Unterhaltungselektronik – einen riesigen Fernseher und so ziemlich sämtliche aktuellen Spielekonsolen. Roberta machte es sich auf der Ledercouch bequem, die Arme auf der Rückenlehne ausgestreckt. War vermutlich der einzig saubere Gegenstand im ganzen Haus.

Harmsworth betupfte noch einmal sein Gesicht mit einem Handtuch und verteile die rote Farbe damit nur noch gründlicher. »Ihr seid alle total eklig zu mir.«

»Wir geben uns alle Mühe.« Barrett notierte die Angaben zu einem weiteren iPad und versiegelte es in einem Beweismittelbeutel, den er sodann in einer seiner blauen Plastikkisten versenkte. Eifrig wie ein kleines Eichhörnchen, das Nüsse für den Winter sammelt.

Der Knabe Tufty telefonierte wieder, er stand in der Ecke und hatte einen Finger ins Ohr gesteckt – vermutlich um zu verhindern, dass sein Gehirn auf dieser Seite herausfiel. »Ja.… Ja, okay, danke.« Er legte auf und zog ein Gesicht, als ob er Verstopfung hätte. »Die Fahndung war bisher erfolglos.«

Roberta schüttelte den Kopf. »Motherfunker …«

»Hmpf.« Harmsworth wischte sich demonstrativ die Augen. »Mir geht's übrigens *gut*. Danke der Nachfrage.«

Barrett ließ ein Mobiltelefon in einen anderen Plastikbeutel gleiten. »Der Krempel hier muss schätzungsweise mehrere tausend Pfund wert sein.«

»Ist ja nicht so, als ob jemand versucht hätte, mich zu *blenden*.«

Da ertönte von irgendwo im Obergeschoss Lunds liebliche Stimme. »*SARGE? SARGE, DAS MÜSSEN SIE SICH UNBEDINGT ANSCHAUEN!*«

Nein danke.

Roberta streckte sich ein wenig und genoss das flatulente Knarzen des Leders.

»*SARGE, ICH MEINE ES ERNST!*«

Wunderbar.

Sie wuchtete sich aus der ledernen Umarmung des Sofas hoch und umkurvte Harmsworths triefende rosafarbene Gestalt. »Sei doch nicht so eine Heulsuse, Owen. Er hat ein Glas Rote Bete nach dir geworfen und keine Schwefelsäure.«

»Dieser Einmachessig brennt total!«

»Bla-bla-bla.« Sie schlurfte aus dem versifften Wohnzimmer und schleppte sich die versiffte Treppe hinauf zu einem versifften Flur, der mit noch mehr Strichmännchen-Porno-Graffiti geschmückt war.

Lund steckte den Kopf aus einem Zimmer am Ende des Gangs. »Sarge?«

»Warum kann kein Schwein hier irgendwas machen, ohne dass ich ihm das Händchen halte?«

Aber Lund hatte den Kopf schon wieder zurückgezogen.

»Also wirklich...« Roberta schlappte den Flur hinunter und betrat ein Schlafzimmer, das nach Socken und Schweiß stank, versetzt mit einer muffig-süßlichen Note. Cannabis, überdeckt von penetrantem Körpergeruch.

Fünf Einzelmatratzen waren auf dem Boden aufgereiht, manche mit Bettzeug, andere mit Schlafsäcken. Alle von Bergen schmutziger Klamotten umgeben.

Ein Einbauschrank mit Spiegeltüren nahm fast die ganze Wand gegenüber den Fenstern ein. Lund kauerte davor und spähte durch eine Lücke in der Schiebetür.

»Ich will schwer hoffen, dass Sie nicht vorhaben, hier einen abzuseilen, Veronica. Sie sind nicht mehr in Elgin.«

Lund streckte eine Hand aus und sprach mit leiser, sanfter Stimme. »Es ist alles gut. Niemand tut euch was.«

Roberta runzelte die Stirn, dann trat sie näher, bis sie sehen konnte, was Lund sah.

Oh...

Zwei kleine Jungen kauerten in dem Wandschrank, zwischen den Mänteln und anderen Klamotten. Beide vor Dreck starrend, bekleidet nur mit schmuddeligen T-Shirts und noch schmuddeligeren Unterhosen. Fünf, vielleicht sechs Jahre alt. Arme kleine Würmchen.

Sie ging neben Lund in die Hocke. »He, Jungs, geht's

euch gut? Wollt ihr nicht rauskommen zu Tante Roberta? Wir bringen euch heim zu euren Mamas.«

Die kleinen Jungen sagten kein Wort. Dann streckte einer der beiden die Hand nach der Schranktür aus und zog sie zu. Lund und Roberta hockten da und starrten ihre eigenen Spiegelbilder an.

Großartig.

Der Garten sah aus wie ein Ort, wo Pflanzen zum Sterben hingehen. Um sich dann vollpieseln zu lassen. Keine Sitzgelegenheit weit und breit, also drehte Roberta einen Eimer um und pflanzte ihren sexy Hintern darauf.

Sie nahm einen langen Zug aus ihrer E-Zigarette und blies den Dampf genüsslich zur Nase hinaus, während sie sich der juckenden Stelle in ihrer linken Achselhöhle widmete. Das Mobiltelefon hatte sie zwischen Ohr und Schulter geklemmt. »Nein, das wollen sie nicht sagen. Aber der mit der Rotznase in dem SpongeBob-T-Shirt hat einen Belfaster Akzent, also sind sie vielleicht gar nicht von hier.«

»*Hmmmm ...*« DCI Rutherford klang ein wenig abgelenkt, als ob er Wichtigeres zu tun hätte. Idiot. »*Man sollte doch meinen, dass ein fünfjähriger Junge von irgendwem vermisst wird ...*« Das Klippertiklapp einer Computertastatur drang aus dem Hörer. »*Wir haben im Moment neun vermisste Kinder in Aberdeen-Schrägstrich-Aberdeenshire: vier Mädchen und fünf Jungen. Sechs davon ›angeblich‹ von einem Elternteil entführt. Die übrigen drei sind schon Teenager.*«

»Das Jugendamt schickt jemanden vorbei. Vielleicht, wenn wir sie gründlich waschen und fotografieren ...?« Roberta rieb sich die Augen, während die Last der ganzen Geschichte ihre Schultern noch ein paar Zentimeter nach unten drückte. »Kleine Kinder, die sich in einem Kleiderschrank verstecken.«

»Wir können nur alles tun, was in unserer Macht steht.«

Sie nahm die E-Zigarette aus dem Mund und spuckte in das gelbliche Gras. »Ja. Da haben Sie wohl recht.«

Aber davon ging es ihr auch nicht besser.

ZWEITES KAPITEL

*in welchem es eine liebliche, mondhelle Nacht ist
und Tufty zuerst eine geniale Idee hat
und dann ein Bad nimmt*

I

Steel blieb auf der Treppe stehen, um sich ein wenig zu kratzen. »Hören Sie vielleicht mal auf zu jammern?«

Im Polizeipräsidium war es ausnahmsweise auffallend ruhig. Direkt friedlich. Lag wahrscheinlich daran, dass alle anderen – die ganzen *Glückspilze* – längst Feierabend gemacht hatten.

Tufty spähte über den Berg Beweismittelbeutel hinweg und balancierte die schwere Plastikkiste in seinen Armen. Seine Bizeps zitterten schon vor Anstrengung. »Das Zeug wiegt eine Tonne!«

»Jammer, jammer, quengel, schluchz.« Sie stellte das Kratzen ein und stieg weiter die Stufen hinauf. »Und wenn Sie das da alles eingetragen haben, können Sie sich mit Lund hinsetzen und ein Phantombild basteln. Ich will wissen, wer dieses Entführer-Dreckschwein ist.«

Er stöhnte.

McRae hatte recht – die Frau war ein Albtraum. Ächzend manövrierte Tufty die schwere Kiste um den Treppenabsatz. »Die Schicht war vor zwei Stunden zu Ende ...«

Steel hielt am oberen Ende der Treppe inne. »Sie sind nicht mehr in Uniform, Eichhörnchen. Beim CID machen wir erst Feierabend, wenn die Arbeit erledigt ist. Und das haben Sie jetzt davon – wenn Sie mit dem Phantombild fertig sind, können Sie ...« Ihre Kinnlade klappte herunter, und sie starrte mit weit aufgerissenen Augen auf etwas, das Tufty nicht sehen konnte.

»Was ist?« Er erklomm mühsam die letzten Stufen und trat neben sie.

Sie fixierte die Doppeltür zwischen dem Treppenhaus und dem Flur im dritten Stock. Von der anderen Seite kamen gedämpfte Stimmen.

Dann bewegte sich einer der Türflügel.

»Schnell!« Steel packte Tufty, bugsierte ihn in einen Raum, der direkt vom Treppenhaus abging, und zog die Tür hinter ihnen zu.

Dann stand sie da, eine Augenbraue hochgezogen, während die Spülung an der Urinalrinne entlang der Wand rauschte und frisches Wasser glitzernd über die verdächtigen Kalkablagerungen floss, die sich auf dem Edelstahl abzeichneten. Das Geräusch hallte von den Wänden der Herrentoilette wider. Eine Reihe von Kabinen säumte die Wand gegenüber dem Urinal, dazwischen waren die Waschbecken. Alles war erfüllt von diesem tränentreibenden Geruch nach WC-Steinen und alter Pisse. »Oh.«

Sie würde doch nicht… Oder doch? Sollte das hier vielleicht eine Art *Sex*nummer werden? Hatte sie ihn ins Herrenklo gezerrt, um sich schändlich an ihm zu vergehen?

Neiiiiiiiiin!

Nicht dass sie nicht – na ja, seien wir ehrlich, sie war *wirklich* nicht –, aber es war dennoch sexuelle Belästigung!

Tufty wich ein paar Schritte zurück. »Äh… Es… Ich meine, ich fühle mich geschmeichelt, und ich bin sicher, dass Sie eine ganz tolle…«

Sie schlug ihm eine Hand vor den Mund und starrte die Toilettentür an.

Die langsam aufging.

»Iiek!« Sie zerrte ihn mitsamt seiner Kiste nach hinten, stieß eine Kabinentür auf und schob ihn hinein. Dann quetschte sie sich noch dazu, zog die Tür zu und fing sie gerade noch ab, sodass sie nicht knallte.

Er spürte ihren warmen Körper, der sich an seinen drückte – während sich ihm von hinten der Klorollenhalter ins Kreuz bohrte.

Tufty machte den Mund auf, um sich zu beschweren, doch sie drückte ihm die Hand nur noch fester auf den Mund und schnitt panische Grimassen.

»Schhhhh!«

Eine Stimme wurde von den Kacheln draußen hin und her geworfen. »*Inspector McRae.*«

Und der Sarge antwortete: »*Charlie.*«

Na ja, »Sarge« stimmte ja nicht mehr, seit er befördert worden war, aber – die Macht der Gewohnheit und so.

Ein Plätschern erfüllte die Echokammer.

Steel sprach in einem zischenden Flüsterton, die Worte waren kaum auszumachen. »Was zum Henker tut *er* hier? Er sollte doch in Bucksburn sein, mit seiner ganzen Teufels-anbeter-Bagage!«

Tufty wollte sagen: »Ich finde, Sie sind nicht sehr fair zu Sergeant McRae«, aber heraus kam nur: »Mmmmf-ndd snnnndfffn smmmmmrrr...«, gedämpft durch ihre Hand. Und wo kam dieser komische zwiebelige Knoblauch-geschmack her?

Steel schüttelte den Kopf. »Woher soll ich das denn wis-sen?«

Ein Handy läutete mit einem munteren Klingelton los.

McRae meldete sich. »*Hallo?... Hi, Susan.... Ja, ich freu mich schon. Ähm, sag mal – ist sie auch dabei?*«

Okay, nächster Versuch: Würden Sie bitte Ihre stinkige Zwiebelhand von meinem Mund nehmen? »Mnnn fffmmm mmmf mmnnfff ffmm mnfffnnn.«

Sie zuckte mit den Schultern und flüsterte: »Na ja, sehen

wir's mal positiv – wenigstens ist in der Kabine nebenan niemand, der Gerüche produziert. Hier stinkt's ja so schon wie in der Unterhose eines toten Penners.«

»Nein, es ist kein Problem für mich, aber du weißt ja, wie sie manchmal ist ... Ja.«

»Mnnpf?«

Steel funkelte ihn an. »Wehe!«

Ein Händetrockner röhrte und übertönte alle anderen Geräusche. Dann fiel die Tür ins Schloss.

Steel schälte ihre zwiebelige Hand von Tuftys Mund. »Ist er weg?«

Urghhhh. Er spuckte mehrmals hintereinander aus. »Ihre Hände schmecken scheußlich!«

Sie legte ein Ohr an die Kabinentür, direkt neben einem kleinen Kugelschreibergraffito des Inhalts, dass PC Mackintosh einen superscharfen Hintern habe. »Vielleicht sollten wir lieber ein bisschen warten? Nur für alle Fälle.«

Tufty nahm die Beweismittelkiste unter den anderen Arm. »Hören Sie, wo wir schon mal hier sind ...«

»Es ist mir egal, was für perverse Sexfantasien Sie haben, die Antwort lautet: Nein!«

»Uaah!« Er schüttelte sich. »Nein: der Blackburn-Onanist. Ich habe nachgedacht, und angeblich schlägt er ja völlig wahllos zu, nicht wahr? Aber ich hatte da eine geniale Idee!«

»Schhh!« Sie klatschte ihm wieder eine Hand vor den Mund. »War das die Tür? Haben Sie die Tür gehört?«

Er wand sich aus ihrer Umklammerung. »Nachdem er sich das erste Mal in der Öffentlichkeit einen runtergeholt hat, macht er es gleich am nächsten Tag noch einmal. Dann vergehen fünfundzwanzig Tage bis zum nächsten Auftritt. Dann achtundzwanzig Tage. Dann sieben ...«

»Schon gut, Rain Man.«

»... dann sechzehn. Dann einer. Dann elf – Au!«

Das gemeine Miststück hatte ihn geschlagen.

Steel senkte die Stimme wieder zu einem rauchigen Flüstern. »Da draußen ist jemand!«

Er imitierte sie und zischelte so leise, dass er sich selbst kaum hören konnte: »Dann sechzehn, dann einer, dann sechs…«

Und wieder schlug die Zwiebelhand zu, und diesmal quetschte sie seine Backen zusammen, sodass er sich nicht befreien konnte.

Die Tür der Kabine wurde aufgerissen, und da stand Inspector Evans, die Sportbeilage unter den Arm geklemmt. Entsetzen malte sich in seinen Zügen. »Was zum Teufel tun Sie denn hier?«

Steel ließ Tuftys Gesicht los und griff rasch nach der Türklinke. »Ich muss doch sehr bitten. Ich habe diesen Besprechungsraum bis sieben Uhr gebucht.« Sie zog die Tür wieder zu und legte den Riegel vor.

»*Hallo?*«

»Also, wie gesagt…« Tufty verzichtete jetzt auf den Flüsterton. »Da war neulich ein Artikel im *New Scientist* über eine neue Open-Source-Mustererkennungs-Software, die zur Überprüfung der Daten aus dem Large Hadron Collider benutzt wird – das ist echt total cool –, und ich dachte mir, könnte man das nicht auf die Daten des Blackburn-Wichsers anwenden?«

Sie sah ihn seufzend an. »Ich brauche einen großen Erfolg, Tufty, eine Bande von minderjährigen Ladendieben reicht da nicht. Und auch kein Perversling, der in anderer Leute Gärten Beutle-den-Womble spielt. Einen *großen* Erfolg.«

Inspector Evans' Stimme nahm einen herrischen Ton an. »*Ich bestehe darauf, dass Sie augenblicklich diese Kabine verlassen.*«

»Ja, aber hören Sie zu: Ich habe die ganze Sequenz mit den Wochentagen und Daten simuliert. Er fummelt nie an einem Montag oder Mittwoch an sich herum und auch nie am Wochenende.«

»Haben Sie einen blassen Schimmer, wie schwer es ist, sich wieder zum Detective Chief Inspector hochzuarbeiten?«

»Und dann gibt es da diese langen Perioden, wo rein gar nichts passiert. Also hab ich mir gedacht: ›Könnte es sein, dass er im Schichtdienst arbeitet?‹ Na?«

Evans klopfte an die Tür und rüttelte an der Klinke. *»Sie haben hier nichts verloren, das ist die Herrentoilette!«*

Steel fletschte die Zähne. »Benutzen Sie eine andere Kabine, die hier ist besetzt!«

»Okay, das reicht – ich rufe die Interne Ermittlung. Wollen doch mal sehen, was die dazu sagen.«

Sie öffnete die Tür und trat hinaus. »Okay, okay. Wir wollten sowieso gerade gehen.« Sie schnippte mit den Fingern. »Detective Constable Quirrel, bei Fuß!«

Inspector Evans starrte ihnen nach. Dann rollte er seine Zeitung zusammen, schüttelte sich und steuerte eine andere Kabine an.

Tufty stellte die Beweismittelkiste neben den anderen ab, unter denen der klapprige Schreibtisch in der Ecke bereits ächzte. »Also, jedenfalls hab ich mir gedacht, wenn er bloß im Schichtdienst arbeitet, dann wäre es doch ein einfacheres Muster, oder nicht?«

Hielt diese elende Nervensäge denn *nie* die Klappe?

Das CID-Büro hatte den ganzen Charme einer Katze mit Durchfall. Die Farbe blätterte von Wänden und Holzrahmen, die Teppichfliesen waren ein Museum sämtlicher verschütteter Tee- und Kaffeebecher der vergangenen Jahrzehnte. Die Hälfte der Deckenfliesen fehlte ebenso, dafür gab es eine beeindruckende Sammlung von Spinnennetzen, gesprenkelt mit winzigen schwarzen Fliegenleichen.

Das war nicht so gewesen, als sie noch Detective Chief Inspector gewesen war, oder? Nein, verdammt, kein Vergleich war das. Ein eigenes Büro hatte sie gehabt. Eine funktionierende Kaffeemaschine. Ein Fenster, das man kippen konnte, wenn man mal heimlich eine rauchen wollte. Und die ganzen Sklaven waren in einem anderen Büro untergebracht, wo sie einem nicht im Weg waren und nicht dauernd blöde Fragen stellen konnten.

Roberta zog ihre Jacke an. Schlüssel. Schlüssel. Schlüssel … Wo zum Teufel waren die Schlüssel? »Haben Sie meine Schlüssel gesehen?«

»Es gäbe nicht so starke numerische Schwankungen des Musters.«

»Wer hat meine Schlüssel verlegt? Warum müssen hier alle immer so rumschlampen?«

»Aber was ist, wenn es noch jemanden im Haus gibt, der manchmal nachts arbeitet? Und *dann* schleicht er sich immer aus dem Haus, um Großonkel Bulgaria zu prügeln. Madame Cholet auszupeitschen. Den Tobermory zu würgen.«

Da waren sie! Versteckt unter diesem Stapel von Kriminalitätsstatistiken, den sie streng genommen letzte Woche hätte abarbeiten sollen. »Geben Sie *nie* mal Ruhe?« Sie steckte sie in die Tasche, zusammen mit diversem Kleinkram und ihrem Handy. Das ein *Ding-ding* von sich gab, als sie danach griff.

Eine Textnachricht von Susan.

Komm nach Hause, Roberta. Mach das nicht schon wieder.

J & N müssen ihren Vater sehen.

Hmmpf… Sie hinderte sie ja nicht daran, oder? Nein. Sie war nur so nett, sich fernzuhalten. Susan sollte ihr im Gegenteil dankbar sein, dass sie *nicht* nach Hause kam und Logan »Verräterschwein« McRae einen dieser Golfpokale in den Hintern rammte.

Tufty hatte es immer noch nicht gerafft. »Unser kleiner Wichser hat es gestern Abend getan. Und ich wette mit Ihnen um eine Portion Fish and Chips, dass er es heute Abend wieder tun wird. Wir können ihn warm erwischen!«

Sie sah ihn finster an. »Es heißt ›kalt erwischen‹, Sie Ofenkartoffel. *Kalt* erwischen.«

»Nee, überlegen Sie doch mal, was er tut, Sarge. Reibungswärme und so, nicht wahr?«

Idiot.

Und wieso war es plötzlich *ihre* Schuld? Sie war doch nicht diejenige, die bei der Internen gepetzt hatte. Sie war nicht das Verräterschwein.

»Sarge? Alles in Ordnung mit Ihnen? Ich meine nur, weil Sie aussehen, als ob Ihnen jemand in den Mund gekotzt hätte.«

»Samenspender zu sein zählt nicht.«

Er starrte sie an. »O-kay…?«

Sie tippte eine Antwort in ihr Handy.

Wird spät heute. Muss noch einen Perversen fangen.

Dann steckte sie das Telefon in die Tasche. Sie schniefte. »Gehen Sie runter zum Empfang und besorgen Sie uns einen Wagen. Wollen doch mal sehen, ob Sie mir eine Portion Fish and Chips schulden oder nicht.«

Steel verzog angewidert den Mund und rutschte nervös auf dem Beifahrersitz herum, die Ellbogen angelegt und die

Hände eingezogen, um nur ja nichts zu berühren. »Hätten Sie nicht ein saubereres aussuchen können?«

»Was anderes war nicht zu kriegen. Und gern geschehen, übrigens.« Obwohl sie nicht ganz unrecht hatte – das Auto war eine ziemliche Müllkippe. Überall raschelte und knisterte es von leeren Chipstüten, Schokoladenpapierchen, Keksschachteln, Fastfoodbehältern aus Styropor, Papiertüten von Burger King und McDonald's, zerdrückten Irn-Bru-, Cola-, Fanta- und Ginger-Ale-Dosen… Das Zeug flog im Fußraum herum und stapelte sich auf dem Rücksitz. Und Krümel… *überall* Krümel.

»Hmpf.« Sie verschränkte die Arme und starrte ihr Spiegelbild im Beifahrerfenster an. Undankbarer Klotz.

Zur Rechten der Schnellstraße erhoben sich Wälder, das Grün ins Goldene und Bernsteinfarbene changierend, je mehr die Sonne sich dem dunstigen Horizont näherte. Ein Flickenteppich von Feldern, zusammengenäht mit Trockensteinmauern, lag über dem Land. In der Ferne konnte man gerade so den Gipfelkamm des Bennachie ausmachen.

Tufty warf seiner schmollenden Beifahrerin einen verstohlenen Blick zu. »Äh, Sarge?«

Ein Knurren war die Antwort.

»Mir ist irgendwie aufgefallen… Sie gehen Inspector McRae aus dem Weg?«

Sie verschränkte die Arme noch fester, womit sie noch ein paar Quadratzentimeter sommersprossiges Dekolleté freilegte, und knurrte abermals.

»Ich meine nur, ich hab ja schließlich gut zweieinhalb Jahre mit ihm gearbeitet, und er war ein guter Vorgesetzter. Hat ein bisschen viel Theater um seine Katze gemacht, und er konnte Unmengen an Linsensuppe verputzen, aber im Pub hat er sich nicht lumpen lassen. Und er hat niemanden bevorzugt.« Achselzucken. »Er ist ein anständiger Kerl.«

»Zwingen Sie mich nicht, Ihnen den Mund mit Seife und Wasser auszuwaschen.«

»Und er hat immer nur gut über *Sie* geredet.« Mehr oder weniger. Wenn man die ganzen Horrorstorys nicht mitzählte.

»Das werde ich nämlich tun, wenn Sie nicht endlich die Klappe halten.«

Ah. Na schön.

Er räusperte sich. »Okay, also, wollen Sie wissen, woher ich *weiß*, dass der Blackburn-Womble-Wichser heute Abend wieder zurubbeln wird?«

Sie starrte ihn finster an. »Und nur zu Ihrer Information: Logan ›Drecksack‹ McRae kann sich von mir aus in den Hut scheißen. Und ihn dann aufsetzen.«

Roberta beugte sich vor und wischte ein Guckloch in der beschlagenen Scheibe frei, um mit grimmiger Miene auf die Schablonenhäuser hinauszustarren. Nicht hundert Prozent identisch, eher wie nicht ganz perfekte Klone. Hier ein bisschen grauer Rauputz, da eine Verzierung aus Stein, graue Ziegeldächer. So neu, dass die Vorgärten noch aussahen, als wären sie gestern erst bepflanzt worden.

Sie seufzte. »Langweilig!«

»Ich wollte ja ›Ich seh etwas, was du nicht siehst‹ spielen, aber naaaain, das war Ihnen ja zu kindisch.« Tufty sah nicht einmal von seinem Smartphone auf, er saß nur da wie ein Idiot und spielte irgendein blödes Spiel – es piepste und dudelte vor sich hin, unterlegt mit nerviger Plinki-Plonk-Musik. »Und als ich *versucht* habe, ein Gespräch über Quantenchromodynamik anzufangen, da waren Quarks und Gluonen plötzlich ›doof und langweilig‹. Erinnern Sie sich daran? Denn ...«

Sie boxte ihn. »Also, wo ist er denn nun? Der wundersame Womble-Würger?«

Ping, dudel, plinki-plonk. »Geduld, Grashüpfer.«

»Und kalt ist es auch. Kalt und langweilig.« Roberta warf sich in ihrem Sitz zurück. Und gleich noch einmal. Wie ein bockiger Teenager. Das Ganze untermalt von einem tiefen, genervten Seufzer.

Hätte ein Buch einstecken sollen.

Sie verschränkte die Arme. Nahm sie wieder auseinander. Damit schlug sie fünf oder zehn Sekunden tot.

Uah …

Roberta tippte mit einem Finger auf das Armaturenbrett, es gab ein dumpfes, hohles Geräusch. »Wissen Sie was? Wir sollten in sämtlichen Häusern vorbeischauen, vor denen er sich einen runtergeholt hat. So können wir wenigstens eine Tasse Tee schnorren und uns ein bisschen aufwärmen. Vielleicht gibt's auch hier und da ein paar Kekse?«

Roberta tunkte einen Jaffa-Cake in ihren Tee. Echtes Porzellan, was sagte man denn dazu? Der Tee wurde aus einer Kanne eingeschenkt, für die Milch gab's ein klcincs Kännchen. Kekse in einer Porzellanschüssel. Sehr nobel.

Es war ein hübscher kleiner Wintergarten, an der Rückseite des Hauses angebaut, wo der Blick über Stoppelfelder ging, perfekt ausgerichtet, um die Abendsonne einzufangen. Lauter Rot- und Gelbtöne, dazu blaue Schatten, die aus den Trockenmauern wuchsen. Bequeme Sofas und Sessel, gruppiert um einen Beistelltisch mit Glasplatte, auf der kunstvoll arrangierte Zeitschriften lagen, wie man sie normalerweise nur in Zahnarztwartezimmern sieht. Dazu zwei Korbsessel mit Chintzkissen.

Mrs Rice saß in einem davon und fingerte an den Perlen herum, die ihr um den Hals hingen. Sie war garantiert keinen Tag älter als dreißig und trug doch *tatsächlich* ein Twinset zur Perlenkette. Pastellblau. Als ob sie neunzig wäre. Das Korbgeflecht knarzte, als sie ihre Sitzhaltung veränderte. »Also ehrlich, ich wusste gar nicht, wo ich hinschauen sollte. Er stand gleich da drüben im Garten und … *befriedigte* sich.« Sie deutete auf den makellos gepflegten Rasen und schüttelte sich. »Am Ende mussten wir die Gartenzwerge entsorgen. Ich konnte ihre *lüsternen* Blicke nicht mehr ertragen.«

Tufty nickte und notierte sich etwas in seinem Büchlein. Streber. »Und er war …« Er starrte Roberta an, die gerade die Schokolade ableckte, um an das orange Teil in der Mitte zu kommen. »Entschuldigung. Und Sie sagen, er trug eine Superheldenmaske?«

Mrs Rice verzog angewidert das Gesicht. »Ja, und so gut wie nichts sonst. Ich frage Sie, wenn Sie Spaghetti bolognese für vier Personen kochen, wollen Sie dann wirklich durch Ihr Küchenfenster *so etwas* sehen? Einen Spiderman, der an sich herumspielt?«

Tufty machte sich wieder eine Notiz. »Und hat er …?« Eine euphemistische Geste. »Sie wissen schon …?«

»Was?«

Ganz schön begriffsstutzig.

Sollte der Ärmsten besser ein bisschen auf die Sprünge helfen. Roberta beugte sich vor und legte ihr eine schokoladenverschmierte Hand aufs Knie. »Ist er am Ziel angekommen? Waren seine Bemühungen von Erfolg gekrönt? Hat er den Gipfel der Lust erreicht?« Ein Zwinkern. »Hat er seine eklige Männer-Mayonnaise über Ihre Begonien verspritzt?«

Mrs Rice starrte sie nur entsetzt an.

Roberta steckte sich die restliche Kekshälfte in den Mund. »Denn wenn es so ist, dann kann mein Constable hier es einsammeln, und dann lassen wir es testen. So finden wir vielleicht heraus, wer unser versauter kleiner Freund ist.«

»Oh …« Ihre Miene wurde einen Moment lang säuerlich,

dann rang sie sich ein wenig überzeugendes Lächeln ab und griff nach der Kanne. »Oh. Ähm ... noch etwas Tee?«

Die Küche war winzig, fast alle horizontalen Flächen mit Einkaufstaschen, Müslipackungen, Tellern, Töpfen und Pfannen bedeckt. Noch mehr Einkaufstaschen auf dem Boden.

Mrs Morden schüttelte den Kopf und goss kochendes Wasser in vier Becher. Der billige Instantkaffee verbreitete einen Geruch nach verbranntem Toast. Ihr Jogginganzug hatte schon bessere Zeiten gesehen, genau wie sie selbst.

Tufty stand auf einer der wenigen freien Stellen des Linoleumbodens und trat von einem Fuß auf den anderen, den Kugelschreiber im Anschlag.

»Urgh ...« Sie rührte die angebrannte braune Brühe mit einer Gabel um. »Na ja, es passiert einem nicht jeden Tag, dass man in seinem Garten Batman masturbieren sieht, oder? Der Bewegungsmelder ist angesprungen, da konnte ich alles nur allzu deutlich sehen.«

Die blank polierten Arbeitsflächen aus schwarzem Granit funkelten im Schein der Punktstrahler. Eichenschränke. Schieferfliesen am Boden.

Ein Mann in Jeans, einem Jeremy-Corbyn-als-Che-Guevara-T-Shirt und Flip-Flops drückte Steel einen Becher Tee in die Hand. »Ja, er trug so eine Incredible-Hulk-Maske. Bloß dass der Incredible Hulk eigentlich groß und grün ist. Und er war weder noch.« Ein Zwinkern. »Wenn Sie wissen, was ich meine.«

Überall im Wohnzimmer lag Kinderspielzeug herum: Lego, Night Garden, SpongeBob, Transformers, My Little Pony, Bälle, Strahlenpistolen, Teddybären ... Mrs Allsop schlang die Arme um den Körper und schauderte, während Steel sich noch ein Penguin Biscuit nahm. »Oh, es war entsetzlich.«

Tufty nickte. »Ich weiß. Entschuldigen Sie, aber Sie sagten, er trug eine Maske?«

II

Tufty konsultierte sein Notizbuch. Er stand mit dem Rücken zur Parkbucht und las beim Licht der Autoscheinwerfer. »Also, wir hätten da einen Incredible Hulk, einen Iron Man, drei Spidermans ... Spidermen? – nein, es muss ganz bestimmt Spidermans heißen; einen Asterix, zwei Batmans, einmal ›diese grässlichen Ninja-Turtle-Kreaturen‹ und aus unerfindlichen Gründen auch eine Peppa Wutz.«

Der Motor lief, das Radio war laut gedreht, die Sprecherin brüllte ihre Lokalnachrichten heraus, aber es reichte alles nicht, um die verstörenden Geräusche zu übertönen, die aus dem Gebüsch am Straßenrand kamen.

Steel stöhnte. »Uuuuuuuh ... Schon besser.«

»... morgen ab sechs Uhr vor der Music Hall.«

»Uuuuuuuuuuuhhh ... Aber es dampft ganz schön.«

Urgh. Ein Schauder mit Clogs an den Füßen durchlief Tufty von oben bis unten. »Das will ich alles gar nicht wissen.«

»Die Beschwerden häufen sich, nachdem Landwirte gedroht haben, an diesem Wochenende die Union Street lahmzulegen, um gegen die geplanten Änderungen bei den Subventionszahlungen zu protestieren.«

»Hätte ich besser mal in dem letzten Haus, wo wir waren, ein bisschen Klopapier mitgehen lassen.«

Eine brummige Männerstimme tönte aus den Lautsprechern. »Es tut uns leid, dass es so weit kommen musste, aber die Regierung hat uns keine Wahl gelassen. Wenn die Landwirtschaft *in diesem Land überleben soll, dann müssen wir das jetzt klären.«*

Tufty blickte starr geradeaus. »Hätten Sie nicht einfach dort aufs Klo gehen können?«

Dann wieder die Sprecherin: *»Und eine letzte Meldung: Der von einem Justizirrtum betroffene Jack Wallace hat angekündigt, Police Scotland wegen, wie er sagt, grober Fahrlässigkeit und einer Kultur der Lügen zu verklagen.«*

»Ach, nun seien Sie mal nicht so zimperlich, Tufty. Wenn die Blase ruft, muss man gehorchen.« Steel trat aus dem Gebüsch und wischte sich die Hände an der Hose ab. »Besser draußen als drinnen.« Sie hielt inne und starrte das Auto an, als Jack Wallace' Stimme aus dem Radio drang.

»Es wird sich nur dann etwas ändern bei Police Scotland, wenn wir, die Menschen im Land, uns zur Wehr setzen und sie verklagen. Sie glauben, sie könnten sich alles erlauben, und ich bin gekommen, um zu sagen: Nein, das könnt ihr nicht!«

Steel fauchte den Wagen an. »Du mieses Dreckstück.«

Die Sprecherin übernahm wieder. *»Police Scotland will sich vorläufig nicht zu den Vorwürfen äußern. Nun zum Wetter, und da verspricht ein Hoch fürs Wochenende viel Sonne ...«*

»Schalten Sie das aus.«

Blackburn glitzerte in der Dunkelheit – ineinander verschlungene Ketten aus gelben Straßenlaternen, erleuchtete Fenster, hinter denen die Menschen es sich vor dem Fernseher gemütlich machten. All das konnte man durch die Frontscheibe ihres Müllkippenautos sehen, das am Rand der Schlafstadt geparkt war. Wobei »Stadt« ein wenig übertrieben war. Wenn man beim Durchfahren einmal nieste, hatte man schon die Hälfte verpasst.

Roberta ließ einen langen, tiefen Seufzer entweichen. Allmählich wurde ihr das doch zu blöd.

Sie nahm die Füße vom Armaturenbrett. »Ich blase die Aktion ab. Das war eine einzige Zeitverschwendung. Warum hab ich bloß auf Sie gehört?« Sie verpasste ihm eins mit dem Handrücken, und er zuckte zusammen. »Sie sind ein Detective Constable von sehr geringem Verstand!«

»Au! He, das ist unfair ...«

Sie holte gerade aus, um noch mal zuzuschlagen, als ihr Handy die Titelmelodie von *Cagney & Lacey* spielte. Ein Blick auf die Anruferkennung, und alles schmeckte plötzlich bitter und metallisch. Als ob man an einem dreckigen Penny lutschte. »VERRÄTERSCHWEIN.«

Tufty deutete auf das Telefon. »Wollen Sie nicht rangehen?«

»Wie sind Sie darauf gekommen, dass heute Abend Wichsabend ist?«

»Ist vielleicht wichtig.«

Sie drehte sich auf ihrem Sitz um und starrte ihn an. »Es ist nicht wichtig. Es ist McRae, das Arschgesicht.«

»Oh ... Okay. Also, nachdem mir klar wurde, dass wahrscheinlich *zwei* Schichtmuster im Spiel sind, habe ich das eine auf eine Seite getan und das andere auf die andere und sie so lange durcheinandergeschüttelt, bis es eine Übereinstimmung mit den Abenden gab, an denen er ... Ich dachte, Sie wollten das wissen?«

Roberta starrte an ihm vorbei, durch das Fahrerfenster auf einen kleinen Fußweg, der sich von der Straße weg an der Rückseite der Grundstücke am Ortsrand von Blackburn entlangzog. Da war eine Silhouette in der Dunkelheit, gerade eben auszumachen im bleichen grauen Mondlicht, das durch die Wolken drang. Eine Gestalt, die langsam den unbeleuchteten Weg entlangging. »Da drüben. Bei den Bäumen.«

Irgendetwas musste den Bewegungsmelder im Garten dahinter ausgelöst haben, denn es wurde plötzlich hell.

Die Gestalt erstarrte. Ein Mann mittleren Alters, Bierbauch, Parka mit hochgeklappter Kapuze. Zwei Schritte, und er tauchte wieder in die Dunkelheit ab.

Roberta kniff die Augen zusammen. »Finden Sie nicht auch, dass der ganz schön verdächtig aussieht?«

Aber hallo.

Sie drückte den Anruf weg und stopfte das Handy in die Tasche. Dann kletterte sie hinaus und drückte geräuschlos die Beifahrertür zu.

Ihr Atem bildete eine Wolke um ihren Kopf.

Tufty stieg auf der Fahrerseite aus und trat zu ihr. Stand da weithin sichtbar wie ein Riesentrottel. Immerhin war er schlau genug, die Stimme zu dämpfen. »Und jetzt?«

Der Typ im Parka beugte sich vor und hantierte in Höhe seines Schritts mit etwas herum.

Sie flüsterte schön leise: »Ich glaube, ich schulde Ihnen eine Portion Fish and Chips.«

Sie schlichen über die Straße, im Schutz der Ginstersträucher, die wie gewaltige raschelnde Kreaturen entlang des Gehwegs wuchsen. Näher. Noch näher.

Womit fummelte er da herum? Mach, dass es sein Pimmel ist. Mach, dass es sein Pimmel ist…

Der Mond brach durch die Wolkendecke – groß, schwer und rund – und tauchte alles in sein gespenstisches Licht.

Näher…

Und dann funkte ihr Handy wieder mit der verdammten *Cagney-&-Lacey*-Melodie dazwischen.

Der kleine Mann stieß einen spitzen Schrei aus, warf einen Blick über die Schulter – und rannte los.

Tufty schnellte aus seiner gebückten Haltung hoch. »Halt, stehen bleiben!«

Idiot.

Sie boxte ihn wieder. »Was stehen Sie noch rum?«

Er sprintete los, hinter dem Fliehenden her. Wurde mit jedem Schritt schneller.

Schon viel besser.

Sie preschte ihm nach, und gemeinsam verfolgten sie ihren Perversen quer über die Straße, weg von den Straßenlaternen und Gärten, über eine Trockenmauer und in ein Stoppelfeld. Hinein in den braunen, schweren Geruch von feuchter Erde, die unter ihren Füßen quatschte.

Das Mondlicht verwandelte die Welt in ein Schattenspiel – bläulich graue Silhouetten, die Bäume krakelige Tintenkleckse. Silbern schimmernde Flecken, wo Pfützen das Mondlicht reflektierten.

Der masturbierende Mistkerl hatte einen Vorsprung, und er war schnell, aber Tufty war schneller. Er holte auf.

Wasser spritzte an Robertas Bein hoch, als sie durch eine versteckte Pfütze platschte. »Waahh!« Kalt. *Und* nass. Und glitschig.

Eine Handvoll Schafe unterbrach, was immer es war, das Schafe um halb zehn an einem Montagabend taten, um zuzuschauen, wie die drei Zweibeiner vorüberpatschten. Tufty hatte den Kerl fast eingeholt, Roberta bildete die Nachhut. »Scheißschlammige, matschige, dreckige, glitschige …«

Der widerliche Mistkerl schlug einen Haken nach links, dann nach rechts, just als Tufty nach ihm schnappte.

Tufty bekam nur eine Handvoll Luft zu fassen. Ein kurzer Entsetzensschrei, er ruderte wild mit den Armen und hielt sich noch einen Moment aufrecht, ehe er der Länge nach auf eine dunkle, schlammige Stelle niederging und noch ein Stück rutschte. Dann blieb er flach auf dem Rücken liegen, Arme und Beine in die Luft gereckt wie eine umgedrehte Schildkröte. »Aaaaaargh!«

Der Perversling sah sich kurz um, als der schlammige Schrei ertönte, weshalb er nicht sah, wie Roberta direkt vor ihm einscherte, eine Hand ausgestreckt, um nach der Kapuze des Parkas zu greifen. Sie bekam eine Handvoll Pelzkragen zu fassen und pflanzte sich breitbeinig hin.

»Urgh!« Seine Füße liefen weiter, aber der Rest von ihm blieb, wo er war, hing einen Atemzug lang in der Luft ... und klatschte dann mit einem feuchten, schmatzenden *Wumpf* ärschlings in den Matsch zu Robertas Füßen.

Sie sah grinsend auf ihn hinunter. »Deine Womble-Würger-Tage sind gezählt, Freundchen.«

Tufty zerrte den Gefangenen durch den matschigen Acker und über die Trockenmauer zurück auf die Straße und unter eine Laterne. O ja, Tufty war ganz schön dreckig. Nicht nur ein bisschen angeschmutzt, nein, von Kopf bis Fuß mit Matsch und Schmodder vollgesaut. Den ganzen Rücken rauf, und vorne sah es auch nicht viel besser aus. Und irgendwie komisch riechen tat er auch ...

Roberta schnupperte kurz an ihm, prallte zurück und wedelte hektisch mit der Hand vor ihrem Gesicht. »Also, nehmen Sie's nicht persönlich, aber ich fürchte, das war nicht nur Matsch, wo Sie da reingefallen sind.«

Er verzog das Gesicht und blickte an seinen vor Dreck starrenden Klamotten hinunter. »Argh ...«

Unter der Straßenlaterne tauchte ihr Gefangener aus dem Schutz seiner Parkakapuze auf. Nicht gerade George Clooney. Nicht mal George Clooneys hässlicher Bruder. Ein absoluter Durchschnittstyp, klein, mit schiefer Brille.

Roberta sah ihn an und klimperte mit den Wimpern. »Kommen Sie hier öfter ...« Eine längere Kunstpause. »... her?«

Der widerliche kleine Wichser richtete sich zu seiner vollen Größe von eins sechzig auf und reckte das Kinn. »Lassen Sie mich los, sonst ... sonst rufe ich die *Polizei*!«

»So ein Zufall aber auch: Ich und mein kotiger kleiner Freund hier *sind* die Polizei.« Sie tätschelte die glänzende Wange des wehleidigen Wichsers. »Also, was können wir für Sie tun? Haben Sie Probleme, ihn hochzukriegen? Oder können Sie sich nicht entscheiden, vor welchem Haus Sie sich einen runterholen wollen?«

Er zog sein Durchschnittskinn wieder ein. »Was?«

»Wir wissen, dass Sie es sind, Freundchen. Und jetzt bringen wir Sie mal schön aufs Revier, in eine Zelle und in die Sexualstraftäterdatei.«

»Aber ich habe nichts getan!«

Tufty packte ihn und drehte ihn zu sich um. »Ach nein? Und wieso sind Sie dann weggelaufen?«

»Es ist mitten in der Nacht, und Sie haben mich verfolgt. *Natürlich* bin ich weggelaufen. Sie hätten weiß Gott wer sein können.«

Tufty baute sich vor ihm auf. »Wir sind die *Polizei*!«

»Ja, warum haben Sie das denn nicht gesagt? Ich dachte, Sie wollten mich ausrauben.« Er griff in die Taschen seines Parkas und zog eine Hundeleine und etwas, das verdächtig nach einem vollen Hundekotbeutel aussah. »Ich gehe mit Sheba Gassi und ahne nichts Böses, und plötzlich fallen Sie beide wie die Berserker über mich her!«

»Ah …«

Trotzdem – könnte ein Trick sein. »Detective Constable, untersuchen Sie das Beweisstück.«

Er starrte sie an. »Sie machen wohl Witze?«

»Drück's halt ein bisschen, um zu sehen, ob es wirklich Hundekacke ist.«

»Also, das ist doch …« Mit angewiderter Miene griff Tufty nach der Tüte und drückte sie kurz. »Bäh, die ist noch *warm*!«

»Aha.« Roberta räusperte sich und sah weg. »Sie sind also mit Ihrem Hund Gassi gegangen?«

»Und der Himmel weiß, wo sie jetzt steckt. Greyhounds sind *unglaublich* empfindlich.«

»Nun ja, Sie werden verstehen, warum wir dachten ...«

»Jetzt kann ich wahrscheinlich die halbe Nacht nach ihr suchen. *Vielen* Dank auch.«

Roberta scharrte mit den Füßen. »Ja. Nun ja, wir machen alle Fehler, nicht wahr.« Sie zupfte seine Jacke zurecht, klopfte ihm etwas Erde von der Schulter. »Ist ja weiter nichts Schlimmes passiert, hm?«

»Ich werde mich beschweren, darauf können Sie Gift nehmen!«

Natürlich würde er das.

»Na, wunderbar.«

Es war einfach nicht fair. Da riss sie sich den Sprichwörtlichen auf, um etwas zu erreichen in dem Job, und was hatte sie davon? Einen schlammverschmierten Idioten als Laufburschen, eine Nacht in einem versifften Einsatzwagen, der stank wie das Innere einer Mülltonne, und eine Beschwerde von einem kotsammelnden Mitbürger. Weil sie ja dringend noch mehr Beschwerden in ihrer Akte brauchte, nicht wahr? Weil da ja noch nicht genug drinstanden.

Pffff ...

Roberta stöhnte und ließ einen Unterarm über ihr Gesicht fallen. Sie lag quer auf dem Rücksitz des Wagens, ein Bein über die Kante gehängt, und raschelte mit dem Schuh in den Abfallbergen herum.

Tufty jammerte mal wieder rum. »Ach Mensch, bitte, es ist saukalt hier draußen!«

»Erst wenn Sie trocken sind. Wir haben so schon genug Stress, da müssen Sie nicht noch ...«

Ihr Handy plärrte wieder mit *Cagney & Lacey* los.

»Och nee ...« Sie zog es heraus und schielte aufs Display.

Die gleiche Anruferkennung wie vorhin: »Verräterschwein.«

Das Orchester fiel mit den trötenden Blechbläsern ein, als
die Titelmelodie so richtig abhob.

Tufty klopfte an die Scheibe. »Irgendwann werden Sie mit
ihm reden müssen.«

»Wie hat dieses ganze Elend eigentlich angefangen,
Tufty?«

»Vielleicht damit, dass Sie versucht haben, Jack Wallace
eine Anklage wegen Kindesmissbrauchs anzuhängen? Ist
nur geraten.«

»Und das, wo ich gerade im besten Mannesalter bin.«

»Darf ich *bitte* wieder einsteigen? Ich kann meine Zehen
nicht mehr spüren.«

»Aaaaahh!« Sie bedeckte ihr Gesicht mit beiden Händen,
während das Handy seine Melodie schmetterte. »Ich sollte
Mörder fangen und Belobigungen und Orden sammeln. Mir
passiert nie irgendwas Bombastuöses …«

»Hören Sie, ich kann auch rangehen, wenn Sie wollen?«

»Ich rede nicht mit diesem intriganten, judasmäßigen,
hintenrummen … Motherfunker!«

Das Telefon verstummte. Endlich.

Ding-ding. Eine SMS. Sie riskierte einen Blick.

Ich habe gehört, dass Wallace Police Scotland verklagen
will. Möchtest du darüber reden? Ich bin noch bei euch
zu Hause.
Logan

Nein, mochte sie nicht. Du wirst gelöscht, Freundchen.

Löschen.

Dann mischte sich der Polizeifunk ein. *»An alle Einheiten:
Jemand in der Nähe von Blackburn? Meldungen über eine*

unbekannte Person, die im Garten des Anrufers eine Solosex-nummer schiebt.«

Ha!

Sie setzte sich auf und schnappte ihr Telefon, ehe es in dem Meer von Chipstüten verschwand. »Wir übernehmen!«

Tufty stieg auf die Bremse, und der Streifenwagen hielt mit kreischenden Reifen vor einem Schablonenhaus am Ende einer Schablonenstraße. Er riss den Gurt zur Seite und sprang hinaus in die Nacht. Steel krabbelte auf der Beifah-rerseite raus und hetzte schnaufend hinterdrein, als er auf die Haustür zuhielt.

Sie packte ihn von hinten an der schlammverschmierten Jacke und wies zur Seite. »Ums Haus rum, und schnapp den Mistkerl!«

Er löste sich von ihr, lief an der Hausfront entlang und um die Ecke. Ein mannshoher Zaun versperrte den Weg. Verdammt – das Tor war abgeschlossen.

Zwei Schritte Anlauf, dann ein Sprung, das Bein über den Zaun geworfen und losgelassen … Er landete in einem Gar-ten, der von einer ganzen Batterie Sicherheitsleuchten ange-strahlt war wie ein Fußballplatz. Ein kleiner Schuppen auf einer Seite, eine Sammlung von billigen Plastikspielsachen: Kinderhaus, Bagger, Schaukel, ein Schaukelpferd in Gestalt eines Dinosauriers – alle grell angestrahlt in ihrem ganzen Technicolorglanz.

Ein Mann stand auf der anderen Seite einer Wäsche-spinne. Er trug einen Bademantel und schwenkte einen Spaten, während er über den hinteren Zaun hinweg in die Dunkelheit brüllte: »KANNST GERN NOCH MEHR DAVON HABEN, DU PERVERSES SCHWEIN!« Er wirbelte herum, und der Bademantel flatterte auf. Darunter kamen ein Darth-Vader-T-Shirt und eine Pyjamahose mit Schottenkaro zum Vorschein. Er zeigte Tufty die Zähne, dann stocherte er mit dem Spaten in seine Richtung, als wäre es ein Gewehr mit aufgepflanztem Bajonett. »Noch einer, wie? Na, komm nur her!«

Tufty bremste schlitternd ab und hob die Hände. »He, ganz ruhig. Polizei! Ich bin Polizist!«

Steel platzte zur Küchentür heraus. »Haben Sie ihn erwischt?«

Spaten-Man grinste. »Oh, und wie ich ihn erwischt hab.« Er schwenkte seine Waffe hin und her. »Voll in die Fresse. *Peng!*«

Tufty lief auf den hinteren Zaun zu, setzte einen Fuß auf die Mittelleiste, hievte sich hoch und schwang ein Bein über den Zaun. Und dann …

Die Häuser zogen sich zur Linken hin, versteckt hinter ihren Holzzäunen, aber zur Rechten waren nur Felder, in Mondlicht getaucht. Unheimliche graue Gestalten bewegten sich über die Stoppeln, ihre Augen glommen wie die von Schakalen. Unheimliche Schafe, die unheimlich vor sich hin schaften – oder schufen? Aber sie waren die einzigen Lebewesen da draußen. Keine Menschenseele weit und breit.

Mist.

Er sprang wieder herunter. »Er ist weg.«

»Verdammt!« Steel drehte sich mit geballten Fäusten einmal um die eigene Achse. »Mother*funker*!«

Spaten-Man wich zurück und beäugte Tufty mit gerümpfter Nase. »Worin haben *Sie* sich denn gewälzt?«

Steel packte den Bademantel des Mannes. »Haben Sie ihn erkannt? Den Mann, den Sie geschlagen haben?«

»Er trug eine Maske. So ein billiges Plastikteil für Kinder.«

Sie ließ seinen Bademantel los und riss ihm stattdessen den Spaten aus der Hand, hielt das Ding unter die nächste Sicherheitsleuchte und drehte es hin und her. »Blut kann ich keins sehen. Aber vielleicht kriegen wir ein bisschen DNS davon.«

So dicht dran.

Tufty zog sein Notizbuch hervor und schlug es bei der ersten leeren Seite auf. Er zückte den Stift. »Also, jetzt mal schön der Reihe nach.«

III

Der versiffte Einsatzwagen stand immer noch quer zur Straße, halb auf dem Gehweg. Steel lehnte sich lässig an die Motorhaube und paffte ihre Pseudozigarette. Die private kleine Nebelbank, die ihren Kopf einhüllte, schimmerte im Mondlicht wie eine feste Masse.

Tuftys Handy war warm an seinem Ohr, das Notizbuch hielt er gegen das Autodach gedrückt. Er schrieb das Wort »Vielleicht« hinein und unterstrich es dreimal. »Ja, okay. Danke. Wiederhören.« Er legte auf. »Maud sagt, sie wird ihr Bestes tun, aber das Labor kommt jetzt schon nicht mehr nach.«

Steel nahm die E-Zigarette kurz aus dem Mund, um in den Rinnstein zu spucken. »Das ist Kriminaltechnik-Geheimcode für ›Vergiss es, keine Chance‹. Mist.«

»Das heißt aber trotzdem, dass Sie mir eine Portion Fish and Chips schulden, stimmt's? Ich meine, ich habe vorhergesagt, dass er heute Abend unterwegs sein würde. Und – ta-taaa!«

Aber Steel starrte nur in die Ferne und zog die Stirn in Falten, während es dahinter schwer zu arbeiten schien. »Sie haben mit zwei Schichtmustern herumexperimentiert, um es herauszufinden?«

Wurde aber auch Zeit, dass sie sich dafür interessierte.

»Hab doch gesagt, ich hatte eine geniale Idee.« Er lehnte sich über die Motorhaube zu ihr hinüber. »Es war ziemlich offensichtlich, dass er in einem Zwei-Wochen-Zyklus arbeitet, also wahrscheinlich auf einer Bohrinsel. Das Knifflige war das *andere* Schichtmuster, aber dann hatte ich eine noch genialere Idee! Freu, LOL etc.«

Sie starrte ihn an. »Hat Ihre Mutter Sie auf den Kopf fallen lassen, als Sie klein waren?«

Das war das Problem mit alten Leuten – keinen Sinn für Populärkultur.

»Sehen Sie, es musste ein wirklich außergewöhnliches Schichtmuster sein, wenn die beiden zusammen die Abende ergeben sollten, an denen er sein Ding macht. Und das einzige andere dermaßen *irre* Schichtmuster, das mir einfiel, war das, nach dem ich drei Jahre oben in Banff gearbeitet habe, als ich dort bei der Divisionspolizei war. Also ...?«

Ein Lächeln schlich sich in ihre Züge, als der Groschen endlich fiel.

»Er wohnt mit einem Cop zusammen. Der Freund von irgendeinem Heini oder einer Tussi von der uniformierten Truppe ist der Womble-Wichser von Blackburn!« Steel zog ihr Handy aus der Tasche und wählte, während sie an ihrer E-Fluppe sog. »Komm schon, komm schon, komm – Ernie? Wie viele uniformierte Kollegen wohnen in Blackburn? ... M-hm.« Sie sah zu Tufty auf. »Er sagt drei.« Wieder ins Telefon: »Wie viele haben heute Abend dienstfrei? ... Zwei? Oh, Ernie, Sie sind eine kleine *Zuckerschnute*, wissen Sie das? Und jetzt geben Sie mir Namen und Adresse von dem, der Dienst hat.«

Das Haus war nicht so groß und nobel wie das, in dem sie zuletzt gewesen waren, aber es war aus einer ähnlichen Schablone gepresst. Grauer Rauputz, Steinmetzarbeiten um die Fenster herum, graue Dachziegel. Die Bewohner hatten sich allerdings die Mühe gemacht, einen Baum genau in die Mitte des handtuchgroßen Vorgartens zu pflanzen. Er sah nicht gesund aus.

Steel stieg aus und schlug schwungvoll ihre Tür zu. Dann breitete sie die Arme aus und strahlte. »Ist es nicht eine herrliche Nacht?« Sie stolzierte auf das Haus zu und zog eine Dampffahne hinter sich her, die im Mondlicht schimmerte.

Die Frau war nicht ganz richtig im Kopf. Tufty folgte ihr dennoch.

An der Tür angelangt vollführte sie ein paar hüpfende Tanzschritte und verbog sich dann zu einem Hofknicks, die Hand zum Briefschlitz ausgestreckt. »Wenn Sie so freundlich wären, wertester Constable Quirrel?«

Vollkommen gaga.

Er klingelte.

Sie wippte auf den Fußballen vor und zurück, die Hände in den Hosentaschen, ein Grinsen im Gesicht. »Ich bin ja *so* aufgeregt!«

Ein Schatten bewegte sich auf der anderen Seite der Milchglasscheibe, die in der Mitte der Tür eingesetzt war. Dann gesellte sich eine gedämpfte, breiig klingende Stimme dazu. »*Hallo?*«

Steel drückte nochmals auf die Klingel.

»*Ich will schwer hoffen, dass es nicht die Zeugen Jehovas sind! Ich hab's doch das letzte Mal schon gesagt!*« Die Tür ging auf, und da stand der Parkamann, nur dass er seinen Parka gegen ein Pu-der-Bär-Sweatshirt, Boxershorts und Hausschuhe getauscht hatte. Mit einer Hand hielt er sich eine Tüte tiefgefrorenen Mais vor Nase und Mund.

Er sah sie nur an, und seine blutunterlaufenen Augen weiteten sich. »Oh ...«

Steel grinste ihn an. »Mr Corbet? Mr *Alan* Corbet? Ihre Frau arbeitet heute Nacht, stimmt's? Fährt ihren Streifenwagen, während Sie sich an Ihren Steifen wagen.«

Er ließ die Maistüte sinken. Seine Lippen waren geschwollen, die Nasenlöcher mit Pfropfen aus Toilettenpapier verstopft, die schon ganz rot verfärbt waren. Er leckte sich die Oberlippe, die gleich wieder zu bluten begann. »Es ...« Ein tiefer Atemzug, dann wölbte der Parkamann die Brust und reckte das Kinn. »Haben Sie meinen Hund schon gefunden?«

Steels Grinsen wurde noch breiter.

Steel pfiff ein munteres Liedchen, während sie zur Tür von Vernehmungsraum 4 schlenderte. An der Schwelle hielt sie inne und zwinkerte den im Raum Zurückgebliebenen zu. »Ich lass euch Turteltäubchen mal einen Moment allein. Aber keine unangemessenen Berührungen, das hier ist ein Familienprogramm.«

Alan Corbet saß auf der anderen Seite des Vernehmungstischs. Die Haut um seine Augen nahm allmählich einen entzückenden rötlich violetten Farbton an. Seine Unterlippe zitterte, seine Schultern bebten. Er hob die in Handschellen steckenden Hände und wischte sich die Tränen von der Wange.

Seine Anwältin, die auf dem Stuhl neben ihm saß, seufzte und kramte ein Taschentuch aus ihrer Blazertasche. Sie reichte es Corbet, während Tufty die Tür schloss.

Steel strahlte. »Oh, das hat *Spaß* gemacht.«

Tufty sackte ein wenig in sich zusammen, wobei kleine Lehmbröckchen wie Schuppen von seinem verdreckten Anzug auf den grauen Terrazzoboden fielen. »Können wir jetzt nach Hause?«

»Unsinn, jetzt wird gefeiert!« Sie packte ihn an den Schultern, als ob sie ihn küssen wollte, dann wich sie angewidert zurück und schnupperte an ihren Händen. »Pfffff... Hab's mir anders überlegt – Sie brauchen wirklich *ganz*, ganz dringend ein Bad. Puh...« Sie wackelte mit den Fingern, dann wischte sie sie an der Wand ab. »Sorgen Sie nur noch dafür, dass Mr Corbet wieder in seine Zelle kommt, ehe ...«

»ALAN!« Eine Streifenpolizistin in voller Montur – Stichschutzweste, Einsatzgürtel und Warnweste – kam den Flur
entlanggestürmt, die Haare zu einem strengen Pferdeschwanz zurückgebunden, ein Gesicht wie die Unterseite
eines Hammerkopfs, der auf einen Nagel herabsaust. »Wo
ist er? ICH BRING IHN UM!«

Steel zischte Tufty aus dem Mundwinkel zu: »Nix wie
weg!«

Ahh... Das Wasser plätscherte gegen Tuftys Brust, gekrönt
von einer Wolkenlandschaft aus Blasen. Schaumige weiße
Blasen. Warm und zitronig duftend. Er streckte den Arm
aus der Wanne und nahm seinen Teebecher vom Klodeckel.
Trank einen Schluck.

Seligkeit.

Okay, es war vielleicht nicht das größte Badezimmer auf
der ganzen Welt – und auch nicht das tollste –, aber in diesem
Moment gab es keinen besseren Ort. Vier Wände, mattweiß
gekachelt, ein Spiegelschränkchen, ein Waschbecken, ein
kleines Plastikdings für die Zahnbürste, ein beheizter Hand-
tuchhalter, eine Toilette nur für ihn allein und eine Badewanne, in der er jetzt ein herrliches, luxuriöses Schaumbad
genoss. Genau das Richtige, um es zusammen mit einem
alten Freund zu genießen.

Mr Einstein glitt aus dem Cumulonimbusschaum heraus,
zuerst der orange Schnabel, dann der Rest seines rundlichen
gelben Körpers, und ganz zuletzt tauchte der Schwanz aus
den Blasen auf.

»Hallo, Mr Einstein.«

Tufty wechselte zu einer schrillen Piratenstimme. »Arrrrrr,
Jim, mein Junge, pass bloß auf, da lauert ein gar förrchter-
liches Monstrum im Wasser, gleich dort bei den haarigen
Inseln! Arrrrrr...«

»O nein, Mr Einstein! Was ist, wenn es das – ta-ta-taaaaa! – das *Ungeheuer von Loch Schwanz* ist? Was ist …«

Das Handy auf dem Klodeckel summte und ließ dann seinen voreingestellten Klingelton hören.

»Ah … Kacke.« Er trocknete sich die Hände an dem Handtuch ab, das neben der Wanne lag, und ging ran. »Hallo?«

Steels Stimme grummelte ihm ins Ohr. »*Nur dass Sie's wissen, Constable: Ich habe Jack Wallace nichts angehängt … Okay, vielleicht doch, ein bisschen, was die Pädophilievorwürfe betrifft, aber er ist trotzdem ein mieses Vergewaltigerschwein, kapiert?*«

Na toll. Weil Tufty ja nicht mal fünf Minuten Ruhe und Frieden vergönnt sein konnten, nicht wahr?

»Ich bin in der Badewanne.«

»*Vier Frauen. So viele hat er brutal vergewaltigt. Und wir konnten ihn nicht dafür belangen. Also habe ich ihm was angehängt, ja. Bin ich deswegen ein schlechter Mensch?*«

»Also, streng genommen …«

»*Ich meine, was hätte ich denn tun sollen, ihn damit durchkommen lassen? Zulassen, dass er noch mehr Frauen überfällt? Ist es das, was Sie wollen?*«

Tufty wechselte einen Blick mit Mr Einstein, verdrehte die Augen und zog eine Grimasse. »Ich hab doch gar nichts gesagt! Ich bin hier nur ein unbeteiligter Zuschauer. In der Badewanne!«

»*So ist's recht, wir weichen der Frage einfach aus. Mal wieder typisch Mann. Und wo wir gerade dabei sind: Haben Sie dieses Scheißphantombild schon gemacht?*«

»Was? *Nein.* Wir sind doch nach Blackburn gefahren und haben den W…«

»*Herrgott noch mal, Tufty, muss ich denn alles selber machen? Ich will das Ding morgen früh um sieben auf meinem Schreibtisch haben!*«

Dann war es still.

Sie hatte aufgelegt.

Wunderbar.

Tufty legte sein Handy auf den Klodeckel, drückte Mr Einstein an seine Brust und versank ganz langsam in den Schaumblasen. »Motherfunker…«

Und dann gab es nur noch Schaum.

Roberta starrte grimmig durch die Windschutzscheibe. Der Himmel leckte an den Dächern der Häuser – Reihenhäuser aus Granit auf dieser Straßenseite, Doppelhäuser aus Granit auf der anderen. Bäume verliehen dem Ganzen eine malerische, altertümliche Atmosphäre. Schwefelgelbe Straßenlaternen, dazwischen Lücken aus schwarzen Schatten. Wie eine Wespe. Gefährlich.

Ihr MX-5 war wesentlich sauberer als der Einsatzwagen, aber sie war ja auch kein totales Dreckschwein.

Sie ließ das Fenster einen Spaltbreit herunter und die kühle Nachtluft herein. Ein leiser Hauch von moderndem Laub wehte vom Victoria Park am Ende der Straße herbei, dazu ein schwacher Rosenduft aus dem Garten, vor dem sie parkte.

Das Haus auf der anderen Straßenseite war dunkel.

Als ob es auf etwas wartete.

Ihr Handy meldete sich mit einem *Ding*.

Susan:

> Roberta, bitte. Er ist weg. KOMM NACH HAUSE!!!

Sie tippte eine Antwort:

> Geht nicht. Hab zu tun.

Ding-ding:

Du brütest doch nicht wieder vor Jack Wallace' Haus herum, oder? Wir haben doch darüber geredet – das tut dir nicht gut. KOMM NACH HAUSE!!!

Oh, Herrgott noch mal …

»Na schön, na schön …« Sie steckte den Schlüssel in die Zündung und drehte ihn um. Saß noch eine Minute bei laufendem Motor da.

Wo immer Jack Wallace war, hier war er nicht.

Konnte nur hoffen, dass er nicht losgezogen war, um wieder irgendwo eine arme Frau zu vergewaltigen. Denn im Moment gab es absolut gar nichts, was sie dagegen tun konnte.

Ein letzter grimmiger Blick, dann legte Roberta den Gang ein und fuhr mit ihrem MX-5 in die Nacht davon.

DRITTES KAPITEL

in welchem wir erfahren, was passiert,
wenn man einen kleinen Yorkshireterrier
in der Mikrowelle erhitzt

I

Tufty unterdrückte ein Gähnen.

Barrett stand vorne am Whiteboard und dozierte mit monotoner Stimme, während die anderen zuschauten. Lund und Harmsworth *taten* wenigstens so, als ob sie aufpassten, während sie ihren Kaffee schlürften, aber Steel spielte nur mit ihrem Handy herum. Der Stapel Beweismittelkisten war inzwischen in die Mitte des Fußbodens gewandert, wo er einen der vielen, vielen Flecken verdeckte, die das CID-Büro ihre Heimat nannten.

Barrett zog die Kappe von einem roten Whiteboard-Marker ab. »Also, nicht vergessen: Scheut euch nicht, laut zu schreien.« Dann unterstrich er die Worte »STRANGER DANGER – NIMM DICH IN ACHT VOR FREMDEN!« »Und zu guter Letzt…« Er nahm eine Polizeimütze vom Schreibtisch, wühlte darin herum und fischte zwei Zettel heraus, einen roten und einen blauen. »Also, unser Kraftausdruck des Tages lautet ›Hühnerkrake‹, und wenn etwas gut ist, ist es ›Heißer Scheiß‹. Okay? Okay.« Er schrieb etwas an sein geliebtes Whiteboard, dann wandte er sich Steel zu. »Sarge?«

»Hmmmmpf?« Blinzeln. »Oh. *Aye.* Wir haben die kleinen Jungs, die wir gestern gefunden haben, immer noch nicht identifiziert. Aber unser lieber Kollege Tufty hat das hier gebastelt.« Sie deutete auf ihn.

Tufty hielt das Phantombild des Möchtegern-Action-Man hoch, den er gestern aus der besetzten Bruchbude aufgescheucht hatte. Der ihn fast mit einem gestohlenen Auto über den Haufen gefahren hatte. Und er war wirklich gut getroffen. Was umso beeindruckender war angesichts der Tatsache, dass Tufty die ganze Zeit mit dem Schlaf gekämpft hatte, während er an dem blöden Ding gearbeitet hatte.

Steel fummelte ein wenig in ihrem runzligen Dekolleté herum. »Jemand eine Idee?«

»Ja.« Harmsworth stellte seinen Kaffeebecher ab. »Und ich *weiß*, dass niemand sich dafür interessiert, was ich denke, aber für mich sieht das nach Kenny Milne aus.«

»Gut gemacht, Owen. Zehn Punkte für Hufflepuff.«

Er wirkte gekränkt. »Hufflepuff?«

Sie nickte. »Kenneth Milne: Vorstrafen wegen Körperverletzung, Drogenbesitz mit Verkaufsabsicht und Einbrüchen in Häuser von Rentnern, bei denen er alles mitgehen ließ, was er tragen konnte. Ich will, dass er gefunden wird, und zwar heute noch. Ich lasse nicht zu, dass so ein mieses Entführerschwein in *meiner* Stadt kleine Jungen verschleppt. Verstanden?«

Die Woge der Apathie, die ihre Worte auslösten, war überwältigend.

»ICH KANN EUCH NICHT HÖREN!«

Ein müdes »Ja, Sarge« ging durch die Reihen.

Harmsworth schob die Unterlippe vor. »Wieso muss ich ein Hufflepuff sein?«

Sie ignorierte ihn. »Kenny Milne ist eine widerliche Hühnerkrake, und wir bringen seinen Arsch hinter Gitter, also …«

Die Tür ging auf, und DCI Rutherford trat in ihr bescheidenes Büro. »Ah, DS Steel, gut, dass ich Sie erwische.« Er deutete auf ihre Sammlung von Mobiltelefonen. »Dieses Diebesgut, ist das schon ins System eingetragen?«

Barrett nahm sofort Haltung an, sein Klemmbrett an die Brust gedrückt. »Hab ich gestern Abend erledigt, Sir. Nach der Besprechung trage ich alles runter in die Asservaten-kammer.«

»Hmm ...« Der Detective Chief Inspector tat so, als würde er darüber nachdenken. »Nun, angesichts der Tatsache, dass Ihr junger Mann sich schuldig bekannt hat und zudem noch minderjährig ist, habe ich mit dem Staatsanwalt gesprochen, und es freut mich sehr, Ihnen mitteilen zu können, dass wir die Genehmigung haben, diese Artikel ihren rechtmäßigen Eigentümern zurückzugeben.«

Steel schnippte mit den Fingern. »Sie haben gehört, was der Mann sagt, Davey – schaffen Sie den Krempel runter ins Fundbüro, und dann können wir ...«

Rutherford hob eine Hand. »Ich bevorzuge da eine eher proaktive Herangehensweise, Roberta. Wir wollen doch den Menschen vermitteln, dass Police Scotland für sie da ist. Dass wir uns um sie kümmern.«

»Schon, aber ...«

»Ich möchte, dass Sie und Ihr Team diese Artikel ihren *rechtmäßigen* Eigentümern zurückbringen.« Strahlendes Lächeln.

Ihre Mundwinkel bogen sich nach unten. »Aber ...«

»Genau um solche Dinge geht es bei der gemeinwesen-orientierten Polizeiarbeit, Sergeant. Stellen Sie sich nur vor, wie hocherfreut die Menschen sein werden, wenn sie ihr Eigentum wiederbekommen! Für unser Image wird das Wunder wirken. Also los, an die Arbeit!« Sprach's, drehte sich um und rauschte zur Tür hinaus.

Schweigen.

Barrett verzog das Gesicht. »Oh, meine Löffel und Schnurrhaare ...«

Steel zeigte der geschlossenen Tür den Stinkefinger. »Scheiß drauf. Wir haben einen Kenny Milne zu fangen.«

Roberta rutschte nervös auf dem Beifahrersitz herum. Was brauchte Tufty denn so lange? Reingehen, ein paar Fragen stellen, zwei Buttys kaufen und wieder rauskommen. Konnte doch nicht so schwer sein, oder?

Das Schaufenster der Bäckerei war ganz beschlagen, die Worte »MRS JOHNSTON & TÖCHTER – QUALITÄTS BACKWAREN SEIT 1985« schimmerten durch den Nebel. Spezialitäten: Sausage Rolls und gebrochene Beine. Fragen Sie nach unseren Schutzgeld-Sonderangeboten.

Susans Stimme nahm den scharfen, giftigen Ton an, den sie immer bekam, wenn sich ein Streit anbahnte: »*Hörst du mir überhaupt zu?*«

»Natürlich.« Roberta klemmte das Telefon noch etwas fester zwischen Ohr und Schulter, um die Hände für die wichtige Aufgabe frei zu haben, Jack Wallace' selbstgefällige kleine Rattenvisage mit Teufelshörnern zu versehen.

Da grinste er überheblich in die Kamera, unter der Schlagzeile: »MEIN FELDZUG GEGEN DIE KORRUPTION BEI POLICE SCOTLAND BEGINNT HIER!« Ja, klar. Der *Aberdeen Examiner* sollte sich was schämen, so einem miesen Dreckstück von Vergewaltiger Platz auf der Titelseite einzuräumen. Oder ihm überhaupt irgendwas einzuräumen.

»*Also, wie wär's dann mit einer Antwort?*«

»Ich sag ja nicht, dass Jasmine keine Party feiern darf, Susan, ich sag nur, dass Logan McRae mir mit Anlauf den Buckel runterrutschen kann, wenn er glaubt, dass er eine Einladung kriegt. Okay?«

»*Oh Mann, es ist zum… Merkst du eigentlich nicht, wie unvernünftig du bist?*«

»Doch.« Sie malte Jack Wallace noch ein paar schwarze Zähne, um das Bild abzurunden.

»*Ich bitte dich, Robbie, irgendwann musst du doch mit ihm reden.*«

»Nö.«

Die Autotür wurde aufgerissen, und Tufty stieg ein, beladen mit zwei fettigen Papiertüten und zwei Styroporbechern mit Deckel. Er reichte ihr eins von jeder Sorte. »Sausage Butty mit Ketchup und ein Espresso mit Milch.«

Steel warf ihren Stift auf die Ablage und nahm ihm den Imbiss ab. »Tut mir leid, Susan, muss Schluss machen. Eine dienstliche Angelegenheit.«

»Du weißt schon, dass ich ihn hören kann, oder?«

»Okay, lieb dich auch.« Sie legte auf, öffnete ihre Papiertüte und biss herzhaft in ihr Butty. Zuerst der Geschmack nach Mehl und Ketchup, untermalt von seidiger Butter und weichem Brötchen, dann das dunkelbraun-würzige Aroma knackig frittierter Würstchen. Ui, heiß. Aber lecker. Mit vollem Mund fragte sie: »Was Neues erfahren?«

Tufty packte sein Butty aus. Bacon, wie es aussah. »Sie haben Kenny Milne seit ungefähr einem Monat nicht mehr hier gesehen. Hat sich aus dem Staub gemacht, ohne seine Rechnung zu bezahlen, also werden sie uns auf jeden Fall Bescheid sagen, wenn er wieder auftaucht. Aber erst nachdem er ein paarmal ›die Treppe runtergefallen‹ ist.«

»Er hat seine Rechnung nicht bezahlt? Du lieber Himmel, dieser Milne ist ja noch mutiger als ich.« Noch ein Bissen von der fetttriefenden Delikatesse. »Mit Alice Johnston und ihren Mädels legt man sich nicht an, Punkt.«

Das Funkgerät knackste. Ein Piepsen, dann: *»Leitstelle an DS Steel, sprechbereit?«*

»Nein. Schieb ab.« Sie zog den Deckel vom Kaffeebecher ab.

Aber Tufty musste ja unbedingt trotzdem rangehen, nicht wahr? Dödel. »Was gibt's?«

»Sie sind in Cornhill, nicht wahr? Wir haben einen Anruf bekommen — eine hilflose erwachsene Person wurde seit

einigen Tagen nicht mehr gesehen. Können Sie mal nach ihr schauen?«

Roberta riss dem nachgiebigen Trottel den Handapparat aus der Hand. »Das sollen die Uniformierten übernehmen. Wir haben keine Zeit.«

»Geht nicht. Im Krematorium ist ein Tumult ausgebrochen, auf dem South Anderson Drive sind vier Autos ineinandergerauscht, und wir suchen immer noch nach diesem alten Mütterchen mit Alzheimer. Also, Sie sind dran.«

»Manno ...« Diese blöde Bagage. Aber es blieb ihr ja keine Wahl. »Na schön. Aber erst ess ich mein Butty auf!«

Das Hochhaus wuchs aus der Wohnsiedlung in den Himmel, ein grauer Monolith. Sechzehn Stockwerke Legotristesse, mit schmutzigen Schlieren unter jedem einzelnen Fenster. Die drei anderen Blocks in der Siedlung waren ebenso gesichtslos, aber immerhin waren sie sauber. Dieses hier war wie das Schmuddelkind in der Schule, das niemand zum Freund haben will.

Tufty schloss den Wagen ab und schirmte seine Augen mit der Hand vor der Sonne ab, während er von unten nach oben abzählte. »Zehn. Elf. Zwölf. Da ist es: Cairnhill Court, zwölfter Stock.«

Steel warf ihm einen finsteren Blick zu. Der Effekt wurde ein wenig unterminiert durch die Überreste des Sausage Buttys: ein Ketchuplächeln über mehlweißen Wangen. Als ob der Joker es beim Schminken ein bisschen übertrieben hätte. »Was wollen wir wetten, dass die Aufzüge defekt sind?«

Der Aufzüge funktionierten. Der eine jedenfalls. Okay, er war mit Graffiti vollgeschmiert, aber er fuhr. Nicht sehr schnell allerdings. Knarzend und ächzend schleppte er sich im Schneckentempo hinauf in den zwölften Stock, während die Leuchtanzeige über der Tür geduldig mitzählte.

Ein Ruck, dann gab das Ding ein besonders lautes Knarzen von sich.

Steel schürzte die Oberlippe und zuckte mit den Nasenflügeln. Sie versuchte, ein Grinsen zu unterdrücken. »Ich will doch schwer hoffen, dass Sie das nicht waren.«

Tufty setzte eine beleidigte Miene auf. »Natürlich nicht!« Dann lehnte er sich zur Seite und quetschte einen raus. Und feixte. »Aber *das* war ich.«

»Urrgh! Sie alte Pottsau!«

Hihi.

Die Aufzugstür pingte, und Steel stolperte hinaus. »Luft! Frische Luft!«

Jemand hatte den Flur anstaltsgrün gestrichen, aber das war sehr, sehr lange her. Jetzt war die Farbe rissig und verschrammt und blätterte in den Ecken ab. Ein mattweißer Fleck schaffte es beinahe, den Spruch zu verdecken, den jemand an die Wand gesprayt hatte. »ENGLENDER PACK RAUS — FREIHEIT!!!«

Man sollte meinen, wenn einer selbst schon ein fanatisches Arschloch mit Rechtschreibschwäche war, könnte er wenigstens einen Freund noch mal drüberschauen lassen, bevor er so etwas veröffentlichte.

Steel drehte sich um und boxte Tufty in den Arm. »Was zum Teufel haben Sie gegessen?«

»Sie müssen zugeben, das Timing war spitze.« Er ging voran zu der Wohnung am Ende des Flurs. Die Tür war eingedellt und unten herum dunkel verfärbt. Als ob jemand mit aller Kraft darauf eingetreten hätte. »Und der Ansatz! Ein perfektes eingestrichenes C.« Er klopfte an die Tür und hob die Stimme, um durch das ramponierte Holz gehört zu werden. »Mrs Galloway? Hallo? Können Sie bitte an die Tür kommen?«

»Das ist doch nicht normal.«

»Sie haben angefangen.« Er klopfte noch einmal. »Hier ist die Polizei, Mrs Galloway. Wir wollen uns nur vergewissern, dass bei Ihnen alles in Ordnung ist.«

»Hab ich nicht!«

»Haben Sie doch. Mrs Galloway?« Können Sie mich hören? Mrs Galloway, können wir bitte reinkommen und mit Ihnen reden?«

Ein Rasseln, und eine Frau im Jogginganzug steckte den Kopf aus der Wohnung gegenüber, eine Selbstgedrehte im Mundwinkel. Kräftig, mit joghurtblasser Haut, die Haare straff zum Pferdeschwanz gebunden. Doch als sie den Mund aufmachte, klang sie wie jedermanns Lieblingstante: voller Sorge und Mitgefühl. »Ich hab sie seit drei Tagen nicht gesehen. Sonst geht sie immer mit ihrem kleinen Hund Gassi, da können Sie die Uhr danach stellen. Und unten in den Geschäften haben sie sie auch nicht gesehen, ich hab nachgefragt.«

Tufty versuchte es mit einem munteren, freundlichen *Rat-tat-a-tat-tat*-Klopfen. »Mrs Galloway?«

Steel deutete mit dem Kopf zur Tür. »Hat sie Familie? Vielleicht besucht sie ihre Kinder?«

»Einen Sohn hat sie, aber der ist im...« Sie hauchte das nächste Wort tonlos: »...Gefängnis.« Schön leise und diskret. »Drogen. Ganz traurige Geschichte.«

Ein letzter Versuch. »Kommen Sie, Mrs Galloway, machen Sie *bitte* die Tür auf! Bitte, bitte!«

Steel trat an die Nachbarin heran. »Sie haben nicht zufällig einen Schlüssel?«

»Sekunde.« Und schon war sie weg.

Steel rümpfte die Nase. »Ich sag trotzdem, mit Ihrem

Arschloch stimmt irgendwas nicht, wenn es solche Gerüche produziert.«

»Sie sind bloß neidisch.«

»Wenn es aus mir so riechen würde, ich würde sofort zum Arzt gehen und wissen wollen ...«

»Bitte sehr.« Die Nachbarin war wieder da, jetzt balancierte sie ein kleines Kind auf der Hüfte. Sie hielt Steel einen Schlüssel mit einem Anhänger in Form eines kleinen Gummiknochens hin.

»Danke. Wir kommen dann schon alleine zurecht.« Steel schenkte ihr ein Lächeln, nahm den Schlüssel und steckte ihn ins Schloss. Drehte ihn, stieß die Tür auf. Und pfiff. »Wow ...«

Tufty spähte über ihre Schulter.

Die Diele war eine einzige Müllkippe. Wenn ein Tornado durch die Wohnung gefegt wäre, er hätte nicht mehr Chaos anrichten können. Die Bilder von den Wänden gerissen, Jacken und Schuhe durch die Gegend geworfen. Tiefe Kerben im Putz.

Steel wich einen Schritt zurück. »Sie gehen besser voran. Könnte ja gefährlich sein.«

Ach ja, wirklich sehr fair. Weil ja Detective Constables hundert Prozent entbehrlicher waren als Detective Sergeants, wie? Auch wenn die alt und faltig und runzlig waren.

Er schob sich an ihr vorbei und schlich durch die Diele. Die Glassplitter von den Bilderrahmen knirschten unter seinen Sohlen, er stolperte über einen Dufflecoat. »Mrs Galloway?«

Eine Tür ging seitlich ab, Tufty drückte sie auf: das Bad. Der Spiegelschrank lag mitten auf dem Boden, der Inhalt verstreut wie Konfetti in Pillenform.

Die Tür gegenüber führte ins Schlafzimmer. Die Matratze war hochkant vor das Fenster gestellt, die Unterseite aufgeschlitzt, sodass die Nylonfaserinnereien in langen Bahnen heraushingen.

Blieb noch eine Tür am Ende des Flurs.

Dahinter war leises Schluchzen zu hören.

Tufty öffnete sie behutsam. »Mrs Galloway?«

Es war ein Wohnzimmer – zumindest war es eines gewesen. Jetzt kam man sich eher vor wie bei einem Tagesausflug zur Deponie. Trotz der geschlossenen Vorhänge war die Verwüstung offensichtlich. Zertrümmerte Möbel lagen kreuz und quer auf dem Boden verstreut. Der kleinste aus einem Satz von Beistelltischen ragte aus dem zerschmetterten Bildschirm eines alten Röhrenfernsehers.

Das Schluchzen kam von einer kleinen alten Dame, die in der Ecke auf dem Boden kauerte, inmitten der Trümmer ihrer Einrichtung, und mit dem Oberkörper wippte, eine Hand an die Brust gedrückt, während sie sich mit der anderen die Augen zuhielt.

Er ging neben ihr in die Hocke. »Mrs Galloway, geht es Ihnen gut?«

Okay, blöde Frage, aber was sollte er denn sonst sagen?

Steel bahnte sich einen Weg durch das Chaos und zog die Vorhänge auf.

Licht flutete herein.

Mrs Galloway zuckte zusammen und drückte sich noch weiter in die Ecke. »Aaaaaaahh…« Fast jeder sichtbare Zoll ihrer Haut war mit dunkellila Blutergüssen bedeckt, die sich an den Rändern schon gelb und grün verfärbten.

Steels Miene verfinsterte sich. »Wer hat das getan?«

Mrs Galloway hockte auf der Kante eines Sessels, das Gesicht von der Sonne weggedreht. Das Zimmer sah nur unwesentlich besser aus, nachdem alle Möbel wieder aufgestellt waren, aber immerhin hatten sie sich die Mühe gemacht. Auch wenn dieser trottelige Tufty eine halbe Ewigkeit dafür gebraucht hatte.

Roberta kauerte sich neben den Sessel und legte Mrs Galloway eine Hand aufs Knie. Es war, als drückte man einen Knochen – einen heißen Knochen, der zu lange im Ofen gelegen hatte. »Schhh … Es wird alles gut. Sie sagen mir, wer das getan hat, und wir kümmern uns darum. Okay?«

Mrs Galloway schüttelte nur den Kopf.

»Jetzt trinken Sie erst mal eine schöne Tasse Tee, dann geht's Ihnen gleich schon besser. Und dann können wir alle mit Ihrem Hundchen Gassi gehen. Das wäre doch schön, nicht wahr? Ein bisschen frische Luft schnappen?«

Ein krampfhaftes Schlucken, dann blinzelte Mrs Galloway sie an. Zitternde Lippen. Die feuchten, blutunterlaufenen Augen randvoll mit Schmerz und Trauer.

Eine Tasse Tee, laa-la-la-la-laaaa, noch 'ne Tasse Tee, laaa-la-la-la-la …

Tufty drehte das kalte Wasser auf und füllte den Kocher.

Wenigstens war die Küche nicht demoliert worden. Alles sauber und ordentlich aufgeräumt. Alles ganz leicht zu finden. Und so standen jetzt drei Porzellanbecher in einer Reihe, jeder mit einem Billigmarken-Teebeutel drin. Tufty schaltete den Wasserkocher ein.

Er schnupperte.

Irgendwie roch es hier komisch. Streng. Ein bisschen wie nach angebranntem Fleisch.

Jetzt noch Milch, und nicht zu vergessen: Zucker.

Der Kühlschrank war leer bis auf eine offene Dose Hundefutter, abgedeckt mit Alufolie. Das war anscheinend das einzig Essbare im Haus. Die Schränke waren auch alle leer, abgesehen von Geschirr und Töpfen und Pfannen und Zeugs. Nicht mal ein einsamer Vollkornkeks.

Er rümpfte wieder die Nase.

War es vielleicht das Hundefutter?

Er zog die Alufolie ab und schnupperte.

Roch wie Fleisch zweifelhafter Herkunft, vermischt mit Schweiß und siffigen Socken. Also wie Hundefutter. Fehlanzeige.

Aber irgendwoher musste es doch kommen.

Er warf einen Blick in den Mülleimer, während das Wasser kochte.

Nein, der war's auch nicht.

Tufty drehte sich langsam um die eigene Achse. Vielleicht...

In der Ecke stand ein Mikrowellenherd neben dem Toaster. Von dort kam der Gestank. Und darunter waren auch dunkle Flecken, die sich über die Arbeitsfläche ausbreiteten. Sahen braun und klebrig aus. Ja, es war eindeutig die Mikrowelle.

Er ging hin und öffnete die Tür.

Ach du Scheiße.

Er machte die Tür wieder zu.

Scheiße, Scheiße, Scheiße, Scheiße, Scheiße.

Er brauchte zwei Anläufe, ehe seine Stimme ihm gehorchte. »Sarge?«

Roberta stützte sich mit beiden Händen aufs Fensterbrett und starrte in den Tag hinaus. Ein Bilderbuchtag, alles strahlte und glänzte wie neu. Das Grün der Bäume, das Blau des Himmels, das Sonnenlicht, das auf den Frontscheiben der vorbeifahrenden Autos glitzerte. Und weit draußen, hinter den Dächern und den verschlungenen Sträßchen, das dunstig-saphirblaue Schimmern der Nordsee, mit ein paar bunt gestrichenen Versorgungsschiffen, die auf die Einfahrt in den Hafen warteten.

Sie biss die Zähne zusammen, so fest, dass der Kiefer von dem Druck zitterte.

Wie?

Wie war es möglich, dass jemand so etwas tat?

Wie konnte *irgendein* Mensch …

»Sarge?«

Sie blickte sich um.

Tufty stand im Durchgang zur Küche, einen Müllsack in der einen Hand. Da war etwas drin – nicht groß, aber schwer genug, um das Plastik straff zu ziehen.

Mrs Galloway hielt sich die Augen zu. »Ich … Bitte …«

Roberta holte tief Luft. Und drehte sich wieder zum Fenster. »Wie hat er geheißen? Ihr kleiner Hund.«

»Pudding. Ich hatte ihn … seit er ein Welpe war.«

Tuftys Stimme war sanft und leise. »Es ist kein Krümel zu essen im Haus. Wann haben Sie zuletzt etwas gegessen?«

»Was für eine Rasse war er?«

»Ein Yorkie.« Mrs Galloway holte drei-, viermal stoßweise Luft. »Er … Er ist ein Yorkshireterrier.«

Roberta nickte. Sie drehte sich um, gab sich allergrößte Mühe, es nicht hinauszubrüllen: »Also, jemand hat die Wohnungstür eingetreten, Sie grün und blau geprügelt und Ihrem Hund *das* angetan. Und Sie wollen mir nicht sagen, wer es war?«

»Ich … kann nicht.«

»Wollen Sie, dass der Kerl ungestraft davonkommt?« Mit jedem Wort wurde ihr Ton strenger und schärfer.

Tufty nahm die Mülltüte hinter den Rücken, sodass Mrs Galloway sie nicht sehen konnte. »Kommen Sie, Sarge, das ist vielleicht nicht der beste …«

»Wollen Sie, dass er das noch jemand anderem antut? Dem Hund von jemand *anderem*?«

Mrs Galloway verkroch sich in ihren Sessel, die Hand vor den Augen. Die Tränen liefen ihr über die Wangen. »Bitte. Ich … Ich will einfach nur allein sein.«

II

Steel stürmte zur Wohnungstür hinaus und knallte die Tür hinter sich zu.

Tufty trat von einem Fuß auf den anderen. »Sie müssen entschuldigen, aber sie ist manchmal etwas … überengagiert.«

Mrs Galloway schluchzte nur.

»Genau. Also …« Er trippelte rückwärts auf die Wohnzimmertür zu, wobei er den Müllsack immer schön hinter dem Rücken hielt. »Machen Sie sich keine Gedanken wegen Pudding. Wir werden gut auf ihn aufpassen.« Armes kleines Ding. »Tja, dann sollte ich besser mal … nicht wahr?«

Er verließ die Wohnung und zog die Tür hinter sich zu.

Steel ging im Flur auf und ab, mit einem Gesicht wie eine geplatzte Hämorrhoide. Ihr Mund bewegte sich, als ob sie auf etwas Bitterem herumkaute. Sie marschierte an ihm vorbei bis zum Fenster am Ende des Flurs und machte dort kehrt. »Verdammt. Der wird mir nicht durch die Lappen gehen. Das schwör ich bei der linken Arschbacke des Teufels!«

Sie steuerte auf die Tür der Nachbarwohnung zu und hämmerte dagegen. »Ein kleines Hündchen.«

Die Nachbarin öffnete und beäugte stirnrunzelnd die Tür gegenüber. »Geht es ihr gut?«

»Natürlich nicht, was denken Sie denn? Wer war das? Ich will einen Namen.«

»Wissen Sie, er war ziemlich krank, der kleine Pudding. Musste operiert werden. Das war richtig teuer.«

Steel stocherte mit dem Finger in Richtung von Mrs Galloways Tür. »Jemand hat ihren Hund getötet. Wer?«

»Wie soll eine alte Dame wie Agnes sich so etwas leisten können? Diese Tierärzte glauben wohl, dass wir alle im Geld schwimmen.«

Jetzt wurde Steel hellhörig. Sie kniff die Augen zusammen. »Sie hat sich das Geld geliehen, stimmt's? Sie hat es sich von jemandem geliehen, der sich nicht lange mit Bonitätsprüfungen aufhält, sondern einem gleich die Beine bricht.«

»Er war so ein liebes kleines Hündchen.«

Steel trat näher und senkte die Stimme zu einem Bühnenflüstern. »Dann sagen Sie mir jetzt, wer es war.«

Und da wurde die Miene der Nachbarin hart wie Zement. »Mrs Galloway hatte einen kleinen Hund. Ich habe einen kleinen Sohn. Und das ist alles, was ich dazu zu sagen habe.«

Sie ließen Cairnhill Court hinter sich. Tufty fuhr extra vorsichtig, aber der Müllsack mit Pudding rutschte dennoch quer über den Rücksitz, als er in die Hauptstraße einbog.

Steel starrte grimmig durch die Heckscheibe auf das Hochhaus, während es in der Ferne verschwand. »Ich krieg dieses Schwein, Tufty, das schwör ich …«

Ihr Handy dudelte seine Achtzigerjahre-Krimiserien-Musik.

Sie seufzte genervt, dann schnappte sie das Ding und nahm den Anruf an. »Ich will schwer hoffen, es ist wichtig!«

DCI Rutherfords Stimme knarzte aus dem Lautsprecher. *»Ich fürchte, das habe ich nicht ganz verstanden, Sergeant.«*

Steel sackte auf ihrem Sitz zusammen und formte die Lippen zu einem sehr unanständigen Wort. »DCI Rutherford. Sir. Ich dachte, es wäre jemand anders.«

»Aha … Nun, ich wollte wissen, wie Sie mit der Rückgabe

dieser gestohlenen Telefone vorankommen. Der Chief Super-
intendent möchte eine Presseerklärung herausgeben.«

»Wir sind gerade dabei, Boss.«

Alte Schwindlerin.

»Gut, gut. Nun, halten Sie mich auf dem Laufenden. Ich er-
warte echte Fortschritte in dieser Sache, und zwar schleunigst.«

Sie rang sich ein Lächeln ab. »Wird erledigt.« Dann legte
sie auf und sank noch tiefer in den Beifahrersitz. »Verfluchte
Hühnerkrake.«

Tufty las das Schild, das neben der Bürotür befestigt war:
»WILDLIFE CRIME OFFICER.« Er packte den Müllsack fester
und klopfte an.

»'rein.«

Okay.

Der Raum war in etwa so groß wie das Badezimmer in
seiner Wohnung. Nur ohne Badewanne, Mr Einstein, Waschbecken und Toilette. Und Kacheln. Stattdessen gab es hier
eine Reihe von fünf Aktenschränken, die eine ganze Wand
einnahmen. Gegenüber davon hatte man einen Schreibtisch
dicht unter das Fenster gequetscht, sodass gerade noch Platz
für einen durchgesessenen Bürostuhl blieb, den man wahrscheinlich auf den Flur hinausrollen musste, wenn man die
Aktenschränke öffnen wollte. In der letzten freien Ecke stapelten sich Archivboxen unter einem Whiteboard, das mit
kleinen Blöcken einer akkuraten Handschrift ausgefüllt war.

Eine junge Frau saß am Schreibtisch und tippte an einem
uralten Computer herum – beige, mit einem vorsintflutli-
chen Monitor, der fast ein Drittel des zur Verfügung ste-
henden Raums einnahm. Die Frau drehte sich um, und
eine kleine Reihe von Fältchen bildete sich zwischen ihren
Augenbrauen. Straßenköterblondes Haar, zu einem losen
Pferdeschwanz gebunden. Brille. Irgendwie süß, auf eine

Wir-sind-alle-Kollegen-die-sich-gegenseitig-respektieren-
und-bitte-keine-sexuelle-Belästigung-am-Arbeitsplatz-Art.
Ein schräges Lächeln …

Das Lächeln verrutschte ein wenig.

Kein Wunder, er starrte sie wahrscheinlich an, als wäre er
nicht ganz sauber.

Tufty räusperte sich. »Hi.«

Kein schlechter Anfang. Immerhin war das Lächeln wieder da. »Ja, bitte …?«

Wurde es plötzlich wärmer hier drin?

»Ähm, Stewart. Ich wollte sagen, Detective Constable
Quirrel.« Doch, eindeutig wärmer. »Oder ›Tufty‹, wenn Sie
mögen? Also, so nennen mich meine Freunde. Ahem.«

Keine Sitzgelegenheit, also blieb er einfach stehen.

»Und was kann ich für Sie tun, Constable Quirrel?«

»Oh, ach so. Ja. Der Grund meines Besuchs.« Er hielt den
schwarzen Plastiksack hoch, der von dem Gewicht darin hin
und her pendelte. »Ich bin neu hier, wissen Sie? Wir haben
den Yorkshireterrier einer älteren Dame gefunden, und
ich …« Achselzucken. »Also, das klingt jetzt sicher blöd, aber
gibt es einen städtischen Friedhof für Haustiere oder so was
in der Art? Sie hat kein Geld, und jemand hat ihren Hund
umgebracht, und …« Er leckte sich die Lippen. »Der Name
ist Pudding. Also der Name des Hundes, nicht der alten
Dame.« Seine Ohren standen in Flammen. »Tut mir leid, ich
wusste nicht, wen ich sonst fragen soll. Weil Sie doch auch
für Tierschutz und so zuständig sind …«

Und weil es für den ersten Eindruck sicher Wunder
wirkte, wenn man stammelte wie ein Idiot.

Ihr Blick wanderte von ihm zum Müllsack und wieder
zurück.

Könnte jetzt bitte ein Asteroid einschlagen und sämtliches
Leben auf der Erde auslöschen?

Dann seufzte sie. »Armes kleines Ding.«

Es war nicht ganz klar, ob sie von ihm redete oder von dem Hund.

Sie wies auf den Stapel Archivboxen. »Da drunter ist irgendwo ein Stuhl. Wie wär's, wenn Sie ihn ausgraben und mir alles über Pudding erzählen?«

Also eindeutig der Hund.

Jeder einzelne Schreibtisch im CID-Büro war ein einziges Spaghettichaos aus Handyladekabeln und Verlängerungsschnüren. Barrett hatte wieder sein Klemmbrett gezückt und achtete darauf, dass alle noch originalverpackten Geräte korrekt eingetragen und mit Querverweisen versehen wurden, bevor sie in einer Plastikkiste mit der Aufschrift »ZURÜCK AN HANDYLÄDEN« landeten. Lund scrollte sich durch die Kontakte in einem alten Sony, die Zungenspitze aus dem Mundwinkel geschoben.

Harmsworth saß über seinen Schreibtisch gebeugt, die Stirn zwei Fingerbreit über der mit Kabeln übersäten Tischplatte, das Gesicht zu einer Leidensmiene verzogen. Er hielt ein großes Samsung-Teil ans Ohr gepresst. »Ja, wir haben Ihr Mobiltelefon sichergestellt. … Nein, es ist hier bei uns. … Nein, ich weiß, dass es Ihres ist, weil ich Sie gerade damit *angerufen* habe.«

Die Frau, mit der Tufty telefonierte, seufzte. *»Okay, okay, ich komme morgen vorbei und hole es ab. Sind Sie jetzt zufrieden?«*

»Das wäre wirklich prima.« Undankbares Trampeltier, trampeliges. Er legte auf und steckte das Handy wieder in seine kleine braune Pappschachtel. Dann schrieb er »EIGENTÜMERIN HOLT GERÄT MORGEN AB« auf das aufgeklebte Etikett.

Da saßen sie nun und arbeiteten zusammen wie ein richtiges Team. Legten sich alle ins Zeug für das gemeinsame Ziel.

Das machte einen doch richtig stolz.

Sogar *Steel* telefonierte. Okay, es war nicht etwa eines der gestohlenen Handys, sondern ihr eigenes, aber es war doch die Absicht, die zählte. Sie schwang die Füße auf den Schreibtisch und rieb sich die Stirn. »Ich verlange ja nicht von dir, dass du die Cosa Nostra verpfeifst, Bobby, ich will bloß wissen, wer zurzeit in Cornhill der Kredithai vom Dienst ist.«

Harmsworth stöhnte. »Nein, ich bin *sicher*, dass es Ihr Telefon ist. So bin ich ja an Ihre Nummer gekommen – die hatten Sie unter ›Zu Hause‹ gespeichert.«

»Es muss doch *irgendjemanden* geben, Bobby!«

»Ja, ich weiß, dass das bedeutet, dass Sie für diesen Anruf zahlen, Miss, aber … Ja, das *verstehe* ich …«

Tufty versenkte das wieder verpackte Handy in der »Wird-abgeholt«-Kiste und ging zu seinem Schreibtisch mit der Sammlung von Mobiltelefonen, die an ihren Ladegeräten hingen. Wahllos griff er ein grabsteinförmiges Nokia-Smartphone heraus, zog es vom Ladekabel ab und schaltete es ein.

»Bobby.… Nein, Bobby, es ist – Bobby! Ich suche nach einem miesen Schwein, das Hunde in der Mikrowelle grillt, wenn die Besitzer ihren Kredit nicht zurückzahlen können. So einen Typen vergisst man doch nicht so schnell.«

Lund lehnte sich auf ihrem Stuhl zurück. »Hallo? Mit wem spreche ich, bitte? … Mr Morrison, hier ist die Polizei, wir haben Ihr Mobiltelefon gefunden …«

Das Nokia erwachte mit einem *Dingeliding* zum Leben. Es war nicht einmal gesperrt. Tufty tippte auf dem Display herum, wählte »KONTAKTE« aus und scrollte durch, bis er die Nummer mit der Bezeichnung »ZU HAUSE« gefunden hatte.

Er rief an.

»Ja, ich weiß … Nein, Sie müssen einfach nur aufs Polizeirevier kommen und es abholen, Mr Morrison.«

Es klickte in Tuftys Ohr. Und dann: »*Ja?*«

»Hallo?«

»*Hallo?*« Eine Männerstimme. Klang nicht besonders helle.

Harmsworth dotzte mit der Stirn auf den Tisch. »Ich *weiß*, dass Geld nicht auf Bäumen wächst, Miss, aber wir versuchen doch nur, Ihnen Ihr Telefon zurückzugeben.«

Tufty steckte sich einen Finger ins andere Ohr und ging zum hinteren Ende des Büros, wo das Whiteboard stand und wo es nicht *ganz* so laut war. »Mit wem spreche ich?«

»*Hören Sie, wenn Sie mir so eine blöde Restschuldversicherung andrehen wollen, dann –*«

»Hier ist die Polizei. Ist Ihnen kürzlich Ihr Mobiltelefon gestohlen worden?«

»*Oh. Sie haben mein Handy gefunden? Ah ja. Also, das ist jetzt wohl nicht mehr so wichtig, ich habe mir schon einen Ersatz besorgt. Es war sowieso gerade ein Upgrade fällig.*«

»Wenn Sie zu uns in die Queen Street kommen, können Sie ein Schadensformular ausfüllen, und dann bekommen Sie es zurück.«

»*Aber eigentlich brauche ich es nicht … Ach, wissen Sie was?*« Er gab sich alle Mühe, schön beiläufig zu klingen. »*Da sind wahrscheinlich noch Fotos und so drauf.*« Er räusperte sich. »*Rein von ideellem Wert. Sie wissen schon.*«

Was im Klartext wohl hieß: total versaute Fotos von seiner Freundin oder seinem Freund.

»Wir brauchen von Ihnen eine Quittung und die Seriennummer, um sicherzustellen, dass es tatsächlich Ihr Handy ist, andernfalls wäre das mit dem Eigentumsnachweis ein riesiger bürokratischer Aufwand.«

»*Richtig. Ja. Also, dann schaue ich morgen oder so mal vorbei und hole es ab. Danke.*«

Tufty legte auf und winkte den anderen zu. Er deutete auf das Handy und grinste breit, während er in großen roten Lettern das Wort »HEIMPORNOS!!!« ans Whiteboard schrieb.

Steel bekam sofort Stielaugen. Sie sprang von ihrem Schreibtischstuhl auf und rannte mit dem Handy am Ohr los. »Also, wie gesagt, frag mal ein bisschen rum, Bobby, und dann werden diese Strafzettel vielleicht verschwinden.«

Harmsworth deutete auf das Mobiltelefon in seiner Hand und verdrehte die Augen. »Ja, doch, das verstehe ich durchaus, Miss, aber … Nein. … Ja.«

Lund drehte sich zu den anderen um und reckte den Daumen. »Kommen Sie einfach morgen vorbei, das passt wunderbar.« Sie steckte das Handy in seine kleine Beweismittel-Pappschachtel und legte es in die »WIRD-ABGEHOLT«-Kiste. Dann gesellte sie sich zu den anderen am Whiteboard. »Na los, mach schon.«

Tufty öffnete das Menü »BILDER«, und ein Haufen Ordner füllten das Display. Keine Namen, nur Daten. Er wählte den erstbesten aus, öffnete ihn und klickte sich durch den Inhalt.

Ein paar Typen auf Sauftour torkelten durch die Gegend. Nächster Ordner: Ein Paar mittleren Alters ging mit einem Rottweiler am Strand von Aberdeen spazieren.

Steel boxte ihn. »Du hast gesagt, es sind Pornos!« Dann erinnerte sie sich wieder an ihr Telefonat. »Nein, nicht du, Bobby. Dieser Idiot hier.«

Er versuchte es mit dem nächsten Ordner … »Bingo!«

Das Display füllte sich mit dem Bild einer barbusigen Frau in einem nobel gefliesten Bad. Langes blondes Haar, Muttermal auf der rechten Wange, rote Schmolllippen. Dann dieselbe Frau, aus diversen intimen Blickwinkeln aufgenommen, die mit jedem Bild, das er weiterscrollte, noch intimer wurden. Dann sah man dieselbe Frau, wie sie den Hosenlatz des Fotografen öffnete.

Barrett wurde rot. »Oh, meine Löffel und Schnurrhaare.«
Die nächsten waren noch eindeutiger.

»Ui – kein Wunder, dass er sein Handy wiederhaben wollte!«
Steel riss die Augen so weit auf, dass die Brauen bis zu
ihrem katastrophalen Haaransatz hochwanderten. »Bobby?
Ich muss dich später zurückrufen.« Sie riss Tufty das Telefon
aus der Hand und beäugte lüstern das Display. »Ich brauche
vielleicht ein bisschen Zeit für mich …«

Duncan saß auf der Parkbank und rieb sich die Stirn, während Ellie ihm ins Ohr quasselte wie ein Maschinengewehr …

Egal, was für ein Tag es war, sie hatte immer *irgendwas* zu
meckern und zu lamentieren.

Kleine Kinder quietschten und brüllten und lachten und
kicherten, während sie einander quer über den Spielplatz
jagten. Sie baumelten kopfüber an den Schaukeln, sausten
auf dem Hintern die Rutsche hinunter und wirbelten kreischend und johlend auf dem Karussell im Kreis herum.

Guck mal, Mami! Guck mal, Papi!

Ach, wenn man noch mal fünf sein könnte! Als man noch
keine anderen Sorgen hatte als die Frage, wie viele Mur-
meln man sich in die Nase stecken konnte und wie die Dinosaurier sich mit ihren winzigen Stummelarmen die Zähne
geputzt haben. Als man vor nichts so große Angst hatte wie
davor, dass einem die Schokokekse ausgehen könnten – und
natürlich vor dem Ungeheuer unter seinem Bett.

Tja, das Ungeheuer, das unter seinem Bett gehaust hatte,
war *gar nichts* gegen Ellie.

Weiß der Himmel, wie so ein liebes, warmes und wunderbares Geschöpf wie Lucy aus der Muschi dieses eiskalten,
frigiden Monsters kommen konnte.

Sie gab immer noch keine Ruhe. »*…das solltest du wirklich
allmählich wissen. Herrgott noch mal, Duncan!*«

»Was kann ich denn dafür, Ellie? Du bist doch diejenige, die ...«

»Und wenn du glaubst, dass du sie über die Ferien bekommst, dann hast du dich aber gewaltig geschnitten.«

»Nein. Nein, das ist nicht fair, und das weißt du auch!«

Lucy flitzte vorüber, die Arme seitlich ausgestreckt, mit wehenden blonden Locken, und gab Flugzeuggeräusche von sich. »Guck mal, Papi! Guck doch mal!«

»Ja, Papi sieht dich, Schatz.« Wieder ins Telefon: »Nimm doch *bitte* Vernunft an, Ellie.«

»Red nicht in diesem Ton mit mir, Duncan Nicol. Sie ist meine Tochter, und wenn ich sage, sie kommt mit uns nach Frankreich, dann kommt sie mit uns nach Frankreich.«

Lucy kam wieder vorbeigeschossen und flog eine Attacke auf die Hundetoilette. »Rrrrrrrrrraaaaauuuu ... Dugga-dugga-dugga-dugga! Njjjjaaauuuu ... BUMMMM!«

»Es heißt ›gemeinsames Sorgerecht‹, Ellie. Gemeinsam!«

»Guckst du auch zu, Papi?« Lucy blickte sich zu ihm um, die Augen so groß und strahlend, das Lächeln so breit, ohne darauf zu achten, wo sie hinlief. »Guckst du auch ...« Und schon rauschte sie voll in die Büsche, fiel der Länge nach hin und verschwand mit einem Kreischen im Grünzeug.

Duncan sprang auf. »Lucy? Lucy!«

»Was ist passiert? Ist etwas passiert?« Ellies Stimme wurde noch schriller, während er auf das Gebüsch zulief. *»Duncan, was hast du mit unserem Baby gemacht?«*

»Lucy! Lucy, hast du dir ... Oh, Gott sei Dank.«

Sie kam auf Händen und Knien aus dem Gebüsch gekrochen. Kleine Rhododendronfitzelchen hingen in ihren Locken.

Er raffte sie auf, küsste sie auf Stirn und Wangen. »Du kleines Dummerchen, hast du dir wehgetan?«

Sie nickte, die Augenbrauen gesenkt, die Lippen zu einem

geraden Strich zusammengepresst – ihr ernstes Gesicht. »Ich bin gefallen.« Dann blickte sie sich zum Gebüsch um und sah wieder zu ihm. »Papi? Da ist eine Frau in dem Busch, und die weint und ist ganz klebrig.«

Lucy hielt ihre Hände hoch. Sie waren über und über mit Blut beschmiert.

O nein. Nein. O nein. . . .

Fast wäre sie ihm aus den Armen geglitten. Das Handy fiel ins Gras zu seinen Füßen, Ellies Stimme war kaum noch zu verstehen.

»Duncan! Duncan! Ich verlange, dass du mir auf der Stelle sagst, was passiert ist!«

Das Gebüsch.

Eine Frau.

Blut.

Duncan schluckte. Dann bewegte er sich ganz vorsichtig auf das Gebüsch zu, eine Hand auf Lucys Hinterkopf, ihr Gesicht an seinen Hals geschmiegt, sodass sie nichts sehen konnte. Er spähte durch die Blätter.

O Gott. O du lieber Gott.

Die Frau lag auf der nackten Erde, ganz verdreht zwischen den Rhododendronästen und -wurzeln, und sie weinte. Von ihrer Kleidung war so gut wie nichts übrig, nur kleine Teile, wie die Manschetten ihrer Bluse, waren noch übrig, der Stoff zerfetzt und ausgefranst, wo der Rest weggerissen worden war. Blut rann an ihren Armen und Beinen herab, tiefe rote Schnittwunden klafften in der blassen Haut.

Sie blickte auf, sah ihm in die Augen. Streckte eine verschmierte Hand aus. »Helf… helfen Sie mir…«

Duncan schrie.

Diese dreckigen, miesen, unfähigen, hirnlosen *Vollidioten.*

Roberta stürmte den Flur entlang, mehrere uniformierte

Kollegen drückten sich flach an die Wand, um nicht überrannt zu werden. Gut so. Tufty hechelte hinterdrein und versuchte die Stimme der Vernunft zu spielen. *Aye*, viel Glück dabei.

Die Zeit für Vernunft war vorbei.

»Kommen Sie, Sarge. Vielleicht trinken Sie erst mal eine Tasse Tee oder so? Und beruhigen sich ein bisschen, ehe Sie…«

Sie platzte in DCI Rutherfords Büro und ließ die Klinke los, sodass die Tür voll gegen einen Aktenschrank knallte. Der Arsch hockte hinter seinem »Seht-mal-wie-wichtig-ich-bin«-Schreibtisch, DI Vine auf einem der Besucherstühle, einer von Vines Lakaien stand hinten beim Whiteboard. Fallnotizen und Fotos waren auf dem Schreibtisch ausgebreitet.

Alle starrten sie an.

Tufty packte sie am Arm und zischte ihr ins Ohr: »Das ist *wirklich* keine gute Idee, wenn Sie mich…«

Sie schüttelte ihn ab. »Es ist Wallace, nicht wahr? Er hat diese Frau überfallen.«

Vine musterte sie abschätzig. »Wir sind in einer Besprechung, *Sergeant*.«

»Victoria Park, genau da, wo er auch Claudia Boroditsky überfallen…«

»Was erlauben Sie sich, hier einfach so reinzuplatzen?«

»…im Gebüsch, mit einem Scheißmesser! Muss ich Ihnen ein Diagramm zeichnen, damit Sie es in Ihren Quadratschädel kriegen?«

Vine stand auf. »Das REICHT!«

Er hatte recht, es reichte mit dem Gerede. Zeit für ein bisschen Do-it-yourself-Kieferorthopädie.

Sie trat vor und ballte die Fäuste, aber Tufty packte sie wieder und gab dabei ein leises Quieken von sich.

DCI Rutherford, sicher hinter seinem Schreibtisch verschanzt, hob eine Hand. »Na, na, jetzt wollen wir alle erst mal tief durchatmen und uns beruhigen, bevor wir etwas tun oder sagen, das wir nicht mehr zurücknehmen können.«

Niemand bewegte sich.

»Gut.« Rutherford wies auf die Stühle. »Setzen Sie sich, John. Und Roberta, ich weiß, Sie meinen es nur gut, aber Sie müssen sich von diesem Fall fernhalten.«

»Er hat diese Frau verge…«

»Das *wissen* wir noch nicht. Wir können es nicht *beweisen*.« Er ließ die Hand sinken. »Aber ich kann Ihnen versichern, dass DI Vine sich mit dem Dezernat Sexualverbrechen in Verbindung setzen wird, und dann *werden* wir den Schuldigen finden.«

O ja, das war ja *so* ein Trost. »Jack Wallace ist ein bösartiger, hinterhältiger, mieser Verge…«

»Und angesichts Ihrer Vorgeschichte mit diesem Mann hätte ich doch gehofft, dass Sie so klug wären, sich ein für alle Mal von ihm fernzuhalten!« Rutherford verzog einen Moment lang das Gesicht, atmete tief durch und legte beide Hände flach auf seinen Schreibtisch. »Hören Sie, Roberta, das letzte Mal hat es Sie fast Ihre Karriere gekostet. Überlassen Sie diesen Fall DI Vine. Und jetzt gehen Sie. Das ist ein *Befehl*.«

Es war, als müsste man einen Mundvoll Glasscherben schlucken.

Aber sie bleckte die Zähne und brachte es trotzdem heraus. »Ja, Boss.«

Im Krankenzimmer herrschte dieser Brechreiz verursachende Desinfektionsmittelgestank: ein bisschen rauchig, mit Noten von Jod und Sagrotan. Die Jalousien waren heruntergelassen, um die grelle Morgensonne draußen und die

Düsternis drin zu halten. Abgesehen von dem bisschen, das durch die Ritzen zwischen den Lamellen drang, kam das einzige Licht von der beeindruckenden Ansammlung von Apparaten, an die alle vier Patienten im Zimmer angeschlossen waren.

Die gestärkten Laken knisterten, als Roberta auf der Bettkante ein Stück nach oben rutschte. Am Kopfende war eine kleine Tafel am Metallrahmen befestigt, gerade groß genug für die Aufschrift »BEATRICE EDWARDS AB Rh(D) −«. Darunter ein laminiertes Blatt Papier, auf dem in dicken Laserdruckerlettern »NIL PER OS« geschrieben stand.

Roberta drückte Beatrice' Hand. Die Haut war kühl und klamm wie bei einer frisch Verstorbenen. Beatrice' Handgelenke waren bis hinauf zu den Ellbogen bandagiert, gelbe und rote Flecken zeichneten sich auf dem weißen Stoff ab. Abwehrverletzungen. Sie hatte sich gewehrt.

Die Schnittwunde in ihrem Gesicht war mit einem Mullverband bedeckt, dessen strahlendes Weiß sich von den Blutergüssen abhob. Die Pupillen unter den schweren Lidern waren geweitet, wie schwarz glänzende Knöpfe.

Roberta räusperte sich, schluckte und setzte noch einmal an. »Sind Sie *sicher*, Beatrice?«

Es dauert eine Weile, bis sie antworte, und dann war ihre Aussprache verwaschen und undeutlich. »War dunkel… So dunkel… Messer.«

»Was ist mit seiner Stimme? Hat er Sie bedroht? Hat er irgendetwas gesagt?«

Ein Zeitlupenblinzeln. »Müde… Schlafen…«

»Hatte er einen Akzent? Irgendwas Auffälliges?«

»*Da!*«, zischte eine Stimme von der Tür her. Und dann: *»Da ist sie!«*

Roberta blickte von Beatrice' bandagiertem Handgelenk auf. Eine dicke Krankenschwester im hellblauen OP-Dress stand in der Tür, die sie fast ganz ausfüllte. Die Hände in die Hüften gestemmt. Das Kinn gereckt. Ihre mächtige Statur ließ ihren Begleiter noch zwergenhafter erscheinen – einen schmächtigen Constable in Uniform mit fettigen Brillantinehaaren und einem akkuraten Seitenscheitel. Als hätte er sich direkt aus den Fünfzigerjahren hergebeamt.

Der Hänfling zeigte mit dem Finger auf Roberta und anschließend auf seine Füße, dann sagte er in dem gleichen rauen Flüsterton: »Sie da – kommen Sie sofort her. Was fällt Ihnen eigentlich ein?«

Sie zog eine ihrer Police-Scotland-Visitenkarten aus der Tasche, drückte sie Beatrice in die Hand und schloss die kalten Finger darum. »Wenn Ihnen noch irgendetwas einfällt, egal was, dann rufen Sie mich an. Okay?«

Der uniformierte Constable kam diensteifrig herbeigeeilt. »Sie dürfen hier gar nicht sein! Diese Frau wurde überfallen!«

Seine fette Kumpanin war gleich hinter ihm. »Es ist noch nicht einmal Besuchszeit! Sie sollten sich was schämen.«

Roberta drückte noch einmal sanft Beatrice' Hand. »Es wird besser. Ich weiß, es kommt Ihnen nicht so vor, aber es wird irgendwann besser. Es kommt eine Zeit, wo Sie nicht mehr jedes Mal zusammenzucken, wenn jemand Sie anfasst. Und Ihr Herz sich nicht mehr anfühlt, als müssten Sie sterben, sobald Sie Schritte hinter sich hören. Wo Sie nicht mehr das Gefühl haben, schreien zu müssen, sobald die Dunkelheit hereinbricht.« Sie stand auf, beugte sich zu Beatrice hinunter und küsste sie auf die Stirn. »Glauben Sie mir – ich weiß, wovon ich rede.«

Die Schwester verschränkte die Arme und reckte das Kinn. »Ich verlange, dass Sie augenblicklich die Station verlassen!«

Roberta zeigte ihr den Finger, prustete feucht und ver

ächtlich und schlenderte aus dem Zimmer, wobei sie im Vorbeigehen den Constable am Ohr packte und ihn mit sich schleifte.

Er quiekte wie ein kleines Ferkel. »Au, au, au!«

Ein verächtliches Schniefen, während seine Kumpanin sich umdrehte und ihnen nachsah. »Fürchterliche Frau. Wie kann irgendjemand…«

Die Tür fiel hinter ihnen ins Schloss und schnitt ihr das Wort ab.

Roberta schleifte den schmächtigen Constable über den Flur zu den Verkaufsautomaten, ohne den Kneifzangengriff an seinem Löffel zu lockern. »Sie wissen, wer ich bin?«

Seine Gesichtszüge verzerrten sich für ein paar Sekunden, doch dann dämmerte es ihm offenbar, denn seine Augen wurden ganz groß. »DCI… Ich meine, Detective Sergeant Steel. Sie – Au!«

Sie legte sicherheitshalber noch eine Vierteldrehung drauf. »Au!«

»Versuchen wir's noch mal von vorn. Wissen – Sie – wer – ich – bin?«

Er zog die Stirn in Falten, seine kleinen Hände zuckten an seiner Seite. Und dann kapierte er endlich. »Nein…?«

Na also.

»Braver Junge. Und so soll es auch bleiben.« Sie ließ sein Ohr los und gab ihm einen Klaps auf die Wange. »Und jetzt kaufen Sie mir ein KitKat.«

Tufty stand mit verkniffener Miene vor dem Einsatzwagen und scharrte nervös mit den Füßen.

Roberta verputzte den letzten Bissen des geschnorrten KitKats. »Sie sehen aus wie ein Hund, der Würmer hat.«

»Ich versuche schon eine halbe Ewigkeit, Sie anzurufen!«

»Nette Leute schalten im Krankenhaus ihr Handy aus, Sie

wurmstichige Kartoffel.« Sie knüllte ihr Schokoladenpapierchen zusammen und warf es durch das offene Beifahrerfenster ins Auto. »Also, spucken Sie's schon aus.«

»Mrs Galloways Nachbarin – sie sagt, da sind zwei kräftige Schlägertypen, die an die Tür von dem alten Muttchen hämmern und brüllen, dass sie aufmachen soll!«

Roberta starrte ihn an. »Dann ruf verdammt noch mal Verstärkung!«

»Wir sind am nächsten dran. Es wird *mindestens* eine Viertelstunde dauern, bis sonst jemand frei ist.«

Schlägertypen.

Mrs Galloway. Ein Grinsen breitete sich auf Robertas Zügen aus, hart und scharf. »Heißer Scheiß!«

Tufty wich einen Schritt zurück und beäugte sie skeptisch. »Sarge? Wieso grinsen Sie so?«

Weil die miesen Dreckschweine, die eine alte Dame zusammengeschlagen und ihren Hund in die Mikrowelle gesteckt hatten, sich auf eine ordentliche Dosis Polizeibrutalität gefasst machen konnten. »Los, einsteigen!«

III

Der Aufzug hielt mit einem Ruckeln im zwölften Stock. Kaum hatte die Tür sich quietschend geöffnet, da waren aus dem Flur laute Stimmen zu hören.

»Aufmachen, Sie sture alte Zicke!«

»Seien Sie nicht albern, Agnes, Sie machen alles nur noch schlimmer für sich!«

Roberta drehte ihr Grinsen noch etwas weiter auf und stürmte aus dem Lift, Tufty an ihrer Seite.

Zwei gewaltige Kleiderschränke, ganz in Schwarz gekleidet, hämmerten auf Mrs Galloways Wohnungstür ein. Boxernasen und Rugbyspielerohren. Sie hätten Zwillinge sein können, nur dass der eine kahl wie ein Ei war und der andere eine strähnige blonde Vokuhilafrisur und eine Sonnenbrille trug. Beide mit Siebzigerjahre-Pornobalken.

Der Glatzkopf schlug noch einmal mit der Faust gegen die Tür. »Das ist mein voller Ernst, Agnes!«

Sein Kumpel trat dagegen. »Machen Sie endlich die verdammte Tür auf!«

Roberta griff in ihre Jackentasche und zog den Teleskopschlagstock heraus, der sich darin versteckte. *Klack* – und er fuhr zu voller Länge aus. »HE, IHR ZWEI KLOSTERBRÜDER!«

Tufty fuhr ebenfalls seinen Schlagstock aus, mit der anderen Hand schwenkte er eine kleine Dose Pfefferspray. »POLIZEI! KEINE BEWEGUNG!«

Klosterbruder Nummer eins drehte sich um und musterte sie über den Rand seiner Sonnenbrille hinweg. »Sie sind die Verstärkung, oder?«

Roberta ließ ihren Knüppel einmal kurz gegen die Wand knallen und erweiterte damit beiläufig die Kollektion von Kratzern und Dellen. »Oh, das wird ein Spaß!«

Klosterbruder Nummer zwei hob die Hände. »Nee, da sind Sie aber auf'm völlig falschen Dampfer.«

»Sie haben eine alte Dame zusammengeschlagen. Sie haben ihre Wohnung demoliert. SIE HABEN IHREN HUND GETÖTET!«

Die beiden wichen ein Stück zurück und zogen ihre Kinne ein, dorthin, wo normalerweise die Hälse gewesen wären.

Nummer zwei sah Nummer eins fragend an. »Wie, Hund?«

Die blonden Nackensträhnen von Nummer eins flatterten, als er den Kopf schüttelte. »Nee, damit haben wir ganz bestimmt nix zu tun.« Er zog ein Blatt Papier aus der Tasche. »Gerichtsvollzieher. Wir haben einen Gerichtsbeschluss zur Beschlagnahme von beweglichen Gütern im Wert von zweitausend Pfund, nicht wahr?«

»Wir haben keinen Hund nicht getötet!« Das Gesicht von Nummer zwei zog sich um die gebrochene Nase herum zusammen. »Für wen halten Sie uns denn?«

Roberta starrte die beiden an. »Sie sind *Gerichtsvollzieher*?«

»Ich hab zwei Cockerspaniels!«

Die Gerichtsvollzieher standen im Wohnzimmer, die Köpfe gesenkt, die Hände vor den Bäuchen gefaltet, und traten von einem Fuß auf den anderen, wie zwei Schuljungen, die auf eine Tracht Prügel vom Direx warten. Nur größer und muskulöser. Und mit dem einen oder anderen Tattoo, das aus den Halsausschnitten ihrer schwarzen T-Shirts hervorschaute.

Mrs Galloway saß in ihrem wackligen Sessel. Sie wirkte irgendwie noch dünner und älter und gebrechlicher als am Morgen. Ein Arm steckte in einem Kunststoffgips. Sie vermied jeglichen Blickkontakt, besonders mit den zwei massigen Schlägertypen, die noch vor zwei Minuten an ihre Tür gehämmert hatten.

Roberta stupste Gerichtsvollzieher Nummer eins an. »Na los, wird's bald?«

Er räusperte sich. Sah seinen Kumpel an. Und dann wieder das arme, verprügelte alte Muttchen, das da hockte wie ein Spatz mit einem gebrochenen Flügel. »Ähm... Mrs Galloway? Rick und ich, wir haben da diesen Gerichtsbeschluss, und...« Er schwenkte den Kopf hin und her und sah sich in dem schäbigen kleinen Zimmer um. »Und es tut mir wirklich total leid, was mit Ihrem kleinen Hund passiert ist.«

Nummer zwei alias Rick nickte. »So was ist echt voll gemein. Wenn ich den Kerl in die Finger krieg, der das gemacht hat, dann...«

»Also, jedenfalls können wir sehen, dass Sie nichts haben, was zwei Mille wert wäre. Also geh ich jetzt zurück ins Büro, und dann sehen wir mal, was sich machen lässt von wegen Ratenplan und so, ja? Um die Kosten ein bisschen zu verteilen?«

Rick ballte die Fäuste. »Ein kleines Hündchen...«

Die beiden warteten auf den Lift, als Steel und Tufty aus Mrs Galloways Wohnung traten.

Tufty zog die Tür zu, bis das Sicherheitsschloss mit einem Klicken einschnappte. »Glauben Sie, dass sie allein zurechtkommt?«

Statt einer Antwort marschierte Steel auf den Aufzug zu.

Glatzkopf schüttelte den Kopf, seine Kiefermuskeln mahlten. »Ich meine, was hat so ein kleiner Hund je irgend-

wem getan? Ich sag's dir, Marty, ich werd diesem Dreckstück das Handwerk legen, aber gründlich.«

Vokuhila nickte. »So ein Arschloch.«

Ping. Die Lifttür ging auf, und Steel trat in die Kabine.
Nach einer kleinen Pause folgten ihr die zwei Gerichtsvollzieher. Tufty quetschte sich noch rasch dazu, als die Tür sich
schon wieder zu schließen begann.

Steel starrte Glatzkopf und Vokuhila an. Sie knackte mit
den Fingern. »Ihr habt genau eine Chance, diese Frage zu
beantworten, ehe ich euch einen Arschtritt verpasse: Für
wen arbeitet ihr?«

»Für den Vermieter.« Vokuhila deutete mit dem Kinn auf
die Aufzugstür. »Dem gehört ungefähr die Hälfte der Wohnungen hier im Block. Die alte Dame hat seit vier Monaten
oder so keine Miete mehr bezahlt.«

Glatzkopf zuckte mit den Schultern. »Hat ihr Dutzende
von Briefen geschrieben, nicht wahr? Aber so sind sie,
die alten Omas.« Er verzog das Gesicht. »Wunschdenken
nennt man das, wie? Wenn du die Post gar nicht erst auf-
machst, dann zählt es nicht. Vielleicht lässt ja die Scheuklap-
penfee deine ganzen Mietschulden einfach verschwinden.
Und dann wird es Zeit für einen Besuch von Marty und
mir.«

Sie bohrte ihm den Zeigefinger in die Brust. »Hier treibt
ein Kredithai sein Unwesen. Ich will wissen, wer es ist.«

Glatzkopf knurrte. Er fletschte die Zähne. »Ist das der,
der den armen Hund in die Mikrowelle gesteckt hat? Denn
wenn es so ist …«

Vokuhila verschränkte seine muskelbepackten Arme
vor der Brust, wie ein überdimensionaler, bildungsferner
Flaschengeist. »Ich hab noch was Besseres für Sie als einen
Namen. Ich zeig Ihnen, wo Sie ihn finden können.«

»Da wär'n wir.« Klosterbruder Nummer eins alias Marty öffnete die Tür und gab den Blick auf die Lounge Bar in ihrer ganzen Retropracht frei. Stühle mit rotem Kunstlederbezug, klebriger Linoleumfußboden, Tische und Theke aus dunklem Holz. Im Ausschank Bell's, Famous Grouse und Wodka Hausmarke. Der Name des Pubs prangte in roten und blauen Lettern auf dem Spiegel hinter der Bar: »THE BROKEN SPIDER«.

Roberta trat ein. Tufty dackelte hinterher wie ein minderbemitteltes Hündchen.

Jimmy Shands Akkordeonklänge didel-dadel-dudelten aus der Jukebox und kämpften gegen das Gebimmel und Getute und die elektronischen Sirenen des Glücksspielautomaten am Ende des Tresens an. Eine Gruppe von jungen Kerlen in wild zusammengewürfelten Trainingsjacken und Jogginghosen, Hoodies und Baseballkappen – die meisten davon verkehrt herum aufgesetzt – daddelten an dem Ding herum. Alle zehn sahen aus, als wären sie beim Vorsprechen für *Aktenzeichen XY* durchgefallen.

Die übrigen Gäste waren allesamt jenseits der vierzig. Sie tranken Export, spielten Domino und verfolgten nebenbei die Pferderennen, die ohne Ton im Fernseher liefen.

Gerichtsvollzieher Rick schloss die Tür und baute sich davor auf, sodass der Fluchtweg versperrt war.

Dann hob Gerichtsvollzieher Marty eine Hand und zeigte auf einen Tisch in der Ecke, neben der Klotür. »Das ist er: Phil Innes.«

Ein zwielichtiger Typ saß dort allein mit dem Rücken zur Wand, vor sich ein Guinness und einen kleinen Whisky. Groß und kräftig, blond mit Seitenscheitel, teure Lederjacke, Seidenhemd. Dreitagebart und Diamantohrring.

»So, du kleiner Scheißer.« Roberta marschierte auf den Tisch zu und hielt dem Typen ihren Dienstausweis unter die

Nase. »Philip Innes, ich verhafte Sie gemäß Criminal Justice (Scotland) Act, Abschnitt 14, weil ich Grund zu der Annahme habe, dass Sie eine mit Haft bewerte Straftat begangen haben.«

Innes nahm einen Schluck von seinem Stout. Er nickte Rick und Marty zu. »Rosenkranz. Güldenstern.«

Bin *ich* cool, was?

Aber diesmal nicht.

Roberta wies mit dem Daumen zur Decke. »Los, aufstehen.«

Er blieb sitzen. »Und was habe ich Ihrer Meinung nach verbrochen?«

»Constable!« Sie schnippte mit den Fingern. »Handschellen anlegen!«

Und nichts passierte.

Typisch Tufty – war mal wieder nicht bei der Sache. Stattdessen beäugte er stirnrunzelnd die Bande von jugendlichen Prolls am Spielautomaten. Zu nichts zu gebrauchen, der Kerl.

Sie zog ihre eigenen Handschellen aus der Tasche und schwenkte sie vor Innes' Gesicht. »Sie haben den kleinen Hund einer alten Dame getötet. Sie haben ihre Wohnung demoliert. Sie haben sie grün und blau geschlagen. Und jetzt aufstehen, aber plötzlich!«

Innes nippte an seinem Whisky. Dann spitzte er die Lippen. »Das hat sie Ihnen erzählt, ja?«

Tufty rückte unauffällig näher an die Trainingsanzug-Bagage heran. Konnte der Knabe sich nicht mal fünf Minuten lang auf etwas konzentrieren?

»Sie sind ein Kredithai, Philly-Boy. Sie nutzen die Schwächsten aus.«

»Jetzt noch mal von vorne – Sie sagen, eine alte Dame beschuldigt mich, ihren Hund getötet zu haben? Habe ich das richtig verstanden?«

Tufty drehte sich um und packte sie am Ärmel. »Sarge!«

»Finger weg, Dödel!« Sie riss sich los. »Aufstehen, habe ich gesagt!«

»Ich habe nie irgendeinem Hund ein Haar gekrümmt. Ich mag Hunde. Das muss eine Verwechslung sein.«

»Sarge!« Der Dödel grabschte wieder nach ihr und wies auf den Typen, der gerade den einarmigen Banditen mit Pfundmünzen fütterte. »Kenny Milne!«

Der Typ blickte auf, als er den Namen hörte – und er war es tatsächlich. Kenny Milne, dieses miese kleine kinderentführende Miststück.

Das war ja einfach nur *obergeil* – gleich zwei Festnahmen zum Preis von einer. Milne und Innes, beide in einem Aufwasch eingebunkert.

Einer nach dem anderen drehten sich Milnes minderjährige Mannen um und starrten sie an. Alle sahen aus, als wären sie keinen Tag älter als zwölf, und jeder Einzelne hielt eine Dose extrastarken Cider in der Hand.

Damit war es schon ein flotter Dreier – der Wirt würde gleich mit in die Zelle wandern.

Kenny Milne klappte den Mund zu. Und dann wieder auf: »Scheiße! Nix wie raus hier!«

Was seine Truppe prompt in die Tat umsetzte – unter lautem Wolfsgeheul stürmten sie los in Richtung Ausgang.

Rick grinste sie an, die Brust gewölbt, die muskulösen Arme ausgebreitet. *Na los, ihr könnt's gerne versuchen.*

Sie stürzten sich auf ihn und rangen ihn unter lautem Gejohle zu Boden.

Milne sprintete auf die Tür zu, aber diesmal war Tufty schneller. Er hob zu einem Rugby-Tackling ab, rammte Milnes Flanke und brachte ihn ins Taumeln.

Die beiden krachten in einen Tisch, Biergläser und Dominosteine flogen durch die Gegend.

Ein altes Männlein im Tweedsakko schüttelte die Faust. »Ich war am Gewinnen!«

Sein Kumpel warf seine Schiebermütze nach ihm. »Am Bescheißen warst du!«

»Du dreckiger...« Er warf sich auf seinen mützenlosen Kumpel. Sie rangen miteinander, fletschten die falschen Zähne und stießen halblaute Verwünschungen aus. Ein armseliger Versuch eines Schwitzkastens, und sie taumelten gegen einen Nachbartisch. Ein Pintglas kippte um, das Lager ergoss sich in den Schoß seiner Besitzerin.

Sie richtete sich kerzengerade auf, die Augen glasig, das Gesicht gerötet. »EY!« Ihre Faust verfehlte die raufenden Senioren und knallte stattdessen gegen den Hinterkopf eines anderen Gasts.

Und schon war die schönste Kneipenkeilerei im Gange. Alles boxte, kratzte, trat und biss um sich.

Tufty und Milne wälzten sich eng umschlungen auf dem klebrigen Boden, ächzend vor Anstrengung.

Jemand zog der betrunkenen Frau einen Barhocker über, bloß zerbrach das Ding nicht wie im Kino zu Kleinholz. Stattdessen kippte die Frau um und landete auf Tufty und Milne.

Ein altes Männlein schleuderte einen Stuhl über den Tresen, wobei die Whiskyflaschen und der Spiegel hinter der Bar zu Bruch gingen.

Innes blieb derweil seelenruhig sitzen und trank ab und zu einen Schluck von seinem Guinness. Er deutete mit einem Nicken auf den Ringkampf, der auf dem Fußboden zwischen den Tischen im Gange war. »Wollen Sie Ihrem kleinen Freund nicht helfen?«

Einer der jugendlichen Prolls flog hinter dem Stuhl her über den Tresen, im hohen Bogen über die Zapfhähne hinweg, ehe er in die Registrierkasse krachte.

Der Alte im Tweedsakko landete einen sauberen rechten Haken bei seinem mützenlosen Gegner, der von der Wucht des Schlags nach hinten flog und gegen den Spielautomaten knallte. Seine Knie wackelten, dann gaben sie nach, und er sank zu Boden, während der Automat seine blecherne Fanfare ertönten ließ und eine Lawine von Pfundmünzen ausspuckte.

Roberta schickte einen entnervten Blick zur Decke. »Hühnerkrake.« Sie riss ihren Schlagstock aus der Tasche und klackte ihn zur vollen Länge aus.

Innes zog eine Braue hoch. »Und ich dachte, Sie sind nur erfreut, mich zu sehen.«

»Schön dableiben.« Sie schwenkte den Knüppel in seine Richtung. »Ich bin noch nicht fertig mit Ihnen!«

Einmal tief durchgeatmet, dann drehte Roberta sich um und stürzte sich ins Getümmel.

»Au…« Tufty wackelte auf seinem Barhocker hin und her, ein Geschirrtuch voller Eiswürfel ans Gesicht gedrückt. Der Ärmste. Eine Seite seines Kragens war mit Blut verschmiert, das aus dem Blau des Stoffs ein schmutziges Rötlich-Violett machte.

Blau-weiße Lichter flackerten im Straßenfenster des Pubs, als ob da draußen jemand eine armselige Disco veranstaltete.

Roberta sah sich im Lokal um. Umgekippte Tische, zerbrochene Flaschen, verschüttetes Bier, zertrümmerte Stühle, der Spiegel hinter dem Tresen so voller Sprünge und Risse, dass er eine zersplitterte Patchworkversion der Trümmerlandschaft reflektierte. »Ich fürchte, dass wir hier ab sofort Lokalverbot haben.«

»Urgh…«

Sie hob einen Barhocker auf, klopfte den Staub ab, stellte

ihn neben Tuftys Hocker und hievte sich darauf. »Susan bringt mich um, wenn sie den Zustand von meinem Anzug sieht. Schau dir das an.« Sie hielt einen Arm hoch – der Ärmel war ganz zerknittert und mit Bier getränkt. Der Blusenärmel darunter hing ihr bis auf die Fingerspitzen, zerrissen und verdreckt. Tja – aber sie sah immer noch deutlich besser aus als Tufty. Roberta klopfte ihm auf den Rücken. »Dreht sich immer noch alles?«

Er befühlte das Innere seines Munds mit der Zungenspitze. »Ich glaub, ich hab mir einen Zahn abgebrochen.«

»Sie sollen die Leute ja auch verhaften und nicht beißen.« Sie entwand ihm das Geschirrtuch, und er sah sie blinzelnd an – das eine Auge nicht *ganz* synchron mit dem anderen. Also zeigte sie ihm das doppelte V-Zeichen. »Wie viele Finger halte ich hoch?«

»Drei?«

»Alles klar, Sie müssen ins Krankenhaus.«

Er wibbelte auf seinem Hocker herum, bis er in die Ecke schielen konnte, wo Philip Innes gesessen hatte. »Was ist aus der hundemordenden Hühnerkrake geworden?«

Sie knirschte mit den Zähnen, dann rang sie sich ein Lächeln ab. »Kommen Sie, ich bring Sie zum Auto. Und wenn Sie *viel* Glück haben, kommt eine Krankenschwester vorbei, um bei Ihnen Fieber zu messen – auf die versaute Weise ...«

Die Ärztin zog die Tür des Krankenzimmers vorsichtig hinter sich zu, dann drehte sie sich um und schenkte Roberta ein kleines Lächeln. »Entschuldigen Sie bitte.« Hochgewachsen und breitschultrig, mit Sommersprossen und großen Händen – ein waschechtes nordostschottisches Bauernmädel. Die Art von Tochter, der man zutraute, beim Lammen mit anzupacken, Heuballen zu werfen oder allein einen ganzen Traktor aus dem Schlamm zu ziehen. Sie ging voran zum Schwesternzimmer am Ende des Flurs, wo sie in einigen Papieren blätterte. »Okay, also, er hat eindeutig eine Gehirnerschütterung, und er kann sich wohl auf ein prächtiges Veilchen gefasst machen, aber davon abgesehen wird er bald wieder fit sein.«

Roberta deutete mit dem Kopf zur Station, wo die alten Männer unter ihren kratzigen Decken lagen. Tufty war in der hinteren Ecke. Er hatte ein Auge zugekniffen und starrte mit dem anderen auf einen kleinen Fruchtsaftkarton. »Fit genug, um wieder den Dienst anzutreten?«

Sie sahen eine Weile zu, wie er sich mühte, den Strohhalm durch das kleine, mit Alufolie versiegelte Loch an der Oberseite zu bohren. Und kläglich scheiterte.

Die Ärztin sog die Luft durch die Zähne sein. »Nun ja ... Ich denke, wir behalten ihn besser mal über Nacht hier. Es sei denn, Sie möchten bei ihm wachen, für den Fall, dass etwas passiert?«

»So weit kommt's noch. Nein, ich hole ihn dann morgen ab.« Roberta schniefte. Sie senkte den Blick. »Passen Sie gut auf ihn auf, ja? Er kann ganz gehörig nerven, aber er ist einer von uns.«

Dafür erntete sie ein warmherziges Lächeln, und eine dieser kräftigen Hände drückte ihren Arm. »Wir werden unser Bestes tun.«

Vor Beatrice Edwards' Zimmer hielt wieder der schmächtige Constable Wache. Das stellte für sich genommen noch keine unüberwindliche Schwierigkeit dar, allerdings war auch dieser Arsch von DI Vine mit einem seiner in den Achtzigern hängengebliebenen Helfershelfer da. Also wirklich – der hässliche Trampel hätte nur noch beide Jackenärmel hochkrempeln müssen, dann hätte er glatt in einer *Miami-Vice*-Coverband mitspielen können.

Also vielleicht doch nicht die allerbeste Zeit für einen Besuch.

Roberta ging zurück zu den Aufzügen, fuhr zwei Stockwerke nach oben und gelangte durch einen Flur mit quietschigem Boden und fragwürdigen Kunstwerken an den Wänden zu einer anderen Station. Hier saßen die Schwestern alle herum, tranken Tee und lasen Schmuddelromane.

Sie klopfte auf den Tresen, und eine dünne Schwester mit Vogelgesicht blickte von *Fifty Shades of antifeministischem Schmuddelkram* auf. »*Aye?*«

»Kenny Milne.« Roberta zeigte ihren Dienstausweis vor.

Eine kräftigere Kollegin legte die *Geschichte der O* weg. »Er ist sediert. Besuche sind *strikt* untersagt. Es ist eine Schande, wie viel Polizeibrutalität der arme Mann erdulden musste. Gewalt ist keine Lösung!«

»Sagt die Frau, die sich an der Lektüre von BDSM-Geschichten aufgeilt.«

Die Schwester reckte das Kinn. »Schon mal was von einem Lesekreis gehört? Es gibt auch noch Leute, die sich für Literatur interessieren!«

»Versaute Krankenschwestern!« Roberta drohte ihnen spielerisch mit dem Zeigefinger, dann drehte sie sich um und schlenderte davon, ein Liedchen auf den Lippen:

»Peitschen, Fesseln, Ketten, ja die machen mich so heiß,
Mein Liebesleben hebt voll ab, das ist ein geiler Scheiß,
Ein flotter Dreier, ja das wär's, sprach Madame de Sade,
Ich und Keira Knightley und ein Glas voll Marmelade…«

Roberta betrachtete stirnrunzelnd das Formular auf ihrem Computerbildschirm. Wer hatte sich bloß diesen Blödsinn ausgedacht? Nur weil ein kleiner Constable eins auf den Dez gekriegt hatte und über Nacht im Krankenhaus bleiben musste, waren auf einmal drei Tonnen gottverdammter Papierkram auszufüllen.

☐ Haben Sie eine Gefahrenanalyse durchgeführt?
☐ Haben Sie vor Beginn der Operation die zuständigen Vorgesetzten in Kenntnis gesetzt?
☐ Haben alle Beteiligten die entsprechenden Vollstreckungsbefehle unterzeichnet, bevor sie ausgeführt wurden?

Vermutlich waren es die Befehle, die ausgeführt werden sollten, und nicht die Beteiligten.

☐ Haben Sie sämtliche Kommandoentscheidungen in Ihr Entscheidungsprotokoll eingetragen?

Und *natürlich* waren es alles nur Kästchen zum Anklicken, sodass man nicht mal »LMAA!« reintippen konnte.

Dieser blöde Tufty mit seiner empfindlichen Birne.

Sicher hatte er das extra gemacht, nur damit sie mehr Arbeit hatte.

Wenn sie den morgen in die Finger bekam …

Es klopfte an der Tür.

Pause. Eins. Zwei. Drei. Vier …

Herrgott noch mal.

Roberta holte tief Luft und brüllte: »WAS IST JETZT? STEHEN SIE NICHT RUM WIE BESTELLT UND NICHT ABGEHOLT, UND KOMMEN SIE ENDLICH REIN!«

Die Tür ging auf, und eine junge und verdammt heiße Braut betrat das CID-Büro. Gute Figur, frischer Teint. Bräunlich blonde Haare, die ihr bis zu der kecken Wölbung ihrer prächtigen Brüste reichten. Brille Marke »scharfe Bibliothekarin«, dazu ein »Ich-war-ein-böses-Mädchen-bitte-schlag-mich«-Lächeln. Sie trug das schwarze T-Shirt der Constables und die dazugehörige kratzige schwarze Uniformhose.

Komm rein, Schätzchen, ich helf dir aus diesen scheußlich kratzigen Sachen.

Die entzückende kleine Constabiene blinzelte sie an. »Entschuldigung, haben Sie etwas gesagt?«

»Nicht laut, will ich hoffen.« Roberta schob ihre Tastatur zur Seite. »Nun, was kann ich Ihnen antun?«

Sie sah in ihrem Notizbuch nach. »Ich wollte zu Detective Constable Quirrel.«

»Ach, tatsächlich.« Schade. »Und was wollten Sie von unserem Tufty? Er hat Sie doch hoffentlich nicht geschwängert? Ist ein ziemlicher Schlawiner, unser Tufty.«

Wurde sie etwa rot? Sie wurde.

Roberta lehnte sich auf ihrem Stuhl zurück. »Ist natürlich mein Fehler, das gebe ich zu. Ich wollte ihn schon längst mal zum Kastrieren bringen, aber Sie wissen ja, wie die Burschen in dem Alter sind.« Schulterzucken. »Aber um die Halskrause kommt er jedenfalls nicht rum. Können ja nicht riskieren, dass er sich die Nähte aufreißt.«

»Nein! Nein, ich meine … nein, es war …« Sie holte ein paarmal tief Luft, um sich zu sammeln, wobei aufregende Dinge unter ihrem T-Shirt passierten. »Er war heute Vormittag mit dem Kadaver eines Yorkshireterriers bei mir und wollte wissen, ob es irgendeine Möglichkeit gibt, dass Pudding eine ordentliche Beerdigung bekommt …« Wenn sie die Stirn runzelte, war sie sogar noch sexyer. »Was ist? Wieso grinsen Sie so?«

Roberta zuckte mit den Schultern. »Das hat er Sie gefragt?«

»Er sagte, die alte Dame, der Pudding gehört hat, könne sich keine Beerdigung leisten.«

Okay, Tufty war eine gewaltige Nervensäge, ein Idiot und

überhaupt eine wandelnde Zeit- und Raumverschwendung, aber dass er für Mrs Galloways armes kleines Hündchen eine Beerdigung organisieren wollte? In diesem Moment hätte Roberta ihn einfach nur küssen können. Sie streckte eine Hand aus. »Detective Sergeant Roberta Steel. Sie haben wahrscheinlich die Gerüchte über meine sexuellen Großtaten gehört.« Ein Zwinkern. »Tufty ist gerade nicht hier, aber Sie können nach dem Signalton eine Nachricht hinterlassen.«

»Aha. Ja. Detective Sergeant Steel.« Sie wurde noch einen Tick röter. »Wenn Constable Quirrel wieder da ist, könnten Sie ihm dann ausrichten, dass PC Mackintosh wegen Pudding hier war? Vom Wildlife Crime Office.«

Roberta grinste sie an. »Und hat die entzückende PC Mackintosh auch einen Vornamen?«

Mackintoshs Gesicht erinnerte jetzt an eine reife Tomate. »Kate.«

»Keine Sorge, Kate, ich kümmere mich darum, dass Constable Quirrel Ihre Nachricht gleich morgen früh bekommt.«

»Danke, Sergeant.« Und dann legte sie aus irgendeinem absonderlichen Grund eine schulmäßige Kehrtwendung hin und marschierte zur Tür hinaus, den Rücken gestrafft, die Arme schwingend, als ob sie wieder auf dem Exerzierplatz der Polizeiakademie in Tulliallan wäre.

Einen knackigen Arsch hatte sie auch.

Bevor sie die Tür hinter sich zumachen konnte, trällerte Roberta ihr noch hinterher: »Kate und Tufty, ja man glaubt es kaum, machen F.I.C.K.I. oben auf dem Baum.«

Ach, junge Liebe …

Der Cursor auf ihrem Computerbildschirm blinkte sie an.

Sollte sich wirklich mal an diese Formulare machen.

Ach was, scheiß drauf. Es war halb sieben an einem milden Dienstagabend in Aberdeen. Zeit, nach Hause zu fahren, den Grill anzuwerfen, Susan mit Sauvignon blanc auf Betriebstemperatur zu bringen und dann über sie herzufallen.

Für den blöden Papierkram war morgen immer noch Zeit.

VIERTES KAPITEL

in welchem Roberta eine wichtige Lektion
über Freundschaft lernt und
wir einem Anwalt begegnen

I

Im Sonnenlicht, das durch die Terrassentür strömte, glänzten die Arbeitsflächen in der Küche wie die eingeölte Haut einer Stripperin.

Susan nahm ein Blatt Papier und hängte es zu den ganzen anderen Kinderzeichnungen an die Kühlschranktür: Frösche, Prinzessinnen, Einhörner, Drachen und Monstertrucks. Alle sahen aus, als ob sie aus Picassos sternhagelblauer Periode stammten. Das neueste Werk zeigte eine Art Kreuzung aus Dinosaurier und Einhorn mit einem Piratenhut.

Ihr Hintern war immer noch ein Prachtstück – also der von Susan, nicht der von dem Dinowesen: fest und rund, eine Einladung zum Draufklatschen. Oder zum Reinbeißen. Und der Rest von ihr war auch nicht zu verachten. Wie Doris Day in ihrer Glanzzeit, nur etwas kurvenreicher, in einem Sommerkleid mit kleinen rosa Blümchen. Allein die Crocs verdarben ein wenig den Gesamteindruck.

Die Verantwortliche für das jüngste Kühlschrankkunstwerk saß an der Frühstückstheke, schaufelte Cornflakes in sich hinein und spülte sie mit Orangensaft runter. Ihre kleine Schwester kurvte derweil mit einem Spielzeuglaster auf dem Boden herum und machte Brumm-Brumm-Geräusche dazu.

Der Toast sprang mit einem *Tschlack* hoch. Susan nahm beide Scheiben heraus und legte sie auf einen Teller. »Komm schon, Robbie, es wird dich nicht umbringen, mit dem Mann zu reden.«

Roberta hob das Katzenklo hoch und schüttelte es, sodass sich die Holzpellets verteilten und dunkle Klümpchen aus der Tiefe emporstiegen. Sie fischte sie mit einer Plastiktüte heraus und hielt sie hoch, sodass alle sie sehen konnten. »Oh, seht mal, Mr Rumpole hat einen kleinen Logan McRae gemacht! Ist das nicht clever? Die Ähnlichkeit ist wirklich verblüffend.«

»Die Mädchen müssen ihren Vater sehen.«

Die Katzenkacke wanderte in den Mülleimer, und Roberta wusch sich die Hände. »Hindere ich sie etwa daran?«

»Ich finde das nicht witzig.«

»Und ich muss los.« Sie gab Jasmine einen Kuss auf die Stirn …

»Ey, lass das, Mum.«

… und hob Naomi hoch, um sie zu knuddeln und zu küssen.

Gekicher.

Dann begrabschte sie noch rasch Susans Prachtarsch, gab ihr einen Schmatz, nahm die zwei Scheiben warmen Toast mit Butter, die sie ihr hinhielt, und rauschte zur Tür hinaus.

Susans Stimme tönte aus der Küche, als Roberta schon durch die Diele marschierte. »Komm nicht zu spät heute Abend – wir wollen uns doch dieses Stück anschauen. Und vergiss nicht, meinen Pokal vom Graveur abzuholen!«

»Lieb dich.«

Fotos von ihren sämtlichen Familienurlauben schmückten die Wände. Susan und Roberta zu zweit in Benidorm, in Margate, in der Normandie, auf Shetland, in Edinburgh und in Wales. Ein halbes Dutzend Fotos von Susan allein, wie sie ihre neuesten Golfpokale präsentierte. Dann diese Reise nach New York, als Susan im siebten Monat gewesen war. Und dann noch mehr Urlaube mit einer klitzekleinen Jasmine, die von Bild zu Bild größer wurde. Und schließlich als Viererbande am Strand von Lossiemouth, wo sie alle in die Kamera grinsten bis auf Naomi, die zu sehr damit beschäftigt war, einen Flip-Flop zu essen.

Roberta schnappte sich ihre Jacke von der Garderobe und mampfte ihren Toast, während sie die Autoschlüssel aus der Schale klaubte und ihr Handy aus der Tasche zog. Dann rumpelte sie zur Tür hinaus, während sie gleichzeitig wählte und kaute. Multitasking nannte man das wohl.

Das Sonnenlicht, das durch die Bäume tröpfelte, malte wabernde Leopardenflecken auf den Vorgarten. Bei den Nachbarn wurde gerade das Dach neu gedeckt. Die ganze Fassade war eingerüstet, aber die Handwerker waren viel zu gesittet, als dass sie einer Frau hinterhergepfiffen hätten. Tja, Rubislaw Den war eben eine feine Gegend – da ging es nicht an, dass irgendwelche Prolls auf den Gerüsten herumturnten, Passantinnen sexuell belästigten und ihre behaarten Maurerdekolletés herzeigten.

Barretts Stimme tönte ihr ins Ohr, ganz geschäftsmäßig und höflich. *»CID-Büro, kann ich Ihnen behilflich sein?«*

»Aye, aye, Davey. Sind alle schon da?«

»Alle da und bei der Arbeit, Sarge.«

»Wow, das wäre dann eine Premiere.« Sie schloss ihren MX-5 mit der Fernbedienung auf und kletterte hinters Steuer. Den Toast parkte sie auf dem Armaturenbrett. »Was gibt's Neues von Beatrice Edwards?«

»Sie meinen Ihr Vergewaltigungsopfer? Bis jetzt nichts.«

Sie ließ den Wagen an und fuhr vom Bordstein los. »Aber ich will doch hoffen, dass sie Wallace einkassiert haben, diese warzige Hühnerkrake?«

»Also, der Kraftausdruck des Tages ist eigentlich …«

»Ich bin heut nicht in der Stimmung für Verarsche, Davey.«

»Tut mir leid, Sarge.«

Am Ende der Straße bog sie links ab. Reihen von hellen Granithäusern zogen vorbei. »Ich hole jetzt erst mal Tufty ab. Wenn wir Glück haben, hat ihm dieser Schlag auf den Kopf ein bisschen Verstand eingehämmert.«

»Na ja, träumen darf man ja noch, nicht – ups. Sekunde, wir kriegen gerade Besuch.«

Die gedämpfte Stimme im Hintergrund hörte sich verdächtig nach Detective Chief Inspector Simon »Stinky« Rutherford an. *»Wo ist Detective Sergeant Steel?«*

»Ich warne dich, Davey!«

»Sir. Sie ist gerade losgefahren, um Constable Quirrel aus dem Krankenhaus abzuholen.«

»Oh. Gut. Und was ist mit diesen Handys und so weiter – Fortschritte?«

»Sagen Sie ihm, er kann sich die Dinger in die Ausgabestelle für Stoffwechselendprodukte schieben.«

»Die ersten Geschädigten kommen heute im Lauf des Tages vorbei, um ihr Eigentum abzuholen.«

»Hervorragend. Dann machen Sie mal schön weiter so, und richten Sie DS Steel aus, dass ich sie sprechen muss, sobald sie wieder da ist. Oberste Priorität.«

»Wird gemacht, Sir.« Er senkte die Stimme zu einem konspirativen Flüstern. *»Haben Sie das mitgekriegt?«*

»Oh, ich kann's kaum erwarten.«

Sie schloss ihren MX-5 ab und schlenderte über den Parkplatz, während sie ihre Pseudozigarette paffte und Dampfwölkchen mit Wassermelonenaroma produzierte. Das war das Problem mit echten Zigaretten – die gab es nicht in lustigen Fruchtgeschmacksrichtungen. Und »Menthol« zählte nicht. Das war ja, als ob man eine alte Oma in der Pfeife rauchte.

Zwanzig vor neun, und der Krankenhausparkplatz war

schon belagert von der üblichen Ansammlung alter Rostlauben und fetter SUVs, deren einzige »Offroad«-Herausforderung die Schlaglöcher auf der Great Western Road waren.

Aber ein schöner Tag war es. Warm und sonnig.

Wie lange ging das jetzt schon – vier Tage hintereinander? Dann musste man zum Wochenende wahrscheinlich mit einem Monsun rechnen. Oder mit Schnee. Es war ja schließlich erst Juli. Konnte nicht mehr lange dauern, bis man mit dem Schlitten den School Hill runter…

Das schrille *Tröööööööööööööt* einer Autohupe ließ sie zusammenfahren, und sie konnte gerade noch zur Seite springen, ehe ein tiefergelegter Peugeot 208 mit Alufelgen dicht an ihr vorbeischoss. Überdimensionaler Spoiler, neonorange Lackierung. Der kleine Scheißer am Steuer sah kaum älter als siebzehn aus: Baseballkappe verkehrt herum aufgesetzt, riesige dunkle Sonnenbrille auf der langen Nase. Auf dem Beifahrersitz eine junge Frau.

»Tommy & Josie« stand auf einem Folienstreifen am oberen Rand der Frontscheibe. Gab es *wirklich* noch Leute, die so was machten?

Und es war auch noch ein bisschen früh am Tag für jugendliche Raser.

Der Peugeot hielt am Ende der Reihe, so nahe am Eingang des Aberdeen Royal Infirmary, wie es heutzutage mit dem Auto möglich war. Dann ging die Beifahrertür auf, und die junge Frau stieg aus. Blonde Haare, die ihr bis zur Taille reichten, ein Muttermal auf der rechten Wange. Sie drehte sich um, legte die Finger an den roten Schmollmund und warf dem Fahrer ein Küsschen zu.

Sieh an, sieh an. Wenn das nicht der Star von Tuftys erotischem Badezimmershooting war – dem Pornofilmchen, das er auf dem gestohlenen Handy gefunden hatte. Was bedeutete, dass der Typ am Steuer der Eigentümer des Handys war. Nur gut, dass er selber kaum aus den Windeln raus war, denn in echt und mit Kleidern sah sein Model keinen Tag älter als fünfzehn aus. Hautenge Jeans, knallrotes bauchfreies Top, Jeansjacke und strahlend weiße Turnschuhe mit Acht-Zentimeter-Absätzen.

Die kleine Miss Pornostar stakste um das Auto herum zur Fahrerseite. Ihr Typ ließ die Scheibe runter und seine grässliche *Bmmmm-tsch-bmmmmm-tsch-bmmmmm-tsch-*Technomusik raus. Sie knutschte ihn kurz ab, zwinkerte und warf ihm noch ein Luftküsschen zu, ehe sie über die niedrige Holzschranke sprang und über die Straße auf den Haupteingang des Krankenhauses zulief. »Tommy« sah ihr die ganze Zeit nach. Wahrscheinlich begaffte er ihren fünfzehnjährigen Hintern und dachte schmutzige Schmuddelgedanken darüber, was er später alles mit ihr anstellen würde.

Roberta marschierte auf den Peugeot zu, setzte eine strenge Miene auf und beugte sich zum Fahrerfenster hinunter.

»Josie« verschwand durch die Automatiktür, und »Tommy« drehte den Kopf wieder nach vorne. Sah Roberta und fuhr zusammen.

»Was gibt's da zu glotzen, Oma?« Er zeigte ihr den Stinkefinger, drehte die Musik auf und röhrte los. *BMMMM-TSCH-BMMMM-TSCH-BMMMM-TSCH…*

Wen zum hühnerkrakeligen Motherfunker hatte er da gerade »Oma« genannt?

Sie zog schnell ihr Handy heraus und machte ein Foto vom Nummernschild des Peugeot, ehe er um die Ecke verschwand. Der kleine Mistkerl würde bald herausfinden, was passierte, wenn man sich mit dem *Sexual Offences (Scotland) Act* von 2009 anlegte.

Sie tippte rasch eine Nachricht, die sie zusammen mit dem Foto verschickte:

Gordy, Sie müssen einen kleinen Scheißer für mich
recherchieren:
Vorname evtl. »Tommy«
Fährt einen versifften neonorangen Peugeot GTI
Kennzeichen siehe Foto
Eilt

Die rollende Bedröhnungsanlage fuhr aus dem Parkplatz
heraus und schoss dann mit einem Röhren des überdimensionierten Boy-Racer-Auspuffs davon.

Idiot.

Ihr Handy spielte die *Cagney-&-Lacey*-Melodie.

»Gordy?«

*»Aye, Sekunde noch. Das System läuft heute wie ein einbei-
niger Hund ... Okay. Fahrzeug ist auf eine Angela Shand zugelassen, Oldfold Gardens sechzehn, Milltimber.«*

»Nach Angela hat der aber nicht ausgesehen.«

*»Ich schau mal in den Versicherungsdetails nach ... Da haben
wir's: Als Fahrer eingetragen ist Thomas Corona Shand, siebzehn, Adresse wie oben.«*

»Siebzehn? Die müssen ja ein Vermögen für die Ver-
sicherung bezahlen.« Andererseits, wenn »Josie« *fünfzehn*
und nicht vierzehn war, dann hatte Tommy gute Chan-
cen, mit heiler Haut davonzukommen, wenn die Sache vor
den Staatsanwalt kam. Bei einem Altersunterschied von
weniger als zwei Jahren war er laut Paragraf 39 aus dem
Schneider.

Zwei Jahre *und ein Tag*, und er durfte »nach dem Belie-
ben Ihrer Majestät« einrücken und wurde in der Sexualstraftäterdatei verewigt.

Roberta blickte sich zum Krankenhauseingang um – ein
schmutzig graues Vordach über einem Grüppchen von Rauchern in ihren Krankenhausbademänteln, am Ende einer

Wendeplatte, die mit »DURCHFAHRT VERBOTEN« und »NUR FÜR BUSSE« gekennzeichnet war.

Gut, es hatte auf den Fotos nicht unbedingt so ausgesehen, als ob »Josie« zu irgendetwas genötigt worden wäre, aber das hieß noch nicht, dass Tommy Shand nicht Druck auf sie ausgeübt hatte. Oder dass es das erste Fotoshooting dieser Art war. Oder dass sie nicht doch erst vierzehn war.

Und das ließ sich leicht klären.

»*War's das dann?*«

»*Aye*. Danke, Gordy.« Sie legte auf und eilte über die Straße, umkurvte das Rauchgeschwader und trat durch die Automatiktür. Keine »Josie« in dem kleinen Laden gleich hinter dem Eingang. Roberta warf einen Blick über das Geländer auf die Treppe, die zum Untergeschoss führte. Auch hier keine Spur von »Josie«.

Vor dem Empfangstresen am hinteren Ende der Eingangshalle waren Reihen von Plastikstühlen am Boden festgeschraubt. Ein halbes Dutzend kurzatmig aussehende Männer und Frauen verteilten sich auf den Sitzen … und da war sie. Sie saß etwas abseits, den Kopf gesenkt, sodass ihre Haare ihr übers Gesicht bis fast auf den Schoß hingen. Sie spielte mit den Spitzen herum, die Knie zusammengepresst. Ein Bein wippte wie von selbst auf und ab.

Roberta ließ sich auf den Stuhl neben ihr sinken. »Na?«

Sie schnellte hoch, die Augen schreckgeweitet.

»Ist schon okay, ich bin Polizistin, keine Exhibitionistin.« Roberta zeigte ihr ihren Dienstausweis. »Siehst du?«

»Hallo?« Eine kleine Stimme, verzagt und nervös. Wie das Lächeln.

»Alles klar bei dir? Du siehst nämlich so aus …«

»Dad hat Krebs.« Das Lächeln verrutschte ein wenig, und sie zog eine Schulter hoch. »Hat schon in die Lunge und in die Wirbelsäule gestreut.«

»Oh, das tut mir leid.« Roberta räusperte sich. »Also ... besuchst du ihn hier?«

Sie nickte. »Ich warte noch auf Mum, Tante Vicki und Onkel Pete. Allein mag ich nicht reingehen.« Sie schrumpfte ein wenig auf ihrem Stuhl zusammen, und ihre Stimme schrumpfte mit. »Er wird sterben.«

»Das ist echt derbe Scheiße.«

Sie nickte. Blinzelte ein paarmal und fuhr sich mit der Hand über die Augen.

»Ich heiße übrigens Roberta.«

Sie schniefte, nickte wieder. »Josie.«

»Wie alt bist du, Josie?«

»Fünfzehn.« Sie begann wieder mit ihren Haaren herumzuspielen. »Aber nächsten Januar werd ich *sechzehn*.«

Tommy würde also vermutlich nicht in der Datei landen. Aber der kleine Sauschwanz musste dennoch mit einer Anzeige rechnen. Eine Fünfzehnjährige vögeln. Es gab Dinge, da konnte man sämtliche Augen zudrücken, und es gab Dinge, da konnte man das nicht. Und dann war da noch die Sache mit der »Oma«. Aber hauptsächlich der Sex mit Minderjährigen.

Roberta deutete zum Eingang. »Hat dein Freund dich gebracht?«

Wieder ein Nicken. »Wir sind Tür an Tür aufgewachsen.«

»Nicht einfach, mit so was fertigzuwerden, wenn man erst fünfzehn ist.« Sie fischte eine Visitenkarte aus der Tasche, schrieb ihre Handynummer auf die Rückseite und hielt sie Josie hin. »Wenn du irgendwann mal in Schwierigkeiten bist, rufst du mich bitte an, okay?«

Aus der Eingangshalle hinter ihnen waren Stimmen zu hören: »*Nein, Pete, ich muss* gar nichts *zugeben. Du hast einfach keine Ahnung.*«

»*Ich werde* nicht *mit dir streiten, Vicki, ich sage nur, wenn wir über den Anderson Drive gefahren wären, wären wir an der Baustelle in den Stau geraten.*«

Josie blickte sich um. Sie stand auf und setzte wieder ihr zaghaftes Lächeln auf. »Mum.«

Roberta hievte sich ebenfalls hoch und drehte sich um.

Zwei Frauen und ein Mann steuerten hektisch auf den Wartebereich zu.

Die Frauen hätten beim besten Willen nicht unterschiedlicher aussehen können. Die eine war klein, mit üppigen schulterlangen Locken, fast ganz blond bis auf die ersten zwei Zentimeter. Runde Wangen und eine Nase, die ein *bisschen* an ein Schweinchen erinnerte. Und fürchterliche Klamotten – als ob sie ihr ganzes Outfit beim Vogelscheuchenausstatter gekauft hätte. Die andere war groß, mit länglichen Gesichtszügen und einer kurzen braunen Bobfrisur, zu der sie Tweedjacke und Jeans trug. Ich bin ja so was von *stylish*.

Josie umarmte die kleinere Frau, während Tante Vicki weiter auf Onkel Pete einhackte: »Herrgott noch mal, hättest du nicht eine Krawatte anziehen können? Warum musst du immer rumlaufen wie der letzte Penner?«

Pete seufzte. »Ich muss keine Krawatte tragen, wenn ich meinen eigenen Bruder besuche!« Eine Krawatte hätte wahrscheinlich auch nicht viel geholfen – er wäre immer noch ein mittelalter Mann mit ergrauten Koteletten und Nickelbrille gewesen. Hohe Stirn, leichtes Übergewicht. Der Typ Mann, der die U15-Fußballmannschaft trainiert und sein Leben damit verbringt, seine Kinder zum Ballettunterricht und zum Schachclub zu kutschieren. Der Typ, von dem die Nachbarn hinterher bei *Aktenzeichen XY* sagen, was für ein *netter* Mann er eigentlich sei und dass niemand ahnen konnte, dass er irgendwann durchdrehen und die zerstückelte Leiche seiner Frau unter der Gartenterrasse verscharren würde.

Josies Mutter drückte ihre Tochter noch einmal und trat einen Schritt zurück. Sie legte ihr die Hände auf die Schultern. »War's schön, bei Emma zu übernachten, Schatz?« Dann schien sie Roberta zu bemerken, die direkt neben ihrer Tochter stand. »Entschuldigen Sie, sind Sie…«

Josie deutete auf Roberta. »Mum, das ist Roberta, sie ist Polizistin.«

Ihre Mutter erbleichte und hielt sich an der Rückenlehne eines Stuhls fest. »Ist Dan… Ist… Hat er…?«

»Nein, ich bin nur zufällig vorbeigekommen und fand, dass Josie ein bisschen bedrückt aussieht. Da dachte ich mir, ich frage mal, ob ich helfen kann.«

Tante Vicki stemmte die Hände in die Hüften. »Wenn Sie nicht genug zu tun haben, *Officer*, würde ich vorschlagen, dass Sie die Bestie ausfindig machen, die gestern diese arme Frau überfallen hat!«

Du schnippische Tweedschlampe, du.

Roberta tat einen Schritt auf sie zu, doch Onkel Pete ging dazwischen.

»Komm schon, Victoria, sie wollte doch nur nett sein.«

»Hör auf zu katzbuckeln, Peter.« Tante Vicki brachte es nicht mal fertig, ihn anzusehen. »Wenn die Polizei ihre Arbeit vernünftig machen würde, dann würden solche Dinge gar nicht erst passieren!«

»Sie meint es nicht so.«

»Doch, ich meine es sehr wohl so!«

Roberta schniefte. »Ist schon in Ordnung. Ich wollte sowieso gerade gehen.« Sie drückte Josie kurz. »Verlier nicht diese Nummer.« Dann drehte sie sich um und schlenderte davon, die Hände in den Hosentaschen.

Mit ein bisschen Glück würde Onkel Pete eines Tages ausrasten. Und kein Gericht im Land würde ihn dafür verurteilen.

Aber jetzt galt es erst mal einen Detective Constable abzuholen.

Tufty trat aus dem Krankenzimmer und lächelte sie an. »Ich hab tatsächlich Rührei zum Frühstück gekriegt.« Sie hatten ihm einen Mullverband auf den Hinterkopf geklebt, die Haut um sein linkes Auge hatte die Farbe einer Aubergine, und das Weiße darin war durch einen fingernagelgroßen roten Klecks verunstaltet, aber ansonsten sah er ganz passabel aus. Richtig gut hatte er ja noch nie ausgesehen, der verknorzte kleine Hänfling.

Roberta steckte die Hände in die Hosentaschen und lehnte sich lässig an die Wand. »Also keine Halskrause?«

»Aber ich weiß nicht, was sie da reingetan haben. Hat geschmeckt wie Linoleum mit Möbelpolitur.«

Eine Krankenschwester kam aus dem Krankenzimmer geeilt – ganz attraktiv auf eine ausladende, forsche, dominamäßige Art und Weise.

Sie steuerte auf Tufty zu und drückte ihm einen Zettel in die Hand. »Nur für alle Fälle.« Sie zwinkerte ihm zu, dann tänzelte sie arschwackelnd davon.

Unglaublich.

Roberta zog eine Braue hoch. »Ach was?«

Tufty steckte den Zettel ein und grinste. »Also, was packen wir als Nächstes an?«

»Krankenschwestern, wie's aussieht.« Sie schüttelte den Kopf. »Was zum Teufel finden diese knackigen jungen Dinger bloß an Ihnen? Zwei in zwei Tagen. Schauen Sie sich doch an: ein Frettchen, das als Kind in den Kessel mit Hässlichtrank gefallen ist.«

»Eifersüchtig, oder was?«

»Ich werde heterosexuelle Frauen nie verstehen, so lange ich lebe.« Sie ging voran den Flur entlang in Richtung Aufzüge. »Zurück zur wirklichen Welt: Jetzt wollen wir unserem gemeinsamen Freund Kenny Milne mal ein bisschen auf die Pelle rücken.«

»Ah ...« Tufty verzog das Gesicht. »Ohne Anwalt?«

»Ich scheiß auf ›gerichtsfest‹, mir geht es um die kleinen Kinder, die er in seinem Schrank versteckt hatte. Und wenn wir Glück haben, ist er viel zu zugedröhnt mit Schmerzmitteln, um sich hinterher an irgendwas zu erinnern.«

Tufty schlich auf die Tür des Mehrbettzimmers zu. Er blickte sich nach links und nach rechts um – weit und breit niemand zu sehen außer ihm selbst und Steel. Heute hatte sie irgendetwas anderes mit ihren Haaren gemacht, vielleicht mit einem tollwütigen Dachs gekämmt oder so. »Die Luft ist rein.« Er öffnete die Tür und schlüpfte hinein.

Steel folgte ihm und ließ dabei ein sehr ordinäres Stöhnen vernehmen.

Die meisten Betten waren leer – nur ein alter Mann, der vor sich hin schnarchte, und ein junger Mann, der etwas auf seinem iPad spielte, Kopfhörer auf den Ohren. Kenny Milne lag in dem Bett am Fenster. Und angesichts seines Zustands war es klar, dass er sich nie wieder mit Polizei-Ninja-Großmeister Tufty anlegen würde. Ein Bein war eingegipst, ein Arm ebenso. Sein Gesicht war eine Mondlandschaft von Blutergüssen, und diese Nase würde nie wieder gerade sein.

»Meine Fresse, Tufty, Sie sind ja eine echte Kampfmaschine.«

Schulterzucken. »Ist nicht allein mein Verdienst. Diese zwei alten Knacker sind über ihn hergefallen, während ich mich gegen diese betrunkene Frau wehren musste. Ich glaube, sie haben mit der Spendenbüchse für die Seenotrettung auf ihn eingeschlagen.«

Sie packte den Sichtschutzvorhang an Kennys Bett und

zog ihn zu. »Kenny. Kenster. Kennstumich? Wie geht's, wie hängt's?«

Milne drehte ganz langsam den Kopf zu ihr um. Augen so groß wie Mistkäfer und doppelt so glänzend. Sie mussten ihm eine *Menge* Schmerzmittel gegeben haben. Er blinzelte die Besucher an. »Mmmmm … Durst …« Ach, sieh an – ein paar Zähne fehlten auch.

Schwerverletzt und mit Medikamenten vollgepumpt. Diese Befragung war nie und nimmer legal. »Sarge, sind Sie sich wirklich sicher?«

»Dann gehen Sie halt und warten Sie draußen. Kenny und ich wollen uns ein bisschen nett unterhalten.« Sie hockte sich auf die Bettkante. »Also, Kenny, jetzt mal ehrlich: Hast du dich an den Kindern vergangen, die wir bei dir in der Wohnung gefunden haben?«

»Tut weh.«

»Gut so. Wo hattest du die Kinder her?«

»Soll ich Ihnen ein Geheimnis verraten?« Er stemmte sich mühsam hoch, hob eine blau angelaufene Hand an den Mund und legte den Finger an die Lippen. »Schhh … Also, wenn 'ne Nutte ein Kind kriegt, dann kümmert sich doch niemand drum, ja? Niemand kümmert sich … Also kümmer ich mich drum. Jawoll. Kümmern, kümmern, kümmern …«

»Willst du damit sagen, es ist den Müttern egal, dass du dich an den Kindern vergreifst?«

»Nicht doch *vergreifen*!« Seine Miene verfinsterte sich. »Ich … Ich hab so was wie, na ja, 'ne Tagesstätte! Sollte 'nen Orden kriegen. Kümmer mich … kümmer mich um die Kleinen von den Nutten … Keiner kümmert sich, außer mir.« Er ergriff Steels Hand. »Ich bring ihnen ein Handwerk bei, nicht wahr? Sorg für sie und bring ihnen ein Handwerk bei. Dass sie eine solide Basis haben.« Er nickte, wie um sich selbst zuzustimmen. »Was macht's da schon, dass ihre Mütter auf …

auf Heroin oder Crystal sind? Ich bring ihnen ein *Handwerk* bei.«

»Und du bist sicher, dass du dich nicht an ihnen vergehst?«

»Mach die … Mach die krummen Finger schön lang …«

Steel stieß einen kleinen Seufzer aus, offensichtlich erleichtert über diese Information. »Die zwei kleinen Kinder – ich brauche die Namen ihrer Mütter.«

»Ist 'n Geheimnis.«

»Nicht zwischen uns beiden, oder, Kenny? Du und ich, wir sind doch die besten Freunde.«

Er machte ein Gesicht, als ob er angestrengt nachdächte. »Oh … Okay. Hab ich vergessen. Klar …«

»Also los, Kenny, raus mit der Sprache: die Namen der Mütter, wenn ich bitten darf.«

»Okay. Daphne … Daphne McClellan und … und Sally Gray.«

Sie sah sich zu Tufty um. »Haben Sie das?«

Oh. Tja. Ähm … »Sie wollen doch nicht, dass ich es in mein *Notizbuch* schreibe, oder? In das Notizbuch, das als Beweismittel beschlagnahmt werden könnt, falls irgendjemand rausbekommt, dass wir …« Tufty beschrieb mit dem Finger einen Kreis, der das Bett und die drei Personen innerhalb des Vorhangs einschloss. »… *das* hier getan haben?«

»Na gut.« Sie befreite ihre Hand aus Kennys Griff und schob ihn auf sein Kissen zurück. »Ich und mein dressiertes Äffchen hier, wir müssen jetzt los und wichtige Polizeiarbeit erledigen. Lass mal wieder von dir hören, ja?« Dann sprang sie vom Bett und schlüpfte durch den Vorhang.

Tufty wackelte mit den Fingern vor Kennys Gesicht herum und intonierte mit gespenstischer Hypnotiseurstimme: »Sie schlafen gaaaanz fest, und Sie haben das aaaaalles nur geträumt. Wir waren niiiiie hier …«

Einen Versuch war's wert.

Als er aus dem Krankenzimmer trat, war Steel schon auf halbem Weg den Flur hinunter.

Er eilte ihr nach und holte sie ein, als sie gerade an den Aufzügen vorbeimarschierte. »Ich dachte, wir fahren zurück ins Präsidium?«

»Ja, aber vorher müssen wir noch rasch bei wem vorbeischauen.«

Aha … Warum hörte sich das so ungut an?

II

Steels Absätze vollführten einen klackernden Trommelwirbel auf dem gemusterten Bodenbelag, als sie durch das Labyrinth von Fluren marschierte.

Tufty trottete neben ihr her. »Ich weiß zwar nicht, wo wir hingehen, aber es wird mich doch nicht in Schwierigkeiten bringen, oder?«

»Lass dich überraschen.«

Aha. Na, das hörte sich *definitiv* ungut an.

Sie bogen um eine Ecke, und da stand ein schlaksiger Constable und drückte auf die Knöpfe eines Verkaufsautomaten, einen Plastikbecher mit Kaffee in der anderen Hand. Der Automat surrte und ratterte, dann fiel etwas in den Ausgabeschacht. Er fischte es heraus, richtete sich auf, drehte sich um – und fuhr bei Steels Anblick zusammen, als ob ihn jemand geohrfeigt hätte.

Sie grinste ihn an. »Ich hoffe, das Twix ist für mich.«

»Ich hab's niemandem gesagt!«

»Braver Junge.« Sie nahm sich seinen Kaffee. »Hat Beatrice Edwards schon irgendwas gesagt?«

PC Schlaks warf Tufty einen flehentlichen Blick zu: *Hilf mir. Bitte, hilf mir!*

Tufty zuckte nur mit den Schultern. *Musst schon selber zusehen, wie du da rauskommst, Kamerad.*

Steel stupste ihn an. »Heute noch, wenn's geht, Constable.«

PC Schlaks schniefte. »Es … Sie kann sich immer noch an nichts erinnern. Die Ärzte sagen, es ist das Trauma.«

Sie stupste ihn noch einmal. »*Aye*, okay, dann haben Sie wohl nichts dagegen, wenn wir uns mal kurz mit ihr unterhalten. Vielleicht erzählt sie uns …«

Eine grollende Stimme fiel ihr ins Wort – laut und extrem genervt. »Detective Sergeant Steel! Würden Sie mir gefälligst erklären, was Sie hier zu suchen haben?« DI Vine.

Oh, wunderbar.

Jetzt würden sie mit Sicherheit beide gefeuert.

Steel nippte an ihrem gestohlenen Kaffee. »Da fehlt noch Zucker.«

Vine stürmte auf sie zu, im Schlepptau seine zwei Helferlein mit den albernen Frisuren. »Ich rede mit Ihnen, Sergeant!«

Helferlein Nummer eins gluckste.

»Ach ja, Chef? Tut mir leid, hab ich nicht gemerkt.« Noch ein Schluck Kaffee. »DC Quirrel und ich sind zufällig hier vorbeigekommen, und der Constable hat uns angehalten, weil er uns etwas fragen wollte.« Sie starrte PC Schlaks an. »Nicht wahr, Constable?«

»Äh … Ja?«

Vine verschränkte die Arme und baute sich drohend vor ihm auf. »Und?«

»Äh …« Da war wieder dieser Blick. Hilf mir. HILF MIR!

Na gut, von mir aus.

Tufty nahm Haltung an wie ein braver kleiner Soldat. »Er wollte wissen, was das neue Mindeststrafmaß für Drogenbesitz mit Verkaufsabsicht ist.«

»Ja. Genau. Danach hab ich gefragt. Mindeststrafmaße.«

Steel klopfte ihm auf die Schulter, dann nahm sie ihm auch noch sein Twix weg. »Freut mich, dass wir helfen konnten.« Sprach's und marschierte mit klappernden Stiefelabsätzen davon.

Tufty tauschte ein gequältes Lächeln mit PC Schlaks,

dann wies er mit dem Daumen über die Schulter. »Ich sollte dann mal lieber ... Genau.«

Und nichts wie weg!

Steel rauschte ins CID-Büro, die Arme ausgebreitet, als ob sie das ganze Team segnen wollte. »Davey, mein kleiner Freund, was gibt's Neues von der Front?«

Die Schreibtische waren immer noch mit Ladegeräten und Verlängerungskabeln bedeckt, Lund und Harmsworth führten immer noch Gespräche mit den Handys anderer Leute.

»... Hallo? Ja, DC Lund hier, ich rufe an wegen eines gestohlenen Mobiltelefons ...«

Harmsworth ließ den Oberkörper nach vorne kippen und knallte mit dem Kopf auf den Schreibtisch. »Nein. Nein, wir werden Ihren Nachbarn *nicht* verhaften, nur weil er Engländer ist ...«

»Nein, Sir, ich habe Ihr Handy nicht gestohlen. Hier ist die Polizei.... Ja, richtig.«

Barrett deutete auf seine kostbaren Beweismittelkisten. »Bei denen da sind die Eigentümer kontaktiert, die müssen nur noch abgeholt werden. Das da sind Handys, die wir nicht entsperren konnten. Und das ...«

»Ja, ja, bla-bla-bla.« Steel zog ihre Hose stramm. »Was ist mit meinem Suchaufruf nach Philip ›hundemordende Hühnerkrake‹ Innes?«

Er sah auf sein Klemmbrett. »Läuft noch. Und ›Hühnerkrake‹ war gestern. Heute sagen wir ›Schlonzlöffel‹ für etwas Schlechtes und ›Sproing!‹ für etwas Gutes.«

»Hmm. Wem's gefällt ...«

Wieder ein dumpfer Knall, als Harmsworth mit dem Kopf auf die Schreibtischplatte knallte. »Weil ich Sie wegen Ihres *Mobiltelefons* anrufe, schon vergessen? ... Nein.«

Steel hockte sich auf die Kante ihres Schreibtischs. »Hak doch mal wegen der Fahndung nach. Und erinnere mich dran, dass wir noch mal bei Agnes Galloway vorbeischauen sollten. Müssen uns vergewissern, dass sie wohlauf ist.«

Barrett machte sich eine Notiz. »Und denken Sie auch an DCI Rutherford?«

Wieder ein dumpfer Schlag. »Weil es kein Verbrechen ist, Engländer zu sein, deswegen!«

»Verdirb mir nicht die gute Laune, hm, Davey? Wer ist dieser Tage zuständig für das horizontale Gewerbe?«

»DI Beatties Team.«

Steel stöhnte. »Der Himmel steh uns bei.«

»Hören Sie, wollen Sie nun Ihr Handy zurück oder nicht?«

Barrett konsultierte noch einmal sein Klemmbrett. »Ach ja, Tufty, da fällt mir ein – eine PC Mackintosh war hier und wollte mit dir über die Beerdigung eines Yorkshireterriers reden.«

Steel versetzte ihm einen Ellbogenstoß in die Rippen. »Und sie ist ein ziemlich heißer Feger. Krankenschwestern und Kolleginnen vom Wildlife Crime Office, alle sind sie hinter dir her. Du bist so was wie ein ausnehmend hässlicher Magnet für kurzsichtige Frauen, wie?«

Tufty strahlte. »Ich bin halt beliebt!«

»Tja nun, über Geschmack lässt sich nicht streiten. Und jetzt kommt mal in die Puschen mit diesen Telefonen. Ich will, dass so viele wie möglich mit ihren rechtmäßigen Eigentümern wiedervereint werden, bevor ich mich in die Höhle des DCI Rutherford stürzen muss.«

Das Büro eines Polizeibeamten verriet eine ganze Menge über denjenigen, der dort arbeitete, und so war es kein Wunder, dass Detective Inspector Beatties Büro ein einziges großes Dreckloch war. Papierstapel auf dem Schreibtisch, Papierstapel auf dem Boden, Papierstapel auf den Aktenschränken. Beweismittelbeutel *auf* den Papierstapeln auf den Aktenschränken. Ein komplett vollgekrakeltes Whiteboard. Und auf dem Stuhl hinter dem Schreibtisch: ein Meter zweiundsiebzig pure Unfähigkeit in einem ausgeleierten Anzug. Hemd mit Grauschleier, dekoriert mit Kekskrümeln und Bartschuppen. Flecken auf der braunen Krawatte, die verdächtig nach Eigelb aussahen.

Er telefonierte gerade, eine Hand über die Augen gekrampft, als Roberta hereinplatzte. »Es ist mir egal. ... Seh ich so aus, als ob mich das interessiert? Nein.... Nein, weil es mich nicht interessiert. Und jetzt sehen Sie zu, dass Sie in die Gänge kommen!« Beattie blickte auf, als Roberta sich auf den einzigen Stuhl plumpsen ließ, der nicht als Müllkippe zweckentfremdet war. Er rümpfte die Nase und legte auf. »Schon mal was von Anklopfen gehört? Und wenn es um diesen Wohltätigkeitsschwimmwettbewerb geht: Ich bin blank, okay?«

Unverschämte Hühnerkrake.

Sie streckte die Beine aus und verschränkte die Hände hinter dem Kopf. »Du bist doch für die Strichpatrouille zuständig, Beardie. Ich brauche Angaben zu zwei von deinen Täubchen: Daphne McClellan und Sally Gray. Und ein Tässchen Tee würde ich auch nicht ausschlagen.«

Seine Miene verfinsterte sich. »Ich mache keinen Tee für *Sergeants*, Sergeant.«

Roberta ließ ihr Lächeln abkühlen und starrte ihn unverwandt an.

Er hielt ihrem Blick maximal drei Sekunden lang stand, dann sah er weg. Schließlich stand er auf und begann in einem Aktenschrank zu stöbern. »Daphne McClellan alias Daphne Macintyre, auch bekannt als Natasha Sparkles, in ihrer Zeit als Erotiktänzerin im *Secret Service*.« Er zog eine Akte heraus und hielt sie Roberta hin.

Sie blieb, wo sie war, die Hände im Nacken.

Beattie schlurfte zu ihr hin und legte ihr die Akte auf den Schoß. Dann ging er zum Schrank zurück. »Sally Gray alias Sally Anderson. Ist in den Nullerjahren aus Nordirland hierhergezogen.« Er zog eine zweite Akte heraus. »Bring sie mir einfach zurück, wenn du damit fertig bist.«

Das musste man dem unfähigen, haarigen Schmuddelsack lassen – er hatte beide Frauen aus dem Stand identifiziert. Aber das hieß noch lange nicht, dass sie ihm diesen Seitenhieb von wegen *Ich mache keinen Tee für Sergeants* durchgehen lassen würde.

Sie deutete mit einem Nicken auf die Akten. »Wie wär's, wenn du mir kurz zusammenfasst, was da drinsteht?«

Die Haut unter seinem Bart färbte sich rot. Beattie raffte beide Akten auf und verschanzte sich wieder hinter seinem Schreibtisch. Er räusperte sich, während er sie durchblätterte. »Mehr oder weniger identisch. Vorstrafen wegen Anbahnung von Prostitution, Drogenbesitz, Körperverletzung, Ladendiebstahl… Sozialamt greift ein. Methadon. Rückfall. Wieder Drogen. Und wieder. Und wieder. Urinieren in der Öffentlichkeit…« Er seufzte. »Wenn die Drogen nicht wären, vielleicht…? Aber sie haben wirklich kein leichtes Leben, diese Frauen.«

»Was steht da von Kindern?«

Beattie konsultierte wieder die Akten. »Sally hat vier. Zwei in Pflege. Daphne hat drei. Sie wohnen bei Sallys Mutter in Stonehaven.«

Ach was.

Roberta ruckelte ein wenig an ihrem BH-Bügel. Wieso konnte niemand einen BH machen, der richtig saß? War ja nicht so, als ob Titten eine neue Erfindung wären. »Wir haben vorgestern in Kenny Milnes Haus zwei kleine Kinder aufgegriffen. Kenny sagt, dass Daphne und Sally die Mütter sind. Er hat die zwei angelernt, wie Fagin in *Oliver Twist*, und …«

Die Bürotür flog auf. Ein Constable stürzte herein und fiel fast über einen Stapel Kartons. Er war viel zu jung, um sich zu rasieren, geschweige denn eine Polizeiuniform zu tragen. Jede Wette, dass er in einem Pub nicht bedient würde. Wahrscheinlich hatte er noch nicht mal *Schamhaare*. Er ignorierte Beattie völlig, was eher sympathisch war, und wandte sich stattdessen an Roberta. Sein Gesicht glänzte, und er atmete schwer wie ein Perverser in einer Umkleidekabine. »Sergeant… Sergeant Steel?… Der DCI… sucht nach Ihnen… und… und er ist… das heißt, hundert Prozent jetzt *gleich sofort*.«

Pfff.

Na schön, war wohl besser, es gleich hinter sich zu bringen.

Und inzwischen hatte das Team hoffentlich ausreichend Eigentümer von gestohlenen Handys kontaktiert, sodass DCI Rutherford sie nicht mehr mit dieser blöden Pressekonferenz nerven würde.

Sie hievte sich mit knacksenden Gelenken in die Senkrechte. »Danke für die Infos, Beardie. Aber besorg doch fürs nächste Mal ein paar Kekse, ja?« Sie stupste den keuchenden Constable an. »Na los, mein verschwitzter Freund, wir wollen den großen Mann doch nicht warten lassen, oder? Am Ende gibt er noch Ihnen die Schuld.«

Der nervöse, schwitzende Constable hopste von einem Fuß auf den anderen, als Roberta die Tür zum CID-Büro aufstieß. »Er hat wirklich gesagt, es ist dringend!«

»Bla-bla-bla.« Sie runzelte die Stirn. »Wo sind die denn alle?«

Der einzige Mensch im Raum war Tufty, mit seinem albernen Mullverband und seinem noch alberneren blauen Auge. Er steckte ein Smartphone in die Schachtel zurück und warf es in die Kiste mit der Aufschrift »KONNTE NICHT ENTSPERRT WERDEN«. »Harmsworth hat so lange gejammert, bis Lund ihn auf eine Tasse Tee und eine Prinzenrolle in die Kantine geschleift hat. Barrett bringt gerade die letzte Kiste Handys runter ins Fundbüro zur Abholung. Und *ich* arbeite fleißig vor mich hin, weil ich ja so ein tapferer kleiner Soldat bin.«

»Ich meine, wirklich, wirklich, *wirklich* dringend!«

Sie seufzte. »Die mit den Sternen auf den Schultern sagen *immer*, dass es dringend ist. Egal was sie wollen, sie wollen es immer sofort. Tut ihnen ganz gut, wenn sie ab und zu mal ein bisschen warten müssen.« Sie zeigte auf Tufty. »Hat Barrett sein Heiliges Klemmbrett der Allwissenheit dagelassen?«

Tufty nickte. »Ja, Sarge.«

»Gut. Schnappen Sie es sich und folgen Sie mir. Dann können Sie so tun, als wüssten Sie, wovon Sie reden, wenn der DCI anfängt, Fragen über die Handys zu stellen, die wir zurückerstattet haben.«

Die Unterlippe des nervösen, schwitzenden kleinen Constables zitterte. »Bitte?«

»Ja, ja, ich komm ja schon.« Sie schob ihn in Richtung Tür. »Ehrlich, Sie machen sich ganz umsonst in die Hose. Es ist nur eine kleine Besprechung. Kein Grund zur Beunruhigung.«

Absolut kein Grund zur Beunruhigung.

Der schwitzende kleine Constable öffnete die Tür des Besprechungsraums, und Roberta schlurfte hinein, die Hände in den Hosentaschen. Schön, wenn man auch mal ein Lob zu hören …

Sie erstarrte.

Ach du dreimal umgerührte Scheiße.

Jack Wallace saß da an dem ovalen Konferenztisch, direkt neben Sandy der Schlange. Der Anzug des Anwalts hatte wahrscheinlich mehr gekostet, als Roberta in einem Monat verdiente – grau und maßgeschneidert, mit einem zur Seidenkrawatte passenden scharlachroten Einstecktuch in der Brusttasche. Das graue Haar aus der hohen Stirn zurückgekämmt. Eine Nase, die nie wieder gerade sein würde, nachdem sie gebrochen war.

Was übrigens ein absolutes Highlight in einem ansonsten unterirdischen Jahr gewesen war. Und auch noch auf Video aufgezeichnet.

Ob das Filmchen noch irgendwo auf ihrer Festplatte war? Hatte es schon *ewig* nicht mehr angeschaut.

Aber egal – die Frage war: Was hatten das Vergewaltigerschwein und der Schmierenadvokat hier verloren?

DCI Rutherford saß am Kopfende des Tischs, die Zähne zusammengebissen, ein nervöses Zucken im Augenwinkel. Begeisterung sah anders aus. Vine, der blöde Arsch, saß auf dem Stuhl neben ihm und schaffte es, zugleich selbstzufrieden und rachsüchtig auszusehen.

Mist.

Sie ließ sich auf einen der freien Stühle sinken. »Entschuldigen Sie die Verspätung, Boss. Constable Quirrel hatte einen kleinen Schwindelanfall, aber jetzt geht's schon wieder. Nicht wahr, Tufty?«

Tufty nickte und verkroch sich hinter Barretts Klemmbrett, als ob ihn das retten könnte. »Ja, Sarge. Danke, Sarge.«

Rutherford würdigte ihn keines Blickes. »Mr Wallace hat seinen Rechtsbeistand mitgebracht. Aber Sie kennen ja Mr Moir-Farquharson, nicht wahr, Sergeant?«

Sie winkte Sandy der Schlange kurz zu. »Sandy. Sind Sie hier, um diesen miesen Vergewaltiger loszueisen?«

Die Reaktion war ein schmallippiges Lächeln. »Ich kann mich nicht entsinnen, dass Sie so feindselig waren, als ich Sie verteidigt habe, Sergeant Steel.« Er hielt eine Hand hoch. »Wenn wir die rechtschaffene Entrüstung und die bissigen Bemerkungen dann bitte zu den Akten legen könnten – einige von uns haben auch noch andere Termine.«

Schmierige kleine Hühnerkrake.

»Also, zur Sache.« Er zog die Kappe seines Füllfederhalters ab und legte sie neben ein ledergebundenes Notizbuch. »Detective Chief Inspector Rutherford, meinem Mandanten ist zur Kenntnis gelangt, dass mehrere Ihrer Officers der irrigen Auffassung sind, für den bedauernswerten Überfall auf diese junge Dame vorgestern im Victoria Park sei er verantwortlich. Er ist hier, um Ihnen zu versichern, dass dem *nicht* so ist.«

Das Vergewaltigerschwein schüttelte den Kopf. »Ich war's nicht.«

»Und da Ihre Officers eine recht zweifelhafte Bilanz vorzuweisen haben, wenn es darum geht, meinen Mandanten für Verbrechen zu belangen, die er nicht begangen hat, sind wir sehr daran interessiert sicherzustellen, dass sich so etwas in diesem Fall nicht wiederholt.«

Wallace gab sich alle Mühe, mitfühlend dreinzuschauen. Es war, als sähe man einem Hund dabei zu, wie er ein Kissen begattet. »Wann wurde diese arme Frau vergewaltigt? Zwischen neun Uhr und Mitternacht, nicht wahr?«

Schweigen.

Er zuckte mit den Schultern. »Weil, da war ich nämlich mit meinen Freunden im Kino.«

»Ach ja?« Roberta bedachte ihn mit ihrem *Was-du-nicht-sagst*-Blick. »Und das können Sie beweisen, ja?«

Sandy die Schlange klappte seine Aktentasche auf. »Das können wir in der Tat, Sergeant.« Er nahm einen superflachen Laptop heraus, der auf seinen Knopfdruck mit einem *Ping* zum Leben erwachte. Er drehte ihn so, dass sie alle den Monitor sehen konnten. Dann beugte er sich vor und drückte eine Taste.

Der Bildschirm füllte sich mit vier verschiedenen Aufnahmen von Überwachungskameras – immer dasselbe Einkaufszentrum, aus unterschiedlichen Blickwinkeln gefilmt. Union Square, wie es aussah. Kein Ton, nur Bilder.

Fenster Nummer eins: das obere Deck des Parkhauses. Wallace und zwei Kumpel steigen lachend aus einem Range Rover. Einer der beiden, ein Dicker mit Glatze, zeigt mit der Faust auf den Wagen, und die Blinker leuchten auf.

Sie gehen zum Ausgang.

Aber dann bleibt Wallace stehen, dreht sich um, schaut direkt in die Überwachungskamera und winkt.

Die Textzeile am unteren Bildrand zeigte das Datum von vorgestern und einen Zeitstempel, der die Sekunden abzählte, während die Aufnahme lief: *18:28:40.*

Fenster Nummer zwei: die obere Ebene des Einkaufszentrums. Die gleichen drei Männer gehen an einer Reihe von Restaurants vorbei und betreten das Kino. Wieder allgemeines Gelächter. Wallace winkt wieder in die Kamera. *18:30:16.*

Fenster Nummer drei: der Eingangsbereich des Kinos. Sie gehen auf einen Mann zu, der auf einem kleinen Podest vor den Türen der Kinosäle steht, und zeigen ihre Eintrittskarten vor. Dann verschwinden sie im Kino. Eine kleine Pause, dann schlüpft Wallace noch einmal zurück in den Vorraum, lächelt und winkt in die Kamera. *18:31:25.*

Fenster Nummer vier: der gleiche Ausschnitt wie in Nummer drei, nur dass der Zeitstempel jetzt *21:55:04* anzeigt. Eine Menschenmenge strömt zur Doppeltür hinaus, lachend, drängelnd. Wallace bleibt mitten im Strom stehen und zwingt die Leute, um ihn herumzugehen. Wieder sieht er *direkt* in die Kamera, lächelt und winkt.

Sandy die Schlange drückte eine Taste und stoppte die Videos in allen vier Fenstern. »Wie Sie an den Zeitstempeln ablesen können, hielt sich mein Mandant zur Zeit des Überfalls nicht einmal in der Nähe des Victoria Parks auf. Selbstverständlich können Sie die Aufnahmen auch gerne selbst in Augenschein nehmen. Sie werden nur bestätigt finden, was wir Ihnen gesagt haben.«

DI Vine tippte auf seine Notizen. »Ich habe mir das angeschaut, und die Aufnahmen vom Union Square sind authentisch. Wir haben Zeugen, die bestätigen, dass Mr Wallace sich über die gesamte Dauer des Films im Kino aufgehalten hat ...«

Wallace nickte. »Die ganzen drei Stunden.«

»... und sich dann mit seinen Freunden ins *Frankie and Benny's* begab, wo sie etwas tranken und zu Abend aßen. Er und seine Freunde verließen das Lokal, als es um elf Uhr schloss, und gingen weiter in den *Secret Service Club* in der Windmill Brae, wo sie bis ein Uhr früh blieben.«

»Genau, und ich bin mit einer von den Tänzerinnen nach Hause gegangen, nicht wahr? Hat mich die ganze Nacht wach gehalten. Davon hab ich allerdings keine Videoaufnahmen.« Er zwinkerte Roberta zu. »Tut mir leid. Ich weiß, Sie haben 'ne Schwäche für schweinische Bilder.«

Sandy die Schlange legte ein Blatt Papier auf den Tisch. »Ich habe hier eine eidesstattliche Erklärung der betreffenden jungen Dame, einer Miss Strawberry Jane.«

Vine tippte wieder auf seine Notizen. Der Dödel. »Haben Sie verstanden, Detective Sergeant Steel?«

Autsch ... Das war, als müsste man ein Ananaszäpfchen rausquetschen.

Sie biss die Zähne zusammen und drückte. »Ja, Chef.«

»Gut.« Wallace legte die Hände flach auf den Tisch und beugte sich vor. *Oh, seht mich an, ich bin ja so besorgt.* »Ich habe größtes Mitgefühl für diese arme Frau. Ich hoffe, Sie tun alles in Ihrer Macht Stehende, um die Bestie zu fassen, die das getan hat.«

Und wie zur Hölle sollten sie das anstellen, wenn diese Bestie ihnen *direkt gegenüber*saß, mit einem wasserdichten Alibi?

III

Gar nicht peinlich, die Situation, wie? Mit anzuschauen, wie Steel ein dickes fettes Scheißesandwich essen und auch noch so tun musste, als ob es köstlich schmeckte. War doch klar, an wem sie es auslassen würde. An ihm. An seiner Wenigkeit. *Ach, armer Tufty. Ich kannte ihn, Horatio…*

Er blies die Backen auf.

Da saß sie und brodelte wie ein unterirdischer Vulkan, während die Versammlung sich langsam auflöste.

DCI Rutherford unterhielt sich mit dem Rechtsanwalt, diesem Moir-Farquharson. Sie redeten leise – als ob sie irgendwas aushecktken. Nach der Körpersprache zu urteilen, bat Rutherford inständig darum, nicht *noch* einen Tritt zwischen die Beine zu bekommen.

Der nervöse kleine Constable, der Steel aus dem CID-Büro geholt hatte, drückte sich neben Tufty an die Wand. »Ich konnte nichts dafür, dass sie nicht kommen wollte, als ich es ihr gesagt habe.« Er blinzelte mit feuchten Augen. »Sie werden es ihnen sagen, nicht wahr? Dass es nicht meine Schuld war? Ich hab nicht…« Er klappte den Mund zu, als DI Vine sich näherte, und nahm Haltung an. »Chef.«

Vine ignorierte ihn. »Detective Constable Quirrel. Was macht der Kopf?«

»Hat ganz schön was abgekriegt, aber es geht schon wieder, Chef.«

Eine Pause, während Vine PC Waschlappen anstarrte. »Haben Sie eigentlich nichts zu *tun*, Constable?«

»Doch, Sir. Danke, Sir.« Er machte sich hastig davon.

»Will ich doch meinen.« Vine senkte die Stimme und lehnte sich neben Tufty an die Wand, während er mit dem Kinn auf Steel deutete. »Das da drüben, das ist eine potenzielle Katastrophe auf zwei Beinen.«

Sie saß etwas abseits, immer noch mit einem Gesicht, als ob sie auf einer Wespe herumkaute, und starrte Wallace' Anwalt an.

»Eine Landmine. Ein Stolperdraht.«

Wallace stand auf und ging um den Tisch herum zu Steels Platz.

»Ein nicht entschärfter Blindgänger. Und wenn Sie zu nahe dranstehen …« Vine mimte eine Explosion und formte mit den Lippen »*Bummmm*«.

Wallace streckte die Hand aus, und als Steel sich weigerte, sie zu schütteln, beugte er sich hinunter und sagte etwas zu ihr. Zu leise, als dass man es hier drüben hätte verstehen können. Aber nach Steels Gesichtsausdruck zu schließen konnte es jedenfalls nichts Nettes gewesen sein.

Vine reckte das Kinn. »Ich war beeindruckt von Ihrer Arbeit im Fall des Blackburn-Onanisten, Constable Quirrel – wie Sie die Schichtmuster errechnet haben. Andere Teams haben sich wochenlang daran die Zähne ausgebissen.«

»Danke, Chef.« Er tat ganz cool, aber tief drinnen? Absolut *w00t*!

Schön, zur Abwechslung mal ein bisschen Anerkennung zu ernten.

Steel zuckte zusammen, aber Wallace redete weiter auf sie ein.

Vines Hand landete auf Tuftys Schulter und drückte sie. »DS Steel ist vielleicht nicht mehr sehr lange bei uns. Und wenn sie weg ist, möchte ich, dass Sie für mich arbeiten.« Er schüttelte Tufty ein wenig. »Dann können Sie Ihre grauen Zellen zur Abwechslung in einem vernünftigen Team zum Einsatz bringen.«

Steel schniefte und blickte finster durch die Glasfront des Empfangsbereichs in den sonnigen Tag hinaus.

Tufty grinste. »Wenn der Wind dreht, bleibt Ihr Gesicht so stehen.«

Nicht das leiseste Zucken um die Mundwinkel.

Sie sah ihn nicht einmal an, starrte nur weiter grimmig geradeaus. »Worüber haben Sie mit DI ›Arschgeige‹ Vine hinter meinem Rücken geredet?«

Draußen blieb DCI Rutherford ein halbes Dutzend Schritte vor dem Eingang stehen. Er sagte etwas zu Moir-Farquharson, die Miene ganz ernst und unterwürfig, dann schüttelte er dem Anwalt die Hand. Und anschließend auch Jack Wallace.

Wallace tätschelte ihm den Arm, als ob sie alte Freunde wären, und schlenderte davon, die Hände in den Hosentaschen. Die Auffahrt hinunter und hinaus auf die Straße. Der DCI und der Anwalt blieben zurück und unterhielten sich weiter.

Steel fuhr herum und stieß Tufty an. »Und?«

Schulterzucken. »Er fand es ziemlich genial, wie ich den Blackburn-Womble-Wichser überführt habe. Er meint, ich sollte lieber für ihn arbeiten. Findet mich total *sproing*!« Er zwinkerte.

»Von mir aus kann er Sie gerne haben!«

DCI Rutherford verzog das Gesicht, dann schüttelte er noch einmal Moir-Farquharsons Hand, ehe er ins Gebäude zurückmarschierte und direkt vor Steel stehen blieb. Er zitterte ein wenig, seine Augen traten leicht hervor. Eine Stimme wie ein mit Rasierklingen besetzter Hammer. »Das war mein voller Ernst vorhin, Sergeant: Sie werden sich von diesem Mann fernhalten. Sie werden Ihre Handybesitzer ermitteln, Sie werden sich mit allem möglichen Kleinkram beschäftigen, und Sie *werden sich von Jack Wallace fernhalten*! Ist das klar?«

Sie sah ihn nur an.

»Ich sagte: IST – DAS – VERDAMMTNOCHMAL – KLAR?« Kleine Spucketröpfchen glitzerten im Licht.

»Chef.«

»Gut!« Er stürmte davon, tippte den Türcode ein und verschwand im Inneren des Präsidiums. Zweifellos, um dort andere Kollegen mit seiner positiven, heiteren Ausstrahlung zu beglücken.

Der Anwalt hatte sich noch immer nicht von der Stelle gerührt. Er stand da und ließ sich von der Sonne wärmen. Wie ein Krokodil.

Tufty versuchte, möglichst unschuldig zu klingen. »Apropos – was hat Wallace eigentlich zu Ihnen gesagt? Am Ende der Besprechung?«

Ihre Miene verhärtete sich. »Nichts.«

Rückblende ... (in welcher Roberta einen Flashback hat)

Schau sie dir nur an, wie sie sich alle gegenseitig gratulieren, die selbstgefälligen Sackgesichter. Roberta packte die Armlehnen ihres Stuhls fester und biss die Zähne zusammen.

Sandy die Schlange hatte Rutherford in ein Gespräch verwickelt – wahrscheinlich ging es um irgendeinen dubiosen Deal, um ihr wieder was anzuhängen. Der Idiot Tufty redete mit Vine. Noch mehr dubiose Deals. Der Einzige, der nicht redete, war der Vergewaltiger-Kotzbrocken, der auf der anderen Seite des Konferenztischs saß und auf seinem Handy herumwischte.

Jack Wallace.

Das halbe Jahr in der Haftanstalt Grampian hatte ihm offenbar nicht geschadet. Er war magerer, sein hässliches Gestell etwas muskulöser als zuvor. Musste viel Zeit im Fitnessraum des Gefängnisses verbracht haben. Vielleicht, um die Gemeinschaftsduschen mit seinen perversen Freunden besser genießen zu können.

Er blickte von seinem Smartphone auf und sah, wie sie ihn anstarrte. Ein Lächeln, dann stand er auf, ging um den Tisch herum und setzte sich direkt neben sie. »Alles gut?«

Wallace hielt ihr die Hand hin. Nie im Leben würde sie ihn anfassen.

Er lehnte sich zu ihr herüber und senkte die Stimme zu einem Flüstern. »Sie haben mich auf die Idee gebracht. Ich meine, wenn Mr Moir-Farquharson es schafft, ein eindeutig schuldiges, dreckiges Lügenmaul wie Sie rauszuhauen, was wird er dann bei einem Mandanten erreichen können, der *wirklich* unschuldig ist?«

Sie fletschte die Zähne und zischte: »Sie sind nicht unschuldig. Sie sind ein Kotzbrocken, der regelmäßig Frauen vergewaltigt, und das werde ich beweisen.«

»Nein, das werden Sie nicht. Weil ich weiß, dass Sie sich nachts vor meinem Haus rumgetrieben haben. Ich habe Beweise. Sie schikanieren mich.« Sein Lächeln wurde zum Grinsen. »Und wenn Sie sich nicht endlich verpissen, werde ich Ihre kleine Welt in Stücke reißen. Verstanden?«

Tufty starrte sie an und zog seine doofen Augenbrauen hoch. »Wallace hat gar nichts gesagt?«

Roberta zuckte mit den Schultern. »Nichts Wichtiges.«

Sandy die Schlange stand immer noch da draußen. Als ob er auf etwas wartete. Oder auf jemanden. Er hob eine Hand und winkte ihr zu.

Na schön.

»Tufty, schaffen Sie Ihren Arsch zurück ins Büro und machen Sie den anderen Schwachmaten da oben Feuer unter demselben. Sie haben den DCI gehört – die Handys müssen zurück zu den Eigentümern.«

»Sind Sie sicher, dass ich nicht lieber …«

»*Jetzt*, Constable.«

»Okay … Wow.« Er wich zurück und hob die Hände. »Ich geh ja schon, bin schon weg.«

Sie kehrte ihm den Rücken zu, stieß die Tür des Empfangsbereichs auf und trat hinaus in den Sonnenschein. Möwengekreisch vor dem Hintergrundrauschen des Verkehrs.

Sandy die Schlange blieb einfach stehen und lächelte sie an. »Ah, DS Steel. Es tut mir leid, dass unser Wiedersehen unter so unerfreulichen Umständen stattfinden musste.«

Unerfreulich? Ich geb dir gleich *unerfreulich*, du Schleimbeutel.

»Wie konnten Sie nur, Sandy? Wie konnten Sie dieses widerliche Vergewaltiger-Dreckschwein verteidigen?«

Er neigte den Kopf zur Seite. »Ich fälle keine moralischen Urteile über meine Mandanten. Eine Straftat ist eine Straftat, ob von *Ihnen* begangen oder von *ihm*.«

Was?

»Haben Sie mich etwa gerade mit diesem Schwein von Jack Wallace verglichen?«

»Es ist also in Ordnung, dass ich Ihnen ein ›nicht schuldig‹ verschafft habe, als Sie eine Rechtsbeugung begangen hatten, aber nicht, dass ich Wallace im Fall einer Vergewaltigung verteidige, die er nicht begangen hat?« Er mimte Entrüstung. »Das ist ein bisschen scheinheilig, oder nicht?«

Aaah!

Sie ging ein paar Schritte weg und kehrte wieder um.

»Wer bezahlt das alles? Wir wissen, dass Sie nicht billig sind, Sandy – wo hat Wallace das Geld her?«

»Sie wissen, dass ich Ihnen das nicht sagen kann. Sagen wir einfach nur, dass Ihre Freunde Ihnen in der Stunde der Not zur Seite gesprungen sind, und so war es auch bei ihm. Ist es nicht schön, Freunde zu haben?« Er drehte sich zur Sonne um und seufzte. »Wenn Sie mich jetzt entschuldigen würden. Ich denke, ich besorge auf dem Rückweg zur Kanzlei ein paar Eis am Stiel. Als kleine Überraschung für die Kollegen. Und Sie…« Sandy die Schlange legte ihr eine warme Hand auf die Schulter. »Sie sollten zusehen, dass Sie nicht noch mehr Ärger bekommen.«

Na ja…Das war angesichts der Vorstellungen, die sie in der Vergangenheit abgeliefert hatte, doch eher unwahrscheinlich.

Im Videoüberwachungsraum war es schummrig, das einzige Licht kam von der Reihe von Fernsehmonitoren, die fast eine komplette Wand einnahmen. Viele kleine Ansichten von Aberdeen und seinen Einwohnerinnen und Einwohnern, die ihren Geschäften nachgingen. In der Mitte des Raums befand sich ein langgezogenes Schaltpult, bemannt und befraut von drei technischen Hilfskräften, die mit kleinen Joysticks hantierten und die Kameras per Fernsteuerung bewegten.

Tufty sah aus, als ob er ganz dringend mal austreten müsste – er trat von einem Fuß auf den anderen, schnitt gequälte Grimassen und schielte unentwegt zur Tür, die kleine Memme.

»So, jetzt passen Sie auf.« Inspector Pearce wies auf einen Bildschirm, der abseits der anderen an der hinteren Wand montiert war, hinter den Konsolen. Sie schob sich eine

Haarsträhne hinters Ohr, dann drückte sie ein paar Tasten. »Gleich kommt Wallace *hier* wieder raus.«

Roberta beugte sich vor, um besser sehen zu können.

Die Kamera war ungefähr in der Mitte der Windmill Brae montiert. Die kopfsteingepflasterte Straße führte von dort bergab, bis sie unter der Bridge Street verschwand. Nachtclubs, Dönerläden und Bars reihten sich auf der einen Seite aneinander, noch mehr Nachtclubs auf der anderen, man sah Grüppchen von betrunkenen Männern und Frauen hinein- und herausstolpern. Ein paar Leute klappten ihre Münder synchron auf und zu – sah aus, als ob sie sangen, aber aus den Lautsprechern kam kein Ton. War wohl auch besser so.

Der Zeitstempel zählte die Sekunden: *23:10:05, 23:10:06, 23:10:07…*

Wallace und seine zwei Kumpel bogen aus der Bath Street in die Windmill ein. Als sie unter der Kamera durchgingen, blieb Wallace stehen, lächelte und winkte. Dann folgte er den anderen in die angesagteste Oben-ohne-Bar von Aberdeen, das *Secret Service*.

Inspector Pearce schaltete auf schnellen Vorlauf. »Er kommt erst um sechs Minuten nach eins wieder raus.«

Immer neue Grüppchen von Nachtschwärmern tauchten auf, doch nachdem der Zeitstempel Mitternacht passiert hatte, lichteten sich die Reihen. Als Pearce das Video schließlich wieder auf normale Geschwindigkeit schaltete, waren nur noch ein paar Nachzügler zu sehen, die sich erschöpft und mit deutlicher Schlagseite auf den Nachhauseweg machten.

Wallace verließ das Striplokal, den Arm um die Schultern einer jungen Frau gelegt. Sie trug einen langen Pelzmantel über einem *sehr* kurzen Rock und einem Glitzertop. Absätze so hoch, dass selbst Sherpa Tenzing Norgay Nasenbluten bekommen hätte. Lange blonde Haare und jede Menge Make-up. Das musste wohl Strawberry Jane sein. Sie wankte ein wenig, als sie die Straße überquerten und weiter bergauf gingen. Wahrscheinlich ein bisschen angeschickert.

Und wieder blieb Jack Wallace unter der Kamera stehen, um zu lächeln und zu winken. *01:06:46.*

Inspector Pearce tippte wieder auf ihrer Tastatur, und das Bild sprang zur Ecke Crown Street und Union Street, wo der Blick über die schraffierte Kreuzung zum klassizistischen Portikus der Music Hall ging.

Wallace und sein »Date« eilten über die Straße. Sobald sie auf dem Gehsteig gegenüber angelangt waren, drehte er sich um und winkte ihnen zu. *01:08:02.* Dann knutschte er Strawberry Jane ab und begrabschte ihren Hintern, während er sie an der Music Hall vorbei in Richtung Golden Square führte.

»Und das letzte Mal sehen wir sie auf dem Rosemount Viaduct.«

Noch einmal drückte sie ein paar Tasten, und nun ging der Blick über die Kreuzung, wo Wallace und Strawberry Jane Arm in Arm am *Noose & Monkey* vorbeischlenderten. Er blieb stehen. Lief zurück zur Ampel und winkte ihnen ein letztes Mal zu, um dann hinter seiner betrunkenen Stripteasetänzerin herzueilen. *01:12:56.*

Roberta beugte sich noch weiter vor, bis ihre Nase nur noch Zentimeter vom Bildschirm entfernt war. »Woher weiß er es?«

Tufty zupfte an ihrem Ärmel wie ein kleines Kind. »Können wir jetzt hier verschwinden? Was ist, wenn DCI Rutherford davon erfährt?«

»Dieses ganze Grinsen und Winken – woher weiß er es? Nicht nur, wo die Kameras sind – das ist ja nicht allzu schwer –, aber er tut das doch, weil er gesehen werden will. Woher wusste er, dass er ein Alibi brauchen würde?«

Und wie zum Teufel sollten sie es knacken?

FÜNFTES KAPITEL

in welchem Roberta und Tufty
ein Abenteuer erleben, Tufty wieder ein Bad nimmt
und Roberta den Hintern versohlt bekommt
(aber nicht auf die angenehme Weise)

I

Das CID-Büro war von zufriedenen Kaugeräuschen erfüllt, die sich zu den würzigen Düften eines Teamlunchs aus der Bäckerei in der Castlegate gesellten. Willkommen in Buttytopia, Einwohner: fünf. Oder fast fünf, weil Steel ihr Sandwich mit Speck, Ei und Blutwurst noch nicht angerührt hatte. Sie saß über ihren Schreibtisch gebeugt, das Telefon ans Ohr gepresst, und ignorierte vollkommen die schöne Tasse heißen Tee, die Tufty ihr serviert hatte.

Er nahm sein Butty und schlenderte zu ihr hinüber. »Ich ess das, wenn Sie's nicht wollen?«

»Komm schon, Agnes, geh endlich ran ...«

»Kein Glück?« Er biss noch einmal ab. Schön knusprig und fleischig und zäh, dick mit Butter bestrichen und mit reichlich Senf und Ketchup drauf.

Steel legte auf. »Sie ist eine kleine alte Dame, die in einem Hochhaus wohnt, ohne Freunde und Bekannte und ohne Hund. Wo sollte sie schon hingehen?« Sie runzelte die Stirn. »Was essen Sie denn da?«

»Vielleicht kann sie die Telefonrechnung nicht bezahlen?«

»Nein, im Ernst – was *ist* das?«

Er hielt es hoch, ganz wie ein stolzer Vater. »Steak Pie Butty. Das essen Tuftys am liebsten.«

»Ganz schön pervers.« Sie zog ihr eigenes Butty heran und biss herzhaft hinein. Der Eidotter zerplatzte und tropfte auf ihren Schreibtisch, während sie mit vollem Mund redete. »Wir schauen in Cairnhill Court vorbei, wenn wir uns auf die

Suche nach Beatties Nutten machen, und vergewissern uns, dass Mrs Galloway wohlauf ist.«

Tufty warf einen raschen Blick in die Runde. Alle anderen waren damit beschäftigt, sich vollzustopfen. Trotzdem senkte er vorsichtshalber die Stimme. »Sarge? Ähm ... Das mit dem Videoüberwachungsraum – das war's dann, nicht wahr? Wir sind fertig? Kein Jack Wallace mehr?«

»Vielleicht bringen wir ihr eine Packung Kekse mit. Und Milch. Und eine Schachtel anständigen Beuteltee. Und ich muss auch noch zu diesem Pokalgeschäft in der Rosemount Place.«

»Ich meine nur, weil es mir schon *ziemlich* wichtig wäre, nicht gefeuert zu werden.«

Sie riss ihrem Butty noch eine tiefe Wunde und bekleckerte sich das Kinn mit Eigelb. »Papperlapapp, kleiner Tufty – würde ich Sie jemals in Schwierigkeiten bringen?«

Klar würde sie das.

Der heutige Einsatzwagen war ein bisschen sauberer als der vom letzten Mal, aber er strömte einen merkwürdigen künstlichen Blumenduft aus. Als ob jemand irgendetwas zu *kaschieren* versuchte. Und in einem Polizeiauto konnte das in der Regel nur eines von drei Dingen bedeuten, die alle ausgesprochen unhygienisch waren.

Tufty fuhr die Kirkgate hinunter und dann die Schoolhill hinauf, vorbei am Friedhof.

Die Mittagszeit hatte die ganzen Angestellten aus ihren Büros gelockt. Manche sonnten sich zwischen den Grabsteinen, andere spazierten die Straße hinunter und schlürften dabei Iced Latte. Alles strahlte und genoss die Costa del Aberdeen in vollen Zügen. Die Röcke wurden kürzer, die Tops knapper, Hosen wurden gegen Shorts eingetauscht, Schuhe gegen Flip-Flops, sodass immer mehr nosferatubleiche Haut zu sehen war. Wenn sie in einer Stunde in ihre Büros zurückkehrten, wären die ganzen Stellen, die jetzt käsebleich waren, wahrscheinlich rot wie ein Pavianarsch.

Und ausnahmsweise verrenkte Steel sich nicht den Hals nach all den jungen Damen, die es zu bewundern gab. Stattdessen fläzte sie auf dem Beifahrersitz, die Füße auf dem Armaturenbrett, das Handy ans Ohr geklemmt. »Ach ja, und ehe ich's vergesse, Davey: Ruf doch mal beim Sozialamt an und frag, ob die nicht eine schöne betreute Wohnung für Agnes Galloway hätten. Das arme alte Muttchen hat ein bisschen Ruhe und Frieden verdient.… Ja, okay.… Danke.… Bis dann.« Sie steckte ihr Handy weg, dann drehte sie den Kopf und grinste Tufty an.

Irgendwie unheimlich.

Verdächtig.

Tufty zog das Kinn ein. »Was ist?«

»Kleiner Test, Tufty: Sexual Offences (Scotland) Act von 2009, Paragraf achtundzwanzig. Los geht's.«

»Ah. Okay …« Er kramte in seiner Erinnerung an die letzte Fortbildung. »Wenn jemand, der *älter* als sechzehn ist, Sex mit einer Person hat, die *jünger* als sechzehn ist, dann ist es eine Straftat. ›Sexuelle Handlungen mit einem älteren Kind‹?«

»Zehn Punkte für Slytherin. Für einen Bonus und die Chance, ins Halbfinale vorzurücken: Was ist eine gültige Verteidigung?«

»Ähm … Paragraf neununddreißig? Wenn man zum Tatzeitpunkt guten Glaubens davon ausging, dass die Person älter als sechzehn sei?«

Sie imitierte einen lauten Summer. »Sandkastenfreunde, also nix da. Neuer Versuch.«

»Wenn der Altersunterschied nicht mehr als zwei Jahre beträgt?«

»Und Sie haben den Teddybären gewonnen!«

»Juhuu!«

Sie fuhren an der Kunstgalerie und der Cowdray Hall vorbei. Zwei Jugendliche waren auf den großen Granitlöwen vor dem Eingang des Gebäudes geklettert und ritten ihn wie ein Pony, während sie Chips futterten.

Die Ampel war rot, und Tufty ließ den Wagen vor der Kreuzung ausrollen. Dann sah er Steel fragend an. »Ich weiß, es ist eine Ehre, überhaupt nominiert zu werden, aber warum fragen Sie eigentlich?«

»Weil ein kleines Vögelchen namens Davey mir gerade gezwitschert hat, dass Tommy Shand sechsundzwanzig Monate älter ist als Josie Stephenson. Damit ist seine ›Sie-kommen-aus-dem-Gefängnis-frei‹-Karte seit zwei Monaten abgelaufen. Und ich werde den dreckigen kleinen Lustmolch an den *Eiern* an die Wand nageln.«

»Ah.« Tufty nickte. »Ja, okay. Hab verstanden.« Eine kleine Pause, während die Ampel auf Grün sprang. »Wer ist Tommy Shand?«

Die Frau mit der grau-grünen Latzhose schürzte die Oberlippe, als Tufty seinen Dienstausweis vorzeigte, und verschränkte die massigen Arme vor ihrem noch massigeren Brustkorb. Die Haare aus dem Gesicht zurückgekämmt, Wangen und Latzhose mit kleinen weißen Farbklecksen gesprenkelt. »Sally Gray wohnt nicht mehr hier. Haben Sie eine Ahnung, wie schwer es heutzutage ist, Mieter loszuwerden?«

Er zog sein Notizbuch aus der Tasche. »Wo wohnt sie jetzt?«

»Sie hat die Wohnung als Drogenhöhle und als Bordell missbraucht! Ich kann Ihnen gar nicht sagen, was das für den Wert einer Immobilie bedeutet.«

»Mrs Webber, bitte, wir müssen Miss Gray dringend sprechen. Hat sie eine Nachsendeadresse hinterlassen?«

»Seh ich aus wie ein Postamt? Ich habe ihr den Räumungsbescheid zugestellt, und sie ist verschwunden. Aber vorher hat sie die Wohnung noch gründlich verwüstet.« Sie schüttelte sich so heftig, dass alles ins Wabbeln geriet. »Sie *glauben* ja nicht, was sie an die Wände geschmiert hat, dieses Ferkel.«

Tufty setzte sich wieder ans Steuer. »Ist es nicht schön, wenn man so viel *Unterstützung* aus der Bevölkerung erhält?«

Steel blickte nicht von ihrem Smartphone auf und tippte weiter mit den Daumen eine Textnachricht. »Hat sie Ihnen eine Adresse genannt?«

»Sie hat mir die Ohren vollgejammert, dass die Polizei sich mehr um die Dreckschweine kümmert, die die Wohnungen ihrer Vermieter verwüsten, als um die armen Vermieter, die nachher die Protestschmierereien übermalen müssen, die sie hinterlassen. Keine Nachsendeadresse.«

»Pffff…« Schulterzucken. »Na, hilft ja nichts. Auf zum Hafen, mein lieber Tufty. Wir müssen ein paar Damen von wackliger Moral befragen. Eine von denen *muss* doch wissen, wo Sally Gray abgeblieben ist.«

An diesem sonnigen Mittwoch war die Nachfrage nach einem mittäglichen Quickie anscheinend nicht besonders groß, denn nur zwei Mädchen gingen ihrem Gewerbe nach. Genauer gesagt zwei reifere Frauen, hohläugig und mit eingefallenen Wangen. Strähnige Haare, Pickel um den Mund. Kurze schwarze Röcke aus billig aussehendem Stoff. Die Arme und Beine nur Haut und Knochen, übersät mit Blutergüssen. Die eine blond gefärbt, die andere mit einer wenig überzeugenden rotbraunen Perücke.

Steel paffte ihre E-Zigarette und schickte Dampfsignale mit Ananasduft gen Himmel. »Komm schon, Sheryl, schau dir das Bild noch mal an. Du *kennst* doch Sally Gray.«

Tufty hielt ihr das Bild wieder hin, und die Frau mit der Perücke streifte es mit einem Blick, während sie an ihren Nagelhäutchen knabberte. Sie waren schon ganz blutig und voller Schorf. »Ich weiß nicht ... Keine Ahnung ... Nee, kenn ich nicht ...«

Steels Schultern sackten ein Stück ab. »Wann hast du zuletzt was gegessen, Sheryl?«

»Ich versuch bloß, über die Runden zu kommen. Das ... Über die Runden zu kommen. Genau.« Sie nickte. »Über die Runden.«

»Und was ist mit dir, Lynda? Weißt du, wo Sally inzwischen ihre Netzstrümpfe wäscht?«

Lyndas langärmeliges Spitzentop war nicht ganz dick genug, um die Einstichstellen zu verdecken, die ihre Venen sprenkelten. »Vielleicht ... Also, wenn Sie mir 'n paar Pfund borgen könnten, dann würd's mir vielleicht einfallen.« Ihre Augen funkelten aus dem Dunkel ihres Schädels heraus. »Bloß 'n Zwanziger oder so?«

»*Aye*, weil du es ja ganz bestimmt nicht für Heroin ausgeben würdest, nicht wahr?«

»Dann halt 'n Zehner. Bloß 'n Zehner. Das können Sie sich doch leisten, oder?«

»Ich geb dir kein Geld, damit du es für Drogen ausgibst, Lynda.« Steel seufzte. »Herrgott noch mal. Na los, kommt.« Sie wies mit dem Daumen über die Schulter. »Mir nach.«

Tufty kam aus der Frittenbude, in jeder Hand ein in Papier eingeschlagenes Päckchen, das verlockend nach heißem Backteig, Pommes und Essig duftete. Er eilte um die Ecke, und da waren Steel, Lynda und Sheryl – genau dort, wo er sie zurückgelassen hatte. Sie saßen auf einem niedrigen Mäuerchen hinter dem Schiffsausrüsterlager.

»Ich hab noch ein paar eingelegte Zwiebeln dazugetan. *Bon appétit.*« Er reichte Lynda und Sheryl je ein Paket.

Sie packten ihre Mahlzeiten aus, stocherten in ihren Pommes herum und brachen Stückchen von frittiertem Schellfisch ab.

Steel hielt die Hand auf. »Los, her mit meinem Wechselgeld, Sie kleiner Langfinger.«

»Ja doch, ich kann schließlich nicht hexen.« Er fischte die ein Pfund zwanzig aus der Tasche, die er ihr schuldete, und drückte ihr die Münzen in die Hand.

»Ist das *alles*?«

»Ja. Und keine Ursache, war mir ein Vergnügen.«

»Pfff...« Sie steckte das Geld ein. »So, ihr zwei. Ich muss mit Sally Gray reden. Wo ist sie?«

Die beiden wechselten einen Blick. Dann zuckte Lynda mit den Achseln. Sie steckte sich eine Fritte in den Mund und kaute. »Keine Ahnung, wo sie wohnt, aber ich weiß, von wem sie ihren Stoff bezieht. Vielleicht fragen Sie den mal?«

»Letzte Chance, Shawn.« Steel rückte ihm auf die Pelle. »Entweder du verrätst uns jetzt *auf der Stelle*, wo Sally Gray wohnt, oder ich mach dir dein erbärmliches kleines Leben zur Hölle!«

Shawn leckte sich die Lippen und zog die Schultern nach vorne, als ob jemand ihn ausgehöhlt hätte. Er sah nicht aus wie eine große Nummer im Drogengeschäft, mehr wie ein Schuljunge, der versucht, sich einen Bart wachsen zu lassen. Das Resultat war eine spärliche Ansammlung schwarzer Borsten, die eher an Schambehaarung erinnerten. »Ich... Es ist nicht... Ich mein, ich kenn sie ja eigentlich gar nicht, ja? Ich hab schließlich 'ne Freundin.«

»Du verkaufst ihr Stoff, Shawn, du *weißt*, wo sie wohnt.«

»Stoff? Nee, nee. Ich doch nicht. Ich verkauf keinen Stoff. Nee, das ist doch verboten, Mann. Ganz bestimmt nicht.«

Sie senkte die Stimme. »Zur Hölle auf Erden!«

»Wer sagt, dass ich Stoff verkaufe? Weil, ich hab noch nie im Leben Stoff verkauft…«

»In fünf. Vier. Drei…«

Shawn starrte Tufty an. »Aber…«

»Ich an deiner Stelle hätte jetzt echt Angst. Eine Scheißangst.«

»Zwei. Eins…«

»Okay! Okay. Ja. Sally. Sie hat da 'ne Wohnung in Torry, gehört ihrer Tante oder so.«

Steel tätschelte ihm die Wange. »Grad noch mal die Kurve gekriegt, was, Shawn? Und jetzt her mit der Adresse.«

Die Straße war eine deprimierende graue Schlucht: zwei identische Reihen von Mietshäusern, die einen Streifen rissigen Asphalts säumten. Das übliche Format – sechs Wohnungen pro Einheit – per Copy-and-Paste so oft wiederholt, bis die Straße voll war. Einstmals schwarze Mülltonnen standen Wache zwischen dem Gehsteig und dem schmalen Streifen vernachlässigter Grasfläche, der als Vorgarten herhalten musste.

Erinnerte mehr an ein Straflager als an eine menschenwürdige Behausung.

Öde und seelenlos.

Roberta fummelte ein wenig an ihrem juckenden BH herum, als sie aus dem Einsatzwagen stieg.

Ein räudiger Greyhound war an einen Pfosten in der Mitte der Grasfläche gebunden. Er trottete winselnd und jaulend immer im Kreis herum, so weit, wie es die Kette um seinen Hals zuließ.

Tufty ging voran auf eine Tür in der Mitte des Häuserblocks zu. Er beugte sich vor, um die Klingelschilder zu lesen. »Da haben wir sie: Sally Gray. Oberster Stock links.« Er verzog ein wenig das Gesicht. »Ist es nicht schön, nette Nachbarn zu haben? Da hat jemand ›Dreckige Hurenschlampe‹ auf ihr Namensschild geschrieben.« Er drückte den Knopf, und ein Summen ertönte.

Bzzz, bzzz, bzzz.

Roberta betrachtete stirnrunzelnd den Greyhound. »Was hat der schleimige Widerling gemeint?«

»Wer soll das denn schon wieder sein?«

Bzzz, bzzz.

»Der schleimige Widerling, alias Sandy die Schlange Moir-Farquharson, alias der schmierige Rechtsverdrehende … Was ist noch mal das Wort des Tages?«

»›Schlonzlöffel‹.«

Bzzz.

»Oh, das ist er ganz eindeutig.« Sie schlug Tuftys Hand weg. »Nicht so zaghaft. So machen Erwachsene das.« Sie legte die flache Hand über die Klingelknöpfe und drückte alle gleichzeitig. »Sandy die Schlange sagte, Wallace' Freunde seien ihm ›zur Seite gesprungen‹, als er sie brauchte. ›Genau wie meine.‹ Was sollte das denn heißen?«

Der Summer ertönte, und die Tür öffnete sich mit einem Klicken.

»Was hab ich gesagt?« Sie ließ die Klingelknöpfe los, stieß die Tür auf und trat in ein schäbiges Treppenhaus. Stufen führten hinauf zu den oberen Stockwerken, es roch nach Möbelpolitur mit Zitrusduft, vermischt mit einer Bleichmittelnote. Schäbig, aber sauber.

Eine kleine alte Dame linste aus der rechten Erdgeschosswohnung. »He, Quasimodo, hör auf mit dem Gebimmel! Das ist hier nicht Paris anno achtzehnnochwas!«

Roberta marschierte an ihr vorbei und die Treppe hinauf, Tufty trottete neben ihr her. Sie boxte ihn. »Und nur damit das klar ist: Niemand ist mir ›zur Seite gesprungen‹.«

Tufty zuckte mit den Schultern. »Na ja … er ist ein teurer Nobelanwalt, nicht wahr? Vielleicht haben Wallace' Freunde alle zusammengelegt, um die Prozesskosten zu bezahlen?«

»Beim ersten Anzeichen von Ärger haben meine sogenannten ›Freunde‹ mich fallen lassen wie eine radioaktive Kartoffel.« Sie bog um die Ecke und nahm die nächste Treppe in Angriff.

»Ich meine, der muss doch richtig teuer sein, oder? Bei dem großkotzigen Auftreten.«

»Das können Sie laut sagen.«

Tufty blieb auf der obersten Stufe stehen. »Und wie haben *Sie* ihn sich leisten können?«

»Gar nicht. Er hat es kostenlos gemacht, weil er mir schon so oft in die Suppe gespuckt hat, indem er Mörder und Vergewaltiger vor Gericht rausgehauen hat. Schlechtes Gewissen.« Ein Schniefen. »Sogar *Anwälte* tun ab und zu das Richtige.«

Das Obergeschoss war noch schäbiger als das Parterre, und zu dem Geruch nach Möbelpolitur kam hier noch der erstickende künstliche Blumenduft einer Überdosis Raumspray – die Luft hier oben war zum Schneiden. Aus einer der Wohnungen drang das Weinen eines Kindes, das Geräusch hallte von den kahlen Wänden wider.

Roberta deutete auf die Tür. Tufty ging hin und klopfte. »Miss Gray? Sally? Können Sie bitte an die Tür kommen?«

Keine Antwort. Aber das Weinen wurde lauter, das war immerhin etwas.

Die Titelmusik von *Cagney & Lacey* plärrte durchs Treppenhaus. Roberta nahm den Anruf an. »Wer ist da?«

»*Sarge?*« Es war Barrett.

»Davey, mein kleines Chaosäffchen, was haben Sie für die liebe Tante Roberta?«

Ich hab ein bisschen in Tommy Shands schmutziger Wäsche gewühlt, Sarge. Es gab Beschwerden, weil er sich oft mit seinem Auto spätabends am Parkplatz hinter der Airyhall-Bücherei rumgetrieben hat. Die Anwohner glauben, dass er dort dealt. Und es gab auch eine Serie von unaufgeklärten Einbrüchen im Gemeindezentrum.

Tufty versuchte es noch einmal. »Miss Gray? Hier ist die Polizei. Sie müssen bitte aufmachen.«

»Sie sind ein Schätzchen, Davey. Wer leitet die Ermittlungen?«

Moment, ich seh mal nach… Okay. DI McPherson ist da zuständig.

»McPherson? Der könnte nicht mal einen Furz in einem Whirlpool fangen. Aber ich schon. Danke, Davey.« Sie steckte das Handy wieder ein. »Geben Sie schon auf?«

Tufty klopfte jetzt nicht mehr, er stand gebückt vor der Tür, die Hände auf den Knien, und schnupperte am Briefschlitz. Dann wich er ein paar Schritte zurück und rümpfte die Nase. »Riechen Sie das?«

Sie trat vorsichtig näher, schnüffelte kurz am Briefschlitz und prallte zurück. Kein Wunder, dass das ganze Treppenhaus nach Raumspray stank – jemand wollte damit den Gammelfleischgestank übertönen, der aus Sally Grays Wohnung drang. »Treten Sie die Tür ein!«

Tufty brachte sich in Stellung. Sein Stiefel krachte gegen die Tür, die sofort aufflog und drinnen gegen die Wand knallte.

Das Geschrei des Kindes wurde lauter, begleitet vom dunklen, durchdringenden Summen von viel zu vielen Fliegen.

»Du liebe Zeit…« Tufty hielt sich eine Hand vor den

Mund und kniff die Nase zu. »Soll ich Verstärkung rufen? Sarge?«

Sie trat über die Schwelle in die Wohnung.

Die Diele war völlig kahl. Kein Teppich, keine Jacken, keine Schuhe, keine Post, nur die abgestoßenen, verdreckten Bodendielen.

»Sarge?«

Die Tür am Ende der Diele war geschlossen. Sie zog den Jackenärmel über ihre Hand und drückte die Klinke. Die Tür ging auf.

Der Gestank nach verrottendem Fleisch brach durch die Türöffnung wie eine Lawine und begrub sie in seiner fettigen Umarmung.

Das Bacon-Ei-Blutwurst-Butty rotierte in ihrem Magen ... aber es blieb unten.

Eine nackte Matratze lag auf dem nackten Boden, in das Sonnenlicht getaucht, das zum Wohnzimmerfenster hereinströmte. Und genau in der Mitte dieses warmen Lichtflecks war ein menschlicher Körper: weiblich, halb nackt, skelettdürr. Die Haut geschwärzt und mit einem Schimmelpelz überzogen. Der Bauch aufgedunsen.

Fette Schmeißfliegen kreisten träge im Zimmer, vermutlich aufgescheucht, als Tufty die Tür eingetreten hatte. Eine nach der anderen ließen sie sich wieder auf der Leiche nieder.

Ein paar Spritzen lagen auf dem Boden neben der Matratze. Ein schwarz verfärbter Teelöffel. Ein Feuerzeug. Etwas Watte. Eine Flasche Branntweinessig.

Tufty erschien an Robertas Seite und starrte auf die Überreste von Sally Gray hinab. »Sarge?«

Was für eine Vergeudung.

Was für eine sinnlose, gottverdammte ...

Das Weinen. Es kam aus der Ecke hinter ihnen.

Sie drehte sich um. »Nein, nein, nein…«

In der Ecke stand ein klappriges Gitterbett. Ein kleiner Junge war darin gefangen – nicht älter als neun oder zehn Monate. Er stand auf der zusammengelegten Jacke, die den Boden des Kinderbetts bedeckte, hielt sich an den Gitterstäben fest und heulte. Bekleidet nur mit einem verdreckten T-Shirt und einer noch dreckigeren Windel.

Roberta stakste auf ihn zu, ihre Beine steif wie Bretter.

Die Finger des Jungen, seine Nasenspitze und sein Kinn waren mit kleinen roten Schnitten übersät, an seinen Wangen und um beide Handgelenke herum waren halbkreisförmige Kratzer zu erkennen.

Ein Brombeergestrüpp verknotete sich in ihrer Kehle, machte das Schlucken schwer.

Eine Handvoll dieser Sporttrinkflaschen mit Klappdeckel lagen leergesaugt und zerdrückt in den Ecken des Gitterbetts.

Und verstreut auf dem Boden um das Bettchen herum: leere Hundefutterdosen. Alle sauber ausgeleckt.

Nein…

Ein paar der Ringpull-Deckel lagen etwas weiter draußen, verkrustet mit festgetrockneten braunen Klumpen, zu weit weg, als dass ein kleiner Kinderarm sie hätte erreichen können.

Roberta starrte. Und blinzelte, als die Welt ein wenig zu verschwimmen begann.

Nicht vor Tufty weinen.

Nicht…

Ein tiefer, flatternder Atemzug.

Armer kleiner Wurm…

Roberta beugte sich über das Gitterbett, hob den Kleinen heraus und drückte ihn fest an sich.

II

»Sarge?« Tufty klopfte an die Badtür. »Sarge, sind Sie da drin?«

Das laute Weinen des Jungen drang durch das zerkratzte Holz nach draußen.

Er klopfte noch einmal. »Sarge?«

Tja. Sollte wohl einfach reingehen und hoffen, dass sie nicht gerade auf dem Topf saß.

Er stieß die Tür auf.

Das Bad war *extrem* versifft. Schmutziges graubraunes Wasser im Waschbecken, ein dicker schwarzer Rand an der Innenseite der Badewanne. Der scharfe gelbe Gestank einer Toilette, die nie geputzt wurde. Der rissige Linoleumfußboden mit Müll übersät.

Steel kniete vor der Badewanne. Sie hatte irgendwo einen knallroten Pullover aufgetrieben, den sie ins Waschbecken tauchte, um damit den nackten Po des schreienden kleinen Jungen zu betupfen. »Ich weiß, ich weiß. Schhhh... Wer ist mein tapferer kleiner Held?«

Tufty räusperte sich. »Der Krankenwagen ist hier.«

Der kleine Junge schrie wieder.

»Es gibt kein heißes Wasser, und er ist überall wund. Schhh...«

Das erklärte die Farbe des Wassers im Waschbecken. Tufty zog den Stöpsel heraus, ließ das dreckige Wasser ablaufen und füllte das Becken neu. »Die Nachbarn sagen, sie haben sie seit fünf Tagen nicht mehr gesehen.«

»Fünf Tage.« Steel zog eine Grimasse. Dann tauchte sie den Pulli in das frische Wasser. »Fünf Tage in einer dreckigen Windel, nichts zu essen außer Hundefutter, das du aus Dosen kratzt, während deine tote Mutter in eine Matratze suppt...« Sie blinzelte. Schniefte. Atmete tief durch. »Also dann. Krankenwagen.«

Tufty blinkte links und bog auf die Hauptstraße ab. Aus dem Radio plätscherte etwas Munteres, Beschwingtes – eine Frau sang davon, dass es ein wunderbarer Tag für die Liebe sei und alle rausgehen und tanzen sollten.

Er warf Steel einen Seitenblick zu.

Sie saß zusammengesunken auf dem Beifahrersitz und starrte aus dem Fenster, die Hände schlaff im Schoß, leerer Blick, ausdruckslose Miene.

Er lächelte gezwungen. »Na ja... sehen wir es doch mal positiv. Stellen Sie sich vor, was passiert wäre, wenn wir nicht hingefahren wären und die Tür eingetreten hätten!«

Keine Reaktion.

»Er wäre gestorben, stimmt's? Wir haben diesem kleinen Jungen heute das Leben gerettet.«

Immer noch nichts.

»Er ist nur noch am Leben, weil...«

»Sie haben nicht die Polizei gerufen.« Steels Stimme war genauso ausdruckslos wie ihre Miene. »Sie haben in ihren Wohnungen gehockt und zugehört, wie dieser arme kleine Junge sich die Seele aus dem Leib geschrien hat, und sie haben nichts, aber auch gar nichts unternommen.«

»Schon, aber...«

»Und als Sally anfing zu riechen, haben sie uns immer noch nicht gerufen. Nein, sie haben versucht, den Gestank mit Raumspray zu übertönen.« Ihr Kopf kippte nach vorn. »Wissen Sie was, Tufty? Ich *hasse* die verdammten Menschen.«

Das Fenster am Ende des Flurs war halb mit Brettern vernagelt, die andere Hälfte bestand aus einer grauen, gesprungenen Glasscheibe. Graffiti schlängelten sich über die Wände. Und zwar nicht die Sorte mit künstlerischem Anspruch, sondern die, die hauptsächlich aus Kraftausdrücken und kruden Darstellungen von Genitalien bestand. Müllsäcke stapelten sich in stinkigen Haufen entlang der Fußleisten.

Der Typ, der in der Erdgeschosswohnung die Tür aufgemacht hatte, kniff ein Auge zu – die Pupille des anderen war schwarz wie Teer und so groß wie eine Bowlingkugel. Er kratzte sich am Schritt und legte damit seine Feinripunterhose mit Eingriff und das fleckige T-Shirt in Falten. Das einzige andere Kleidungsstück war eine einzelne graubraune Socke, aus der ein Zeh hervorlugte. Schmutz und Blutergüsse mischten sich auf der blassen, behaarten Haut seiner Arme und Beine.

Tufty hielt das Foto hoch. »Versuchen Sie's noch mal.«

Steel stieß einen Müllsack mit dem Fuß an. »Komm schon, Shuggie, so schwer kann das ja wohl nicht sein. Wo ist Daphne McClellan? Ihr zwei wohnt doch zusammen, oder nicht?«

Er wankte ein wenig, während er das Foto anstarrte, und stützte sich am Türrahmen ab. Dann verzog sich sein ungewaschenes Gesicht in Zeitlupe zu einem Lächeln. »Nee, ihr meint Natasha, stimmt's? Natasha *Sparkles*.« Er spreizte die Hände. »Ist nicht da. Das heißt, sie ist ausgegangen. Ja, ausgegangen.«

»Schon klar, Mann.« Steel musterte ihn streng. »Wohin?«

Musik erfüllte das Regents Arms – Kylie lud alle ein, den Loco-Motion zu tanzen. Was hier drin allerdings nie und nimmer passieren würde. Die meisten Gäste der düsteren Kneipe sahen aus, als ob sie schon Mühe hätten, ein paar

Meter geradeaus zu gehen, geschweige denn eine Puff-Puff-Eisenbahn zu imitieren.

Zehn vor vier an einem Mittwoch, und die Stammgäste waren schon beim vierten oder fünften Bier – abzulesen an den leeren Pintgläsern, die auf den Tischen herumstanden. Manche hatten sich nicht mal die Mühe gemacht, sich umzuziehen, und waren gleich im Blaumann gekommen, um den Dämon Durst zu besänftigen.

Die Wand hinter dem Tresen war mit Apostrophen bedeckt, die alle aussahen, als wären sie aus irgendwelchen Schildern geklaut worden. Mindestens drei davon hatten mit Sicherheit eine Zeitlang über dem Eingang eines McDonald's gehangen. Der Typ, der für die Kollektion verantwortlich war, warf einen Blick auf das Foto, das Tufty ihm hinhielt, und seufzte. Dann wies er auf einen Tisch drüben beim Zigarettenautomaten.

Steel zog die Schultern hoch und marschierte darauf zu.

Tufty sah den Wirt an und lächelte entschuldigend. »Sie hat einen schlechten Tag.«

»Hmmm.« Er drehte sich um und fuhr fort, den Kühlschrank mit Alcopops zu bestücken.

Na schön.

Tufty eilte Steel nach und holte sie ein, als sie vor dem Tisch stehen blieb.

Daphne McClellan saß da mit einem älteren Mann – graues Haar, grauer Pullover über einem weißen Hemd mit grauer Krawatte. Er hatte die Augen geschlossen und beide Hände auf die Tischplatte gelegt. Daphne war ganz aufgedonnert, mit kniehohen PVC-Stiefeln, einem kurzen Rock und einem Spitzentop, das ihre skelettdürre Figur kaum verhüllte, die Haut so dick mit Selbstbräuner beschmiert, dass sie an eine Moorleiche erinnerte.

Und sie war bei der Arbeit. Sie hatte eine Hand im Hosenschlitz ihres Begleiters und bewegte sie rhythmisch auf und ab, während sie gelangweilt ins Leere starrte.

Steel trat so fest gegen das Tischbein, dass die Gläser klirrten. »Ich hoffe, du trägst Handschuhe, Daphne. Von wegen Safer Sex und so.«

Daphne zog erschrocken die Hand zurück. »Bäh, nicht schon wieder das.« Sie verdrehte die Augen, dann ließ sie die Schultern sacken. »Ich mach doch gar nix!«

Ihr Begleiter fummelte hastig an seinem Hosenschlitz und sprang auf. »Ich habe nicht … Das ist nicht … Wir …«

»Sie da, Lustgreis.« Steel wies mit dem Daumen über die Schulter. »Abmarsch – Ihre Rente können Sie woanders verjubeln.«

Er verließ fluchtartig das Lokal.

Steel zog einen Stuhl heraus und setzte sich. Sie starrte Daphne McClellan über den Tisch hinweg an. »Wie viele Kinder hast du, Daphs?«

Sie hob die knochigen, mit ledriger Haut überzogenen Schultern. »Was geht Sie das an?«

»Du hast drei.« Sie beugte sich vor und fuhr grollend fort: »Und du bist verdammt noch mal ihre Mutter! Wo sind sie?«

»Bei … Bei meiner Mum. Das Gericht hat ihr das Sorgerecht übertragen. Ich sehe sie, wann immer ich kann, aber es ist …«

»UND WIE KOMMT ES DANN, DASS WIR DEINEN KLEINEN JUNGEN IN KENNY MILNES HAUS GEFUNDEN HABEN, WO ER SICH IN EINEM KLEIDERSCHRANK VERSTECKT HAT?« Steels Stimme tönte durch das ganze Lokal. Alle unterbrachen, was sie gerade taten, und starrten sie an.

Dann senkte Daphne den Blick und knibbelte mit den vorhin noch so fleißigen Händen an der Tischplatte herum. »Kein Kommentar.«

Steel stürmte durch den Hintereingang des Präsidiums und ließ die Türflügel mit einem hallenden *BOINGGG* gegen die Wände knallen.

Tja. Ihre Laune hatte sich ganz offensichtlich nicht gebessert.

Tufty gab sich alle Mühe, Schritt zu halten, als er Daphne in den Gewahrsamstrakt bugsierte. Sie kamen dort an, als Steel gerade mit der flachen Hand auf den Tresen schlug.

»Kundschaft!«

Big Gary legte sein Ausmalbuch weg und seufzte. »Und was können wir heute für Euch tun, Eure Vielfältige Majestät?«

Sie stieß die Worte hervor, als ob sie auf Erbrochenem herumkaute. »Kindeswohlgefährdung. Verletzung der Fürsorgepflicht. Anbahnung von Prostitution. Sex in der Öffentlichkeit. Und was dir sonst noch so einfällt.« Sie wandte sich zum Gehen.

Gary streckte die Hand nach ihr aus. »Moment, willst du nicht erst ...«

»Nein, mir reicht's. Keinen Bock mehr.«

Tufty starrte ihr nach, als sie durch die Doppeltür wieder hinaus in den Sonnenschein stapfte. Dann schwang die Tür zu, und sie waren endlich allein.

»Hmm.« Big Gary raffte seine Papiere zusammen. »Was zum Teufel ist denn in die gefahren?«

»Tja ... Tut mir leid.« Tufty setzte das entschuldigende Lächeln auf, mit dem er schon hausieren ging, seit die Schicht begonnen hatte. »Sie hat einen *richtig* schlechten Tag.«

Roberta ließ das Beifahrerfenster noch ein paar Zentimeter weiter herunter, um eine Wolke Wasserdampf mit Kirscharoma in den sonnigen Nachmittag zu entlassen.

Eine Hälfte des Parkplatzes hinter dem Präsidium war

von der Sonne beschienen, während die Reihe von Streifenwagen im Schatten des siebenstöckigen Gebäudes stand. Jemand kam mit schweren Schritten die Treppe von der Leichenhalle herauf, immer noch mit dem grünen Kasack und weißen Gummistiefeln bekleidet, um für eine Weile dem Gestank des Todes zu entkommen, ein bisschen frische Luft zu schnappen und eine zu rauchen.

Roberta tippte auf dem Display ihres Handys:

> Scheiß auf die Diät. Lass uns zum Abendessen was Leckeres beim Chinesen bestellen und Groundhog Day gucken!

Senden.

Kurz darauf verkündete ein *Ding-ding* den Eingang einer Antwort.

> Wir wollten doch ins Theater gehen, schon vergessen?

Sie daumte eine Antwort:

> AAAAAAAAAAH! Mist … Tut mir leid.
> FURCHTBARER Tag.

Senden.

Die Fahrertür ging auf, und Tufty ließ sich mit einem Seufzer auf den Sitz sinken. »Lund und Barrett sagen, sie werden sie vernehmen, sobald sie mit ihrem Pflichtverteidiger gesprochen hat.«

Roberta schüttelte den Kopf. »Ich sag's Ihnen, Tufty, wenn ich mich heute noch *ein*mal mit irgend so einem Arschloch rumschlagen muss …«

Ding-ding:

> Okay, vergiss das Theater. Wir köpfen eine Flasche Wein,
> wenn du heimkommst, bringen die Kids ins Bett und
> machen dann einen auf nackig und versaut!

Sie lächelte. Ach Susan, du freches, wunderbares, knuddeliges Luder.

> Mit »nackig« hast du mich überzeugt.

Senden.
Ding-ding.

> Du hast doch an meinen Pokal gedacht, ja?

Mist. Nein.

Tufty schnallte sich an. »Also, wohin als Nächstes?«

»Zu Mrs Galloway. Und vergiss nicht, unterwegs noch Milch, Kekse und Tee einzukaufen. Und bei der Gelegenheit können wir noch schnell bei diesem Pokalgeschäft vorbeischauen.«

Tufty wechselte die Einkaufstüte von der einen in die andere Hand und kam zur Pointe, als der Aufzug mit einem Ruck anhielt. »Und da sagt die andere Nonne: ›Wenn das so ist, wieso hat er dann die ganze Nacht einen Pinguin gevögelt?‹« Er grinste sie an.

Nee, vergiss es.

Die Lifttür öffnete sich ruckelnd.

»Verstehen Sie? – Der Bischof dachte, der *Pinguin* wäre die Mutter Oberin.«

Roberta trat hinaus in den Flur. »Als Polizist sind Sie eindeutig besser.«

»Ach, Mensch, das ist doch witzig.«

»Red dir das nur schön weiter ein.« Sie schlenderte den Flur entlang bis zu der Wohnung am Ende. Und blieb stehen.

Mrs Galloways Wohnungstür hing schief an einer Angel, das Holz war ganz eingedrückt und zerschrammt. Jemand hatte die Tür eingetreten.

Ach du dicke Scheiße ...

Roberta klopfte an den gesplitterten Türrahmen. »Mrs Galloway? Agnes? Ist alles in Ordnung?«

Sie trat ein, dicht gefolgt von Tufty.

»Mrs Galloway? Ich bin's, DS Steel. Hallo?«

Eine Stimme hinter ihnen, kalt und hart. »Sie kommen zu spät.«

Roberta drehte sich um und spähte an Tufty vorbei.

Die Frau aus der Wohnung gegenüber stand da in ihrem traurigen Trainingsanzug, die Arme verschränkt, das Gesicht faltig und verkniffen.

»Was ist passiert?«

»Was glauben Sie denn, was passiert ist? Sie hätten sie retten müssen! Stattdessen liegt sie jetzt halb tot auf der Intensivstation, weil *Sie* versagt haben!«

»Sie ist ...« Ein Klumpen schwoll in Robertas Hals an wie ein Tumor. Sie schluckte ihn herunter. »Auf der Intensivstation?«

»Sie sollten sich was schämen!« Die Nachbarin schlug mit der Hand gegen die verbogene Tür. »ER – WAR – WIEDER – DA!«

Sie war so winzig, wie sie da auf der anderen Seite der Glasscheibe in ihrem Krankenhausbett mit den gestärkten weißen Laken lag, und die Apparate, die sich um sie drängten, ließen sie noch winziger erscheinen. Jeder Quadratzentimeter ihrer Haut, der nicht bandagiert, eingegipst oder verbunden war, war stattdessen mit Blutergüssen bedeckt. Das beinahe unmerkliche Heben und Senken ihres Brustkorbs war der einzige Hinweis darauf, dass sie noch am Leben war.

Roberta legte eine Hand an das Fenster der Intensivstation. Das Glas war kühl unter ihren Fingern.

Die Ärztin blätterte in ihren Notizen und fuhr in einem monotonen, nasalen Singsang fort: »...vier gebrochene Rippen, perforierte Lunge, Milzriss, Knöchelbruch, Schulter ausgekugelt...«

So klein. So zerbrechlich. So zerbrochen.

»...Jochbeinbruch, Netzhautablösung, gebrochenes Handgelenk, innere Blutungen...«

»Wird sie durchkommen?«

Die Ärztin seufzte. Sie rieb sich mit der Hand übers Gesicht und verschob dabei die dunklen Säcke unter ihren Augen. »Nein. Vielleicht. In ihrem Alter... Es sind eine Menge Traumata. Sie wäre besser dran, wenn er sie mit dem Auto überfahren hätte.«

Die Nachbarin hatte recht: Es war alles ihre Schuld.

Sie hatte versagt, und Agnes Galloway hatte dafür bezahlt.

»Hören Sie, ich weiß, dass ich so was nicht sagen sollte, aber wenn ich als Medizinerin sprechen darf...« Die Ärztin legte eine Hand auf Robertas Schulter. »Wenn Sie den Drecksskerl schnappen, der das getan hat, will ich, dass Sie ihn so windelweich prügeln, dass ihm Hören und Sehen vergeht.«

Tufty wartete auf sie, als sie aus der Intensivstation kam. Er steckte das Handy ein, auf dem er herumgetippt hatte, und trottete neben ihr her. »Geht es ihr gut?«

Idiot.

»Es geht ihr natürlich nicht gut! Wie soll es ihr gut gehen? Philip Innes hat sie fast umgebracht.« Roberta krümmte die Finger zu Klauen und schleuderte grimmige Blicke zur Decke empor. »AAAAAAH!«

Ein alter Mann, der einen Infusionsständer vor sich herschob, blieb stehen und starrte sie an.

»Geh weiter, Opa!« Sie stürmte an ihm vorbei, den Flur entlang und in den wartenden Aufzug, attackierte den Knopf mit dem Daumen und blickte finster auf die Stockwerksanzeige, als die Tür sich schloss. »Wir hätten eine Wache vor die Wohnung stellen sollen. Wieso haben Sie mich nicht daran erinnert, dass wir die Wohnung bewachen lassen sollten?«

Tufty zuckte mit den Schultern. »Gehirnerschütterung – schon vergessen?«

Echt zu nichts zu gebrauchen, der Depp.

»Jetzt mal ehrlich, Sarge, das ist doch nicht unsere Schuld! Wir haben das nicht getan – das war Philip Innes.«

Sie zog ihr Handy aus der Tasche und rief die Leitstelle an. »Was ist denn jetzt mit meinem verdammten Suchaufruf? Ihr solltet doch Philip Innes finden! Warum sitzt er immer noch nicht in einer *gottverdammten* Zelle?«

Ding.

Sie stürmte hinaus in einen anderen gesichtslosen Flur. »Und?«

Am anderen Ende war es still. Und dann: *»Zu Ihrer Information, Detective Sergeant Steel, wir sind nicht dazu da, uns von Ihnen anschreien und beschimpfen zu lassen. Wenn Sie etwas wissen wollen, können Sie höflich fragen!«*

»Na schön!« Roberta quetschte die Worte zwischen zusammengebissenen Zähnen heraus: »Kann ich *bittebitte* erfahren, was mit meinem Suchaufruf ist?«

»Na also, war doch nicht so schwer, oder?«

»Ich komm gleich mit einem Klauenhammer vorbei, ich schwör's!« Sie rauschte durch eine Doppeltür in einen Empfangsbereich und auf den Tresen zu, hinter dem ein pummeliger Krankenpfleger in grünem Kasack auf einen Computerbildschirm starrte.

»Philip Innes wurde noch nicht gesichtet. Streifenwagen und Fußstreifen sind angewiesen, nach ihm Ausschau zu halten.«

»AAAAAAAAH!« Sie legte auf und stopfte das Handy wieder in die Hosentasche. Dann zeigte sie mit dem Finger auf den Pfleger. »Polizei. Ein kleiner Junge wurde vorhin eingeliefert. Hatte tagelang nichts als Hundefutter gegessen.«

Der Pfleger blickte nicht einmal von seinem Computer auf. »Antibiotika für die wunden Stellen, Flüssigkeit gegen die Dehydratation, Sozialarbeiter für den Rest. Keine Besucher.«

»Na, dann ... rutschen Sie mir doch den Buckel runter!« Sie drehte sich um und stürmte wieder hinaus, packte im Vorbeigehen Tuftys Ärmel und schleifte ihn mit. »Wir werden Philip Innes finden. Wir werden ihn festnehmen. Und irgendwo unterwegs wird er eine MENGE Treppen runterfallen!«

III

Cairncry Drive war eine hübsche Straße, alles sehr nobel. Lauter Doppelbungalows aus rosa Granit mit ausgebautem Dachgeschoss. Saubere, gepflegte Vorgärten mit akkurat geschnittenen Buchsbaumhecken und kunstvoll arrangierten Sträuchern.

Tufty schloss den Wagen ab und folgte Steel zur Haustür von Nummer dreizehn. Ein Jaguar stand in der Einfahrt – sah ziemlich neu aus, mit Ledersitzen und haufenweise Extras. Und da hieß es immer, Verbrechen lohne sich nicht. Aber wenn man hier vor Phil Innes' schickem Haus in seiner schicken Straße mit dem schicken Auto davor stand, kam einem doch der Verdacht, dass Kreditwucher irgendwie deutlich lukrativer war als ein Job bei der Polizei.

Steels Miene war grimmig und hart wie Beton, sie hatte beide Hände zu Fäusten geballt.

Tja, das war eher kein gutes Zeichen.

Tufty drückte die Klingel. »Ähm... Sarge? Sie werden doch keine Dummheiten machen, oder? Das haben Sie nicht *ernst* gemeint, oder, dass er die Treppe runterfallen wird?«

»Doch.« Sie hämmerte an die Tür. »PHILIP INNES! POLIZEI! RAUSKOMMEN, ABER EIN BISSCHEN PLÖTZLICH!«

»Ich meine nur, weil die Interne Dienstaufsicht...«

»SIE MACHEN JETZT ENTWEDER AUF, INNES, ODER WIR TRETEN DIE TÜR EIN!« Wieder krachte die Faust gegen die Tür.

»Er ist wahrscheinlich gar nicht da. Ich meine, wenn ein Suchaufruf rausgeht, dann schaut man doch sicher zuerst mal bei demjenigen zu Hause nach, oder? Schickt eine Streife vorbei oder so?« Achselzucken. »Ist doch naheliegend.«

»INNES!«

Die Tür wurde aufgerissen, und da stand Philip Innes in einem Jeanshemd und einer hellbraunen Chinohose. Sehr adrett. »Was soll das Geschrei – he!«

Steel packte ihn, wirbelte ihn herum, warf ihn gegen die Hauswand und hielt ihn dort fest, um ihm Handschellen anzulegen. »Willst du wissen, was mit so miesen Schweinen passiert, die alte Damen zusammenschlagen? Die werden im Knast von den anderen in Stücke gerissen.«

Sie schubste ihn auf Tufty zu. »Schaff das Stück Scheiße ins Auto. Wir machen eine Spritztour.«

Vernehmungsraum 4 war von einem Käse-Essig-Geruch erfüllt, wie man ihn bekommt, wenn man ein Paar versiffte alte Turnschuhe im Regen stehen lässt und anschließend zum Trocknen auf den Heizkörper stellt. Das einzig Positive daran war der Ausdruck in Philip Innes' Gesicht, als er da-saß und den Gestank einatmete.

Sein Anwalt war ein milchgesichtiger junger Mann in einem etwas zerknitterten Anzug. Die Haare trug er kurz geschoren, um eine beginnende Glatze zu kaschieren.

Roberta lehnte sich auf ihrem Stuhl zurück und tauschte einen Blick mit DC Lund. »Hört sich das für Sie wie eine Lüge an, Veronica? Für mich hört es sich wie eine Lüge an.«

Innes sah gekränkt drein. »Aber es *ist* keine.«

»Erwarten Sie ernsthaft, dass wir Ihnen glauben, dass Sie nichts damit zu tun hatten? Absolut gar nichts?«

»Ja. Ich habe Mrs Galloway gelegentlich besucht, aber nur, um ihr beim Einkaufen zu helfen oder ihr hier und da ein bisschen zur Hand zu gehen. Also, was weiß ich, einen Stecker auswechseln oder so was in der Art. Ich würde sie *niemals* angreifen. Sie ist eine alte Dame, Herrgott noch mal!«

»Sie sind ein Kredithai, Philly-Boy.«

Das Milchgesicht klopfte mit seinem Stift auf den Tisch. »Haben Sie dafür irgendwelche Beweise, Detective Sergeant Steel?«

»Fragen Sie irgendwen.«

Er lächelte sie an, wobei sich kleine Grübchen in seinen Pausbäckchen bildeten. »Das sind keine *Beweise*, das sind Gerüchte. Und die sind *nicht* gerichtsverwertbar.«

Frecher Kerl. »Er hat Agnes Galloway krankenhausreif geprügelt!«

»Haben Sie auch nur einen einzigen Zeugen, Sergeant? Nein. Haben Sie Videoaufnahmen? Nein. Haben Sie überhaupt irgendwelche Beweise gegen meinen Mandanten? Nein.« Er wackelte mit seinem spärlich behaarten Köpfchen hin und her. »Nein, nein und nein. Absolut keine Beweise.«

Sie beugte sich vor und fauchte: »Dann werden wir eben welche *besorgen*.«

»Tja …« Tufty lehnte sich mit dem Rücken an die Wand und nahm das Handy vom einen ans andere Ohr. »Bis jetzt Fehlanzeige.«

Steel knurrte wie ein wütender Bullterrier, der sechzig Zigaretten am Tag raucht. *»Wie kann es sein, dass niemand irgendwas gesehen hat?«*

Drüben am Ende des Flurs klopften Barrett und Harmsworth an die letzten Türen in diesem Stockwerk und warteten darauf, dass jemand aufmachte.

»Wir tun, was wir können, Sarge.«

»Philip ›Kotzbrocken‹ Innes wird ungeschoren davonkommen!«

»Ja, aber die DNS …«

»Oh, in dem *Punkt hat er sich schon abgesichert. Er ›schaut ab und zu mal vorbei‹ und ›geht ihr zur Hand‹.«*

»Ja, und aus meinem Hintern kommt Mariachi-Musik.«

»Dann setzen Sie ihn in Bewegung und schaffen Sie mir ein paar gottverdammte Zeugen ran!« Sie legte auf.

Ging doch nichts über eine wohlformulierte Motivationsansprache.

Er steckte das Handy ein und machte sich wieder an die Arbeit.

Eine dünne Frau mit nervösen, tränenden Augen musterte ihn durch den winzigen Spalt zwischen ihrer Tür und dem Rahmen – sie hatte sie nicht einmal so weit geöffnet, dass sich die Kette spannte. »Ich habe nichts gesehen.«

Tufty hielt ihr noch einmal das Foto von Phil Innes hin. »Sind Sie sicher? Denn …«

»Warum sollte ich irgendetwas sehen? Ich hab nämlich nichts gesehen. Ich habe *gar nichts* gesehen.«

Natürlich nicht.

Der alte Mann rückte seine Brille zurecht und fummelte an seinem Hörgerät herum. Er betrachtete das Foto, das Tufty ihm reichte, mit zusammengekniffenen Augen, schniefte und hantierte wieder mit seiner Brille herum. Aus der Wohnung hinter ihm war eine Quizsendung im Fernsehen zu hören, der Ton viel zu laut gedreht.

Er gab das Foto zurück. »Ich weiß nichts. Hören Sie auf, mir Fragen zu stellen.«

Dann knallte er die Tür zu.

Der kleine Junge trug einen Strampler mit einem paläontologisch ungenau dargestellten Dinosaurier. Er starrte Tufty mit großen Augen an, als hätte er noch nie etwas so *wahnsinnig* Aufregendes gesehen. Seine Mutter dagegen gab sich größte Mühe, ihn überhaupt nicht anzuschauen. Ihr knallorangefarbener Lockenschopf war an den Rändern ausgefranst. Dunkle Ringe unter den Augen. Die Nasenspitze schimmerte leicht rötlich, die Augen waren verquollen und gerötet. Sie zuckte noch einmal mit den Schultern und gab Tufty das Foto zurück.

»Nein, ich habe nichts gehört.« Schulterzucken. »Gar nichts.«

Er deutete nach oben. »Mrs Galloways Wohnung ist *direkt* über Ihrer, und Sie haben nichts gehört? Da sieht es aus, als hätte eine Bombe eingeschlagen! Wie kann es sein, dass Sie da nichts gehört haben?«

Sie drückte ihr Dinosaurierbaby fester an sich und sah wieder weg. Hob wieder die Schultern. »Ich habe nichts gehört.« Und zur Sicherheit noch ein letztes Schulterzucken. »Bitte, ich muss jetzt gehen. Ich kann Ihnen nicht helfen.«

Dann schlug sie Tufty die Tür vor der Nase zu.

Zehn geschafft, blieben noch fünfzehn.

Steel stürmte einmal quer durchs CID-Büro, machte kehrt und stürmte wieder zurück. »Verdammte mothergefunkte Hühnerkraken-Schlonzlöffel!«

Sämtliche Schreibtische waren immer noch mit Handys, Ladegeräten und Kabeln übersät, aber Tufty, Lund, Barrett und Harmsworth hatten alle ihre Stühle zur Mitte des Raums gedreht und sahen zu, wie Steel hin und her und hin und her stürmte.

Sie drehte noch eine Runde. »Kein Einziger? Nicht ein einziger gottverdammter Schwanz?«

»Na ja...« Harmsworth blähte die Nasenflügel. »Warum sollten sie der Polizei *helfen* wollen? Ist ja nicht so, als würden wir irgendwas *tun*, oder? Nein, wir hocken hier nur auf unserem fetten Hintern und futtern von morgens bis abends Donuts.«

Barrett sah auf seinem Klemmbrett nach. »Jeder einzelne Haushalt ist kontaktiert worden.«

»Nichts für ungut …« Lund hob eine Hand. »… aber vielleicht habt ihr es nicht richtig angestellt? Vielleicht ist eine Frau besser darin …«

»Oh bitte, fangen Sie nicht wieder *damit* an.«

»Ich meine ja nur, Davey, es …«

»AAAAAAAAAAH!« Steel schrie zu den Flickwerk-Deckenfliesen hinauf. »HERRGOTT NOCH MAL!« Sie packte die Plastikkiste mit der Aufschrift »KONNTE NICHT ENTSPERRT WERDEN« und schleuderte sie gegen das White-board. Sie platzte auf, und Nokias, iPhones und Samsungs ergossen sich über den Fußboden.

Kein Mucks war zu hören, als sie dastand und die Bescherung anstarrte.

Dann seufzte Tufty. »Sie haben Angst. Sie haben gesehen, wozu Innes fähig ist, und sie wollen nicht, dass ihnen oder ihren Familien das Gleiche passiert. Das kann man ihnen nicht zum Vorwurf machen.«

»Und wem kann man es zum Vorwurf machen, verdammt noch mal?«

»Phil Innes.«

In bequemer Pyjamahose, Filzpantoffeln und FC-Aberdeen-T-Shirt war DCI Rutherford kaum wiederzuerkennen, wie er da in der Haustür eines Einfamilienhauses in Cults stand.

Er presste die Lippen zusammen, als er das letzte Foto betrachtete: Agnes Galloway – aufgenommen, bevor die Ärzte begonnen hatten, sie wieder zusammenzuflicken, ihr kleiner gebrechlicher Körper zerschlagen und entstellt.

Roberta beugte sich vor und tippte auf das Bild. »Philip Innes.«

»Was haben wir gegen ihn in der Hand?« Die Hände des DCI zitterten, er stieß die Worte zwischen den Zähnen hervor: »Zeugen? Sachbeweise? Irgendwas?«

»Ich will einen Durchsuchungsbeschluss, damit ich seine Wohnung auf den Kopf stellen kann. Da muss doch irgendetwas Belastendes zu finden sein.« Sie zählte die Punkte an den Fingern ab. »Kassenbücher für seine Kreditgeschäfte; die Schuhe, mit denen er eine alte Dame halb totgetreten hat; die Handschuhe, die er getragen hat, als er sie verprügelt hat; die blutverschmierten Sachen, die er getragen hat.«

»Ohne hinreichenden Verdacht bekommen wir keinen Durchsuchungsbeschluss.« DCI Rutherford starrte mit verdrossener Miene das Foto an. »Das *wissen* Sie.«

»Dann geben Sie mir einen, und ich sorge für den hinreichenden Verdacht!«

Ein junges Mädchen kam angeradelt und winkte im Vorbeifahren. »'n Abend, Mr Rutherford.«

Er setzte ein Lächeln auf. »Kerry.« Das Lächeln verschwand, sobald sie außer Sichtweite war. »Ich will, dass dieser Mistkerl gefasst, vor Gericht gestellt und weggesperrt wird. Aber dazu müssen wir ihm die Tat *nachweisen* können. Ich brauche eine Anzeige vom Opfer oder einen Zeugen. Beschaffen Sie mir irgendetwas, womit ich arbeiten kann!«

Von vorne sah die Airyhall-Bücherei wesentlich besser aus.

Die Rückseite war dagegen eher funktional: eine Batterie von Wertstoffbehältern neben einer kleinen Nische, in der sich der Hintereingang befand. Beigefarbene Wände, oben mit einem braunen Streifen abgesetzt. Der Asphalt war von einem dunklen Rorschach-Klecks verunstaltet, wo das Auto irgendeiner armen Bibliothekarin Öl verloren hatte. Jetzt um zwanzig vor neun war natürlich niemand mehr da, und der Parkplatz an der Seite des Gebäudes war leer.

Das Airyhall-Gemeindezentrum sah ebenfalls ziemlich verlassen aus. Jedenfalls brannte nirgendwo Licht. Die Seite zur Bücherei hin war eine kahle grau-beige Wand mit einem kleinen Vorsprung, wo eine rote Tür in das eigentliche Gebäude führte. Das Ganze verschanzt hinter einer brusthohen Mauer mit einem Eisengeländer obendrauf.

Nicht gerade ein erhebender Anblick.

War wahrscheinlich reine Zeitverschwendung, hier herumzuhocken, aber nach dem heutigen Tag wäre schon ein *winziger* Erfolg eine großartige Sache. Ein klitzekleiner Fortschritt. Ein mikroskopischer Sieg. *Irgendetwas*, das das Bild dieses armen kleinen Jungen verblassen ließe, wie er da in seinem Bettchen stand und sich die Augen ausheulte.

Diese ganzen Dosen … Waren seine winzigen Fingerchen kräftig genug, um die Deckel selbst abzuziehen, oder hatte seine liebe Mutter das für ihn erledigt, bevor sie sich den goldenen Schuss gesetzt hatte?

Und welches Rabenaas gab seinem kleinen Kind Hundefutter zu essen? Auch wenn es die teurere Sorte war, für die man keinen Dosenöffner brauchte. Denn wenn man schon »bargeldlos einkaufte«, konnte man auch gleich das Beste mitgehen lassen, nicht wahr?

Na ja, sie würde es ja bestimmt nicht wieder tun, nicht wahr?

Sie würde überhaupt nie mehr irgendetwas tun.

Sich vor ihrem kleinen Jungen eine Überdosis spritzen – was war nur *los* mit den Menschen?

Dieses eine Mal in seinem erbärmlichen Leben hatte DI Bartgesicht Beattie den Nagel auf den Kopf getroffen: *Wenn die Drogen nicht wären …*

Schluss jetzt.

Diese Grübelei brachte doch nichts.

Roberta zog an ihrer E-Zigarette und blies Dampfwolken mit Erdbeer-Limetten-Duft in die Luft.

Na los, Roberta, konzentrier dich.

Von hier konnte sie genau zwischen den Wertstofftonnen und der Rückseite der Bücherei hindurchsehen. Wenn irgendjemand aufkreuzte, um hier zwielichtige Geschäfte abzuwickeln, hätte sie ihn schneller am Wickel, als Tufty eine dumme Idee haben konnte.

Allerdings parkte sie jetzt schon zwanzig Minuten hier, und was hatte sie als Resultat ihrer Eine-Frau-Observierungsaktion vorzuweisen? Rein gar nichts.

Keine Spur von Tommy Shand oder seinem hässlichen orangen Peugeot.

Pffff...

Na ja, einen Versuch war's wert.

Besser wär's wohl gewesen, einfach dem Staatsanwalt diese Handyfotos zu zeigen und Tommy wegen Anfertigung pornografischer Aufnahmen und Sex mit einem älteren Kind dranzukriegen. Aber ihm auch noch Drogenbesitz mit Verkaufsabsicht nachzuweisen – das wäre wirklich die Mayo auf den Pommes.

Sie zog ihr Handy hervor, rief die Kontakte auf und wählte.

»*Leitstelle.*«

»*Aye*, Benny, wegen Tommy Shand. Wenn wieder jemand anruft und sich beschwert, dass er hinter der Airyhall-Bücherei dealt, dann ruf mich an, okay?«

Benny schnalzte vorwurfsvoll mit der Zunge. »*Du weißt schon, dass das DI McPhersons Fall ist, oder? Er ist der erste Ansprech...*«

»Soll ich deinem Freund erzählen, was du auf diesen Teambuilding-Ausflügen von Police Scotland so treibst?«

»Ah ... Ich dachte, wir hätten eine ... Abmachung, *was das betrifft. Nach dem letzten Mal? Du hast es versprochen!«*

»Wenn du was hörst, rufst du mich an, Benny.«

Ein Stöhnen. Und dann: *»Okay, okay, schon klar. Mein Gott.«*

»Braver Junge.«

Sie legte auf. Trommelte mit den Fingern auf das Lenkrad.

Dieser verfluchte Tommy Shand. Da saß sie nun und wartete nur darauf, ihren Frust über diesen beschissenen Scheißtag an ihm auszulassen, und er besaß nicht einmal das Minimum an Anstand, sich blicken zu lassen, der egoistische Schlonzlöffel.

Ihr Handy machte *Ding-ding.*

> Ich hab den Chardonnay kaltgestellt und die
> Lieferservice-Speisekarten für dich rausgelegt. Und jetzt
> schlüpf ich schon mal in was Schlüpfriges ...

Ganz schön frech, die alte Susan.

Aber sie konnte einem auch leidtun. Sie hatte etwas Besseres verdient als so eine missgelaunte Ehefrau, die im Haus herumtrampelte und schimpfte, dass die Leute alle Arschlöcher seien.

Roberta tippte eine Antwort:

> Bin bald zu Hause. Muss nur noch rasch wo
> vorbeischauen.

Denn nur weil Tommy Shand nicht aufgetaucht war, hieß das noch lange nicht, dass sie nicht jemand anders ihren Frust über den Scheißtag spüren lassen konnte. Und da gab es einen ganz bestimmten Kandidaten, der es mehr als alle anderen verdient hatte.

Jack Wallace wusch gerade vor dem Haus seinen Pseudoge-
ländewagen, als Roberta in die Wohnstraße einbog.

Mit einem großen gelben Schwamm wischte er auf dem
Dach des Wagens herum. Er hatte Kopfhörer auf den Ohren
und registrierte gar nicht, wie sie auf der Suche nach einem
Parkplatz an seinem Haus vorbeifuhr. Ein Staubsauger stand
auf dem Gehsteig unter einem der Bäume, die die Straße
säumten. Ein Verlängerungskabel zog sich über den Gartenweg und durch die offene Tür ins Haus des miesen Verge-
waltigers. Das Ganze ein Inbild spießiger Vorstadtexistenz.

Und nicht gerade das, was man von einem Sexualverbre-
cher erwartete.

Und überhaupt – wer wusch denn um fünf vor neun an
einem Mittwochabend sein Auto?

Doch nur jemand, der Spuren beseitigen wollte, oder?

Sie parkte in einer Lücke auf der anderen Straßenseite,
ungefähr vier Häuser weiter, und blieb dort sitzen, um ihn
im Beifahrerrückspiegel zu beobachten.

Sie konnte ihn ja schlecht wegen Autowaschens verhaften.
Oder wegen irgendwas sonst.

Aber das hieß nicht, dass sie ihn nicht ein bisschen in
die Mangel nehmen konnte. Vielleicht sprang dabei ja etwas
heraus.

Roberta stieg aus ihrem MX-5 und ballte die Fäuste. Marschierte mitten über die Straße auf ihn zu und …

Eine Hand packte sie am Arm.

Sie fuhr herum, holte mit der Faust aus …

Tufty ließ sie los und tänzelte ein paar Schritte zurück, die
Augen weit aufgerissen, auch das blaue. »He, ganz ruhig!«

Sie ließ die Faust sinken. »Was zum Teufel machen *Sie*
denn hier?« Dann wandte sie sich wieder zu Wallace um.
»Ach, wissen Sie was? Es interessiert mich nicht.«

Tufty packte sie wieder. »Nicht!« Er lief um sie herum und

baute sich vor ihr auf, versperrte ihr den Weg. »DCI Rutherford wird Ihren Kopf auf einen Pfahl vor der Burgmauer spießen. Sie haben ihn gehört: Wir sollen uns von Jack Wallace fernhalten!«

»Gehen Sie mir aus dem Weg, Mann!«

»Ich bin Ihnen gefolgt, okay? Weil ich wusste, dass Sie irgendeine Dummheit machen würden.«

Sie machte einen Schritt auf ihn zu, doch er wich nicht von der Stelle.

»Was mit Agnes Galloway passiert ist, war nicht Ihre Schuld. Was mit Sally Grays Kind passiert ist, war auch nicht Ihre Schuld. Und was Sie hier tun, hilft den beiden kein bisschen!«

Sie schloss die Augen. »Schlonzlöffel...« Tufty hatte ausnahmsweise recht. Wallace zu provozieren war ungefähr so klug, wie mit der Faust in ein Wespennest zu schlagen. Sie ließ die Schultern sacken. »Der arme kleine Kerl hat von Hundefutter gelebt, in einer fünf Tage alten Windel.«

»Ich weiß, aber...«

»Sieh an, sieh an.« Eine Stimme hinter ihr. »Was haben wir denn da?«

Sie drehte sich um, und da war Jack Wallace und lächelte sie an, die Kopfhörer um den Hals gehängt, in der einen Hand einen Eimer mit Putzwasser, den schaumigen Schwamm in der anderen.

»Ich muss zugeben, ich hätte wirklich nicht gedacht, dass Sie so blöd sind, noch einmal hierherzukommen, Detective *Sergeant* Steel. Mein Anwalt wird außer sich sein, wenn er hört, dass Sie mich wieder belästigt haben.«

Sie funkelte ihn an. »Wir wollten gerade gehen.«

»Jetzt schon? Möchten Sie nicht reinkommen und mir noch ein paar Beweise unterschieben? So wie letztes Mal?«

»Woher haben Sie es gewusst?«

»Dass Sie mir Beweise untergeschoben haben?« Er lachte ihr ins Gesicht. »Ich wusste es, weil ich kein Kinderschänder bin.«

»Nein, ich meine: Woher wussten Sie, dass Sie an dem Abend ein Alibi brauchen würden? Dieses ganze In-die-Kameras-Winken – woher haben Sie es gewusst?«

»Sie lernen nie dazu, was?« Er ging zurück zu seinem Wagen, legte den Schwamm auf das Dach und hob den Eimer hoch. Zeit, den Schaum abzuspülen.

»Woher wussten Sie, dass Sie ein Alibi brauchen würden, *Jack*?«

Tufty zupfte sie am Ärmel. »Lassen Sie sich nicht provozieren. Gehen wir.«

»Na, was ist? Los doch, Jacky-Boy, beeindrucken Sie uns mit Ihrer Genialität.«

»Okay.« Er holte mit dem Eimer aus, um ihn über das Auto zu leeren, schwenkte aber im letzten Moment herum. Das Seifenwasser schwappte heraus wie ein große, feuchte Zunge.

Roberta sprang zur Seite, und die ganze Ladung ergoss sich – *platsch* – über Tufty. Er stand da mit ausgestreckten Armen und triefte. »Aaaaahhh…!«

Roberta griff nach ihren Handschellen und grinste. »Sie haben gerade einen Polizeibeamten angegriffen! Jack Wallace, ich verhafte Sie gemäß Paragraf vierzehn…«

»Sie ahnen ja nicht, was für einen Ärger Sie sich gerade eingehandelt haben.« Er grinste sie frech an. »Aber Sie werden es noch früh genug herausfinden.«

DCI Rutherford saß hinter seinem Schreibtisch und funkelte sie an. Wenigstens trug er nicht mehr T-Shirt und Pyjamahose. Tufty stand in Habachtstellung in der Mitte des Zimmers. Sein Anzug war ein paar Nuancen dunkler als zu Beginn der Schicht, durchweicht wie ein Spülschwamm.

»Und?« Rutherfords Stimme war nur knapp unterhalb Schreilautstärke, sein Gesicht nur knapp unterhalb Schlaganfallrot. »Was zur *Hölle* haben Sie sich dabei gedacht, diesen triefnassen Idioten mitzuschleifen? Reicht es Ihnen nicht, Ihre eigene Karriere ins Klo zu spülen? Müssen Sie seine auch noch ruinieren?«

Tufty gab ein Kieksen von sich.

Roberta klopfte dem kleinen Dummerchen auf den Rücken. »Constable Quirrel hat versucht, mich zurückzuhalten. Es war ihm gerade gelungen, als Jack Wallace uns mit einem Eimer Putzwasser…«

»UNTERBRECHEN SIE MICH NICHT!« Rutherford war aufgesprungen, er stützte die Fäuste auf den Schreibtisch und fletschte die Zähne. »Dank Ihrer verantwortungslosen, *idiotischen* Kapriolen steht die NE-Division da wie ein Haufen hirnloser Amateure!«

Sie zuckte mit den Schultern. »Zugegeben…«

»Sie haben eine zweite Chance bekommen, Sergeant. Wir hätten Sie feuern können für das, was Sie getan haben, aber aus irgendeinem hirnrissigen Grund dachten wir, dass Sie aus Ihrem Fehler lernen würden. Tja, da haben wir uns ganz offensichtlich getäuscht!«

Das einzige Geräusch kam vom Radiator, der knackste und gurgelte wie ein leerer Magen.

Draußen auf dem Flur lachte jemand.

Das Handy auf Rutherfords Schreibtisch summte zweimal und verstummte dann.

Sie schürzte die Lippen. Wenn sie ein bisschen zerknirscht tat, müsste er vielleicht nicht ganz so viel rumbrüllen. »Nun ja, Sir, wenn Sie…«

»ES REICHT!« Er fuchtelte mit dem Zeigefinger in Richtung Tür. »Gehen Sie mir aus den Augen. Ich muss entscheiden, was ich in Ihrem Fall unternehme.« Rutherford verzog angewidert den Mund und wandte sich ab. Konnte sie nicht einmal ansehen. »Ich schäme mich für Sie.«

Die untergehende Sonne tauchte die Granithäuser in feurige Bernstein- und Pfirsichtöne. Die Bäume glühten. Und Roberta saß in ihrem Auto, das ausnahmsweise vor ihrem *eigenen* Haus parkte.

Sie schloss die Augen und beugte sich vor, bis ihre Stirn auf dem Lenkrad ruhte und ihre Arme links und rechts der Knie baumelten.

»Verdammte, schlonzgelöffelte, hühnerbekrakte...« Tiefer Atemzug. »MOTHERFUNKER!« Ihr Gebrüll hallte im Fußraum wider.

Hatte es je einen beschisseneren Scheißtag gegeben?

Erstens: Agnes Galloway so übel zusammengeschlagen, dass sie auf der Intensivstation lag. Zweitens: Philip Innes, der Kotzbrocken, hockte seelenruhig zu Hause, während die Hälfte der Idioten von der NE-Division nach ihm suchte. Und ihn dann laufen lassen musste! Drittens: Jack Wallace kam ungeschoren davon. *Wieder* einmal. Viertens: ein gnadenloser Anschiss von DCI Rutherford. Und fünftens, als Krönung der ganzen gottverdammten Scheiße: Sally Grays armer kleiner Junge.

Hundefutter.

Nicht nur die Tatsache, dass er Hundefutter zu essen bekommen hatte, sondern dass er es restlos aufgegessen hatte, bis auf den letzten Krümel. Wie lange hatte er dort gestanden, mit seiner dreckigen Windel in seinem dreckigen Bettchen, während seine Mutter auf einer dreckigen Matratze in diesem Dreckloch von einem Haus vergammelte? Vom Hunger geplagt hatte er die Dosen immer wieder und wieder ausgeleckt, bis seine kleinen Finger, Handgelenke, Wangen und die Nase von einem Netz aus kleinen

Schnittwunden von den scharfen Metallkanten überzogen waren.

Und dann die wunden Stellen... überall an Beinen und Po.

Kein Kind hatte das verdient.

Kein Mensch hatte das verdient.

Robertas Handy schreckte sie mit seinem *Ding-ding* aus ihren Gedanken.

Sie zog es hervor.

> Wenn du nicht in fünf Minuten daheim bist, zieh ich eine Jogginghose an und dieses Sweatshirt, das du so hasst.

Na toll.

Ein langgezogener, schwerer Seufzer, dann hievte sie sich aus dem Wagen, nahm den Karton mit Susans Pokal aus dem Kofferraum, schloss den Wagen ab und schleppte sich den Gartenweg hinauf zur Tür.

Die Tür ging auf, und da war Susan. Sie posierte in einem tief ausgeschnittenen Spitzennegligé, eine Sektflasche in der einen Hand, Champagnerflöten in der anderen. »Ich hab dich angeschwindelt – hab dich nämlich parken sehen, als...« Kleine Fältchen bildeten sich auf ihrer Stirn. »Oh, Robbie, was hast du denn?«

Die Diele waberte vor ihren Augen, der Atem war scharf und klumpig in ihrer Kehle.

Susan breitete die Arme aus und drückte sie an sich, warm und weich und tröstlich. »Schhhh... Es wird alles gut. Versprochen.«

Roberta stand nur da und weinte.

SECHSTES KAPITEL

in welchem gezeigt wird, warum PC Harmsworth sich niemals in der Öffentlichkeit nackig ausziehen sollte, wir herausfinden, ob Gummischniedel schwimmen, und Tufty jemanden auf frischer Tat erwischt

I

»Gah...« Roberta schob das Rührei noch ein wenig auf ihrem Teller hin und her. Inzwischen war es ganz kalt und erstarrt, grau verfärbt durch die reichliche Zugabe von Worcestershiresauce, und der Toast darunter hatte die Konsistenz von durchweichtem Linoleum.

Was diese ganze Woche so ziemlich treffend zusammenfasste.

Susan schob ihr eine Tasse Kaffee hin. »Was stimmt denn nicht mit meinem Rührei?«

Schulterzucken.

»Also ehrlich, Leute gibt's...« Sie klatschte in die Hände. »So, freches Äffchen Nummer zwei: Möchtest du noch ein paar Toastpferdchen?«

Naomi quietschte in ihrem Hochstuhl, ein breites Grinsen im Gesicht, während sie sich mit Baked Beans eincremte.

»Nein. Also gut. Freches Äffchen Nummer eins, was hättest du gerne als Pausenbrot: Erdnussbutter-Banane oder Käse-Relish?«

Jasmine stopfte sich noch einen Löffel Rice Krispies in die Futterluke und antwortete kauend: »Hühnermarmelade!«

»Also gut, Hühnermarmelade. Und du sollst nicht mit vollem Mund reden.« Susan nahm zwei Scheiben weiches Weißbrot und bestrich sie dick mit Hühnerpastete. »Robbie, wird's bei dir heute Abend wieder spät? Weil... ich dachte mir, wir könnten vielleicht zu diesem neuen Franzosen in der

Holburn Street gehen. So als kleine Aufmunterung. Dolly sagt, sie kann auf die Kinder aufpassen.«

Roberta starrte in die klumpige, verschmierte graue Masse auf ihrem Teller. »Mmmpf.«

»Robbie!«

Als sie sprach, klangen die Worte tonlos und matt. »Tut mir leid. Hab irgendwie keinen Hunger.«

Susan legte das Messer hin, leckte sich die Finger ab und nahm Robertas Gesicht in die Hände, um ihr direkt in die Augen zu starren. »Willst du den Dienst quittieren? Denn dann solltest du noch heute hingehen und denen sagen, dass sie sich diesen scheußlichen Job sonst wohin stecken können, und zwar so tief, dass nicht mal mehr ein Team von Höhlenforschern ihn rauskriegen kann.«

Ihre Mundwinkel zuckten. »So tief?«

»Und noch tiefer.« Susan beugte sich vor und gab ihr einen Kuss, weich und warm und mit einem Hauch von Hühnchen. »Die können uns mal.«

Barrett stand wieder vorne am Whiteboard und hielt sein geliebtes Klemmbrett an die Brust gedrückt wie einen Teddybären. »…also bitte die Augen offen halten, wenn's irgendwie geht.«

Harmsworth hing schlaff auf seinem Stuhl und bohrte sich mit einem Finger unermüdlich im Ohr. Lund unterdrückte ein Gähnen, beide Hände um einen Becher Kaffee geschlungen. Steel dagegen war eigentlich gar nicht anwesend. Sie saß da und starrte aus dem Fenster, mit zerknautschter Basset-Miene, und trommelte mit der Hand einen Trauermarschrhythmus auf ihrer Schreibunterlage.

Nur der tapfere Sir Tufty verfolgte aufmerksam die morgendliche Einsatzbesprechung. Er machte sich sogar Notizen.

»Und zu guter Letzt…« Barrett legte die umgedrehte Polizeimütze auf den Tisch, griff hinein und zog je einen blauen und einen roten Zettel heraus. Er entfaltete sie beide. »Der heutige Ausdruck für Zustimmung ist ›fantatastisch‹, und für Missbilligung verwenden wir ›Stinkomat‹. Und damit wäre das Morgengebet beendet. Sarge?«

Alle drehten sich zu ihr um.

Keine Reaktion.

Barrett versuchte es noch einmal, diesmal lauter: »Sarge?«

Sie seufzte. Zuckte mit den Schultern. »Macht die Handys fertig.« Eine Stimme wie eine depressive ägyptische Mumie.

»Okay, ihr habt die Dame gehört: An die Telefone!«

Während die anderen sich je ein neues Handy griffen, um es auszuprobieren, grub Tufty die Hacken in die Teppichfliesen und rollte seinen Stuhl rückwärts zu Steels Schreibtisch. Er dämpfte ein wenig die Stimme: »Alles in Ordnung, Sarge? Ich meine nur, Sie wirken ein bisschen … suizidal.«

Sie sackte noch ein bisschen weiter zusammen. »Fragen Sie nicht, wem die Stunde schlägt, Tufty, heute schlägt sie mir.« Steel sah auf ihre Uhr. »In fünf, vier, drei, zwei…« Sie zeigte auf die Bürotür.

Auf die Sekunde genau ging sie auf, und der nervöse Constable von gestern steckte den Kopf herein. Man konnte nur raten, welchen Gesichtsausdruck er beabsichtigt hatte, heraus kam jedenfalls ein Zwischending zwischen einem Lächeln und einer Grimasse. Als hätte er nur einen Furz lassen wollen und stattdessen eine unangenehme Überraschung erlebt. »DS Steel? Sie werden erwartet.«

»Alles klar.« Sie stand auf und schlug Tufty eine Hand auf die Schulter. »Also los, kommen Sie mit. Sie können mich zurückhalten, wenn ich irgendwem an die Gurgel gehen will.«

Sie saßen in einer Reihe an der Längsseite des Konferenztischs, wie bei einem Vorstellungsgespräch. Oder einem Erschießungskommando.

DCI Rutherford, DI Vine, Jack Wallace und sein Anwalt Moir-Farquharson. Die beiden Erstgenannten sahen aus, als hätte man ihnen gerade einen brennenden Feuerwerkskörper in den Hintern geschoben. Wallace trug ein selbstgefälliges Grinsen zur Schau, die Miene des Anwalts war unbewegt.

Steel und Tufty durften auf der anderen Seite des Tisches Aufstellung nehmen.

Rutherford musterte sie grimmig. »Detective Sergeant Steel, haben Sie irgendetwas zu Ihrer Verteidigung vorzubringen?«

»*Aye*. Constable Quirrel hatte nichts damit zu tun. Er war nur dort, um mich daran zu hindern, Jack Wallace zur Rede zu stellen.«

»Aha.«

Sie nickte. »Er hat sich korrekt verhalten. Die Verantwortung liegt allein bei mir.«

Was wirklich nett von ihr war. Vor die Wahl gestellt würden die meisten Vorgesetzten einem, ohne mit der Wimper zu zucken, ins Knie schießen, sodass der Bär einen auffressen konnte, während sie selbst sich aus dem Staub machten.

Rutherford klopfte mit dem Finger auf den Tisch. »Ich habe Ihnen *ausdrücklich* befohlen, sich von Mr Wallace fernzuhalten, und Sie sind trotzdem hingefahren.«

Sie fletschte die Zähne. »Dieses ganze In-die-Kameras-Grinsen und -Winken – er wusste, dass wir uns das ansehen würden, also …«

»Kein weiteres Wort!« Statt auf den Tisch zu klopfen, zeigte der Finger auf sie. »Sie hatten keinerlei Veranlassung,

Mr Wallace zu belästigen. Sie hatten *Anweisung*, dies zu unterlassen.«

Steel zuckte mit den Schultern. Die Geste mochte nonchalant wirken und so etwas wie »Na und?« besagen, aber ihr Gesicht sah aus, als wäre es nur einen Druck auf den roten Knopf von einem Interkontinentalangriff entfernt. *BOOOOOOOOOM* ... Mindestens drei Megatonnen.

Tufty zischelte aus dem Mundwinkel, so leise, dass es hoffentlich niemand außer ihr hören konnte: »Bitte nicht!«

DI Vine öffnete den braunen Aktendeckel, der vor ihm lag, und nahm drei Blatt Papier heraus. »Das Labor hat die Ergebnisse der medizinischen Untersuchung von Miss Edwards geschickt. Die gefundene DNS passt nicht zu Mr Wallace. Er hat für den fraglichen Abend ein Alibi. Er hat eine Zeugin, die bis acht Uhr morgens mit ihm zusammen war. Haben Sie verstanden, Sergeant?«

Steel reckte das Kinn. »Und wessen DNS *war* es dann?«

»Sprechen Sie mir nach: ›Mr Wallace hatte nichts damit zu tun.‹«

»Woher hat er dann gewusst, dass er ein Alibi brauchen würde?«

Wallace breitete die Hände aus, die Handflächen nach oben gekehrt. »Ich wusste es nicht. Aber ich weiß, dass Sie und Ihre Helferlein mich ungern aus den Augen lassen, also lächle und winke ich, wenn ich an einer Überwachungskamera vorbeikomme. Einfach nur um zu zeigen, dass ich Ihnen nichts nachtrage.«

Der Anwalt sah auf seine Uhr. »Wenn ich dann bitten dürfte – es wird allmählich spät.« Er lächelte Steel an. »Detective Sergeant, mein Mandant war so ausgesprochen großzügig, Ihre Vorgesetzten zu bitten, Sie für Ihre Handlungen nicht zu degradieren oder zu entlassen. Im Gegenzug wird er Police Scotland nicht wegen Polizeischikane verklagen.«

Okay, das kam jetzt ein bisschen unerwartet.

Tufty lächelte.

W00t – sie waren noch mal davongekommen!

Aber wieso sah Steel dann gar nicht so glücklich aus?

Sie starrte den Anwalt an, während eine Augenbraue langsam in Richtung Haaransatz wanderte.

Sandy die Schlange nickte. »Allerdings ist das an eine Bedingung geknüpft: Sie müssen sich entschuldigen.«

Die Augenbraue sackte wieder ab und rückte mit ihrem Pendant zusammen, nur noch getrennt von einem Stück in Falten gezogener Haut.

Wallace saß da, flankiert von Vine und dem Anwalt, und grinste. »Und sagen Sie es so, als ob Sie es auch ernst meinen.«

O Gott…

Zeit, den Atomalarm auszulösen…

DCI Rutherford warf sich auf seinen Schreibtischsessel und schleuderte Steel und Tufty einen bösen Blick in XXL-Ausführung entgegen. Die Strahlen der Morgensonne fielen durch das Bürofenster und verwandelten den Raum in einen einzigen Mikrowellenherd. Große, klebrige Hitzewellen ließen den Schweiß in Tuftys Nacken prickeln. Oder war es vielleicht der bevorstehende Anschiss?

Steel trat auf einen der Besucherstühle zu.

»Denken Sie nicht mal dran!«

Sie nahm stattdessen eine etwas schludrige Habachtstellung ein. »Sir.«

Rutherford nahm ein paar Papiere aus seinem Eingangskorb, sortierte sie und legte sie wieder zurück. »Ich denke, Ihnen ist klar, was als Nächstes kommt.«

»*Aye*, ich kann's mir vorstellen.«

»Sie werden einen großen Bogen um Jack Wallace machen.

Und Constable Quirrel trägt die Verantwortung, wenn Sie sich nicht daran halten.«

Was?

Nein, nein, nein, nein, nein.

Tufty zog das Kinn ein. »Aber das ist nicht …«

»Es ist offensichtlich, dass Ihnen Ihre eigene Karriere scheißegal ist, Roberta, also wollen wir doch mal sehen, ob Ihnen an *seiner* etwas liegt. Ihre Vergehen werden *seine* Vergehen sein. Noch eine Beschwerde von Jack Wallace, und DC Quirrel bekommt einen Verweis in seine Akte, so groß, dass man ihn von der ISS aus sehen kann. Haben wir uns verstanden?«

Er hob eine Hand. »Boss, Sir, darf ich nur …«

»Nein, Sie dürfen nicht.« Rutherford beugte sich vor und erhob sich halb von seinem Stuhl, die Fäuste wieder auf den Schreibtisch gestützt. »Nun, Sergeant?«

Tufty starrte sie an. Sag nein! Sag ihm, dass es nicht fair ist, dem armen Tufty die Sünden des Sergeants aufzubürden! Sag ihm …

Steel nickte. »Sir.«

Neiiiiiiiiiiiin!

»Gut.« Ein boshaftes kleines Lächeln formte sich unter Rutherfords Nase. Er fischte ein Blatt Papier aus seinem Eingangskorb. »Und um ganz sicherzugehen, habe ich einen sehr speziellen Auftrag für Sie und Ihr Team. Vielleicht lernen Sie ja diesmal Ihre Lektion.«

In Tuftys Bauch klumpte sich etwas zusammen.

Es würde mal wieder einer von *diesen* Tagen werden, nicht wahr?

»So Kinder, jetzt haben wir eine ganz besondere Überraschung für euch.« Mrs Wilson klatschte in die Hände und blickte strahlend über die Reihen von kleinen Kindern hinweg, die im Schneidersitz auf dem Boden der Turnhalle saßen. Wie sie da auf der kleinen Bühne stand, sah sie eher aus, als ob sie Lebensversicherungen verkaufte und nicht etwa eine Grundschule leitete – schwarzes Kostüm, lila Top, Pumps, das Haar zu einem Helmbusch aus rauchgrauen Locken hochgesteckt.

Mindestens hundert Kinder waren in der Halle versammelt, und alle starrten sie erwartungsvoll an. Ungefähr dreißig waren als Disney-Prinzessinnen verkleidet – Jungen wie Mädchen. In Spitze und Pailletten gewandet hockten sie alle beieinander in den hinteren Reihen. Die St.-Henry-Grundschule war in puncto Kleiderordnung offenbar weit weniger streng als die Schule, die Tufty besucht hatte.

Ein Dutzend Lehrer saßen auf Plastikstühlen im Raum verteilt. Ihre Augen strichen über die Kinderschar wie Suchscheinwerfer auf einem Gefängniswachturm.

Steel lehnte schlaff an der Sprossenwand neben der Bühne, den Kopf in die Hände gestützt. »Susan hatte recht – ich hätte einfach hinschmeißen sollen.«

Harmsworth und Barrett traten von einem Fuß auf den anderen, als ob sie jeden Moment losrennen wollten. Aber Lund rieb sich die Hände, ein fröhliches Lächeln im Gesicht. Freute sie sich *tatsächlich* auf das hier?

Sah ganz danach aus.

Echt abartig.

Mrs Wilson deutete auf die fünf vom CID. »Diese netten Polizisten sind gekommen, um euch zu erzählen, wie ihr euch am besten vor Gefahren schützen könnt! Ist das nicht toll?«

Die Kinder antworteten im Chor: »Ja, Mrs Wilson.«

»Schau sie dir an.« Steel schürzte die Oberlippe, als ob ihr ein unangenehmer Geruch in die Nase gestiegen wäre. »Klebrige kleine Kinder. *Tausende* davon.«

Tufty knuffte sie in die Rippen. »Ich dachte, Sie mögen Kinder?«

»Daran ist nur Jack Wallace schuld, die miese Vergewaltigerkröte.«

»Wirklich? Ich dachte, es wäre unsere Strafe dafür, dass wir zu seinem Haus gefahren sind und ihn belästigt...« Ähm, tja – ihre Miene war wohl so zu deuten, dass es keine gute Idee wäre, den Satz zu vollenden. Tufty räusperte sich. »Ich meine, sehen Sie's doch mal positiv – sie hätten Sie feuern können. *Und* mich. Uns beide. Und gefeuert werden find ich doof.«

Harmsworth schniefte. »Ihr wisst ja, was man sagt, oder? Dass Kinder der Fünfte Apokalyptische Reiter sind. Krieg, Hungersnot, Pest, Tod – und alles, was noch nicht zwölf ist.« Er schüttelte sich, dass seine Kinne schwabbelten. »Das wird alles in Tränen enden. Verderben, Unheil, Entsetzen... Tote, die ihren Gräbern entsteigen...«

Mrs Wilson klatschte in die Hände. »Also los, Kinder, lasst uns Detective Sergeant Steel und ihre Freunde von der Polizei mit einem großen St.-Henry-Applaus begrüßen!« Alles klatschte frenetisch, während Lund Steel auf die Bühne zerrte.

Dann standen die zwei da, Steel schlaff und mit hängenden Schultern, während Lund fröhlich in die Monsterhorde grinste.

Tufty, Barrett und Harmsworth blieben schön, wo sie waren, vielen Dank auch.

Aber Lund machte schon hektische »Kommt-schon-ihr-faulen-Säcke«-Gesten, starrte die drei durchdringend an und formte mit den Lippen: *Jetzt!*

»Das ist das Ende der Tage, ich schwör's euch.« Aber Harmsworth schleppte sich dennoch auf die Bühne.

Barrett und Tufty folgten ihm.

Das Meer von kleinen Gesichtern hatte irgendwie etwas ...
Raubtierhaftes. Auch die Disney-Prinzessinnen. Die waren
sogar eigentlich am schlimmsten. Sechsjährige mit glitzern-
den dunklen Augen, passend zu ihren Glitzerkostümen. Als
ob jemand ein Rudel Hyänen in Pailletten und grellbuntes
Nylon gehüllt hätte.

Ausgehungert, die Beute schon im Blick.

Harmsworth hatte recht.

Lund trat an den Bühnenrand und breitete die Arme aus.
»Hallo, Jungs und Mädels? Wer möchte etwas über ›Stranger
Danger‹ hören?«

Begeistertes Gekreisch scholl ihnen entgegen.

Steel tat so, als ob sie an ihrem eigenen Erbrochenen
würgte.

Kaum hatte die Neun-Uhr-Glocke geläutet, waren sämtliche Lehrer schlagartig verschwunden. Es war, als ob die
Entrückung verfrüht gekommen wäre und vergessen hätte,
Kindersitze einzubauen, weshalb alle Kinder in dieser Welt
zurückbleiben müssten. Die Polizei hatte doch ständig mit
Krawallen und Fußballhooligans zu tun, nicht wahr? Was
konnte da schon schiefgehen?

Die Disney-Prinzessinnen drängten sich um Tufty, Steel,
Barrett, Lund und Harmsworth und bildeten ein vielfarbiges
Meer aus Zahnlücken-Grinsen, Zauberstäben, Diademen,
Feenflügeln und klebrigen Fingern.

Harmsworth wich zurück und stieß gegen Tufty. »O Gott.
Es ist wie in einem George-Romero-Film ...«

Ein kleines Mädchen, das als Belle aus *Die Schöne und das
Biest* verkleidet war, hielt ihren Zauberstab hoch. »Ich kann
freche Jungs in Frösche verwandeln. Jawohl!«

Lund gab sich beeindruckt. »Ui, das ist ja *voll* clever. Ich
hab auch einen Zauberstab, wollt ihr den mal sehen?«

Vielstimmiges Gekreisch war die Reaktion, die Kinder hüpften auf und ab. »Ja! Ja! Ja!«

Harmsworth drückte die zusammengekrampften Hände an die Brust und legte die Ellbogen an, um nur ja niemanden zu berühren. »Ihr wisst, dass die alle wandelnde Krankheitsüberträger sind, oder?«

»Alles klar? Los geht's!« Lund zog ihren Teleskopschlagstock heraus. »Abrakadabra!« Mit einem scharfen *Klack!* ließ sie ihn zu voller Länge ausfahren.

Die Unisex-Prinzessinnen machten »Oh!« und »Ah!«, während sie mit großen Augen näher herandrängten.

Ja, Harmsworth hatte recht. Das war eher *Die Nacht der lebenden Toten* als *Sesamstraße*.

Näher. Noch näher. Klebrige Hände reckten sich wie grässliche kleine …

Eine Hand fasste Tuftys Arm. »Aaaahh!« Er fuhr herum … aber es war bloß Steel.

Sie zog ihn von der Meute weg und überließ Harmsworth, Barrett und Lund ihrem Schicksal. »Was wir brauchen, ist ein Plan.«

Echt? Geniale Idee.

»Von hier verschwinden und Kaffee trinken gehen?«

»Nein, Sie Dödel. Einen Plan wegen Jack ›Stinkomat‹ Wallace.«

Tufty prallte zurück, beide Hände erhoben. »Nein, nein, nein, nein, nein! Wir machen *keinen* Jack-Wallace-Plan!«

Harmsworth' Stimme übertönte das Gekreisch der Prinzessinnen. »Erkältungen. Grippe. Salmonellen. Botulismus. Beulenpest …«

Ein kleines männliches Schneewittchen hopste vor ihm auf und ab. »Hast du auch einen Zauberstab, Mister Polizist?«

Steel bohrte Tufty den Finger in die Brust. »Er *wusste,*

dass er für den Abend ein Alibi brauchen würde. Woher? Woher hat er das gewusst? Er hatte etwas damit zu tun, *daher* hat er es gewusst!«

Nicht schon wieder diese Leier. »Sie haben DCI Rutherford gehört: Wenn wir uns Wallace auf weniger als eine Million Meilen nähern, sind wir im Arsch.«

Harmsworth wand sich von Schneewittchen weg und hielt die Hände erhoben, als ob er in einem Brennnesselfeld steckte. »Und ganz zu schweigen von *Clostridium difficile* und MRSA. Kinder sind ein wandelndes Ebolarisiko.«

»Mister Polizist? Hast du auch so einen Zauberstab wie die Frau?«

»Rutherford kann mich mal der Länge und der Breite nach. Jack Wallace steckt bis zu den Achseln da drin, und ich werde es verdammt noch mal beweisen.«

»*Nein!*« Tufty starrte Steel an. »Hören Sie sich eigentlich selbst mal reden? Sie sind besessen! Er war nicht dort. Er hat es nicht getan. Es ist nicht seine DNS.«

»Ich sag ja nicht, dass er's *getan* hat, ich sage, er steckt da mit drin. Er wusste Bescheid!«

»Mister Polizist? Zauberstab, Mister Polizist! Zauberstab!«

»Urgh …« Harmsworth drehte sich wieder weg. »Lass die Pfoten von mir! Du verschmierst mir ja meinen Anzug!«

»Wir können nicht einfach hergehen und jeden verhaften, der Ihnen verdächtig vorkommt.« Tufty warf die Hände in die Luft. »Rutherford hatte recht, Sie sind echt gestört! Sie …«

»Reden Sie nicht so mit mir, Sie …«

»… ein wandelnder Albtraum, der *alles* ruiniert!«

»… bleichgesichtiger kleiner Volldödel! Wallace ist schuldig.« Sie funkelte ihn an, die Zähne gefletscht. Zeh an Zeh und Nase an Nase.

Die Kinder begannen zu skandieren: »Zau-ber-stab! Zau-ber-stab! Zau-ber-stab!«

»Lasst mich in Ruhe, ihr kleinen Monster!«

Tuftys Ohren zischten, das Blut wummerte in seiner Stirn. Ein Brennen in seiner Kehle. Und ja, es war wahrscheinlich Karriereselbstmord, eine Vorgesetzte anzubrüllen, aber wenn sie sowieso dafür sorgte, dass er gefeuert wurde, was machte es noch für einen Unterschied? Und warum nicht noch einen kleinen Schubser hinterherschicken?

Das tat er auch, genau auf ihr Schlüsselbein. Mal sehen, wie *ihr* das zur Abwechslung gefiel. »Ich schmeiß nicht vier Jahre bei der Polizei weg, bloß weil Sie einfach nicht hören können, zum Stinkomat noch mal!«

Sie schubste ihn zurück. Fester. »Haben Sie gesehen, was mit Beatrice Edwards passiert ist? Haben Sie gesehen, was er Claudia Boroditsky angetan hat? Wir müssen Wallace das Handwerk legen!«

Die Prinzessinnen bedrängten Harmsworth, zwangen ihn zum Rückzug. »Ich verhafte euch alle!«

Lund seufzte. »Herrgott noch mal, Owen, kannst du nicht *ein*mal in deinem Leben einfach mitspielen?«

»Ich lasse mich *nicht* von einem Haufen kleiner Rotzlöffel tyrannisieren!«

Noch ein Schubser. »Er *war* es nicht!«

»Er *wusste* davon! Er …« Steel funkelte nicht mehr Tufty an, stattdessen beobachtete sie gebannt die Kinderschar, als Harmsworth rückwärtstaumelte, stolperte und mit einem dumpfen Schlag zu Boden ging.

Niemand sagte etwas. Die Prinzessinnen erstarrten.

Das Gejohle der älteren Kinder draußen auf dem Spielplatz drang durch die Fenster herein.

Dann reckte eine kleine Pocahontas ihren Zauberstab seitwärts in die Luft, wie William Wallace sein Breitschwert. »AUF IHN!«

Und alle folgten ihrem Kommando. Die ganze Schar

stürzte sich auf Harmsworth, begrub ihn unter einer Lawine aus Disney-Prinzessinnen.

»RUNTER VON MIR! HILFE! HILFE!«

Steel rieb sich mit einer Hand übers Gesicht, ohne den Blick von den Kindern zu wenden. »Warum hat er dann ein Alibi gebraucht? Warum braucht Jack Wallace ein Alibi für eine Tat, die er nicht begangen hat?«

»Nur weil Ihre Karriere so gut wie Geschichte ist, heißt das noch lange nicht, dass ich meine auch in den Müll werfen will!«

»AAAAAAAAH! NICHT BEISSEN!«

»Meine Karriere ist nicht ›so gut wie Geschichte‹, Sie unverschämter kleiner Giftzwerg!«

Einer von Harmsworths Schuhen kam aus dem Gedränge geflogen, knallte auf den Boden der Turnhalle und kullerte noch ein, zwei Meter, ehe er liegen blieb. Der zweite Schuh folgte dem ersten. Dann kam eine Socke.

»UM HIMMELS WILLEN, LUND, SCHAFF MIR DIE BÄLGER VOM LEIB!«

Lund wollte eingreifen, doch Barrett packte sie am Arm.

»Wir sollen doch jeden Körperkontakt mit den Kindern vermeiden.«

Sie lächelte. »Weißt du was, ich glaube, du hast recht.«

»AAAAAAAAAAAAH!!!«

Steel ließ das Schubsduell eskalieren. »Na los, sagen Sie schon: Woher hat Wallace es gewusst?«

»Es … Ich …« Tja, sie hatte nicht ganz unrecht. »Also, keine Ahnung. Vielleicht *hat* er irgendwie die Finger im Spiel, aber wir können trotzdem nichts machen. Es ist DI Vines Fall, wir müssen uns da raushalten.«

»Und was passiert, wenn wieder eine Frau vergewaltigt wird?«

»AAAAAAAAAAAAAH! HÖRT AUF, MICH ZU BEIS-
SEN! VICTORIA! VICTORIA, HILF MIR! DAVE!«

Barrett zuckte mit den Schultern und grinste. »Sorry, wir
würden ja gern, aber das sind nun mal die Vorschriften.«

»RUNTER VON MIR! HILFE! HILFE!«

Ein Jackettärmel flog auf und flatterte zu Boden wie ein
verletzter Vogel. Ein Streifen Hosenstoff folgte und dann
weitere Kleidungsfragmente – ein paar Hemdfetzen, ein Unterhemd, noch ein Ärmel, noch ein Stück Hose.

Steel schüttelte den Kopf. »Er muss es gewesen sein.«

»Er war es nicht! Haben Sie denn aus dem letzten Mal
gar nichts gelernt? Nur weil Sie wollen, dass Jack Wallace
schuldig ist, wird das nicht plötzlich auf wundersame Weise
Realität!«

»NEIN! UNTERSTEH DICH, DU KLEINER SCHEIS-
SER! AAAAAAAAAAAAH!«

Tufty schwenkte eine Hand in Richtung der hinteren
Wand und der ganzen Stadt dahinter. »Ich will etwas *werden*,
okay? Ich will Mörder fangen. Ich will etwas verändern! Sie
werden mich *nicht* mit in den Abgrund reißen!«

Steel drehte sich um, fletschte die Zähne und knurrte wie
ein Polizeischäferhund.

»HILFE! WARUM HILFT MIR DENN NIEMAND,
VERDAMMT NOCH MAL?«

Tufty wich einen Schritt zurück. »Wissen Sie, wann ich
zum ersten Mal den Wunsch hatte, Polizist zu werden? Ich
war fünf Jahre alt. Dad war mit einer Politesse nach Paisley
durchgebrannt, und Mum war auf das Dach unseres Hoch-
hauses gestiegen.« Tufty schlang die Arme um den Körper.
»Da kam dieser Polizist und überredete sie, wieder runter-
zukommen, und ich dachte, das ist es. Das ist es, was ich mit
meinem Leben anfangen will. Dafür sorgen, dass es Leuten
besser geht. Ihnen *helfen*.«

Steels Miene wurde weicher. »Mit fünf?«

»Bitte, treiben Sie es nicht so weit, dass sie mich feuern.«

»NEIN! NICHT DIE UNTERHOSE! NICHT DIE UNTERHOSE!«

Ein kleiner Junge, verkleidet als Elsa aus der *Eiskönigin*, tauchte aus den Tiefen des Gedränges auf und schwenkte eine Unterhose mit Eingriff hoch über dem Kopf, ein triumphierendes Grinsen im sommersprossigen Gesicht. Harmsworths Unterhose war nicht die allerneueste oder allerweißeste – die ausgeleierte Form und der Grauschleier verrieten ihr Alter.

»GEBT MIR SOFORT MEINE UNTERHOSE ZURÜCK!«

»NIEMALS!« Elsa lief davon, Harmsworths Unterhose hocherhoben wie eine erbeutete feindliche Fahne. Der Rest der Disney-Prinzessinnen-Bande rannte hinter ihm her, kreischend und kichernd, mit diversen Fetzen von Harmsworths Klamotten in den Händen.

Sie stürmten durch die Tür zum Spielplatz und verschwanden im Freien.

Tufty, Steel, Lund und Barrett starrten ihnen entgeistert nach.

Und dort, allein und verloren auf dem Hallenboden zwischen den Markierungen für Korbball und Tennis, lag ein splitternackter Harmsworth. Die Haut wie roher Plätzchenteig, übersät mit kleinen roten Bissspuren. Er hielt sich beide Hände vor seine Männlichkeit, die Augen fest zugekniffen, während ein hohes Wimmern aus seinem Mund drang.

Sein Rücken war überraschend stark behaart. Der Hintern auch.

Ein Grinsen breitete sich auf Steels Gesicht aus. Sie schnaubte. Kicherte. Und dann krümmte sie sich, die Hände auf die Knie gestützt, und brach in schallendes Gelächter aus. Lund prustete und zeigte auf Harmsworths armes behaartes Hinterteil.

Tufty versuchte, nicht zu lachen. Er gab sich wirklich Mühe.

Aber es half nichts.

»Ihr seid ein Haufen Arschlöcher, alle miteinander!« Harmsworth rappelte sich auf, eine Hand immer noch über seine Erbsünde gelegt, die Unterlippe zitternd. Sein Kopf ruckte nach links und nach rechts, seine Augen suchten die Turnhalle ab, und mit einer Hand schirmte er seinen bepelzten Hintern ab, während er über den Holzboden auf einen Stapel blauer Matten zulief. Er tauchte dahinter ab und zog sie schützend über sich.

Dann reckte sich ein käsiger, haariger Arm aus der improvisierten Festung und wies auf die Türen zum Spielplatz. »Was steht ihr da rum? Geht und holt mir meine Unterhose zurück!«

Steel setzte ein breites Grinsen auf und sah Lund, Barrett und Tufty an. Im nächsten Moment liefen sie alle zum Fenster und drückten sich die Nasen am Sicherheitsglas platt.

Die Prinzessinnen marschierten im Triumphzug um die Schaukeln herum, wie Soldaten einer merkwürdig uniformierten Glitzer-Pailletten-Armee. Einmal um das Karussell herum, quer über die Himmel-und-Hölle-Felder und wieder zurück an den Schaukeln vorbei. Angeführt von Elsa und seiner stolzen Trophäe, die er an der Spitze eines Zauberstabs hochhielt. Der graue Stoff flatterte im Wind, während sie im Chor ihren Schlachtruf skandierten: »*UNTERHOSEN! UNTERHOSEN! UNTERHOSEN! UNTERHOSEN! UNTER-HOSEN!*«

Lund wischte sich eine Träne aus dem Auge. »Es gibt Tage, da *liebe* ich meinen Job.«

II

Im Polizeitransporter saßen sie alle mit dem Gesicht in Fahrtrichtung und vermieden bewusst jeden Blickkontakt. Denn jedes Mal, wenn sie sich anschauten ...

Barrett kicherte. Er hustete, räusperte sich.

Lund biss sich auf die Unterlippe und blinzelte ein paarmal. Ihre Schultern zitterten.

Steel ließ einen flatternden Atemzug entweichen.

Tufty schielte nach dem Innenspiegel.

Und da war Harmsworth. Zusammengekrümmt kauerte er auf der hintersten Sitzbank, eine haarige graue Decke fest um die haarigen, nackten Schultern gezogen. Das Gesicht zu einer grimmigen Fratze verzogen. »Ich *hasse* euch alle, dass ihr's wisst!«

Und schon prusteten alle wieder los.

Roberta lehnte sich gegen das Metallgeländer und mampfte ihr kaltes Sausage Roll. Die Brücke war nicht besonders breit – gerade mal drei Personen konnten nebeneinander auf den Holzbohlen stehen –, aber sie schlug eine Bresche durch die Bäume und überspannte den Don. Das Wasser, das träge darunter hindurchfloss, glitzerte blau.

Die Lücken zwischen den meterhohen Metallsternen über dem Handlauf waren gerade groß genug, um Kopf und Schultern hindurchzwängen zu können. Vielleicht nicht die schönste Brücke der Welt, aber es war angenehm ruhig hier und wunderbar warm in der Sonne.

Tufty griff in die Tesco-Einkaufstüte und fischte zwei Dosen heraus. »Irn-Bru oder Cola?«

Sie stopfte sich den letzten Bissen Sausage Roll in den Mund und streckte die fettigen, krümeligen Finger aus. »Bru. Und ein Gentleman würde einer Dame die Dose aufmachen.«

Er rollte die Augen himmelwärts und schüttelte kurz den Kopf, dann tat er ihr den Gefallen und drückte ihr die Irn-Bru-Dose in die Hand.

»Ich danke Euch recht schön, edler Herr.« Sie kippte einen kräftigen Schluck von dem fruchtigen Sprudelwasser runter und rülpste. »Wissen Sie was? Als ich Owen zugesehen hab, wie er da mit baumelndem Schrumpel-Willie durch die Halle geflitzt ist, um hinter den Matten in Deckung zu gehen, da kam mir das Leben auf einmal wieder irgendwie lebenswert vor.«

Tufty griff noch einmal in die Tüte. »Samosa oder Minischweinefleischpastete?«

»Das Schwein bin ich.«

Er gab es ihr.

»Wir sollten einen Brauch daraus machen. Jedes Mal wenn wir einen beschissenen Tag haben, muss Harmsworth nackt rumlaufen.«

»Weiß nich«, nuschelte Tufty mit einem Mundvoll Samosa – keine Manieren, der Knabe. »Vielleicht besser nicht. Ich will so was nie wieder sehen. Haben Sie gesehen, wie *behaart* er war? Wie ein Stück Gefängnisseife.« Er schüttelte sich.

»Seien Sie nicht so eine Spaßbremse.« Sie biss herzhaft in ihre Pastete – salzig und würzig, mit Blätterteigkrümeln und gelierten Schweinefleischstückchen – und redete kauend weiter. »Ist Ihr Vater wirklich abgehauen, als Sie fünf waren, oder war das nur eine raffinierte Lüge, um ...« Ihr

Handy dudelte die bekannte Titelmelodie. »Oh, welch neue Höllenqualen sind *das*?« Sie biss noch einmal in die Pastete und meldete sich. »Was willst du?«

»Versteht man das bei euch zu Hause unter Manieren?« Big Gary.

»Mach's kurz, Gary, meine Pastete wird kalt.«

»Du wolltest, dass wir dir Bescheid sagen, wenn jemand ein gestohlenes Handy abholen kommt.«

»Wollte ich das?« Sie runzelte die Stirn. Handy. Handy… Ach so – Tommy Shands Handy. Das mit den Schmuddel-fotos von Josie Stephenson. Das Handy, das dafür sorgen würde, dass er als Sexualstraftäter für drei bis vier Jahre in den Bau wandern würde. »Stimmt.« Noch ein Bissen Pastete.

Könnte Lund oder Barrett beauftragen, Shand gemäß Paragraf vierzehn in Gewahrsam zu nehmen…

Aber warum sollte sie sich das Vergnügen entgehen lassen zu sehen, wie der miese kleine Scheißer sich wand? Tommy Shand konnte warten.

Sie steckte sich das letzte Stück Pastete in den Mund. »Wir brauchen noch ein bisschen. Sag ihm, er soll später wiederkommen. Ich will dabei sein, wenn er es abholt.«

»Aber selbstverständlich, Eure Majestät. Sonst noch was, wo ich schon dabei bin, die Drecksarbeit für dich zu machen?«

»Bis dann, Gary.« Sie legte auf. Blickte nachdenklich in das Wasser, das unter der Brücke hindurchkroch.

Tufty steckte sich ein paar Krabbenchips in den Mund und leckte sich die Krümel von den Fingern. »Probleme?«

»Tommy Shand will sein Handy wiederhaben. Glaubt wohl ernsthaft, er kann ungestraft Amateurpornos mit einem fünfzehnjährigen Model machen. Das Problem ist, wenn ich ihn jetzt wegen der Handyfotos einkassiere, kann ich ihn nicht auf frischer Tat erwischen, wenn er hinter der Airyhall-Bücherei Drogen vertickt, und ihn auch noch dafür verknacken. Immer diese Entscheidungen.«

»Ein Sexualstraftäter in der Hand ist besser als zwei Drogendealer auf dem Dach.«

Roberta seufzte. Sie hob ein Stöckchen auf, das auf den Brückenbohlen lag. »Warum muss die Welt so voller perverser Stinkomaten sein?« Sie drehte sich um, steckte den Arm durch das Metallgitter auf der flussaufwärts gelegenen Seite und ließ das Stöckchen fallen. Dann schlenderte sie zur anderen Seite und sah zu, wie es davonschwamm. »Meinen Sie wirklich, wir sollten die Finger von Jack Wallace lassen?«

Tufty nickte. »Die werden Sie feuern und mich fertigmachen. Außerdem…« Er zuckte mit den Schultern. »DI Vine ist vielleicht ein Arschloch, aber er ist auch ein Profi: Der wird nicht lockerlassen, bis er den Vergewaltiger von Beatrice Edwards gefasst hat. Und wenn es nur aus purer Bockigkeit ist – er wird ihn kriegen.«

»M-hm. Wahrscheinlich.« Vielleicht.

Sie schickte dem ersten Stöckchen ein zweites hinterher. »Das heißt aber noch lange nicht, dass wir uns nicht Philip ›Hundemörder‹ Innes schnappen können.«

»Stimmt.« Tufty warf jetzt auch ein Stöckchen in den Fluss. Er lief rasch zur anderen Seite und steckte Kopf und Schultern durch die Eisenstäbe. »Aber es wäre schon hilfreich, wenn wir irgendwelche Beweise hätten. Vielleicht könnten wir es noch mal bei den Nachbarn versuchen? Könnte ja sein, dass jemand es sich anders überlegt hat und bereit ist, mit uns zu reden.« Er faltete die kleine Papiertüte, in die seine Samosa verpackt gewesen war, zu einem Schiffchen und ließ sie exakt im gleichen Moment fallen, als Roberta Stöckchen Nummer drei losließ.

Sie tauschten einen kurzen Blick, dann stürzten sie zur anderen Seite.

»Komm schon, Boaty McBoatface!«

»Schneller, Sticky McStickface!«

Tufty riss die Arme hoch. »Ich hab gewinnt!«

»Was haben wir noch da?«

Er griff in die Tüte und zauberte zwei Rosinenfladen hervor.

Sie nahm ihren und hielt ihn durch das Geländer. »Eins, zwei, drei … los!«

Schnell auf die andere Seite.

»Ha – zwei zu null für den großartigen Detective Constable Quirrel!«

»Ach ja? Na warte, ich hab was, das wird Ihnen das selbstgefällige Grinsen aus dem Gesicht wischen.« Roberta marschierte zum Auto zurück und klappte den Kofferraum auf. Sie begann in dem bunt gemischten Krempel zu wühlen, der dort herumflog. Wo zum Teufel waren … Ah. Bingo. Sie schnappte sich zwei Stück und eilte zur Brücke zurück, um sie Tufty unter die Nase zu halten.

Er prallte zurück. »Das ist aber ein *gewaltiger* Dildo!«

»Stellen Sie sich nicht so an, der ist nicht benutzt.«

Er klemmte die Hände unter die Achseln. »Warum …? Was?«

»Von dem großen Gummipimmelraub letztes Jahr. Zwei Typen sind in den Sexshop eingestiegen und haben die Hälfte der Bestände mitgehen lassen. Irgendwie hab ich vergessen, drei oder vier davon in der Asservatenkammer abzugeben. So was aber auch.«

»Nie benutzt?«

»Nicht mal für einen Trockenfick.«

»Also gut.« Er nahm den großen lilafarbenen, und sie liefen wieder zum Brückengeländer.

»Eins, zwei, drei …«

Platsch!

»Oh.« Er steckte den Kopf zwischen den Eisenstreben hindurch und starrte verdutzt ins Wasser. »Ich hätte gedacht, dass die schwimmen.«

Roberta boxte ihn. »So eine Verschwendung – die waren noch wie ...« *Cagney & Lacey* tönte aus ihrem Handy. »Nicht schon wieder! Lasst mich in Ruhe, es ist Mittagspause!« Aber sie zog das Ding trotzdem aus der Tasche und hielt eine Hand über das Display, um es vom Sonnenlicht abzuschirmen. »RUFNUMMER UNBEKANNT.«

Sie nahm den Anruf an. »Hallo?«

»Vermissen Sie mich?«

Sie brauchte einen Moment, um die Stimme einzuordnen, aber dann war sie da – wie ein säuerlicher Geschmack im Mund. »Wallace.« Das dreckige Vergewaltigerschwein. »Was zum Teufel wollen Sie?«

»Hat es Spaß gemacht, heute Morgen vor mir auf dem Bauch zu rutschen? War's ein gutes Gefühl, zu Kreuze zu kriechen?«

»Hör zu, Freundchen, irgendwann machst du einen Fehler, und dann ramm ich dir meinen Stiefel so tief in den ...«

Tufty starrte sie an. Er deutete auf das Handy und formte lautlos mit den Lippen: »Jack Wallace?«

Sie schaltete auf Lautsprecher.

»... aber Sie lernen ja offenbar nie dazu. Glauben Sie wirklich, ich wäre so dumm ...« Pause. *»Haben Sie mich gerade auf Lautsprecher gestellt?«*

»Natürlich nicht. Ich sitze im Auto. Freisprechanlage.«

»Na klar. Ich bin doch kein Idiot, Sergeant.«

Und die Leitung war tot. Er hatte aufgelegt.

Roberta wedelte mit dem Handy vor Tuftys Gesicht herum. »Sie haben das gehört.«

»Na ja ... Also, ich hab gehört, wie Sie ihn bedroht haben und wie er dann gesagt hat, dass er nicht dumm ist. Das ist nicht gerade Watergate, oder?«

Natürlich war es das nicht. Weil Jack Wallace niemals vor Zeugen irgendetwas sagen würde, was ihn belastete.

»Verdammter Mist.«

»Keine Chance.« Mrs Galloways Nachbarin verschränkte die Arme und reckte das Kinn. Ihr kleiner Junge klebte an ihrem Trainingshosenbein, Daumen im Mund.

Tufty hielt ihr wieder das Foto von Phil Innes hin. »Bitte, denken Sie einfach nur darüber nach, okay?«

Steel schniefte. »Kommen Sie, Helen, Sie wissen genau, wer das ist, also, warum sparen Sie uns allen nicht einen Haufen Zeit und *reden – mit – mir*?« Sie legte ordentlich Nachdruck hinter die Worte, rammte sie rein wie ein stumpfes Messer.

»Sie *wollen* einfach nicht verstehen, wie?« Helen wies mit einem Nicken auf den daumenlutschenden Knirps. »Ich habe einen kleinen Jungen. Glauben Sie, ich würde Justin in Gefahr bringen?«

»Hat Innes Sie bedroht?«

Die runden Wangen verdunkelten sich, die Röte stieg vom Ausschnitt ihres T-Shirts auf. »*Niemand* hat mich bedroht. Und das wird auch nicht passieren, weil ich nicht Ihren Job für Sie mache!«

»*Meinen* Job? Haben Sie vergessen, was er Agnes Galloway angetan hat?« Sie bleckte die Zähne. »Na?«

Tufty trat dazwischen. »Okay, jetzt wollen wir uns alle mal ein bisschen beruhigen.«

Steel boxte ihn in den Arm. »Beruhigen?« Sie stapfte zwei Schritte den Flur entlang und wieder zurück und fuchtelte mit den Armen, um ihre Worte zu untermalen. »Wie kann ich meinen Job machen, wenn ihr Trottel alle nicht den Mund aufmacht? Ich kriege keinen Durchsuchungsbeschluss, solange ich meinen Verdacht nicht erhärten kann. Mit Beweisen! Mit Zeugen!«

Das Kinn ruckte noch ein paar Zentimeter in die Höhe, die Stimme wurde noch einen Tick lauter. »Das ist nicht *meine* Schuld.«

»Verdammt, Sie weigern sich, mit mir zu reden! Wegen Ihnen und der ganzen Bagage hier kann ich nicht mal das Haus von dem Dreckskerl durchsuchen!«

Der kleine Junge begann zu quengeln und das Gesicht zu verziehen.

Steel schubste Tufty beiseite. »Ohne Durchsuchungsbeschluss kann ich bei Innes keine Spuren sichern. Keine Spuren, keine Beweise. Und ohne gottverdammte Beweise kann ich ihn nicht verhaften! Helfen Sie mir! Ohne Ihre Hilfe können wir rein gar nichts tun!«

»Unterstehen Sie sich!« Die beiden standen sich jetzt fast Nase an Nase gegenüber und durchbohrten einander mit Blicken. »Sie sind die *Polizei*, Sie sollten wissen, was Sie tun! Diese arme Frau ist fast gestorben, weil Sie hier rumgeschnüffelt haben, ohne den Mistkerl zu verhaften!«

Steels rechte Hand ballte sich zur Faust.

Tufty packte sie am Ärmel. »Okay, kommen Sie jetzt, das bringt doch alles nichts.«

»Wollen Sie, dass er so weitermacht? Wollen Sie das wirklich? Dass Philip Innes hier schalten und walten kann, als ob das Viertel sein eigenes privates Straflager wäre?«

»Ich will, dass Sie *Ihre Arbeit machen*!« Helen schnappte ihren Jungen und knallte ihnen die Tür vor der Nase zu.

Steel stand da und kochte vor sich hin.

»Wunderbar.« Tufty ließ ihren Ärmel los und trat zurück. »Das ist ja wirklich *prima* gelaufen.«

»Bloß weil sie die Hosen voll hat, muss das ja nicht für alle anderen gelten.«

»Sie sind auf hundertachtzig seit diesem Anruf von Jack Wallace, und das ist *wirklich* nicht hilfreich. Wir brauchen mehr Geduld und Spucke und weniger Gift und Galle.«

»Aaaaah!« Sie stürmte davon, die Arme hocherhoben, und brüllte es heraus: »IRGENDJEMAND IN DIESEM GOTT-VERFICKTEN HOCHHAUS WIRD MIT UNS REDEN, VERDAMMT!«

»Ich sagte ›Nein‹. Und jetzt lassen Sie mich in Ruhe.« Der alte Mann schlurfte zurück in seine Wohnung und schlug die Tür zu.

»Ich habe nichts gesehen, wie oft soll ich Ihnen das denn noch sagen?« Die kleine Miss Hairy drückte die Tür wieder zu.

Über der straff gespannten Sicherheitskette starrte ein wäss-riges Auge Tufty an. »Gehen Sie. Ich habe nichts zu sagen.« Die Tür schloss sich wieder.

Tufty klopfte noch einmal. »Hier ist die Polizei. Würden Sie bitte die Tür aufmachen?«

Eine Frauenstimme kam von der anderen Seite des lackierten Holzes. »*Gehen Sie weg, ich bin nicht zu Hause.*«

Roberta lehnte sich neben der Tür an die Wand. »Warum machen wir uns überhaupt die Mühe?« Undankbares Pack. Da versucht man, sie vor einem brutalen Dreckschwein zu retten, und sind sie vielleicht bereit, einem zu helfen? Von wegen.

»Ich weiß, dass Sie zu Hause sind, weil ich hören kann, wie Sie mit mir reden.«

»*Ich rede nicht mit Ihnen. Ich rede mit niemandem. Und jetzt gehen Sie!*«

Sie sah auf ihre Uhr. Zehn nach sieben. »Hier reißen wir

nichts mehr. Machen wir Schluss für heute.« Sie drehte sich um und schlurfte auf die Treppe zu. Es war nicht einmal ein *schönes* Hochhaus. Graffiti, abblätternde Farbe. Dieser leichte Schimmelgeruch, der in der Nase kribbelte.

Tufty holte sie ein, als sie die Tür zum Treppenhaus aufdrückte. »Vielleicht finden sie ja im Labor irgendwas?«

»Ich meine, wieso machen wir uns überhaupt Arbeit? Hier interessiert sich niemand außer uns einen feuchten Dreck für Agnes Galloway. Alles egoistische …«

Cagney & Lacey dudelte wieder los. Roberta blieb stehen und verzog das Gesicht. »Weißt du was? Diese Titelmusik war die ersten paar Tage noch ganz witzig, aber inzwischen geht sie mir ernsthaft auf die Titten.« Sie zog das Telefon heraus, nahm den Anruf an und blaffte: *»Was?«* – mit dem Charme und der Herzlichkeit eines Erschießungskommandos.

Big Gary schnalzte missbilligend mit der Zunge. *»Du wirst immer schlimmer, weißt du das? Dein Handytyp ist wieder da und will sein Nokia zurück.«*

»Ist mir egal. Sag ihm, er kann einen Poller ficken gehen!«

Sie legte auf und stopfte das Handy wieder in die Hosentasche. Den Kopf in den Nacken gelegt starrte sie durch den Treppenhausschacht nach oben, bis zur Decke fünfzehn Stockwerke über ihnen, und holte tief Luft. »NIEMAND VON EUCH BLÖDEN SÄCKEN INTERESSIERT SICH EINEN SCHEISS FÜR EINE ALTE FRAU, DIE HALB ZU TODE GEPRÜGELT WURDE!« Noch mal Luft geholt. »AAAAAAAAAAAAAAAAAAAAAAAH!«

Tufty zog eine Augenbraue hoch. »Geht's Ihnen jetzt besser?«

Sie stapfte die letzte Treppe hinunter, durch die Eingangshalle und hinaus in den Sonnenschein. Draußen drehte sie sich um und zeigte dem Hochhaus mit seinen widerlichen

Bewohnern den Stinkefinger. »Verdammte rattengesichtige STINKOMATEN!«

Zwei alte Knacker auf der anderen Straßenseite blieben stehen und starrten sie an, während ihr Cairn-Terrier wild kläffend an seiner Leine zerrte.

Sie zeigte auch ihnen den Finger. »Ach, verpisst euch!« Dann stürmte sie davon zum Auto.

Das hausinterne Forensiklabor war mit blauen Plastikkisten für Beweismittel vollgestellt. Sie stapelten sich überall: auf dem Boden, auf den Aktenschränken, auf den Arbeitstischen, auf dem Kasten für die Fingerabdruckanalyse, auf den zwei Kühlschränken neben der Tür ... Die einzige freie Fläche war der zentrale Arbeitstisch mit den Leuchtkästen und den Mikroskopen.

Nicht gerade *CSI Miami*.

Tufty stand an der Tür, die Arme angelegt, die Schultern hochgezogen, und schnupperte die chemisch riechende Luft, als ob er auf der Suche nach verdorbenen Lebensmitteln wäre.

Roberta lehnte sich an einen der Kühlschränke und brachte die Flaschen darin zum Klirren. »Was ist, wenn ich schön ›bittebitte‹ sage?«

Die Labortechnikerin stöhnte genervt, während sie mit spitzen, in einen lila Nitrilhandschuh gehüllten Fingern ein blutiges Messer vom Leuchttisch nahm und wieder in seine Schutzhülle gleiten ließ. »Du weißt, dass das nicht geht.«

Roberta lächelte und packte ihren geballten Charme aus. »Komm schon, Gloria – eine kleine alte Dame liegt auf der Intensivstation wegen diesem Mistkerl.«

Ein gedehnter, kummervoller Seufzer, dann deutete Gloria auf einen Stapel Beweismittelkisten. »Ehemann kommt nach Hause und erschlägt seine Frau mit dem

Bügeleisen.« Eine andere Kiste: »Busfahrer säuft sich in der Mittagspause einen an und fährt einen Motorradfahrer über den Haufen.« Die nächste: »Eine Bande von Teenagern vergewaltigt eine Großmutter.« Und noch eine: »Bruder und Schwester finden, dass ihre Eltern ihr Erbe verjubeln, und greifen zur Axt, um …«

»Schon verstanden, Gloria, glaub mir. Aber niemand redet mit uns. Der Mistkerl wird ungestraft davonkommen. Im Moment bist du meine einzige Hoffnung.«

Gloria ließ die Schultern sinken. »Ich sehe mal, was sich machen lässt.«

Roberta strahlte. »Ich könnte dich küssen. Und nebenbei auch diese prächtigen Brüste ein bisschen begrabschen.«

»Untersteh dich! Das letzte Mal war schlimm genug.« Ihre Wangen röteten sich, während sie eine Beweismittelkiste aus dem Stapel neben der Tür zum Lagerraum herauswuchtete. Sie knallte sie auf den Arbeitstisch. Auf dem handgeschriebenen Etikett auf dem Deckel stand: »GALLOWAY MRS – 12–6 CAIRNHILL COURT, CORNHILL«. Gloria öffnete sie und schaute hinein. »Und ich verspreche nichts. Wenn da nichts ist, dann ist da nichts.«

»Schon in Ordnung. Aber das Angebot mit dem Grabschen steht trotzdem.«

Tufty schloss behutsam die Labortür und eilte Steel hinterher. Kurz vor dem Ende des Flurs holte er sie ein. »Es ist ja eigentlich egal, ob sie was findet oder nicht, solange wir nichts haben, womit man es vergleichen kann.«

»Bla-bla-bla.«

Sie traten ins Treppenhaus, wo ihre Stimmen von den Wänden widerhallten. »Der ganze Boden könnte mit blutigen Fußabdrücken übersät sein, aber solange wir nicht Innes' Schuhe zum Abgleich haben, sind die Spuren wertlos.«

Sie prustete verächtlich und begann die Stufen hinunterzutrampeln. »Müssen Sie immer den Miesmacher spielen? Optimismus, Tufty, Optimismus.«

»Ich bin nur realistisch. Wenn wir Phil Innes die Tat nachweisen wollen, brauchen wir zuerst einen Durchsuchungsbeschluss.«

»Echt?« Sie blieb stehen und starrte ihn an, die Augenbrauen hochgezogen, Augen und Mund weit aufgerissen. »Wow. Jetzt mach ich den Job schon zwanzig Jahre, aber das habe ich noch nicht gewusst! Sie müssen wohl so eine Art Idiot Savant sein.«

»Ich meine ja nur.«

»Lassen Sie es.« Sie ging weiter die Treppe hinunter. »Unser Geschick wird sich wenden, Tufty, ich spüre es. Die Tage der Schmach sind gezählt. Erfolg, wir kommen!«

Aber klar doch.

III

Tufty schielte nach seinem Handy. Zwanzig vor neun, und die einzigen zwei Dummis, die dumm genug waren, um diese Zeit noch im CID-Büro zu hocken, waren er selbst und Steel. Alle anderen waren schon längst in den Feierabend entschwunden, die Glückspilze.

Und er saß hier fest.

Und wartete.

Von der ganzen Sitzerei tat ihm schon der Hintern weh. Er rutschte auf seinem Stuhl hin und her, tippte auf seiner Tastatur herum. Sah wieder auf sein Handy. Immer noch 20:40 Uhr.

Steel blickte nicht von dem Notizblock auf, in den sie schrieb. »Wenn Sie aufs Klo müssen, gehen Sie einfach.«

Er hielt im Herumrutschen inne. »Machen wir noch sehr viel länger?«

»Wenn Sie mit dem Protokoll der Anwohnerbefragungen fertig sind, können Sie gehen.«

»Okay.« Er blieb sitzen. »Das hatte ich schon vor einer halben Stunde fertig.«

Sie kniff die Augen zusammen und musterte ihn skeptisch. »Sie passen auf mich auf, stimmt's?«

»Ich? Naaain.« Er gab sich alle Mühe, unschuldig zu klingen und zu gucken.

»Sie sind ein grottenschlechter Lügner. Und Sie können sich entspannen, Detective Constable Quirrel, ich warte nicht ab, bis Sie sich verkrümelt haben, damit ich dann mit einem Kricketschläger und einer Lötlampe bei Jack Wallace aufkreuzen kann.«

Oh, Gott sei Dank.

Tufty stieß einen langen, befriedigten Seufzer aus. »Gut.«

»Ich werde eine Kettensäge benutzen.«

Er starrte sie an, wie sie dasaß mit ihrer Albert-Einstein-Frisur. »Nee jetzt, im Ernst?«

Sie stand auf und griff nach ihrer Jacke. »Ich fahr nach Hause. Sie können mir ja folgen, wenn Sie mögen.« Ein Zwinkern. »Aber ohne Zungen.«

Tufty folgte den Rücklichtern von Steels MX-5, als sie die Union Grove entlangfuhr. Durch das Heckfenster konnte er sehen, wie sie rhythmisch mit dem Kopf wackelte. Der Himmel war mit orangefarbenen und scharlachroten Schlieren überzogen, das Violett der Wolken ging allmählich in Schwarz über. Zum gelblichen Schein der Laternen gesellte sich das Licht aus den Fenstern der Reihenhäuser aus Granit, die die Straße säumten.

Am Cromwell-Kreisverkehr fuhr sie geradeaus.

Tufty blieb dran. Sein Fiat Panda gab wieder bei jedem Schalten dieses ominöse mahlend-ratternde Geräusch von sich. Sollte er vielleicht mal anschauen lassen. Aber was, wenn die von der Werkstatt Betsy einschläfern wollten? Was, wenn sie die Schönheit in ihren verrosteten Kotflügeln und Radkappen einfach nicht sehen konnten? In diesem losen Teil am Heck, das nur noch von einer halben Rolle Isolierband gehalten wurde? In diesem Geruch nach verbranntem Plastik, der jedes Mal aus ihren Radkästen aufstieg, wenn die Fahrbahn ein bisschen holprig war?

Zur Rechten zogen die Sportplätze vorbei – grell ausgeleuchtet vom Flutlicht, damit ein paar fette alte Säcke so tun konnten, als ob sie tatsächlich Rugby spielten.

Steel bremste ab, als sie sich dem Kreisverkehr am Anderson Drive näherten.

Okay, das war jetzt ein kleiner Umweg, aber sie würden hier rechts abbiegen, auf die Schnellstraße, und dann an der nächsten Kreuzung… Nein. Sie setzte keinen Blinker, sie fuhr wieder geradeaus.

Tufty beugte sich vor, das Lenkrad knarzte in seinen Händen. »Wo fährst du denn hin, du verschlagene alte Hexe?« Er zeigte aus dem Seitenfenster. »Zu dir geht's *da* lang!«

Ein Sattelschlepper rumpelte vorüber und fuhr in Richtung Süden weiter.

Tufty fuhr rasch durch den Kreisverkehr und nahm die Ausfahrt zur Seafield Road. Gepflegte Parkanlagen zur Linken, gepflegte Doppelhäuser zur Rechten. Er gab Gas, schloss zu dem MX-5 der alten Hexe auf und betätigte die Lichthupe.

Ein gereckter Mittelfinger tauchte in dem kleinen Bullauge am Heck ihres Wagens auf.

»Du dämlicher alter Stinkomat!«

Weiter ging es durch den Stadtteil Seafield mit seinen großen Häusern und weitläufigen Gärten. Vorbei am Palm Court Hotel. Vorbei an der kleinen Ladenzeile. An der nächsten Kreuzung war die Ampel grün. Sie fuhr geradeaus weiter.

»Wo fährst du hin, du Monster? Es gibt auch noch Leute, auf die zu Hause ein *Buffy*-Boxset wartet!«

Sie blinkte links und bog auf einen Parkplatz vor einem niedrigen, hässlichen kleinen Gebäude und einer Art Gemeindezentrum ab, fuhr im Schritttempo an einer Ansammlung von Recyclingbehältern vorbei und hielt an. Dann setzte sie in eine Art Aussparung in der Seite des beige und braun gestrichenen Gebäudes zurück.

Er parkte daneben und warf einen Blick auf sein Smartphone.

Laut der Stadtplan-App war das hier die Airyhall-Bücherei. Geöffnet montags und mittwochs von neun bis neunzehn Uhr; dienstags, donnerstags und freitags von neun bis siebzehn Uhr; samstags von zehn bis siebzehn Uhr – mit einer einstündigen Mittagspause; sonntags geschlossen. Sie war also nicht hier, um ein Buch auszuleihen.

Er stieg aus.

Durch das Verdeck des Cabrios drang eine schmetternde Gesangsstimme:

»Got home today, and whadda you know,

My TV's covered in electric snow,

Got a ›what devours, comes from below‹,

And here's me missing my favourite show!«

War das Steel?

Sie war es – sang aus voller Kehle zu dem Lied im Radio mit, begleitet von Banjo und Akkordeon.

»Get gone,

Get gone,

Get gone three times and turn to stone!«

Er öffnete die Beifahrertür und stieg ein. Steel trommelte den Rhythmus auf dem Lenkrad mit.

»Got home today, and what do you say,

My lover's gone *Fifty Shades of Grey,*

He says we're gonna do things all his way,

And I said: ›No way, José!‹«

Sie sang gar nicht mal so schlecht, mit ihrer rauchigen Rock-Oma-Stimme.

Dann beugte sie sich herüber und stupste ihn an. »Na los, Tufters, nicht so schüchtern!«

Tja, also … Nein.

»Get gone,

Get gone,

Get gone three times, I'm on my own!«

Ein asthmatisches Akkordeon spielte ein Solo.

Er stupste sie zurück. »Sie haben gesagt, Sie fahren nach Hause!«

»Ich sage viel, wenn der Tag lang ist.«

Tufty spähte durch die Windschutzscheibe auf die kahle, an eine Gefängnismauer gemahnende Wand des Gemeindezentrums. »Das hier wird mich doch nicht den Job kosten, oder?«

»Würde ich Ihnen je so etwas antun?« Sie trommelte weiter im Takt der Musik aufs Lenkrad. »Und alle – in fünf, vier, drei …«

»Ich hab nämlich *wirklich* keinen Bock drauf, gefeuert zu werden!«

»Got home today, but I can't see,

What the hell is wrong with me,

Why can't these crows just let me be,

Tormented for eternity!«

Sehr aufmunternd.

»Sarge?«

»Get gone,

Get gone,

Cos this old world's all made of bones …«

Sie grinste ihn an. »Kommen Sie schon, Tufty, Sie müssen doch nur ein Dutzend Mal oder so ›get gone‹ singen, bis zum Ende. Bereit? Also los …«

Er brummelte halblaut vor sich hin, während sein Gesicht mit jeder Wiederholung heißer und heißer wurde. Bis *endlich* der DJ den gottverdammten Song ausblendete.

»*Oldies but Goldies! Das war Catnip Jane mit ›Three Times Gone.‹*«

Tufty ließ sich in seinen Sitz zurückfallen. »Na, Gott sei Dank.«

»*Und nicht vergessen, um acht gibt's hier unser Call-in-*

Karaoke, und wir haben einen Gast im Studio, der mit uns über den Protest der Northeast Farmers Union an diesem Samstag sprechen wird. Aber jetzt erst einmal ein paar Grüße von unseren ... «

Sie stellte den Motor ab. »Haben Sie eine Freundin, Tufty? Oder einen Freund? Oder ein Lieblingsschaf?«

Er warf einen Blick aus dem Beifahrerfenster. Ein großes Rolltor, dann eine Lücke, dann die Ecke eines containerartigen Gebäudes. Ein von Bäumen beschatteter Fußweg, ein kleiner Schuppen, schließlich die Rückseite einer Reihe von Wohnhäusern. Durch die Lücke zwischen der Backsteinwand der Bücherei und den Wertstofftonnen konnte man den kleinen Parkplatz sehen. Weit und breit keine anderen Autos, bis auf einen verdreckten braunen Kleinbus, der verlassen in der Ecke stand, mit zwei platten Reifen und einem Aufkleber auf der gesprungenen Windschutzscheibe: »FAHRZEUG IST DER POLIZEI GEMELDET.«

Tufty lehnte sich wieder zurück. »Jack Wallace wird nicht plötzlich hier aufkreuzen, um *Der Wind in den Weiden* oder sonst irgendein Buch zurückzugeben, oder?«

»Jeder Mensch sollte jemanden haben, den er lieben kann. Dem er vertrauen kann. Der nicht zweimal im Jahr geschoren werden muss.«

»Ich *treibe* es nicht mit einem Schaf!«

»Jedem Tierchen sein Pläsierchen.« Sie hantierte an den Hebeln an der Seite ihres Sitzes herum und stellte die Lehne ein Stück zurück. »Also: Ich sehe was, was du nicht siehst, und das fängt an mit ›L‹.«

Tufty spitzte die Lippen und nickte. »...und danach war ich mit Rebecca zusammen. Die war nett. Hat in einer Country-and-Western-Coverband gesungen.«

»Geschmack ist Glückssache. Geben Sie schon auf?«

»Aber dann ist sie zum Studieren nach Manchester gegangen, und das war's dann. ›Straßenlaterne‹?«

»Nein.«

»Und dann war da Siobhan. Ich weiß auch nicht, wie es kam, dass wir irgendwann zusammen waren – ich hatte nie den Eindruck, dass sie mich besonders mochte …« Ein Seufzer. Egal was er machte, es war irgendwie immer falsch. *Und* sie hatte geschnarcht. »›Schuppen‹?«

»Was ist mit der flotten Kleinen vom Wildlife Crime Office – die mit den knackigen Brüsten?«

»Was soll mit ihr sein?«

Steel grinste anzüglich. »Habt ihr's schon getrieben?«

»Mein Gott, Sie können auch immer nur an das eine denken, wie?« Er rutschte auf seinem Sitz herum. »Im Übrigen kenne ich die Frau kaum. ›Styroportonne‹?«

»Na, worauf warten Sie noch? Gehen Sie zu ihr! Sie sollten sich doch um die Beerdigung von diesem armen Hund kümmern, Sie fauler Sack.«

»*Wann* denn? Ich musste doch den ganzen Tag hinter Ihnen herdackeln!« Also ehrlich. »Moment mal – ist es vielleicht ›Schrottkarre‹? Die da drüben, die aussieht, als wär sie vom Dach gefallen?«

»Wurde aber auch Zeit, dass Sie das raten.« Sie zog ein paarmal an ihrer Pseudozigarette. »Sie sind dran.«

»… aber dann bin ich eines Morgens von der Arbeit nach Hause gekommen, und Lisa hatte sämtliche Tassen im Haus zerdeppert und mit einem Zwanzig-Zentimeter-Tranchiermesser auf den Kühlschrank eingestochen, bevor sie mit meiner kompletten CD-Sammlung auf und davon ist.«

»Pfff …« Steel sackte noch ein bisschen weiter zusammen. »Hätte ich bloß nicht gefragt. Ihr Liebesleben ist ja das Letzte.«

Tufty drehte sich zu ihr um. »Dann reden wir doch über was anderes. Wie wär's mit Schwarzen Löchern?«

»Ist das ein Euphemismus für irgendeine perverse Sauerei?«

»Nein, passen Sie auf: Aus dem Quantenschaum fliegen von Zeit zu Zeit Teilchen und Antiteilchen raus, okay? Also, angenommen, es handelt sich um ein Elektron und ein Positron – normalerweise würden die sich gegenseitig aufheben, aber Stephen Hawking sagt…«

»Tufty, Sie…«

»…wenn es nahe beim Ereignishorizont eines Schwarzen Lochs passiert und das Elektron entkommt, das Positron aber hineinfällt, dann…«

»Tufty!«

»…dann frisst die negative Masse des Positrons tatsächlich ein winziges Stückchen von dem Schwarzen Loch auf, sodass es früher oder später verdampft. Das passiert natürlich nur, wenn keine weitere Materie in das Schwarze Loch – Au!«

Und dann schlug sie ihn gleich noch mal. Voll auf den Arm. Und es war auch kein leichter Klaps, sondern ein richtig derber Boxhieb.

»Aua!« Er rieb sich die schmerzende Stelle. »Hören Sie auf damit!«

»Ich hab's mir anders überlegt. Keine Physik. Lieber quasseln Sie mich weiter mit Ihrem erbärmlichen Liebesleben voll. Aber versuchen Sie mal ein bisschen Pep reinzubringen. Ein bisschen Futter für mein Kopfkino, sonst langweile ich mich noch zu Tode.«

»… sich von oben bis unten vollgekotzt. Danach wollte sie nicht mehr mit mir reden.« Er zuckte mit den Schultern. »Und dann war ich drei Wochen mit Hannah zusammen. Also, die war vielleicht *versaut*.«

Sehr, sehr versaut.

An all den richtigen Stellen.

Und einmal auf dem Oberdeck eines Nachtbusses nach Glasgow.

Ein seliges Lächeln breitete sich auf seinem Gesicht aus.

Steel stupste ihn. »He!«

»'tschuldigung. ›Gelenkbus‹?«

»Sie sollen doch die versauten Stellen nicht für sich behalten! Und nein.«

»Aber dann wurde ihr Vater wegen Alkohol am Steuer verurteilt, und plötzlich waren alle Polizisten ›Faschisten-schw…‹«

Sie boxte ihn wieder. Fest.

»Lassen Sie das!«

»Klappe, Sie Idiot.« Sie deutete durch die Windschutz-scheibe auf die Wertstofftonnen.

Eine schattenhafte Gestalt mit einem Rucksack auf dem Rücken tauchte dahinter auf. Ganz in Schwarz gekleidet, wie ein Ninja. Nur dass dieser Ninja eine Frau war und offenbar am Kopf fror, nach der dicken schwarzen Wollmütze zu schließen.

Die berucksackte Ninjakriegerin blickte sich rasch nach links und nach rechts um, aber entweder parkte Steels Wagen genau an der richtigen Stelle, um für sie unsichtbar zu sein, oder die Frau war ein bisschen doof, denn sie schlich auf die niedrige Mauer zwischen der Rückseite des Gemeinde-zentrums und der Bücherei zu, sprang drüber und schlich weiter auf eine rot gestrichene Tür zu.

Noch einmal kurz umgeschaut, dann zog sie eine kleine Brechstange aus dem Rucksack. Mit einem trockenen *Kracks* sprang das Schloss auf, sie schlüpfte hinein und zog die Tür hinter sich zu.

Steel stellte ihre Rückenlehne wieder gerade. »Na ja, ich

hatte gehofft, dass es mehr in Richtung Drogendealerei gehen würde, aber das da tut's auch.«

Sie stieg aus und drückte geräuschlos die Autotür zu, sah Tufty an und hielt einen Finger an die Lippen. »Schhh...«
Auf Zehenspitzen trippelte sie zu der Mauer, kletterte drüber und drückte sich flach an die Backsteinwand neben der aufgestemmten Tür. Wie eine Figur in einem *Scooby-Doo*-Cartoon.

Die Frau hatte sie nicht alle.

Na, egal. Warum eigentlich nicht?

Er stieg aus und schlenderte hinüber zur Mauer, schwang die Beine über das Eisengeländer und stellte sich neben Steel, die Hände in den Hosentaschen. »Bis jetzt haben wir ›mutwillige Sachbeschädigung‹, ›Einbruch‹ und einen Verstoß gegen den *Civic Government (Scotland) Act* von 1982, Paragraf achtundfünfzig, Absatz eins: ›Mitführen eines Einbruchswerkzeugs‹.«

»Schhh!« Steel hob wieder den Finger an die Lippen und zischte: »Sind Sie wohl still!«

Vorsichtig öffnete sie die aufgebrochene Tür und schlüpfte hinein.

Er schlurfte hinterher in einen schmalen Flur mit kahlen Betonsteinwänden, der durch einen Haufen Putzutensilien noch enger gemacht wurde.

Durch eine zweite Tür am Ende des Flurs gelangten sie in einen deutlich ansehnlicheren Flur mit gerahmten Plakaten und Aushängen. »ENGAGIER DICH FÜR DEINE GEMEINDE – AUF DICH KOMMT'S AN!«; »NEU!!! BAUCH, BEINE, PO FÜR MÜTTER!«; »GEMEINSAM KÖNNEN WIR *ALLES* SCHAFFEN!«Türen auf beiden Seiten.

Steel deutete auf eine am Ende des Flurs.

Die Tür fiel in Zeitlupe zu, gebremst durch den Schließmechanismus, und schnitt die dumpfen Kratzgeräusche ab, die aus dem Raum dahinter drangen. Als ob eine riesige Katze da drin ihre Krallen schärfte.

Sie schlichen hin und spähten durch die Glasscheibe in eine Art Cafeteria mit lauter Plastikstühlen und kleinen Tischen. Ein, zwei Hochstühle und auf der einen Seite eine Durchreiche mit einer winzigen Küche dahinter. Pinnwände voll mit Kinderzeichnungen.

Die Rucksack-Ninja hatte einen Stapel Stühle von der Wand weggezogen, was die scharrenden Geräusche erklärte, und jetzt stand sie da, den Rucksack zu ihren Füßen, und sprayte in großen, zerlaufenden roten Lettern an die Betonsteinwand: »MRS BROCKWELL IST EINE DUMME FETTE KUH!«

Arme Mrs Brockwell.

Tufty betrat lautlos den Raum.

Die Ninja-Graffitikünstlerin trat zurück, um ihr Werk zu begutachten. Dann fügte sie noch ein Ausrufezeichen hinzu und unterstrich »KUH« dreimal.

Steel räusperte sich laut und vernehmlich. »Nicht gerade van Gogh, wie?«

Die Rucksack-Ninja erstarrte.

»Huhu!« Steel winkte. »Sie wissen schon, dass wir Sie sehen können?«

Ein geflüstertes Wort flatterte durch die Stille. »Shit…« Dann schnappte sie sich ihren Rucksack und rannte los, auf den anderen Ausgang zu, die Spraydose mit roter Farbe noch in der Hand.

»O nein, so nicht!« Tufty nahm die Verfolgung auf.

Mit einem Drehsprung im Parkourstil setzte sie über eine Reihe von Tischen hinweg und schwang sich bei der Landung in einer fließenden Bewegung den Rucksack auf den Rücken, alles ohne die geringste Atempause.

Ganz schön cool.

Tufty sprang wie ein Hürdenläufer über die Tische, wobei ein paar Plastikstühle polternd zu Boden gingen. Die Frau stürzte zur Tür hinaus, aber er war ihr direkt auf den Fersen und folgte ihr in einen großen Saal mit Reihen über Reihen von Plastikstühlen, die vor einer Bildwand aufgestellt waren.

Sie preschte diagonal durch die Stuhlreihen, direkt auf die Vorhänge zu, die eine Ecke des Saals verdeckten. Das Chaos, das sie hinterließ, erinnerte an einen Mittelalter-Schlachtenfilm – umgestürzte Stühle, deren Metallbeine kreuz und quer aufragten wie Speere, die nur darauf warteten, einen ahnungslosen Tufty aufzuspießen.

Tja, lieber kein Risiko eingehen.

Er lief stattdessen außen herum. Das war weiter, aber die Gefahr, ein Stuhlbein in die Weichteile zu bekommen, war wesentlich geringer.

Sie riss einen der Vorhänge zurück, hinter dem ein Notausgang zum Vorschein kam, und packte die Metallstange im gleichen Moment, als Tufty eine Handvoll Rucksack zu fassen bekam.

»Sie gehen nirgendwo hin!«

Offenbar hatte sie die Tür schon so weit geöffnet, dass der Stromkreis unterbrochen war, denn aus irgendwelchen verborgenen Lautsprechern ertönte ein ohrenbetäubendes Alarmgekreisch – laut genug, um Knochen aufzuweichen.

»LASSEN SIE MICH LOS!« Die Rucksack-Ninja fuhr herum. Aus der Nähe und von vorne betrachtet sah sie eigentlich nicht wie die typische Parkourläuferin aus, eher wie ihre eigene Mutter: mittelalt, Brille, braune Korkenzieherlocken, die unter der schwarzen Wollmütze hervorquollen. Sie fletschte die Zähne. »GRRRRRRRAH!« Dann riss sie die Hand mit der Spraydose hoch und drückte den Knopf.

Ein Zischen, und ein roter Nebel explodierte in Tuftys Gesicht. »AAAAAAAAH!« Die Augen bekam er noch rechtzeitig zu, aber nicht den Mund. Jetzt schmeckte alles nach Chemikalien und Terpentin.

Er ließ sie los und hielt sich beide Hände vors Gesicht.

Sie sprayte munter weiter, bis die Dose leer war.

Und ließ sie mit einem *Kloing* auf den Teppichboden fallen.

Tufty blinzelte durch seine verklebten Wimpern, als sie die Notausgangstür mit den Schultern aufstieß.

Nein!

Er stürzte sich mit einem Rugby-Tackling auf sie und schlang die Arme um ihre Unterschenkel, sodass sie beide krachend auf den Terrassenfliesen landeten.

»LASSEN SIE MICH LOS!«

Nix da.

Er hangelte sich an ihr hoch, während sie auf seine Schultern und seinen Rücken einprügelte.

Was ihn allerdings nicht aufhalten konnte.

Tufty zog seine Handschellen heraus und packte ihr Handgelenk. *Klick.* Ein bisschen gedreht, sodass ihre Hand in die falsche Richtung zeigte, ein kleines bisschen Druck, und …

»AAAAAAAAAAAAAAH! SIE BRECHEN MIR DAS HANDGELENK! SIE BRECHEN MIR DAS HANDGELENK!«

»DANN HÖREN SIE AUF, MICH ZU SCHLAGEN!«

Sie erschlaffte, und er bog ihren anderen Arm so hin, dass er auch die zweite Schließe einrasten lassen konnte. Dann zog er sie hoch auf die Füße.

Sie war über und über mit verschmierten roten Handabdrücken bedeckt.

Steel tauchte auf, die Hände in den Hosentaschen. Sie grinste ihn an. »Du siehst aus wie ein Pavianarsch.«

Tufty, das Gesicht ganz klebrig und ziepig und nach Farbe stinkend, antwortete nur mit einem bösen Blick.

Der kleine Scheißer jammerte immer noch, als sie im Präsidium ankamen. Grummelte und schimpfte und meckerte in einem fort, während sie ihre Gefangene über den Parkplatz abführten. Der Ärmste.

»Scheißfarbe, bin total vollgesaut, und mein armes kleines Auto auch...«

Wäh, wäh, wäh, ich hab Farbe abgekriegt, wäh, wäh, wäh.

Roberta hielt ihm die Tür auf, und er bugsierte die Graffitikünstlerin in den Gewahrsamstrakt. Um ihn ein bisschen aufzumuntern, pfiff sie ein paar Takte von »Lady in Red«.

Ein vernichtender Blick aus seinem feuerwehrroten Gesicht war der Dank. »Sehr komisch, Motherfunker.«

Ihre Gefangene drehte sich zu ihm um und runzelte die Stirn. »Ich muss mal auf die Toilette.«

»Ach, seien Sie doch still.« Er schob sie auf den Schalter zu.

Heute Abend hatte Sergeant Downie Dienst. Da stand er in all seiner fischbauchbleichen, kinnlosen Pracht. Ein Albinowurm in Police-Scotland-Uniform. Downie blickte von seiner Lektüre auf und winkte Roberta heran.

Tufty wuchtete den Rucksack der Frau auf den Tresen. »Körperverletzung. Mutwillige Sachbeschädigung. Einbruch in Tateinheit mit Vandalismus. Mitführen eines Einbruchswerkzeugs. Widerstand gegen die Festnahme. Verweigerung der...«

»Moment mal, Constable.« Downie hielt einen Finger hoch. »Die Erwachsenen müssen erst etwas besprechen.«

Tufty fletschte die Zähne und fauchte leise. Ob er auch rot im Gesicht wurde, war wegen der Farbe schwer zu sagen.

»Meine liebe DS Steel, Gary sagte mir, Sie hätten sich echauffiert wegen einer Person, die ihr gestohlenes Nokia-Smartphone abholen wollte?«

Sie schüttelte den Kopf. »Ich habe mich nicht echauffiert, Jeff, ich war angepisst.«

»Nun seien Sie nicht länger angepisst. Es ist mir gelungen, besagtes Smartphone in der Asservatenkammer ausfindig zu machen, Sie müssen sich also keine Gedanken mehr darüber machen.« Er legte eine Hand aufs Herz. »Nein, danken Sie mir nicht! Es hat ewig gedauert und hat genervt wie nur was, aber wenigstens hat er es jetzt wieder.«

Sie starrte ihn an.

Er...

Tommy Shands Handy?

Mit dem ganzen Minderjährigensex drauf?

Wie konnte ein Mensch nur so...

Roberta presste die Worte heraus wie kleine, glühend heiße Bröckchen Katzenkacke. »Sie haben ihm das *Handy* gegeben?« Ohne das Handy gab es keine Beweise, die sie dem Staatsanwalt vorlegen konnten. Und Josie Stephenson würde ihren Freund ja wohl kaum ans Messer liefern, oder? Das Ganze war ein einziges gottverdammtes Desaster.

»Er hat alle erforderlichen Papiere vorgelegt.«

»Das ist doch zum...« Ihr Kopf würde jeden Moment explodieren. Unweigerlich. Konnte sich nur noch um Sekunden handeln. Peng, platz, klatsch! »AAAAAAH!« Sie beugte sich vor und knallte mit der Stirn auf den Tresen.

»Wenn Sie nicht wollten, dass wir ihm das Handy zurückgeben, wieso haben Sie dann nichts gesagt? Da war keine Notiz oder so.«

»Aaaaah...«

Donk, donk, donk.

»... grrrrr, verfluchte, scheußliche, stinkomatöse...« Eine halbe Stunde in der Herrentoilette mit einem Riesenstapel

Papierhandtücher und einer Flasche Terpentin, und Tufty hatte immer noch die Farbe einer Tomate.

Er hielt noch ein Tuch an die Öffnung der Flasche und drehte sie um, bis das Papier einen dunkleren Grünton annahm. Dann wischte er damit an seiner blutroten Wange herum.

»Scheiß-beschissene, mothergefunkte, schlonzlöffelige...«

Die Tür flog mit einem Knall auf, und Steel tänzelte herein. »Ein Hoch auf die siegreiche Heldin!«

»Hundsgemeine, rattenversiffte...«

»Es wird Sie freuen zu hören, dass unser Gast alles gestanden hat.« Sie schwang ihren Hintern auf das nächste Waschbecken. »Wie sich herausstellt, hat Mrs Brockwell ihren Victoria Sponge disqualifiziert, weil Erdbeermarmelade drin war.«

Er tränkte das nächste Tuch mit Terpentin. »Ich bin total vollgesaut, Mann!«

»Wer hätte gedacht, dass in der schottischen Landfrauenvereinigung die Emotionen so hochkochen?«

Bäääh... Ein widerlicher Benzingeschmack füllte seinen Mund, als er sich die Lippen abwischte. Er rubbelte ganz fest und spuckte dann aus. »Den Anzug kann ich wegschmeißen. Und haben Sie gesehen, in was für einem Zustand mein Auto ist?«

Achselzucken. »Tja, wir können ja schlecht eine Gefangene in meinem MX-5 aufs Revier transportieren, oder? Der hat ja keinen Rücksitz.« Sie reichte ihm noch ein Papierhandtuch. »Und wenn Sie glauben, dass es Sie schlimm erwischt hat – was ist dann mit mir? Ich sollte eigentlich Susan in dieses neue französische Restaurant ausführen. Sie wird nicht begeistert sein, dass ich sie versetzt habe.«

»Mir kommen gleich die Tränen.« Er drehte sich zu ihr um. »Ich bin von oben bis unten voll mit *Farbe*.«

»Das sind Sie zweifellos.« Sie zwinkerte ihm zu. »Na, kommen Sie schon, Tufters, sehen Sie's nicht so verbissen… immerhin hab *ich* es witzig gefunden.«

Er funkelte sie nur wütend an.

Roberta zog ihre Hose stramm und lehnte sich mit dem Hintern ans Fensterbrett. Und lächelte.

Es war dunkel und still im Krankenhauszimmer. Acht Betten, und in jedem ein kleines Kind. Die meisten schliefen fest, nur das Gesicht des kleinen Mädchens im dritten Bett links war vom bläulich grünen Schein einer Spielkonsole erhellt. Das einzige andere Licht kam von der Gelenkleuchte über Harrison Grays Bett. Welcher Unmensch nannte denn sein Kind »Harrison«? Sollte verboten sein.

Er hatte die Knie an die Brust gezogen, die Ringe unter seinen Augen wirkten im grellen Lampenschein noch dunkler und tiefer als sonst. Auf seiner Oberlippe schimmerte Rotz.

Sie zog ein Taschentuch heraus, spuckte darauf und wischte die Popel weg. Dann senkte sie die Stimme zu einem verschwörerischen Flüstern. »So, das hätten wir – sieht doch schon viel besser aus.«

Er starrte sie mit seinen großen schwarzen Augen an und gab keinen Mucks von sich.

»Der Doktor sagt, du musst noch ein paar Tage hierbleiben, damit sie die wehen Stellen ordentlich versorgen können. Und dann kommst du zu einer richtigen Familie. Das ist doch schön, nicht wahr?«

Nichts.

»Eine richtige Familie mit richtigem Essen. Schluss mit ›Huhn- und Leberstückchen in Gelee für ein gesundes Fell und starke Knochen.‹«

Er blinzelte.

»Das Leben besteht aus mehr als nur Hundefutter, weißt du? Es gibt Pizza und Fish and Chips und Suppe und Steakpastete mit Pommes und Curry und Sushi und Würstchen, Baked Beans mit Pommes und Eier mit Pommes und Käsemakkaroni mit Pommes …« Roberta leckte sich die Lippen, ihr Magen knurrte. »So ziemlich alles mit Pommes dazu ist gut.«

Immer noch nichts.

»Ich weiß, du hast schreckliche Dinge gesehen, und so einen scheußlichen Namen wie ›Harrison‹ zu haben macht es auch nicht gerade besser, aber das Leben wird besser. Das wird es ganz bestimmt, glaub mir.« Sie spuckte noch einmal auf ihr Taschentuch und putzte ihm die Rotznase. »Du musst es nur lassen, okay?«

Eine Gestalt löste sich aus dem Halbdunkel. Eine kleine Krankenschwester mit toupierten Haaren, schiefem Lächeln, OP-Handschuhen und einer Dose mit irgendeinem Zeug. »Tut mir leid, aber es wird Zeit, dass wir ein bisschen Salbe auf Harrisons wunde Stellen tun. Das magst du doch, nicht wahr, Harrison? Ist so angenehm kühl, nicht wahr?«

Er starrte auch sie nur an.

»Ganz genau.« Als ob er ihr zugestimmt hätte. Sie ließ Roberta ihr schiefes Lächeln sehen. »Keine Sorge, er ist jetzt in guten Händen.«

»Ja, in Ordnung, ich wollte sowieso gerade gehen.« Roberta verstrubbelte seine Haare. »Immer schön brav bleiben.«

Roberta klingelte an ihrer eigenen Haustür. Dann wartete sie, eine Hand hinter dem Rücken versteckt. Zählte bis zehn und klingelte abermals.

Susans Stimme drang gedämpft aus der Diele. »*Ja, ja, keine Panik, ich komm ja schon …*« Ihr Schatten in den Buntglasscheiben neben der Tür wurde immer größer, dann ging das Licht im Türspion aus. »*Ach, sieh an, du bist's.*«

Es klackte und rasselte, als sie den Riegel zurückzog und die Kette aushakte.

Roberta schob die Unterlippe vor und setzte ihren Hundeblick auf. »Bevor du irgendwas sagst…« Sie nahm die Hand nach vorne und hielt Susan den Strauß Rosen und Chrysanthemen hin. »Ta-taa!«

»Haben wohl auf dem Heimweg noch kurz an der Tanke gehalten, wie?«

»Beim Tesco – und keine Ursache.«

»Und wo ist mein schöner romantischer Abend in einem französischen Edelrestaurant geblieben?«

»Störungen im Betriebsablauf.« Sie beugte sich vor und gab Susan einen Kuss auf die Wange. »Jetzt schaff deine sexy Teile nach oben, und dann wollen wir mal sehen, wie ich's wiedergutmachen kann.«

Susan verdrehte die Augen und seufzte. Dann lächelte sie. »Roberta Elizabeth Steel, du stellst die Geduld deiner armen Ehefrau ganz schön auf die Probe, weißt du das?«

Roberta vergrub ihr Gesicht in Susans Halsbeuge und prustete, bis Susan kreischte und kicherte.

Unten war alles dunkel, aber im Schlafzimmer brannte Licht. So eine Art Himmelbett. Ein Haufen Spiegel und Bilder an den Wänden. Und diese Spiegel machten es leicht, das ganze Zimmer zu sehen. Jedenfalls, wenn man auf der anderen Straßenseite stand und ein Fernglas hatte.

Was brauchten sie denn so lange?

Ah, da waren sie. Die runzlige alte Lesbenschlampe und ihre trutschige Lesbengattin.

Da knutschten sie ganz ungeniert, voll auf dem Präsentierteller, wie die Teenager. Null Schamgefühl.

Absolut ekelhaft.

Die Trutschige tänzelte zum Fenster und zog die Vorhänge zu, aber nicht bevor die Steel-Bitch sich von hinten an sie rangeschlichen und ihr an die Titten gegriffen hatte.

Und das war's. Vorhang zu, nichts mehr zu sehen.

Eine Katze spazierte vorbei – groß und fett und pelzig. Davon abgesehen war die Straße wie ausgestorben.

Jack Wallace ließ sein Fernglas sinken und trat aus dem Schatten. Er nahm die kleine Tabaksdose mit dem eingravierten Namen seines Vaters aus der Tasche, drückte seine Kippe darauf aus und steckte sie zu den anderen.

Tja, manch einer wäre jetzt stinksauer – zwei Stunden hier rumstehen, um die Lage auszukundschaften, nichts zu tun, als zu rauchen und keine Aufmerksamkeit zu erregen –, aber er war da anders. Die Vorbereitung. Die Ruhe vor dem Sturm. Die Momente, wo sie so nahe waren, dass jede Sehne im Körper, jeder Nerv schier *vibrierte* vor Erregung. Das war das Allerbeste.

Vergiss Koks, Heroin und Crystal Meth – alles kein Vergleich.

Jack Wallace sah zum Haus der Steel-Bitch auf und lächelte. »O ja, wir werden *so* viel Spaß haben.«

Er drehte sich um und schlenderte davon, die Hände in den Hosentaschen, ein fröhliches Liedchen auf den Lippen.

So viel Spaß.

SIEBTES KAPITEL

*in welchem wir einem bösen Mann begegnen
und Roberta etwas sehr Unartiges tut*

I

Der Versammlungsraum platzte aus allen Nähten – die komplette Nacht- und Tagschicht auf einem Haufen zusammengepfercht, Uniformierte und Anzugträger. Grimmige Mienen und allgemeines Gemurre.

Vorne bei der Tür stand Chief Superintendent Tony Campbell und reckte die Arme in die Luft, bis das wütende Grummeln einem trotzigen Schweigen wich. »Ich weiß, es ist alles andere als ideal, aber wir haben Grund zu der Annahme, dass beide Lager von gewaltbereiten Elementen infiltriert wurden.«

Das Gegrummel setzte wieder ein.

Steel, lässig an einen Spind gelehnt, zischelte in Tuftys Ohr: »Sie sehen übrigens immer noch wie eine Rote Rübe aus.«

Tufty bedachte sie mit seinem besten bösen Blick, aber sie grinste nur.

Der Chief Superintendent ließ die murrenden Massen ein paar Sekunden lang gewähren und brachte sie dann zum Schweigen, indem er mit dem Fuß aufstampfte. »Ich lasse *nicht* zu, dass Leute von auswärts in meine Stadt kommen und sie als Schlachtfeld missbrauchen!« Er blickte streng in die Runde. »Die Anwesenheit bei der morgigen Kundgebung des Bauernverbands ist *verpflichtend*. Komplette Urlaubssperre. Und *alles* hat in Uniform zu erscheinen. Das gilt auch für Sie vom CID! Um null neunhundert Uhr werden die Ausrüstungen inspiziert.«

Steel schlug sich beide Hände vors Gesicht. »Neiiiiiiin ...«

»Wir werden eine geschlossene Front bieten. Wir werden die Situation beherrschen. Und wir werden jeden, der auch nur ein bisschen aus der Reihe tanzt, gnadenlos festnehmen!« Er streckte eine Hand aus, und sein Adlatus reichte ihm eine Schirmmütze. »Wir haben die Pflicht, Aberdeen und seine Bürgerinnen und Bürger zu beschützen. Und wir werden sie nicht im Stich lassen.« Er setzte die Mütze auf und rückte sie zurecht. »Nachtschicht: Gehen Sie nach Hause und ruhen Sie sich aus, Sie müssen morgen eine Doppelschicht leisten. Alle anderen: Gehen Sie an die Arbeit und sorgen Sie für Recht und Ordnung in der Stadt.«

Er drehte sich um und marschierte zur Tür hinaus, der Rücken steif wie ein Bügelbrett.

Kaum war er draußen, ging das Gemecker wieder los. Einer nach dem anderen verkrümelten sich die Nacht-schichtler und schimpften, weil sie morgen eine Doppel-schicht schieben mussten. Anschließend schlurften die Kollegen von der Tagschicht zur Tür hinaus, um ihren Streifendienst oder was auch immer anzutreten.

Steel zog eine Grimasse, als hätte sie in eine Zitrone gebis-sen, und starrte zur Decke auf. »Uniform! Ich habe keine verdammte Uniform mehr tragen müssen, seit wir DI Ding-Dong Bell beerdigt haben.«

Heul, schluchz.

Die Schar der uniformierten Tagschichtler lichtete sich ein wenig, und da war sie: PC Mackintosh. Sie stand drü-ben am Süßigkeitenautomaten, drückte wild die Knöpfe und schlug mit der flachen Hand auf das Ding ein.

»Schau mich doch *an*!« Steel breitete die Arme aus. »Ich bin nicht dafür gebaut, eine Uniform zu tragen wie der ge-meine Pöbel, ich bin für Armani gebaut, für Gucci und Dolce & Gabbana ...«

»Sagt die Frau im Primark-Kostüm.« Tufty stieß sich von den Spinden ab und schlenderte betont lässig über den zerschrammten Fußboden des Versammlungsraums auf die Verkaufsautomaten zu.

PC Mackintosh schlug noch einmal gegen das Teil und fauchte mit zusammengebissenen Zähnen: »Gib mir sofort meinen verdammten Lion raus, du diebische Blechkiste, du ...« Sie erstarrte. »Da steht jemand direkt hinter mir, stimmt's?«

»Constable Mackintosh. Nein, ich wollte nicht sagen, dass Constable Mackintosh hinter Ihnen steht, das wäre ja albern – Sie *sind* ja Constable Mackintosh.« Na, das lief ja alles andere als ideal.

Sie drehte sich um und sah ihn über den Rand ihrer Brille hinweg an.

Er versuchte es mit einem Lächeln. »Aber das wissen Sie wahrscheinlich.« Tuftys Mund marschierte unverdrossen weiter, obwohl sein Gehirn schon zum Rückzug blies. »Ich meine, ist ja schließlich Ihr Name und so.« Halt die Klappe! »Also, nicht ›Constable‹ natürlich, wer nennt schon sein Kind ›Constable‹, und wie krass wäre das denn, wenn das Kind dann zur Polizei ginge?« HALT DIE KLAPPE! »Ich bin sicher, Sie haben einen ganz tollen Vornamen. Hübsch. Ich meine, einen *hübschen* Vornamen. Ich wollte Sie nicht am Arbeitsplatz sexuell belästigen oder so was ...« Endlich klappte sein Mund mit einem hörbaren Klicken zu, und nur noch ein hohes, schrilles Kieksen entrang sich seiner Kehle.

Wirklich clever angestellt.

Sie zog das Kinn ein. »Was ist denn mit Ihrem Gesicht passiert?«

Er leckte sich die Lippen.

»Ich meine nur – es hat so eine komische rote Farbe, und ein gewaltiges Veilchen haben Sie auch.«

TU IRGENDWAS!

»Manchmal hilft es, wenn man den Automaten ein bisschen hin und her ruckelt.« Er rammte ihn mit der Hüfte und dann mit der Schulter, bis das ganze Ding wackelte und schwankte.

Der widerspenstige Lion-Riegel rutschte nach vorne, kippte vom Ende seiner Spirale und fiel in den Ausgabeschacht. Und als unerwartetes Extra beschloss auch noch eine Tüte Skittles, dass sie ohne den Lion-Riegel nicht länger bleiben wollte.

Tufty stieß beide Fäuste in die Luft. »Yeah!« Dann ließ er sie wieder sinken, während die Hitze ihm in die Wangen und in die Ohren schoss. »Das wäre wesentlich cooler gewesen, wenn ich das am Schluss einfach weggelassen hätte, nicht wahr?«

Sie ging in die Hocke, um die Gaben des Automaten in Empfang zu nehmen, richtete sich wieder auf und drückte ihm die Skittles in die Hand. »Es ist mir nicht gelungen, einen Grabplatz für Pudding zu bekommen, aber ich habe bei ein paar Leuten rumgefragt, die mir noch einen Gefallen schulden, und die Stadt macht uns eine kostenlose Einäscherung. Wir bekommen zwar keine Urne oder so, aber sie geben uns die Asche in einem Pappkarton, und dann kann Mrs Galloway sie an einem schönen Platz verstreuen.«

»Oh.« Er sah stirnrunzelnd auf die Skittles hinunter. »Also … angesichts der Art und Weise, wie er zu Tode gekommen ist, weiß ich nicht, ob eine Einäscherung nicht vielleicht ein bisschen …?«

Ihre Wangen verfärbten sich rosa. »Ah. Ja, ich verstehe, was Sie …«

»Nein, ich bin da wohl ein bisschen zu …«

»… das arme kleine Ding, aber ein Sarg und eine Grabstelle kosten so viel, und …«

»Nein, ich finde die Idee prima, ehrlich. Das war blöd von mir...« Er blies die Backen auf. »Tut mir leid.«

Steels Stimme schoss auf sie herab wie ein Geier im Sturzflug. »HERRGOTT NOCH MAL, HALT DIE KLAPPE UND GEH ENDLICH RAN, DU IDIOT!«

PC Mackintoshs Wangen wurden noch röter. »Ich muss dann mal los.« Ihre Brillengläser beschlugen auch ein wenig.

»Moment!« Er stopfte die Skittles in seine Tasche, zog eine Police-Scotland-Visitenkarte hervor und schrieb seine Handynummer auf die Rückseite. »Rufen Sie mich an.« Argh... Jetzt sah es *definitiv* so aus, als ob er sie anbaggerte. »Damit wir alles abklären können? Ähm... wegen Pudding?«

Sie nahm die Karte. Ihre Fingerspitzen waren warm und zart, die Nägel kurz und abgeknabbert.

»SCHNACKSELDI-UND-SCHNACKSELDU!«

Tufty fuhr herum und funkelte Steel an. »Das ist nicht hilfreich!«

Aber als er sich wieder umdrehte, eilte PC Mackintosh schon zur Tür. Sie stürmte hinaus und ließ Tufty mit der Wrinkly Steely Horror Show allein.

Steel grinste ihn an. »Ich glaube, Sie sind bei ihr gelandet.«

»Ich *hasse* Sie.«

»Schokolade, Schokolade, Schokolade, Schokolade...« Roberta knabberte den Überzug von ihrem Jaffa-Keks ab und legte den Klecks aus bittersüßem Orangengelee frei, der auf der Biskuitbasis klebte.

Gab es in der ganzen Sprache ein schöneres Wort als »Schokolade«?

Also, abgesehen von »Keira Knightlcy«, »Nippel« und »feucht«.

Am besten natürlich eine Kombination aus allen vieren.

Sie leckte an dem Orangenklecks.

Das CID-Büro war erfüllt von den Geräuschen sinn- und zielloser Polizeiarbeit.

Lund, Barrett und Harmsworth waren wieder mit den Telefonen zugange – eifrig wie die Bienen im Bienenstock arbeiteten sie daran, gestohlene Handys mit ihren Eigentümern wiederzuvereinigen, damit DCI »Nervensäge« Rutherford endlich Ruhe gab und zur Abwechslung an jemand anderes Nerven sägte.

Fragte sich nur, wo der Idiot Tufty abgeblieben war. Wahrscheinlich trieb er es gerade in irgendeinem Besenschrank wild mit seiner knackigen Kollegin vom Wildlife Crime Office. Der kleine Lustmolch, der beneidenswerte.

Am Whiteboard war die Aufgabenliste für den heutigen Tag angeschrieben, dazu die Worte »Brunzwiesel« und »Rippa!«, nebst zwei Fahndungsplakaten für Lord Lucan und Philip Innes und einer Zeichnung eines großen, haarigen Pimmels – von der Haarigkeit her hätte es der von Harmsworth sein können, allerdings war er dafür nicht klein und schlaff genug.

Barrett hakte etwas auf seinem Whiteboard ab. »Hallo? Ja, hier ist Police Scotland. Wurde Ihnen kürzlich Ihr Mobiltelefon gestohlen? … Ja, richtig.«

Die Bürotür ging auf, und Tufty schob sich rückwärts herein, beladen mit einem Tablett voller Kaffeebecher.

Lund nahm sich einen. »Oh, Gott sei Dank, das brauch ich jetzt ganz dringend!«

Roberta beäugte Tufty kritisch. »Wurde aber auch Zeit! Mir gehen allmählich die Jaffa-Cakes aus!«

Er gab ihr einen Becher. »Falls er nicht mehr kochend heiß ist – dafür kann ich nichts. DI Vine hat mir im Treppenhaus aufgelauert.«

»Ach ja? Und was wollte der alte Stinkstiefel?« Sie nippte an ihrem Kaffee. Fad und dünn, aber dafür bitter. »Bäh … Haben Sie da Zucker reingetan?«

»Zwei Stück. Und gern geschehen.« Er stellte Barrett einen Becher hin und bekam zum Dank eine »Daumenhoch«-Geste. Dann bediente er Harmsworth.

»Das ist nicht mein Becher.«

»Es ist ein Becher, und er ist sauber.«

»Auf meinem Becher ist eine Distel.«

»Er war nicht da, ich hab geschaut, okay?« Tufty nahm sich den letzten Becher, dann pflanzte er seinen frechen Hintern auf die Kante von Robertas Schreibtisch. »Ich hab heute Morgen mit dem Krankenhaus telefoniert: Mrs Galloway ist aufgewacht.«

Na, das war ja zur Abwechslung mal eine *gute* Nachricht. »Hervorragend. Wir fahren gleich rüber und …« Ihr Handy spielte ihr *Cagney & Lacey* vor. »Warten Sie mal kurz.« Sie meldete sich. »Ich will schwer hoffen, dass es wichtig ist – meine Jaffa-Cakes werden kalt!«

»*Aye, Benny hier. Ich sollte dir Bescheid sagen, wenn Tommy Shand das nächste Mal hinter der Airyhall-Bücherei gesichtet wird. Also, er ist jetzt dort.*«

Ha!

Ein breites Grinsen dehnte ihre Wangen fast zum Zerreißen. »O Mann, Benny, wenn du nicht so hässlich wärst, ich würd dich glatt *küssen*.« Sie legte auf und schnappte sich ihre Jacke. »Tufty, vergessen Sie Ihren grässlichen Kaffee, wir müssen einen Drogendealer hochnehmen.«

Der Einsatzwagen schlängelte sich die Union Grove entlang. Bäume huschten an den Fenstern vorbei, Mietshäuser verschwammen zu grauen Schlieren, als Tufty herunterschaltete, um mit röhrendem Motor an einem Lieferwagen vorbeizuziehen.

Steel lehnte sich vom Beifahrersitz herüber und boxte ihn in den Arm. »Los, Mann, drücken Sie auf die Tube!«

Er hielt den Blick auf die Straße gerichtet. »Ich fahr schon *achtzig*!«

»Dann schalten Sie Blaulicht und Tatütata ein!«

»Wollen Sie fahren? Ich kann gerne kurz anhalten, kein Problem!«

Sie schlug ihn wieder. »Sie fahren wie 'ne alte Oma.« Dann beugte sie sich wieder herüber und drückte auf die Hupe. »AUS DEM WEG, OPA!«

Der VW vor ihnen zockelte ungerührt weiter.

»Das ist doch zum… Okay, es reicht. Fahren Sie links ran.«

Tufty fuhr weiter. »Ich hab keine Lust…«

»Halten Sie an, Sie Riesenweichei! Bis wir endlich da sind, ist Weihnachten.«

Na schön, was soll's?

Er trat auf die Bremse und fuhr an den Randstein. »Jetzt zufrieden?«

Sie kletterte hinaus, lief um die Motorhaube herum und riss die Fahrertür auf. »Rutschen Sie rüber, Sie Idiot!«

Tufty stöhnte und hievte sich über den Schaltknüppel und die Handbremse hinweg. Er hatte kaum die Füße wieder am Boden, als die Reifen kreischten wie zehn Ferkel am Spieß und der Wagen schlingernd vom Bordstein wegschoss. »Warten Sie doch, bis ich mich angeschnallt hab!«

Sie drückte den »999«-Knopf am Armaturenbrett, worauf die Sirene aufheulte und die blau-weißen Lichter am Kühlergrill aufblitzten, reflektiert vom Heck des VW, als sie immer näher auffuhren, immer näher, immer näher…

»Abstand, Abstand!« Tufty grabschte den Haltegriff über der Tür, während er mit der anderen am Gurtschloss hantierte. »Aaaaaaah!«

Sie riss das Steuer nach rechts und zog an dem VW vorbei, direkt auf einen entgegenkommenden Clio zu.

»Auto! Auto! Auto!«

Im allerletzten Moment scherte sie wieder ein, während der Clio in einer Wolke aus blauem Reifenrauch zum Stehen kam.

»Wollen Sie uns *unbedingt* umbringen?«

Den Kreisverkehr an der Cromwell nahm sie mit unvermindertem Tempo, dass sie nur so in ihren Sitzen hin und her geworfen wurden wie in einer wild gewordenen Achterbahn.

Endlich! Der Gurt rastete mit einem Klicken ein, als sie an den Sportplätzen vorbeirauschten.

»Ich hätte Sie nie ans Steuer lassen sollen!«

»Hören Sie vielleicht mal auf zu meckern? Ich muss mich konzentrieren!«

Die Häuser witschten vorbei, und dann kam der zweispurige Kreisverkehr am Anderson Drive. An der *Schnellstraße*. An der *viel befahrenen* Schnellstraße. Befahren zum Beispiel von gigantischen Sattelschleppern wie dem, der in diesem Moment in den Kreisverkehr einfuhr!

Und Steel ging immer noch nicht vom Gas.

»Nein, nein, nein, nein, nein!« Tufty hielt sich am Armaturenbrett fest.

Gleich kracht's, gleich kracht's …

»AAAAAAAAAAAAAAAAAAAH«

Steel gab Gas. »*HUIIIIIIIII!*«

Der Einsatzwagen raste in den Kreisverkehr, und plötzlich schien die ganze Welt stillzustehen. Die Sträucher, die in der Mitte des Kreisels wuchsen, mit ihren leuchtenden Smaragd- und Olivtönen. Der blaue Himmel darüber. Der riesige, *gewaltige* Lkw mit dem schwarzen Führerhaus – das Gesicht des Fahrers kreidebleich, Augen und Mund weit aufgerissen – die sperrigen Maschinenteile für die Ölindustrie auf der Ladefläche. Das furchterregende, teuflische Grinsen in Steels Gesicht. Die körnige Oberfläche des Armaturenbretts, an dem Tufty sich abstützte ...

Und dann lief alles wieder in normalem Tempo.

Ein kurzes Knirschen, verschluckt vom wütenden Hupen des Lastwagens, und der Einsatzwagen raste durch den Kreisel. Die vorfahrtberechtigten Autos legten Vollbremsungen hin und kamen mit kreischenden Reifen zum Stehen.

O Gott ... Sie lebten noch!

Die Seafield Road war danach nur ein verschwommenes Etwas, das Heulen der Sirene drang kaum durch das stampfende Rauschen des Bluts in Tuftys Ohren.

Steel drückte wieder die »999«-Taste, und die Sirene verstummte. Gleichzeitig ging sie auf gemäßigte fünfzig Stundenkilometer herunter.

Sie sah ihn an und legte einen Finger an die Lippen. »Psst, ganz still, wir jagen Drogendealer, hehehe!«

Er schälte seine Finger vom Armaturenbrett ab. »Sie sind wirklich vollkommen *wahnsinnig*!«

»Ach ja? Und Sie sehen aus, als hätten Sie sich gerade in die Hose gemacht.«

»WIR HÄTTEN STERBEN KÖNNEN!«

»Sind wir aber nicht, also hören Sie auf zu jammern.« Sie fuhr über die Kreuzung mit der Springfield Road, kurz vor der Airyhall-Bücherei. »Wo bist du, Tommy? Wo bist du ...«

Sie bog auf den Parkplatz der Bücherei ab.

Ein neonoranger Peugeot parkte unter einem Baum, längsseits Schnauze an Heck mit einem neongrünen Honda Civic, sodass die Fahrerfenster auf gleicher Höhe waren. Beide Autos hatten lächerlich große Heckspoiler, Frontschürzen und überdimensionale Auspuffrohre.

Tufty versuchte ein paarmal tief durchzuatmen und wischte sich mit der Hand über die feuchte Stirn. »Ich glaube, nach dem Schreck brauch ich erst mal frische Unterwäsche.«

»Da wären wir.« Sie fuhr einen großen Bogen und blieb genau vor den zwei Autos stehen, sodass ihnen der Weg versperrt war. »Also, meinen Sie, Sie können sich jetzt mal benehmen wie ein großer Junge, oder muss Tante Roberta Ihnen erst das Aua wegpusten? Nein? Gut.« Sie stieg aus in die Morgenluft und schlug die Tür zu.

Das Grauen. Sie war das absolute, flächendeckende, in Stein gemeißelte Grauen.

Er wollte die Tür aufmachen, aber sie hatte so dicht an den anderen Autos geparkt, dass er unmöglich auf seiner Seite aussteigen konnte.

Na toll.

Tufty kletterte wieder über den Schalthebel und die Handbremse.

Das leibhaftige, vollkommene und absolute Grauen.

Roberta schlenderte um den Peugeot herum zum Beifahrerfenster und klopfte ans Fenster. Nach einer kleinen Pause spähte Tommy Shand zu ihr heraus und ließ die Scheibe herunter.

»Ey, fahr deine Karre weg, Oma!« Er trug eine Baseballkappe, mit dem Schirm nach hinten, eine Sonnenbrille obendrauf geklemmt wie eine Tiara aus schwarzem Plastik. Trainingsjacke, schwarzes Poloshirt und Jeans. An seinem Hals funkelten zwei Goldkettchen.

»Sieh mal einer an, wenn das nicht Tommy Shand ist.« Sie hielt ihm ihren Dienstausweis hin. »Schlüssel her. Zieh ihn aus der Zündung und gib ihn mir.«

»Wir haben gar nix gemacht!« Seine Stimme wurde mit jedem Wort höher und quietschiger. Nicht sehr gangstamäßig.

»Gib mir den Schlüssel und steig aus.« Sie sah Tufty an, der sich endlich in den Sonnenschein hinausgekämpft hatte, und schnippte mit den Fingern. »Sie durchsuchen den anderen, los!«

Tommy reichte ihr den Schlüssel. »Das is nich fair!«

Tufty ging rüber zu dem Honda und schlug mit der Hand aufs Dach. »Los, aussteigen.«

»Mensch, das ist doch voll die Schikane!« Pause. »Was ist denn mit Ihrem Gesicht passiert?«

»Aussteigen – los!«

Die zwei Autos waren so eng geparkt, dass die Fahrertüren sich nicht öffnen ließen, also musste Tuftys Idiot auf der Beifahrerseite aussteigen.

Roberta grinste. Ganz egal, wie oft sie die Leute das machen ließ, es war jedes Mal wieder köstlich. Besonders der Gesichtsausdruck, wenn sie sich fast den Schaltknüppel hinten reinrammten.

Was aus dem Honda Civic kletterte, war auch so ein Möchtegern-Rap-Star. Eine dieser albernen Topffrisuren mit rasierten Seiten, ein Manchester-United-Fußballtrikot – die Nummer 7 und »RONALDO« auf dem Rücken –, Goldkettchen und Sonnenbrille.

Sie klopfte noch einmal ans Fenster des Peugeot. »Du auch, Tommy, raus mit dir.«

»Aber wir haben nix *getan*!«

»Ich habe Grund zu der Annahme, dass du im Begriff warst, eine Straftat zu begehen, Tommy-Boy. Und jetzt heb deinen Hintern aus dem Auto.«

»Manno...«

Ronaldo wand sich, als Tufty ihn filzte. »Hab keine Straftat nich begangen.«

»Na klar.« Roberta zog ein Paar blaue Nitrilhandschuhe an und straffte die Gummihaut zwischen ihren Fingern. »Hast du irgendwelche scharfen Gegenstände in deinen Taschen, von denen ich wissen sollte, Tommy? Irgendwelche Messer oder Nadeln oder Kätzchen?«

Er zog einen Flunsch. »Wir haben gar nix gemacht!«

»Hände aufs Autodach. Position einnehmen.« Sie ließ die Handschuhe noch ein letztes Mal schnalzen, wie eine richtige Proktologin, und fing dann mit seinen Jeanstaschen an. »Du weißt schon, wie viel du für Drogenhandel kriegen kannst, Tommy?«

»Wir haben nicht gedealt. Wir haben bloß, na ja… geredet und so.«

»Ja, sicher doch.« Nichts in den Taschen oder in den Hosenaufschlägen. Und auch nichts innen am Gürtel.

»Ehrlich, Mann!«

»Auf dem Parkplatz hinter der Bücherei? Vormittags um halb zehn? Ach ja, und zu sämtlichen anderen Tages- und Nachtzeiten auch. Du bist gesehen worden, Tommy-Boy.«

Sie machte sich an die Durchsuchung der Trainingsjacke.

»So war das nicht.«

Auch hier keine Drogen, nur eine Brieftasche, ein Glücksbringer in Form einer Hasenpfote und ein großer, flacher Klotz von einem Smartphone in einer Lederhülle. Nicht das gestohlene Nokia mit dem zerkratzten Gehäuse und den schmutzigen Fotos eines minderjährigen Mädchens. Roberta sah die Brieftasche rasch durch – ungefähr dreißig Pfund in bar und ein paar Kreditkarten. Ein Foto von Josie Stephenson grinste ihr aus einem laminierten Fenster entgegen. Keine Drogen.

Sie behielt das Handy.

Tufty winkte ihr zu. »Der hier ist sauber.«

»Dann durchsuchen Sie sein Auto!«

Also wirklich, musste sie denn an *alles* selber denken?

Sie hielt das Smartphone hoch. »Was ist das, Tommy – noch mehr Pornos?«

»Hä?« Er zog das Kinn ein wenig ein und runzelte die Stirn. »Pornos?«

»Okay, dann schauen wir uns mal das Auto an, ja?«

II

Ronaldo zupfte demonstrativ genervt sein Man-United-Shirt zurecht, während Tufty den Kofferraum des Honda Civic zuklappte.

Roberta warf einen kurzen Blick durch die Heckscheibe. »Was gefunden?«

»Nichts – nicht mal ein Aspirin.«

»Hab doch *gesagt*, wir haben nix gemacht.« Es sollte wohl nach berechtigter Empörung klingen, aber bei so einem kleinen Scheißer mit einer albernen Topffrisur, wie er einer war, kam nur »trotziges Kind« dabei raus.

Tufty bedachte ihn mit einem strengen Blick. »Kleiner Rat gefällig? Leute, die mit Drogen handeln, werden irgendwann erwischt. Da kannst du noch so vorsichtig sein, wir kriegen dich. Und dann wanderst du für *sehr* lange Zeit ins Gefängnis.« Dann lächelte er und winkte ihm fröhlich zu. »Fahr schön vorsichtig.«

Ronaldo stieg auf der Beifahrerseite in sein Auto ein, hievte sich über den intimzonengefährdenden Schaltknüppel hinweg und ließ sich auf den Fahrersitz plumpsen. Er warf den Motor des Civic an und ließ den überdimensionierten Auspuff im Leerlauf dröhnen, während er grimmig durch die Windschutzscheibe starrte.

Roberta stieß Tufty an. »Sie müssen das Auto wegfahren, sonst kommt er nicht raus.«

»Ich weiß.« Ein fieses Grinsen im Gesicht, die Arme verschränkt, rührte er sich nicht von der Stelle.

Na schön.

Tommy lehnte mit dem Rücken an seinem hässlichen orangen Peugeot, die Miene gleichzeitig grollend und schmollend.

Ersatzrad, Wagen- und Reifenheber lagen auf dem Asphalt vor dem offenen Kofferraum, obendrauf das Magazin des CD-Wechslers.

Tufty deutete auf Tommys Auto. »Wie sieht's bei Ihnen aus?«

»Fehlanzeige.«

Roberta zog das konfiszierte Smartphone aus der Tasche und tippte wild darauf herum, bis das Display zum Leben erwachte. Passwortgeschützt. Sie hielt es Tommy hin. »Los, entsperren.«

»Mein Gott…« Tommy ließ die Schultern sinken und starrte einen Moment lang zum strahlend blauen Himmel auf. »Dad hat recht, wir leben in einem faschistischen Polizeistaat.« Aber er tippte eine vierstellige Zahl ein und gab Roberta das Handy zurück.

Sie fand das Bilder-Symbol und ging die Ordner durch. Selfies, Selfies, Selfies. Was war nur los mit den jungen Leuten heutzutage? Noch mehr Selfies, nur dass auf diesen immerhin Josie Stephenson zu sehen war. Vollständig bekleidet, aber es war ein Anfang. Noch mehr Selfies. Herrgott noch mal… Wie viele Fotos von sich selbst brauchte ein einziger Siebzehnjähriger?

Die Bilder im letzten Ordner waren am Aberdeen Beach aufgenommen. Die meisten zeigten Josie, aber es war nichts Gewagteres darunter als das eine Foto, auf dem sie mit hochgekrempelten Hosenbeinen durchs flache Wasser watete. Roberta klappte den Deckel zu. »Wo ist das andere?«

»Das andere was?«

»Das andere Handy. Wo ist es? Das Handy, das du gestern auf dem Revier abgeholt hast.«

Stirnrunzeln. »Tja … Keine Ahnung, wovon Sie reden.«

Roberta bohrte ihm den Finger in die Brust. »Du kannst verdammt froh sein, dass du noch nicht auf dem Weg in den Knast bist, Tommy.«

Er zog die Schultern zurück. »Ich hab's Ihnen doch *gesagt* – Noël und ich, wir haben *nix* gemacht!«

»Josie Stephenson ist *fünfzehn* Jahre alt. Der einzige Grund, warum ich dich nicht auf der Stelle verhafte, ist, dass du dieses Handy wiederbekommen hast, bevor ich dich nach Paragraf achtundzwanzig des Sexual Offences (Scotland) Act festnehmen konnte!«

Er drückte sich erschrocken an das Auto. »Was?«

»Sie ist fünfzehn, du kleiner Rammler! Das bedeutet, dass du ins Sexualstraftäterregister gehörst.«

Seine Augen wurden ganz groß. »Ich hab nicht … Ich … Wir haben nie …«

»Spar dir die Mühe, das hab ich alles schon mal gehört. Und lösch diese Schmuddelfotos von deinem Handy, zeig verdammt noch mal ein bisschen Respekt.«

»Aber ich hab nicht …«

»IHR VATER STIRBT AN KREBS, DU KLEINER MIST-KERL!« Spucketröpfchen glitzerten im Sonnenlicht.

Tommy duckte sich ein wenig – sein verschlagenes Rattengesicht bettelte geradezu um eine Faust. »Was für Fotos? Ich hab keine Fotos.«

»Was für Fotos?« Eine Faust reichte da gar nicht – eher eine ganze *Armee* davon. »Die Fotos auf deinem Handy! Auf dem, das dir gestohlen wurde! Die Fotos, auf denen du bis zu den Eiern in einem fünfzehnjährigen Mädchen drinsteckst, irgendwo in einem schicken Badezimmer!«

»Nee, ich schwör's.« Tommy glitt an der Seite des Peugeot entlang, die Hände erhoben. »Ich *schwöre*, das bin ich nicht. So was ist echt total nicht meine Art.«

»Ich habe die Fotos *gesehen*!«

Er glitt vom Heck weg und wich ein paar Schritte zurück, bis Tufty direkt hinter ihn trat.

»Wo willst du denn hin?«

»Ich meine, verstehen Sie mich nicht falsch, Josie ist ein tolles Mädchen, aber…« Er holte tief Luft. »Hören Sie, ich hab nicht mit ihr geschlafen, okay? Ganz bestimmt nicht. Ich…« Er leckte sich die Lippen, dann senkte er die Stimme zu einem Flüstern, das im Verkehrslärm der Springfield Road fast unterging. »Ich bin schwul. Was dagegen? Ich bin schwul. Deswegen treibe ich mich auf dem Parkplatz einer Bücherei rum, meilenweit von zu Hause entfernt.« Mit jedem Wort wurde er lauter und mutiger. »Ich treffe mich mit meinem *Freund*!« Er streckte die Arme seitlich aus, als sollte er gekreuzigt werden.

Roberta starrte ihn an. Dann durch die Fenster zu dem Honda Civic und Ronaldo mit seiner scheußlichen Topffrisur. Und wieder auf Tommy. »Du bist *schwul*? Oh… herzlichen Glückwunsch.« Sie klopfte ihm auf die Schulter. »Willkommen im Club.«

Er ließ die Arme sinken und lehnte sich wieder ans Auto. »Josie tut nur so, als wären wir total ineinander verknallt, damit niemand was merkt. Sie kennen meine Mutter nicht, die ist voll bibelmäßig drauf. Sie glaubt, dass Ian McKellen und Elton John in der Hölle schmoren werden…« Tommy wurde bleich und hielt sich den Bauch. »O Gott, Sie dürfen es ihr nicht sagen! Sie bringt mich um, wenn sie es rausfindet!«

Armer Kerl.

Siebzehn Jahre alt und traut sich nicht, sich vor seiner Mutter zu outen.

Roberta trat vor und drückte ihn kurz an sich.

Er wurde ganz steif. »Was tun Sie da?«

»So bin ich, wenn ich nett bin. Gewöhn dich besser nicht dran.« Sie ließ ihn los, kramte ihre E-Zigarette hervor, zog ein paarmal kräftig daran und blies Dampf mit Ananasaroma aus den Nasenlöchern. »Wenn du nur zum Schein Josies Freund bist, wer ist dann der richtige?«

»Sie hat keinen.« Er zog wieder das Kinn ein. »Warum gucken Sie mich so an? Es stimmt. Sie sagt, sie will sich auf ihre Prüfungen konzentrieren. Josie ist meine beste Freundin – sie würde es mir sagen, wenn sie mit jemandem zusammen wäre.«

Ja, red dir das nur weiter ein.

»Also, im Grunde« – Tufty warf ihr einen finsteren Seitenblick zu, während der Anderson Drive an dem Fenster vorbeizog – »haben wir uns für nichts und wieder nichts um ein Haar von diesem Lastwagen ins Jenseits befördern lassen.«

»Ich telefoniere, Sie Dödel.« Roberta pflanzte ihre Füße auf das Armaturenbrett. »Nicht du, Gary, ich hab mit einem *anderen* Dödel geredet.«

»*Musst du unbedingt deine schlechte Laune an mir auslassen?*«

»Ich lasse gar nichts aus, Gary, ich will nur wissen, wer dieses gottverdammte Telefon abgeholt hat!«

»*Doch, tust du.*« Es krachte im Hörer, und dann klang Garys Stimme ein bisschen gedämpft und vernuschelt. Der fette Sack futterte etwas – waren bestimmt Kekse. »*Woher soll ich das denn wissen? Bin ich vielleicht ein Hellseher?*«

Sie hielten kurz am Kreisverkehr an der Queens Road, um einen Gelenkbus passieren zu lassen.

»Dann frag doch Jeff Downie. Er ist der Idiot, der es rausgegeben hat.«

»*Ah, verstehe. Warum sagst du das nicht gleich?*« Die Mampfgeräusche waren weg, stattdessen sprach er jetzt in einer Art

Singsang, als ob er mit einem kleinen Kind redete. »*Sergeant Downie hatte die* Nachtschicht. *Er ist jetzt zu Hause und hat sich ins Heiabettchen gelegt.*«

»Oh, zum … verrotzten Brunzwiesel.« Sie kratzte ein wenig an der juckenden Stelle unter ihrer linken Brust. »Aber er muss es doch irgendwo aufgeschrieben haben! Sieh zu, dass du es findest!«

»*Mit dem allergrößten Respekt, Detective Sergeant Steel: Du kannst mir mit Anlauf den Buckel runterrutschen und mich unterwegs noch kurz am Arsch lecken.*« Und dann Stille: Der Kekse mampfende Frechsack hatte aufgelegt.

»Gah …« Sie steckte ihr Handy wieder ein. »Wär ich doch bloß noch Detective Chief Inspector. Da haben die Leute noch gemacht, was ich ihnen verdammt noch mal gesagt habe.«

Tufty überholte ein Auto, das an der Abzweigung zum Gewerbegebiet wartete. »Sollen wir irgendwo unterwegs anhalten und Mrs Galloway ein paar Trauben besorgen?«

»Trauben sind die Hämorrhoiden des Satans, Tufty. *Schokolade* ist jetzt angesagt.«

»Ui-ui-ui.« Tufty deutete auf das Heck des Einsatzwagens. Vom rechten Bremslicht und Blinker war nur noch ein Loch mit einem Rand aus gezackten Plastiksplittern übrig. Das war also das knirschende Geräusch gewesen, als der Sattelschlepper sie fast über den Haufen gefahren hätte. »Schauen Sie sich das an!« Er zeigte wieder darauf, doch Steel schlenderte einfach davon, während sie wieder mal ihre blöde E-Zigarette paffte. Er schloss den Wagen ab und beeilte sich, zu ihr aufzuschließen. »Ich werde ins Fahrtenbuch schreiben, dass es *Ihre* Schuld war.«

»Reden Sie keinen Unsinn, Tuftilein, ich kann gar nicht gefahren sein. *Sie* haben doch für den Wagen unterschrieben.«

»O nein!«

»O doch.« Sie hopste über die niedrige Holzbarriere hinweg und marschierte über die Straße auf den Krankenhauseingang zu, bahnte sich einen Weg durch das Grüppchen von Rauchern und trat durch die Tür.

»Ist das vielleicht fair? Sie bringen mich fast um, und ich muss dafür den Kopf hinhalten!«

Sie blickte sich lächelnd zu ihm um und bog in den kleinen Laden gleich hinter dem Eingang ab. »Sie haben DCI Rutherford gehört: Meine Vergehen werden *Ihre* Vergehen sein. Warum so umständlich, wenn's auch einfacher geht?« Sie blieb stehen und deutete auf die Regale. »Und jetzt schauen Sie mal, ob Sie irgendwelche lustigen Teddybären finden können.«

Irgendwie sah Steel nicht ganz so furchterregend aus, mit dem »Sexy-Krankenschwester«-Teddybären, den sie unter den einen Arm geklemmt hatte, mit der großen Toblerone, ein paar Zeitschriften sowie einer übergroßen Genesungskarte unter dem anderen, und dem silberfarbenen Heliumballon mit Lachgesicht, der über ihrem Kopf schwebte.

Die Aufzugstür öffnete sich mit einem *Ping*, und Tufty folgte Steel hinaus auf den Flur. Anstaltsgrün, der Fußboden mit Streifen von Isolierband geflickt. Gerahmte Wandteppiche anstelle von Bildern.

Sie gingen ganz bis zum Ende, wo auf einem kleinen Whiteboard in krakeligen roten Lettern »AGNES GALLOWAY« geschrieben stand.

Steel platzte, ohne anzuklopfen, in das kleine Zimmer.

Mrs Galloway lag verloren in dem großen weißen Bett; ein Tropf, der durch einen blauen, kastenförmigen Apparat an einem Ständer lief, mündete in ihren Handrücken. Sie sah eher noch schlechter aus als beim letzten Mal. Die Blutergüsse waren miteinander verschmolzen und bildeten eine Patina aus grünen, blauen und gelben Rändern mit dunklem, pflaumenfarbigem Zentrum. Offenbar hatte man ihr vor Kurzem die Verbände gewechselt, denn sie waren alle makellos weiß. Der Gips an ihrem anderen Arm war allerdings schmutzig grau, die Fiberglasoberfläche von Kinderhand mit einer leuchtend orange-grünen Filzstiftblume verziert.

»Hallo, Agnes.« Steel platzierte ihre Mitbringsel auf dem Nachttisch neben den paar Karten, die dort bereits standen. Sie band den Ballon ans Fußende des Betts und hockte sich auf die Kante der Matratze. »Gut sehen Sie aus.« Sie ergriff zwei Finger von Mrs Galloways Hand und achtete darauf, die Kanüle nicht zu berühren. »Bestimmt kommen Sie bald hier raus.«

Mrs Galloway starrte ihren Gips an. »Ich weiß nicht …«

Schweigen.

»Und sehen Sie nur die ganzen hübschen Karten, die Sie bekommen haben.«

Auf dem Flur wummerte eine Bohnermaschine vorbei.

Ein paar Zimmer weiter hustete sich jemand die Lunge aus dem Leib.

Steel rutschte ein bisschen näher. »Sie müssen mir einen Gefallen tun, Agnes. Sie müssen mir sagen, was passiert ist, damit Constable Quirrel es aufschreiben kann. Und dann können wir den gemeinen Drecksack verhaften, der Ihnen das angetan hat.«

Tufty zog sein Notizbuch aus der Tasche und zückte den Stift.

»Ich …« Mrs Galloway blickte kurz zu ihm auf mit ihren blutunterlaufenen, verquollenen Augen, dann senkte sie den Blick wieder auf ihren Gips. »Ich habe früher bei der Bahn gearbeitet. Ich war Vertrauensfrau für die Eisenbahnergewerkschaft. Ich bin Marathons gelaufen. Ich habe Karate gemacht ...«

Steel rutschte noch näher. »Wer war es, Agnes? Sie müssen mir den Namen sagen.«

»Wann bin ich so alt und *nutzlos* geworden?« Ihre Aussprache wurde ein wenig breiig, ein paar Tränen tropften auf die gestärkte weiße Bettdecke.

»Ohne erhärtende Indizien bekomme ich keinen Durchsuchungsbeschluss, Agnes. Sie wollen doch nicht, dass er noch anderen etwas antut, oder?«

Sie wischte sich die Augen mit dem Ärmel ihres Krankenhausbademantels. »In meinen Zwanzigern hätte ich ihn mit einem Tritt von hier bis nach Stonehaven befördert! Und auch noch in meinen Dreißigern und Vierzigern.«

»Dann helfen Sie mir jetzt, ihm in den Hintern zu treten.«

»Ich ... Ich habe einfach nur dagesessen ...« Ein Schluchzer zerriss die Worte. »Er hat ... Er hat meinen armen *Pudding* getötet!«

»Hey, hey.« Tufty legte ihr eine Hand auf die Schulter. »Es ist nicht *Ihre* Schuld – das hat dieser Kerl getan. Er hat Ihnen den Arm gebrochen. Er ...« Einmal tief durchgeatmet. »Wir passen gut auf Pudding auf, und wir regeln das mit der Beerdigung. Das verspreche ich Ihnen. Kümmern Sie sich nur darum, wieder gesund zu werden.«

»Ich will nur, dass alles vorbei ist.« Sie hob ihren Gips vor die Augen, verbarg ihr Gesicht. »Mein *wahres* Ich ist vor Jahren gestorben. Ich bin gestorben und in die Hölle gekommen. Das hier ist die Hölle.«

Steel lächelte gezwungen. »Kommen Sie, Agnes. Wir kriegen den Kerl, das weiß ich genau.«

Aber Mrs Galloway wandte sich ab, das lädierte Gesicht im Schmerz verkrampft. »Bitte, lassen Sie mich ganz einfach allein.«

Steel stürmte durch den Haupteingang nach draußen, zog ihre Fake-Zigarette heraus und sog daran. Eine fruchtige Dampfwolke hinter sich herziehend, trat sie unter dem Vordach hervor und blieb nach drei Schritten stehen, um zum Himmel hinaufzustarren.

Rentner, schwangere Frauen, Patienten mit Gipsverbänden an diversen Gliedmaßen und ein ausgezehrter Mann mit einem fahrbaren Infusionsständer standen zusammengedrängt auf einer Seite. Alle rauchten, ein paar schrieben SMS, und zusammen strahlten sie ungefähr so viel Lebensfreude aus wie ein asthmatischer Hamster.

Tufty blieb neben Steel stehen. Er zuckte mit den Schultern. »Vielleicht überlegt sie sich's noch anders?«

Sie holte tief Luft, und dann: »*AAAAAAAAAAAAAHHH!*«

Alles starrte ihr nach, als sie davonstürmte.

Tja, jetzt drehte sie offenbar endgültig durch.

Er eilte ihr nach. »Also, vielleicht sollten wir ...«

»Wie zum hundsverfickten *Henker* soll ich Philip Innes schnappen, wenn keine Sau mit mir reden will? ARSCHLÖCHER!«

»Also, das Wort des Tages ist eigentlich ›Brunzwiesel‹, deshalb ...«

»Pissen Sie mir heute lieber *nicht* ans Bein, Tufty!«

Okay ...

Sie marschierte über die Straße zum Parkplatz. »Haben Sie gesehen, in welchem Zustand diese arme Frau ist? Soll ich das einfach auf sich beruhen lassen?«

»Na ja, vielleicht könnten wir ...«

»Denn ich werde das *nicht* auf sich beruhen lassen!«

Ein Audi Kombi bog von der Straße in die Gasse zwischen den Parkbuchten ein, legte eine Vollbremsung hin und kam nur Zentimeter vor ihr zum Stehen. Die Hupe kreischte auf, durch die Windschutzscheibe sah man den

Fahrer wütende »Schau-doch-wo-du-hingehst!«-Grimassen schneiden.

Sie zeigte ihm den Finger. »Fick dich ins Ohr!« Sie marschierte weiter, bis sie zu ihrem Wagen kamen, blieb stehen und starrte ihn mit gefletschten Zähnen an. Dann drehte sie sich um und musterte Tufty mit zusammengekniffenen Augen. »Wissen Sie was? Es gibt nichts, was ich tun kann, um die Leute zum Reden zu *zwingen*. Absolut nichts. Jedenfalls nichts, was legal wäre.«

»Wenn wir ihr Zeit lassen, wird Mrs Galloway es sich anders überlegen, da bin ich sicher. Innes hat ihren Hund getötet. Das kann sie ihm nicht durchgehen lassen.«

Steel legte den Kopf schief und beäugte ihn so, wie eine Löwin einen besonders lecker aussehenden Wärter beäugt. »Dann brauchen wir vielleicht etwas, was *nicht* legal ist? Vielleicht ...« Sie verstummte und starrte ins Leere.

Ein fieses Lächeln machte sich auf ihren Zügen breit.

O nein.

Tufty wich ein paar Schritte zurück. »Sarge? Bitte sagen Sie mir, dass Sie nicht tun werden, was ich befürchte!«

»Steigen Sie ein.«

III

Das Gartencenter war von Vogelgezwitscher erfüllt, vom *Frrrrrp* kleiner Flügel, wenn die winzigen Piepmätze von den Dachsparren zum Boden und wieder zurück flatterten. Tufty drehte sich um die eigene Achse und folgte mit dem Blick einem Buchfink oder einer Blaumeise oder was immer es war, was da auf der Rückenlehne einer Parkbank für »nur 159,99 Pfund!« herumhüpfte.

In der Luft lag ein würziger Duft nach Vegetation, unterlegt von dem an altes Brot erinnernden Hefegeruch von Kompost und frisch umgegrabener Erde. Eine Ecke der riesigen Ladenfläche wurde von einem Café eingenommen, aus dem einem der verlockende Duft nach köstlichem Backwerk entgegenwehte wie die Umarmung einer Lieblingsoma.

Der Rest der Halle war angefüllt mit Gartenpflanzen, Obstbäumen in Töpfen, Buchsbaumhecken, Rosen in Kübeln, Farnen, Blumen und dem ganzen anderen Kram, darunter eine beeindruckende Kollektion hässlicher Steinguttiere und noch hässlicherer Gartenzwerge.

Tja – nicht ganz das, was er erwartet hatte angesichts der Boshaftigkeit von Steels Grinsen.

Sie marschierte voraus und blieb vor einer jungen Frau stehen, die gerade Setzlinge aus einer Anzuchtschale in einzelne Töpfchen verpflanzte. Die Haare zu Heidi-Zöpfen gebunden, trug sie eine blaue Schürze, auf der das Logo des Gartencenters prangte, gleich unter einem großen roten

Namensschild, auf dem zu lesen war: »STACEY FREUT SICH IMMER, IHNEN BEHILFLICH ZU SEIN!«

Steel klopfte auf den Arbeitstisch, worauf Stacey aufblickte und lächelte.

»Kann ich Ihnen helfen?«

»*Aye*, ist Big Jimmy Grieve in der Nähe?«

Sie wies auf eine Tür in der Seitenwand der Halle. »Bei den Gartenhäusern und Pavillons.«

»Danke.« Steel marschierte los, vorbei an den Springbrunnen und Wasserspielen und zur Tür hinaus.

Tufty trabte neben ihr her. »Wer ist ›Big Jimmy Grieve‹?«

Sie marschierte einfach weiter.

An einem vier Meter hohen Maschendrahtzaun waren Regale mit Gartengestaltungszubehör aufgereiht: Säcke voll Kies, Zaunelemente, Drahtrollen und dergleichen mehr. Davon eingefasst war eine Ansammlung von Fertigschuppen in fröhlichen Outdoorfarben, wie eine kleine Barackensiedlung.

Ein alter Mann hantierte mit Holzlatten herum, aus denen er einen Pavillon am Rand der bunten Gartenschuppensiedlung baute. Und er machte es gar nicht so schlecht. Was nur gut war, denn man musste schon lebensmüde sein, um ihm ins Gesicht zu sagen, dass er irgendetwas *nicht* perfekt machte.

Er war riesig. Graues, kurz geschorenes Haar, breite Schultern, kräftige Arme und große Hände. Ein Kraftpaket. Als ob ein Rugbyspieler und eine Boxerin zusammen einen Rausschmeißer gezeugt hätten.

Steel blieb hinter ihm stehen. Sie lehnte sich an einen pastellblauen Schuppen.

Er blickte sich nicht um. Stattdessen nahm er einen Nagel aus einer Schachtel zu seinen Füßen und hämmerte ihn mit drei mächtigen Schlägen ins Holz.

Sie wartete, bis der letzte Schlag verhallt war. »Mr Grieve. Hätte gar nicht gedacht, dass Sie so einen grünen Daumen haben.«

Er erstarrte. Dann drehte er sich um.

Puh … Das war ein Gesicht, bei dessen Anblick sich selbst ein Rottweiler in die Hose machen würde. Falten und Runzeln wie in Stein gemeißelt. Augen wie gefrorener Granit. Doch als er den Mund aufmachte, donnerten die Worte nicht heraus, sondern glitten wie auf Schienen, ruhig und beherrscht, ohne erkennbare Regung. »Roberta Steel. Was führt Sie her?« Er stand vollkommen still, kein Zucken oder Zappeln, wie eine lebende – und extrem furchteinflößende – Statue.

»Oh, ich war nur zufällig in der Nähe, Mr Grieve …« Schulterzucken. »Wie geht's Sheila und den Enkelkindern?«

Ein Lächeln grub die Fältchen um seine Augen tiefer ein. »Denen geht's gut, danke. Macy geht jetzt auf die große Schule. Sie sagt, sie will mal Systemarchitektin werden, was immer das sein mag.«

»Freut mich zu hören. Sagen Sie schöne Grüße von mir.«

Er nickte, dann griff er nach dem nächsten Teil seines Pavillonbausatzes und richtete es an dem aus, das er gerade festgenagelt hatte.

Sie steckte die Hände in die Hosentaschen. »Haben Sie mal von einer miesen kleinen Ratte namens Philip Innes gehört?«

»Sollte ich das?« Wieder diese bedrohliche Starre.

»Ein kleines Vögelchen hat mir gezwitschert, dass er sich in Cairnhill Court als Kredithai betätigt. Sie sind da aufgewachsen, nicht wahr?«

»Ist lange her.«

»Dieser Philip Innes hat eine kleine alte Dame überfallen. Hat sie krankenhausreif geprügelt. Und ihren Hund in der Mikrowelle gekocht. Traurig, nicht wahr?«

Big Jimmy Grieves Stimme wurde leiser. Härter. »Und warum verhaften Sie ihn dann nicht?«

»Ich komme nicht an ihn ran.« Ein Seufzer. »Sie wissen doch, wie das ist – alle haben Angst, keiner traut sich, den Mund aufzumachen. Das ganze Haus ist schlagartig an Amnesie, Kehlkopfentzündung und einem besonders schweren Fall von selektiver Blindheit erkrankt.«

»Verstehe.«

Ein ungutes Gefühl machte sich in Tuftys Magengrube breit. Sein Nacken war plötzlich feucht von kaltem Schweiß. Das war ganz sicher eine sehr, *sehr* schlechte Idee.

»Zu Ihrer Zeit war das noch anders, nicht wahr, Mr Grieve?« Steel schüttelte den Kopf. »Okay, man hat niemanden bei der Polizei verpetzt, aber das war auch nicht nötig, oder? Weil jeder wusste, dass sich alles intern regeln ließ.«

Big Jimmy Grieve starrte auf den Hammer in seiner riesigen Pranke hinab. Als wollte er sein Gewicht prüfen. Er schwieg.

»Wenn du damals über die Stränge geschlagen hast – wenn du zum Beispiel eine alte Dame vermöbelt hast –, dann hast du eins auf die Finger gekriegt. So richtig feste. Aber heutzutage …« Wieder ein Seufzer. Dann hob sie die Hand und klopfte ihm auf die Schulter. »Na ja, genug in Erinnerungen geschwelgt. Ich mach mich mal wieder an die Arbeit.«

Er stand da, reglos und kalt wie ein Grabstein aus Granit, und starrte den Hammer an.

»Sagen Sie Sheila einen schönen Gruß von mir.« Steel drehte sich um und ging davon.

O nein – sie würde ihn *nicht* mit Big Jimmy Grieve allein lassen.

Tufty hastete ihr hinterher und versuchte gar nicht erst, cool zu wirken.

Er holte sie auf halbem Weg zum Ausgang ein und packte sie am Arm. »Was haben Sie da gerade gemacht?«

Steel drehte sich um und starrte ihn an.

Okay, vielleicht besser ohne Anfassen.

Er ließ sie los.

Sie ging weiter. »Ich habe bei einem alten Freund vorbeigeschaut.«

»Einem alten …?« Tufty senkte die Stimme zu einem zischelnden Flüstern, als sie an Stacey mit ihren Heidi-Zöpfen vorbeikamen. »Der sieht aus wie ein Serienmörder!«

»Ist schon Mittag? Mir ist irgendwie nach Lunch.«

»Warum können Sie sich *nie* mal an die Vorschriften halten?«

»Lunch, Lunch, Lunch, Lunch, Lunch.« Sie rauschte durch den Haupteingang auf den Parkplatz hinaus.

»Wer ist Big Jimmy Grieve? Was wird er mit Phil Innes machen?«

»Ich dachte vielleicht an Fish et Chips avec les Essiggürkchen et Erbsen à la Püree.«

Tufty legte einen Minisprint ein und stellte sich ihr in den Weg. »Was ist, wenn er Phil Innes zusammenschlägt? Was ist, wenn er ihn *umbringt*? Machen wir uns jetzt der Beihilfe zum Mord schuldig?«

Steel lächelte ihn an. »Sie machen sich zu viele Gedanken.«

Dann umkurvte sie ihn und ging gemächlich weiter zu ihrem geparkten Einsatzwagen.

Tufty blieb, wo er war. Er riskierte einen Blick zurück zum Gartencenter.

Da war Big Jimmy Grieves in Granit gehauenes Gesicht, gleich hinter den Eingangstüren. Reglos, ausdruckslos starrte es ihn an. Beobachtete ihn.

Oh, sie waren ja *so* was von geliefert.

ACHTES KAPITEL

*in welchem Tufty einkaufen geht und
wir herausfinden, was passiert,
wenn man einem sehr furchterregenden Mann
die Stirn bietet*

I

»*Ach übrigens, Robbie, heute hab ich in einem kleinen Laden ein* total *entzückendes antikes Golfschlägerset entdeckt!*«

»M-hm …« Roberta seifte sich die Hände ein, das Handy zwischen Ohr und Schulter geklemmt. »Brauchst du wirklich noch mehr Golfschläger?«

»*Die sind ja nicht zum Spielen, die sind rein dekorativ. Sechs Schläger in einer wunderschönen Tasche aus Leder und Segeltuch, mit Ständer. Ich stelle sie ins Wohnzimmer, neben die …*«

Der Rest ging im Getöse des Händetrockners unter.

»*… zum Abendessen zu Hause?*«

»Ja, wahrscheinlich.« Sie zog ihre Hose stramm. »Also, meine Buxe ist *eindeutig* weiter geworden. Ich muss abgenommen haben. Ich magere noch zum Skelett ab, weil du mir nicht genug zu essen gibst.«

»*Du bist noch weit davon entfernt, zum Skelett zu werden. Und hör auf, mich vom Klo aus anzurufen, das ist unhygienisch.*«

»Na ja, ich sollte wohl besser mal weitermachen. Da draußen wartet ein Idiot auf mich.« Sie legte auf und polterte aus der Damentoilette. »Und da ist er auch schon.«

Tufty lehnte mit dem Rücken an der Wand, er wirkte gelangweilt. Armes kleines Würstchen.

Keine Ahnung, was die Kleine vom Wildlife Crime Office in ihm sah. Das spitze Gesicht mit den Resten von roter Farbe, die noch in den Falten klebten; das blaue Auge wie ein dicker, fetter Fingerabdruck. Die beleidigte Schnute.

Er seufzte wie ein genervter Teenager. »Können wir jetzt gehen?«

»He, wenn sich ein dringendes Bedürfnis meldet, kannst du nicht einfach sagen, es soll eine Nachricht hinterlassen. Manchmal muss man einfach...« O Mann, was war denn jetzt schon wieder?

Der hypernervöse Constable von neulich – der Laufbursche von DCI Rutherford – kam die Stufen heruntergaloppiert und blieb schwankend direkt vor ihr stehen, keuchend und japsend wie ein kaputter Wasserkessel, das Gesicht gerötet und glänzend. »Sar... Sarge?«

»Nicht *Sie* schon wieder!«

Der nervöse Schwitzbold hielt sich am Geländer fest. »Sarge... DCI... DCI Rutherford will... will Sie... beide... in seinem Büro sprechen.«

»Ich habe zu tun.«

»Er hat... ganz ausdrücklich... betont, dass es... jetzt gleich *sofort* sein muss.«

Sie kniff die Augen zusammen und stupste den Constable an. »Ich hab Sie schon mal besser leiden können.«

Der Knabe Rutherford stand hinter seinem Schreibtisch und starrte aus dem Bürofenster, die Hände hinter dem Rücken gekreuzt. Als ob er eine Parade auf dem Präsidiumsparkplatz sechs Stockwerke tiefer abnähme. Er rührte sich nicht, als Roberta den Raum betrat. Sagte kein Wort, der unhöfliche Sack.

Aber Rutherford war nicht der Einzige im Raum.

Sandy die Schlange saß steif wie eine Pfarrerstochter in einem der Besuchersessel. Er sah sie an und schüttelte kaum merklich den Kopf, seine Miene enttäuscht.

DI Vine hatte den anderen Stuhl belegt. Er starrte sie grimmig an. »Wurde aber auch Zeit.«

Hinter ihr fluchte Tufty ganz, ganz leise.

Und damit lag der kleine Dussel nicht mal falsch: Das war's, sie waren erledigt. Sandy die Schlange würde nicht mit seinem schicken Anzug und seiner ledernen Aktentasche hier aufkreuzen, wenn Jack Wallace, das Vergewaltiger-Dreckstück, sich nicht wieder beschwert hätte. Und jetzt würde Rutherford seine Drohung wahr machen – Roberta und Tufty würden an die Wand gestellt. Er hatte ihnen eine allerletzte Chance gegeben, aber jetzt waren sie tot. Tot, erledigt, im Arsch, geliefert, nach Strich und Faden gebrunzwieselt und ganz und gar mausetot.

Aber das hieß noch lange nicht, dass sie still und leise abtreten würde.

Sie schniefte. Nickte in Sandys Richtung. »Das wird wieder eine von *diesen* Besprechungen, wie?«

»Detective Sergeant Steel.« Rutherford starrte weiter aus dem Fenster, aber mit seiner Stimme hätte man sich die Beine rasieren können. Und sich dabei wahrscheinlich noch Frostbeulen geholt. »Wie ich von Mr Moir-Farquharson erfahren musste, haben Sie sich wieder vor Jack Wallace' Haus herumgetrieben. OBWOHL ICH ES IHNEN AUSDRÜCKLICH UNTERSAGT HABE!«

Die Worte donnerten durch den Raum und wurden von den Aktenschränken und Whiteboards zurückgeworfen, ehe sie verhallten.

Tufty leckte sich die Lippen und wich zur Tür zurück. »Vielleicht sollte ich einfach …«

»O nein, nichts da – Sie bleiben schön hier!« Rutherford nahm die Hände auseinander und ballte sie zu Fäusten. »DS Steel, was habe ich Ihnen gesagt, was passieren würde, wenn Sie noch einmal Mist bauen? Dass ich Constable Quirrel für Ihre Handlungen mit zur Verantwortung ziehen würde. Nun, *herzlichen* Glückwunsch.«

Sie hob ruckartig das Kinn und straffte die Schultern. »Was immer Jack Wallace gesagt hat, er ist ein dreckiges Lügenmaul.«

Sandy die Schlange seufzte. »Tatsächlich hat Mr Wallace in diesem Fall Beweismaterial, das seine Behauptung belegt. Und zwar in Form einer Reihe von Fotos, die zeigen, wie Ihr Wagen bei nicht weniger als einem Dutzend Gelegenheiten vor seinem Grundstück parkt.«

»Nee, das glaub ich nicht. Die Fotos sind gefakt.«

Jetzt drehte Rutherford sich endlich um, sein Gesicht war dunkel und bebte. »Herrgott noch mal, Sergeant, Sie sind nicht die Präsidentin der Vereinigten Staaten, Sie können nicht einfach behaupten, dass *alles*, was sie belastet, ein Fake ist!« Er streckte die Hand aus. »Mr Moir-Farquharson?«

Sandy die Schlange griff in seine Aktentasche und holte denselben superdünnen Laptop hervor wie beim letzten Mal. Er stellte ihn auf den Schreibtisch, klappte ihn auf und drückte ein paar Tasten.

Das Display füllte sich mit einem Foto ihres MX-5, der unter den Bäumen vor Wallace' Haus parkte, die Farben in der Dunkelheit gedämpft. *Klick*. Noch eine Nachtaufnahme: Ihr Auto parkte ein paar Häuser weiter. *Klick*. Da war sie selbst: Sie lehnte an einem dieser Bäume und paffte ihre E-Zigarette, die Dampfwolke schimmerte im Licht einer Straßenlaterne. *Klick*. Wieder das Auto; durch die regennasse Windschutzscheibe war deutlich Robertas Gesicht zu erkennen, wie sie zu dem Haus hinaufstarrte.

Sandy die Schlange seufzte. »Und, last but not least...« *Klick*. Auf diesem Foto wühlte sie in Wallace' Mülltonne, eine Taschenlampe zwischen die Zähne geklemmt.

Mist. Er hatte *tatsächlich* Fotos.

Rutherford pflanzte seine Fäuste auf den Schreibtisch. »Nun?«

»Ich weiß, das sieht nicht gut aus, aber …«

»Nicht *gut*? Was habe ich Ihnen gesagt?«

»Ich habe in einem laufenden Fall ermittelt und …«

»ICH HABE IHNEN AUSDRÜCKLICH BEFOHLEN, SICH VON IHM FERNZUHALTEN!«

Draußen heulte eine Sirene los und verhallte in der Ferne. Im Büro nebenan klingelte ein Telefon.

Tufty scharrte mit den Füßen. »Äh … Dürfte ich …« Er deutete auf den Laptop.

DI Vine richtete seinen vernichtenden Blick auf ihn. »*Was?*«

»Also, ich konnte nicht umhin zu bemerken, dass DS Steel auf dem letzten Foto ein grünes Hemd und ihren blauen Hosenanzug trägt.«

»Wir sind hier nicht beim Kaffeeklatsch, Constable, ihre verdammten Modetipps interessieren uns nicht!«

»Nein, ja, aber wir haben ihren blauen Anzug vor *zwei Wochen* in die Reinigung gebracht, weil Scabby George ihn vollgekotzt hatte, als wir ihn festgenommen haben, weil er vom Dach des Chapel-Street-Parkhauses gepinkelt hatte. Sie hat ihn seitdem nicht mehr getragen.« Er trat vorsichtig näher und wies wieder auf den Laptop. »Also, dürfte ich mal …?«

Sandy die Schlange zuckte mit den Schultern. »Ich habe nichts dagegen.«

Tufty hantierte am Touchpad des Laptops herum.

Rutherford starrte sie an. »Ist das wahr, DS Steel?«

»Scabby George? O ja. Er hatte den ganzen Vormittag extrastarken Cider aus Zweiliterflaschen in sich reingeschüttet. Er meinte, wenn die Gesellschaft es in Ordnung fände, *ihn* dauernd anzupissen, könnte man es ihm nicht verdenken, wenn er sich auf diese Weise rächte.«

Tufty hob eine Hand. »Da haben wir's. Schauen Sie.« Er trat vom Display zurück. Ein Fenster mit Dateiinformationen war am oberen Rand erschienen. »Die ›Erstellt-am‹-Daten der Bilddateien liegen viele Wochen zurück. Die Fotos sind nicht aktuell.«

Oh, du kleiner Prachtkerl, du.

Roberta grinste. »Dann sind wir also aus dem Schneider.«

»*Wie bitte?*« Vine pochte auf die Armlehne seines Stuhls. »Das ändert absolut nichts an den Fakten.«

»Tut es wohl. Diese Fotos wurden alle vor unserem fröhlichen kleinen Treffen gestern gemacht.«

»Sie haben Jack Wallace schikaniert!«

Doofie McVine raffte es ganz offensichtlich nicht.

Also noch mal von vorn, schön langsam. »Er hat diese Fotos schon vor Wochen gemacht, okay? Dann ist er gestern hergekommen und hat alles *verziehen*, schon vergessen? Sie erinnern sich nicht? Dass er mir alles verziehen hat? Bei dieser Besprechung? Sie waren doch dabei, oder nicht?« Dann drehte sie sich um und stand vor DCI Rutherford stramm. »Sie haben mir befohlen, mich fernzuhalten, *Sir*, und ich habe mich daran gehalten, jawohl!« Und dann salutierte sie auch noch, weil's so schön war.

Rutherford sah sie eine Weile stirnrunzelnd an, den Kopf zur Seite geneigt. Dann nickte er. »Na schön. Also, Mr Moir-Farquharson, warum kommt Ihr Mandant jetzt mit diesen Fotos?«

Steel schlug die Hacken zusammen. »Die Frage kann ich beantworten, Sir. Weil er ein mieser kleiner Stänkerer ist.«

Ein Lächeln huschte kurz über Moir-Farquharsons Züge, ehe er es einfing und zerquetschte.

»Verstehe.« Rutherford sank in seinen Bürostuhl. »Dann haben Sie also die Observierung von Jack Wallace' Haus eingestellt?«

»Würde ich mich je einem direkten Befehl von *Ihnen* widersetzen, Sir? Das würde mir nicht im Traum einfallen.«

DI Vine stand draußen im Treppenhaus und warf ihr böse Blicke zu, als die Aufzugstür zuglitt.

Kurz bevor er verschwand, zwinkerte Roberta ihm noch rasch zu und winkte.

Geschah ihm recht, dem hässlichen, miesmacherischen Brunzwiesel.

Der Aufzug war ohnehin schon nicht besonders geräumig, aber wenn man einen Detective Chief Inspector, einen sehr teuren Strafverteidiger, eine scharfe Sexbombe von Detective Sergeant und einen entzückenden kleinen Tufty-förmigen Superhelden hineinquetschte, kam man sich eher vor wie in einem Sarg, der sich ein bisschen auf und ab bewegte.

Niemand sagte etwas, alle standen nur in verkrampftem Schweigen da und waren bemüht, sich nicht auf vermeintlich unsittliche Weise an den anderen zu reiben.

Roberta flüsterte Tufty ins Ohr: »Hoffentlich furzt niemand!«

Sein Gesichtsausdruck war Dank genug.

Die Aufzugstür öffnete sich mit einem *Ping*, und alles spritzte heraus wie der Inhalt eines ausgedrückten Pickels.

Rutherford drehte sich um und schüttelte Sandy der Schlange die Hand. »Also dann, ich überlasse es DS Steel, Sie zum Ausgang zu begleiten.« Er marschierte davon, Arme schwingend und mit steifem Rücken. Links, zwo, drei, vier ...

Sobald er außer Hörweite war, bohrte Roberta Sandy der Schlange den Finger in die tadellos gekleidete Brust. »Na, *vielen* Dank auch.«

Er bürstete die Delle von ihrer Fingerkuppe aus seinem Revers. »Es ist nichts Persönliches, das versichere ich Ihnen, Detective Sergeant. Mein Mandant hat mich gebeten, Police Scotland seine Fotos zur Berücksichtigung vorzulegen, deswegen bin ich hier.«

Tufty tippte den Tastencode ein und hielt ihnen dann die Tür auf.

Sie klopfte ihm im Vorbeigehen auf den Rücken. »Gehen Sie schon mal Tee machen. Heute haben Sie sich einen Jammie Dodger verdient.«

Er verzog den Mund zu einem kleinen Lächeln. »Ja, Sarge.« Und weg war er.

Ein altes Männlein in Trainingsanzug und Kapuzenpulli saß zusammengesunken auf einem der Plastikstühle im Empfangsbereich. Ansonsten war nichts los.

»Sind Sie nicht ein bisschen teuer für einen Laufburschen, Sandy?«

Er folgte ihr über das Wappen von Police Scotland, das in den Terrazzofußboden eingelassen war. »Mr Wallace' Partner unterstützen ihn zum Glück *sehr* großzügig. Und ehrlich gesagt habe ich auch nichts gegen einen kleinen Spaziergang in der Sonne.«

»Großzügig…« Sie blieb stehen, eine Hand auf dem Türöffner mit der Aufschrift »Rollstuhlfahrer«. Sie runzelte die Stirn. »Wie haben Sie das gemeint – meine Freunde seien mir ›zur Seite gesprungen‹, genau wie ihm seine?«

»Habe ich das gesagt? Sieh an, sieh an.«

»Sandy!«

Keine Antwort.

»Sie haben mir erzählt, Sie hätten meinen Fall unentgeltlich übernommen wegen der vielen Mörder und Vergewaltiger, die Sie rausgehauen haben!«

»Eine kleine Fiktion. Die Person, die Ihre Prozesskosten übernommen hat, wünschte nicht genannt zu werden.«

Oh, *verdammt.*

Sie trat einen Schritt zurück. »Es war doch nicht irgendjemand mit Dreck am Stecken, oder? Ein Bankräuber oder ein Drogendealer?«

»Ganz im Gegenteil. Er befürchtete lediglich, dass Sie meine Hilfe abgelehnt hätten, wenn Sie die wahre Identität Ihres Wohltäters gekannt hätten.«

»Na klar, weil ich *die* ja bestimmt abgelehnt hätte.« Roberta drückte den Knopf, und die Tür schwang auf. Sie warf ihre E-Zigarette an und schlenderte paffend nach draußen, die Hände in den Hosentaschen. War angeblich »Mandarine-Guave«, schmeckte aber eher wie Fanta. »Nachdem dieser falsche, hinterhältige Drecksack mich bei der Internen verpfiffen hatte, brauchte ich doch alle Hilfe, die ich ...«

Sie starrte Sandy die Schlange an.

Er lächelte gelassen zurück. Dann zog er eine Braue hoch.

Er meinte doch nicht ... *Unmöglich!*

»Nein, nein, nein, nein, nein. Das ist ... Sie verarschen mich doch. Das kann nicht sein!«

»Inspector McRae fand, dass Ihre Meinung von ihm Ihr Urteil ein wenig trüben würde. Er hatte vor Kurzem einen ihm nahestehenden Menschen verloren und eine Geldsumme geerbt, die ihn in die Lage versetzte, Ihre Verteidigung zu finanzieren.«

»Ach du Scheiße!«

Tufty öffnete die Tür des CID-Büros und steckte den Kopf hinein. Lund, Harmsworth und Barrett hatten sich wohl in die Mittagspause abgesetzt, denn Steel saß ganz allein da, die Füße auf den Schreibtisch gepflanzt, und starrte aus dem Fenster.

Vier weitere Pimmel hatten sich zu dem am Whiteboard gesellt, doch sie wirkten traurig und enttäuscht. Lustlose Pimmel, die nicht wirklich mit dem Herzen bei der Sache waren.

Ein bisschen wie Steel also.

»Sarge?«

Sie blickte weiter grübelnd aus dem Fenster. »Kennen Sie das Gefühl, als ob jemand gerade das Tischtuch weggezogen hätte, aber anstatt dass die Teller und Gläser und das ganze Zeugs einfach stehen bleiben, fällt alles krachend auf den Boden?«

Sehr tiefsinnig.

»Sie raten nie, wer unten am Empfang wartet.«

»Es war McRae. Als seine Freundin starb, hat die Lebensversicherung eine fette Summe ausgezahlt. So konnte er es sich leisten, Sandy die Schlange als meinen Verteidiger zu engagieren.«

»Sehen Sie? Hab Ihnen doch gesagt, er ist ein Guter.«

Ihre Miene wurde säuerlich, die Falten um ihre heruntergezogenen Mundwinkel wurden noch faltiger. »Allerdings hätte ich ja überhaupt keinen sauteuren Rechtsverdreher gebraucht, wenn McRae mich gar nicht erst reingeritten hätte!«

So ist's recht.

»Also, wie gesagt: Wir haben einen Gast, und es ist Mrs Galloways Nachbarin, die mit dem kleinen Jungen.«

Steel starrte wieder aus dem Fenster. »Aber warum reitet er mich rein und bezahlt dann ein Vermögen an Sandy die Schlange, damit der mich raushaut? Das ergibt doch keinen Sinn…«

»Sie will Anzeige erstatten.«

»Gah…« Steel ließ den Kopf in den Nacken fallen, schlug die Hände vors Gesicht und stöhnte. Ein Seufzer, und dann: »Natürlich will sie das, weil das nun mal so läuft in diesem beschissenen Horrorjob. Niemand hilft, alle beschweren sich nur.« Sie ächzte und hievte sich matt und kraftlos vom Stuhl hoch. »Na, bringen wir's hinter uns.«

Ein merkwürdiger Geruch nach Instantnudeln füllte das kleine Empfangszimmer. Vielleicht wohnte er dort? Oder war er als blinder Passagier mit Mrs Galloways Wohnungsnachbarin gekommen? Sie saß mit dem Rücken zur Tür, in einem Trainingsanzug in den Auswärtsfarben des FC Aberdeen, der ein bisschen zu glänzend aussah, um kein Imitat zu sein. Ihr kleiner Junge stand auf dem Stuhl neben ihr und malte ausladende rote und grüne Buntstiftkringel auf ein Blatt Papier.

Steel warf sich auf den Stuhl gegenüber und seufzte. »Sie möchten Anzeige erstatten.«

Tufty holte sein Notizbuch hervor.

Sie nickte, dass ihr Pferdeschwanz wippte. »Ja.« Dann holte sie tief Luft und platzte heraus: »Ich habe gesehen, wie Phil Innes Mrs Galloways Tür eingetreten hat. Er ist derjenige, der sie überfallen hat. Ich habe alles gesehen.«

Tufty sah Steel an und wackelte mit den Augenbrauen, ein breites Grinsen im Gesicht.

»Wa... Ist...?«

Die Nachbarin verschränkte die Arme, und es sah tatsächlich so aus, als ob knisternde Fünkchen statischer Elektrizität aus diesen glänzigen Trainingsjackenärmeln stoben. »Und?? Werden Sie ihn jetzt verhaften?«

Tufty tippte mit seinem Stift auf das Notizbuch. »Fangen wir doch am besten ganz vorne an, wie wär's?«

Denn es war doch immer eine gute Idee, am Anfang anzufangen.

»... und rufen Sie im Büro des Amtsrichters an.« Steel rieb sich hämisch grinsend die Hände, wie Mr Burns von den *Simpsons*. »Ich will einen Durchsuchungsbeschluss, um Philip Innes' Haus gründlich auf den Kopf stellen zu können.«

Tufty salutierte. »Ja, Captain, my Captain!«

Sie wandte sich zum Gehen, just als Big Gary den Flur entlang auf sie zugestapft kam.

»He! Wo wollt ihr zwei denn hin?«

»Ein bisschen richtige Polizeiarbeit machen, Gary. Weiß nicht, ob du dich noch erinnerst ...«

Er wölbte die Brust und machte sich damit noch dicker, als er ohnehin schon war. »Nicht bevor ihr euch um die Busladung von Leuten gekümmert habt, die meinen schönen sauberen Empfangsbereich verstopfen.« Er zeigte mit dem Finger auf die Tür mit dem Tastencode.

Auf der anderen Seite der verstärkten Sicherheitsglasscheibe war der Warteraum brechend voll. Zwanzig, wenn nicht dreißig Menschen, weit mehr, als es Sitzplätze gab. Sie gingen umher und betrachteten die Fahndungsplakate.

»Und ehe du fragst: Ja, die wollen alle zu euch.«

Tufty trat vor die Scheibe. »Wow. Sieht aus, als wäre der halbe Cairnhill Court gekommen!«

Er tippte den Code ein und hielt Steel und Gary die Tür auf. Nachdem sie sich vorbeigequetscht hatten, ging er auch hinein und ließ die Tür hinter sich zufallen.

Ein alter Mann erhob sich wacklig von seinem Stuhl und fuchtelte mit seinem Gehstock vor ihnen herum. »Ich will Anzeige gegen diesen Philip Innes erstatten. Mir haben zwanzig Pfund gefehlt, und er hat meinen Fernseher kurz und klein geschlagen!«

Eine stämmige junge Frau in einer zu engen Jeans und einem *viel* zu engen T-Shirt kam herbeigeschlurft. »Phil Innes hat meine Mutter wegen eines Kredits schikaniert. Sie ist dreiundfünfzig!«

Eine Frau mit krausen Haaren, Ringen unter den Augen und zwei rotznasigen kleinen Kindern an einer Leine: »Er hat meinen Mann grün und blau geschlagen!«

Steel hob die Hände und starrte die Menge mit offenem Mund an. Sie blinzelte ein paarmal, dann fragte sie: »Ist irgendjemand hier, der sich *nicht* über Philip Innes beschweren will?«

Nicht ein Einziger.

Sie flüsterte Tufty ins Ohr: »Wir werden ein größeres Boot brauchen.«

II

»Wie lange dauert das denn noch?« Lund spähte durch das Fenster des Polizeitransporters nach dem klobigen grauen Klotz des Polizeipräsidiums.

Harmsworth rückte seine Knie- und Ellbogenschoner zurecht – dicke schwarze Plastikteile, die seine Jackettärmel und Hosenbeine zerknitterten. »Wir werden nicht pünktlich nach Hause kommen. *Wieder* mal. Ich weiß es einfach.«

»Komm schon, komm schon, komm schon!«

»Ich sag's euch, wir werden alle in der Notaufnahme landen, mit lauter Knochenbrüchen und Stichwunden.«

Barrett konsultierte sein Klemmbrett. »Da steht nichts davon, dass Philip Innes je irgendwen mit dem Messer attackiert hätte. Außerdem solltest du dir viel eher Gedanken darüber machen, ob du am Ende des Tages noch alle Klamotten anhast.«

»Das ist nicht komisch – ich war traumatisiert!«

»Du warst splitterfasernackig!«

»Pfff …« Tuftys Handy summte an seinen Rippen. Eine Textnachricht. Er zog es heraus.

> DC Quirrel, PC Mackintosh hier
> Die Stadtverwaltung bietet uns einen Einäscherungstermin morgen um 14:30 an wg. Stornierung

Morgen um halb drei? Hmm …

Er tippte eine Antwort:

> Mrs Galloway muss noch mindestens eine Woche im Krankenhaus bleiben. Phil Innes hat sie wirklich ÜBEL zugerichtet.

Senden.

Das Handy summte in seiner Hand.

> Wenn wir es jetzt nicht machen, bekommen wir frühestens in zwei Wochen wieder einen Haustiertermin, und der Rechtsmediziner klagt schon, dass Pudding sein Kühlfach vollstinkt.
> Sorry ☹

Ah. Man könnte ihn wohl auch *einfrieren*, aber dann müsste man ihn vielleicht erst wieder auftauen, bevor er eingeäschert werden konnte? Konnte doch nicht riskieren, dass irgendwas schiefging …

Und vielleicht wäre es besser für Mrs Galloway, wenn alles abgetan und erledigt wäre? Sie stand ohnehin schon auf der Kippe – die Beerdigung ihres armen Hündchens könnte ihr den Rest geben.

> Okay, 14:30 morgen – das Date steht.

Senden.

O nein!

Das Date? Was zum Teufel hatte er sich dabei gedacht?

> Sorry! Ich meinte nicht »Date« im Sinne von Date – sollte nur heißen, wir sehen uns dort!!!
> Niemand geht zu einem Date ins Krematorium. Außer er ist ein bisschen seltsam. Und Sie sind bestimmt nicht seltsam.

Er starrte auf das Display seines Handys. Nein. Er löschte die letzten drei Sätze und drückte auf »Senden«.

Lund stieß ihn an. »Wie spät ist es?«

»Zehn nach vier.« Er runzelte die Stirn, dann steckte er sein Handy wieder ein. »Steel hat gesagt, sie käme gleich runter.«

»Und jetzt alle zusammen!« Lund sang, während sie auf dem Autodach den Takt schlug:

»Wir warten hier zu viert,

Owen onaniert,

Davey blickt mal wieder nichts,

Tufty ist ein Dussel,

DC Lund ist klasse …«

Endlich kam Steel aus der Seitentür gestürzt und warf sich hinters Steuer. Sie war die Einzige, die keine Razzia-Schutzkleidung trug. Was vermutlich bedeutete, dass sie beabsichtigte, wieder mal von hinten zu führen.

Sie startete den Transporter und drehte sich zu den vieren um, während sie aus der Parkbucht zurücksetzte. »So, ihr fürchterliche Rasselbande, jetzt hört mal alle gut zu: Philip Innes ist ein gewalttätiges kleines Brunzwiesel. Er hat keine Skrupel, kleine alte Damen krankenhausreif zu prügeln. Ich will also keine Pannen, okay? Ich will bei keinem von euch auch nur einen abgebrochenen Fingernagel sehen. Und Owen?«

Harmsworths Unterlippe fuhr heraus. »Ich hab's ja geahnt.«

»Versuchen Sie diesmal, die Unterhose anzubehalten, ja?«

Der Transporter schwenkte herum, wobei er den Rückspiegel von Chief Superintendent Campbells Bentley nur knapp verfehlte, umkurvte die Rückfront der Rechtsmedizin und fuhr die Poultry Market Lane hinunter auf die Queen Street.

Die Reifen kreischten, als sie in die Broad Street einbogen.

Steel schlug aufs Lenkrad. »Mist bauen? Wir wissen gar nicht, wie das geht! Und jetzt alle!«

Die Antwort war in etwa so enthusiastisch wie die lustlosen Pimmel am Whiteboard im CID-Büro: »Mist bauen? Wir wissen gar nicht, wie das geht.«

Sie hämmerte wieder so fest auf das Lenkrad, dass es laut *sproinggg* machte. »ICH KANN EUCH NICHT HÖREN!«

Diesmal brüllten sie alle aus voller Kehle: »MIST BAUEN? WIR WISSEN GAR NICHT, WIE DAS GEHT!«

Sie grinste.

Steel bog in die Cairncry Drive ein und drückte das Gaspedal durch. Der Polizeitransporter machte einen Satz nach vorne, sie wurde tief in ihren Sitz gedrückt, während sie in der Mitte der Straße dahinrasten – dann legte sie eine Vollbremsung hin und riss das Steuer nach links, um mit einem Ruck knapp vor Philip Innes' glänzendem schwarzem Jaguar stehen zu bleiben. »Lasst die Hunde los!«

Tufty zog die Schiebetür auf, und Harmsworth sprang hinaus, dicht gefolgt von Barrett. Lund griff sich den großen roten Nachschlüssel und lief hinter ihnen her, Tufty durfte die Nachhut bilden. Er sprang die zwei Stufen zum Gartenweg hinauf.

An der Haustür angekommen traten Harmsworth und Barrett zur Seite, um Lund Platz zu machen.

»Vorsicht, heiß und fettig!« Sie nahm Anlauf und schwang den Minirammbock, bremste knapp vor der Tür ab und ließ das Ding mit Wucht gegen das weiße Hart-PVC krachen. Die ganze Tür flog mit einem donnernden Krachen nach innen.

Jetzt galt es.

Barrett ging als Erster rein. »POLIZEI! KEINE BEWE-GUNG!«

Tufty und Harmsworth stürmten hinterher.

Am Ende des Flurs trat Barrett eine Tür ein, hinter der eine Luxusküche zum Vorschein kam.

Harmsworth rannte die Treppe hinauf. »POLIZEI!«

Tufty riss die erste Tür zur Rechten auf. »ALLES AUF DEN BODEN, NA LOS!«

Das Wohnzimmer war eine regelrechte Männerhöhle: ein Billardtisch in Wettkampfgröße und ein riesiges Enter-tainment-Center, eine professionell ausgestattete Bar in der Ecke, »künstlerisch wertvolle« Drucke von nackten Damen an den Wänden, zwei Liegesessel aus schwarzem Leder und eine dazu passende Couch.

Auf der saß Philip Innes. Ganz still und ruhig, mit gesenktem Kopf. Seine Schultern zitterten.

Tufty ließ seinen Teleskopschlagstock ausfahren. »Philip Innes, ich verhafte Sie gemäß Paragraf vierzehn des Crimi-nal Justice … Scotland …?«

Innes wischte sich mit der Hand über die Augen, schniefte und stand auf. Er streckte beide Arme aus, die Handgelenke aneinandergelegt. »Ich …« Wieder ein Schniefen. »Ich komme freiwillig mit.«

Lund steckte den Kopf ins Wohnzimmer. »Der Rest des Hauses ist sauber. Hast du ihn?«

Innes starrte auf seine Handgelenke hinunter, die er den Polizisten hinhielt. »Ich wollte … Ich wollte nur sagen, dass es mir sehr, sehr, *sehr* leidtut, was ich getan habe. Ich bin … Ich bin ein schlechter Mensch …« Seine Unterlippe zitterte, und dann begann er hemmungslos zu schluchzen.

»Äh …« Tufty trat näher und klopfte ihm auf die Schulter. »Ist ja schon gut …?«

»So, das wäre dann alles.« Barrett schob sich mit seiner blauen Plastikkiste für Beweismittel an ihnen vorbei. »Wir haben rund vierzig Postsparbücher, Hunderte von Kontoauszügen, einundzwanzig Notizbücher mit Details zu Krediten und Rückzahlungen sowie sechzig EC- und Kreditkarten. Nichts davon lautet auf den Namen von Philip Innes.«

Tufty lutschte an seinen Zähnen. »Komisch, dass er alles einfach so rausgerückt hat. Warum hat er nicht … keine Ahnung … versucht, es zu verstecken, anstatt alles für uns auf dem Küchentisch bereitzulegen?«

»Hallo?« Harmsworth schaute hinter der ramponierten Hart-PVC-Tür hervor, die er in den Händen hielt. »Ich weiß, ich bin's ja nur, und Leistenbrüche sind zum Brüllen komisch, aber können wir das vielleicht mal hinter uns bringen?«

»Oh, klar.« Tufty steckte einen Kreuzschlitzaufsatz auf den Akkuschrauber und hielt Steel die Hand hin. »Schraube.«

Sie starrte ihn an. »Wie nennen Sie mich?«

»Kein Scheiß – die Tür ist wirklich sauschwer!«

Tufty startete einen neuen Versuch. »Kann ich bitte eine Schraube haben, Sarge?«

»Schon besser.« Sie hielt ihm eine Handvoll hin.

»Ich lass das Ding fallen, wenn ihr nicht bald in die Gänge kommt!«

»Ja, ja, schon gut.« Tufty half ihm, die Tür wieder in die Öffnung zu bugsieren, aus der sie herausgeschlagen worden war. »Komm schon, Owen, halt das verdammte Teil still.« Die messingfarbenen Schrauben bohrten sich durch das PVC in den Holzrahmen.

Harmsworth seufzte. »Es ist ja schön, zur Abwechslung mal nicht gebissen oder mit dem Messer attackiert zu werden, aber alles in allem war es ein *bisschen* enttäuschend.«

»Okay, genug von Ihrem Liebesleben, Owen. Konzentrieren Sie sich lieber auf die Arbeit.« Steel reichte Tufty noch zwei Schrauben.

Er wandte sich Tufty zu. »Du weißt, was ich meine? Wir werfen uns alle in Montur und stürmen aus dem Transporter und brechen die Tür auf und legen uns so *richtig* ins Zeug.«

»Schön still halten…« Schraub, schraub, schraub.

»Das Mindeste wäre doch gewesen, dass er sich ein bisschen der Festnahme widersetzt. Um seinen guten Willen zu zeigen.«

Tufty ruckelte an der angeschraubten Tür – fest wie nur was – und trat zurück. »So, das hätten wir.«

»Das ist doch nicht zu viel verlangt, oder? Dass er sich auch ein bisschen Mühe gibt?« Harmsworth starrte die anderen einen Moment lang an, dann schüttelte er den Kopf und schlappte zum Transporter zurück. »Aber was weiß Owen denn schon?«

Sobald die Schiebetür zugefallen war, schaute Tufty sich rasch um und vergewisserte sich, dass niemand zuhörte. Dann flüsterte er Steel ins Ohr: »Sarge, Innes hatte nicht eine einzige Schramme. Nirgends.«

»Natürlich nicht.« Sie nahm ihm den Akkuschrauber aus der Hand. »Warum sollte er welche haben?«

»Aber was hat er dann getan? Ihr Kumpel, dieser James Grieve? Er muss doch *irgendwas* getan haben.«

»Gottes Wege mögen unergründlich sein, Tufty, aber das ist noch gar nichts gegen Big Jimmy Grieve.« Sie ging in *Drei-Engel-für-Charlie*-Manier in die Knie und feuerte ein paar *Wwwwipppps* mit dem Akkuschrauber ab. »Und jetzt rein mit Ihnen ins Auto. Wir müssen auf dem Rückweg noch ein, zwei Boxenstopps einlegen.«

Tufty stieg wieder in den Transporter, beladen mit mehreren Papiertüten, deren weiße Seiten von den fettigen Köstlichkeiten darin schon transparent wurden.

Er reichte Barrett eine Tüte: »Einmal Hackfleisch, einmal Steak.« Dann Lund: »Sausage Roll und ein Bridie.« Eine für Steel: »Zweimal Steak.« Und eine für Harmsworth. »Die Hähnchencurry-Pasteten sind noch nicht fertig, deshalb hab ich dir ein Bacon Butty und ein Fondant-Törtchen gekauft.«

»Warum hasst das Leben mich nur so?«

In seinem Gitterkäfig verrenkte sich Philip Innes den Hals und starrte sie an. »Das duftet alles richtig lecker.«

Steel wickelte eine Pastete aus und biss herzhaft hinein. »Pech gehabt. Du kriegst nix, weil du unartig warst.« Sie ließ den Motor an. »Anschnallen, Kinder!« Dann stopfte sie sich die Pastete in den Mund, um die Hände für ein Wendemanöver in drei Zügen frei zu haben, und nuschelte um den Blätterteig herum: »Noch ein Zwischenstopp.«

Steel zog die Handbremse. »Merkt euch, wo wir geparkt haben.« Sie sprang hinaus.

Tufty, Lund, Barrett und Harmsworth kletterten zur Schiebetür hinaus und trafen am Heck des Transporters mit ihr zusammen.

»Sarge?«

»Barrett und Lund, ihr bewacht den Gefangenen. Wenn ihr ihn entwischen lasst, häute ich höchstpersönlich eure Intimzonen mit einem Kartoffelschäler, verstanden?«

Sie nickten.

Steel schnippte mit den Fingern. »Constable Quirrel, wenn Sie so freundlich wären, Mr Innes aus dem Wagen zu holen?«

Tufty wischte sich die Blätterteigkrümel von den Fingern und schloss die Hecktür auf.

Innes spähte zu ihnen hinaus. Er saß auf dem mittleren der drei rückwärts gerichteten Sitze, angeschnallt und in Handschellen. Seine blutunterlaufenen Augen richteten sich auf das, was hinter ihnen zu erkennen war, und weiteten sich vor Schreck. Er drückte sich ängstlich in seinen Sitz. »Das ist nicht das Polizeipräsidium. Das ist nicht das Polizeipräsidium!«

»Nein, Philippy Willippy.« Steel grinste. »Das ist das Krankenhaus. Du wirst einen Krankenbesuch machen, und du wirst es *jetzt* tun.«

»Bitte nicht! Ich hab nicht ...«

»Barrett, Lund: Holt den verrotzten Kotzbrocken da raus.«

Sie traten vor. Lund rotierte die Schultern. »Na los, raus mit dir.«

Tufty zupfte Steel am Ärmel. »Sarge, sind Sie sicher, dass das legal ist? Weil, ich glaub nämlich nicht, dass das legal ist.«

»Natürlich nicht.« Sie strahlte ihn an, während Phil Innes aus dem Käfig gezerrt wurde. »Aber Philippy Willippy wird es keinem erzählen. Nicht wahr, Philippy?«

Innes biss sich nur auf die Unterlippe und schüttelte den Kopf.

»Braver Junge.« Sie drehte sich um und schlenderte auf den Seiteneingang des Krankenhauses zu. »Auf geht's.«

Sie nahmen Innes zwischen sich und bugsierten ihn ins Gebäude, wo sie vor einer Reihe von verschrammten Aufzügen stehen blieben.

Eine Tür ging auf, und sie drängten sich alle in die Kabine, Phil Innes eingequetscht zwischen Lund und Barrett. Er schwitzte und zappelte nervös, als der Lift nach oben rumpelte.

Lund stupste ihn an. »Stillgestanden.«

Der Aufzug hielt mit einem Ruck an, und die Tür glitt wieder auf.

Steel war als Erste draußen. »Ab jetzt herrscht Funkstille. Niemand jammert oder meckert oder reißt Witze über Constable Harmsworth.«

Harmsworth schniefte, die Nase in die Luft gereckt. »Wurde aber auch Zeit.«

»Die könnt ihr euch für den Rückweg aufheben.«

»He!«

Aber sie hatte sich schon umgedreht und marschierte den Flur entlang.

Lund und Barrett nahmen Innes wieder in die Mitte und schleiften ihn bis zu dem Einzelzimmer am Ende des Gangs.

Steel hielt einen Finger an die Lippen und zeigte nacheinander auf jeden von ihnen. »Kein Sterbenswörtchen, kapiert?«

Alle hielten brav die Klappe.

»Gut. Und haltet euch dran.« Dann schlüpfte sie in Mrs Galloways Zimmer.

Tufty trat an das Sichtfenster neben der Tür.

Mrs Galloway wirkte unglaublich dünn und gebrechlich, wie sie da in ihrem Bett lag, jeder sichtbare Quadratzentimeter Haut ein Regenbogen von Blutergüssen. Und Steel war nicht die einzige Besucherin. Big Jimmy Grieve saß auf dem Stuhl auf der anderen Seite ihres Betts, die Nase in einem Buch.

Er blickte zu Steel auf und nickte, sagte etwas zu ihr.

Sie antwortete etwas. Dann wandte sie sich der armen, übel zugerichteten alten Dame zu. Steels Lippen bewegten sich, doch man konnte unmöglich verstehen, was sie sagte. Dann sah sie zum Fenster und winkte.

Sie waren dran.

Lund stupste Innes noch einmal. »Ich hab dich im Auge, Freundchen.«

Er sah *wirklich* nicht gut aus. Blass, die Haut von kaltem Schweiß bedeckt, zitternd am ganzen Körper.

Sie schlurften alle hinein, Tufty und Innes zuerst.

Sobald alles drin und die Tür zu war, nahm Tufty seinen Schlüssel heraus und löste die Handschellen.

Innes gab ein leises Quieken von sich.

»So.« Steel verschränkte die Arme. »Sie haben Mrs Galloway etwas zu sagen, nicht wahr?«

»Es ...« Innes hörte sich eher nach einem Kind an, das gerade den Hintern versohlt bekommen hat, als nach einem Kredithai. »Es ... tut mir sehr, sehr leid, was ich getan habe. Ich ... Ich bin ein ganz, ganz schlimmer Mensch.«

Big Jimmy Grieve starrte ihn an. »Weiter.«

»Weiter ... Okay.« Er leckte sich die Lippen. Dann zog er einen Umschlag aus der Innentasche seiner Jacke. Einen normalen Briefumschlag von der Sorte, in die ein A4-Blatt passt, wenn man es zweimal faltet. Nur dass in diesem eine Menge Papier steckte – er war fast drei Zentimeter dick. »Und ... Und ich wollte Ihnen das hier geben.«

Er schob sich zentimeterweise vor und hielt den Umschlag mit ausgestrecktem Arm, um so viel Krankenhausbett wie nur möglich zwischen sich und Big Jimmy Grieve zu lassen. Er legte den Umschlag auf die Bettdecke neben Mrs Galloways gebrochenen Arm.

Sie sah den Umschlag nur an.

Innes wich wieder vom Bett zurück. »Dreitausendzweihundertsiebzig Pfund. Alles für Sie. Ich ...« Sein Blick schwenkte einen Moment lang vom Umschlag zu Big Jimmy Grieve, dann senkte er ihn rasch wieder auf seine eigenen Hände, die er vor dem Schritt gefaltet hatte. »Ich hätte Ihnen nie Zinsen für einen Kredit berechnen sollen. Das war illegal, und ich hatte kein Recht dazu. Es tut mir wirklich, ehrlich leid.«

Ein Nicken von Big Jimmy Grieve. »Und?«

»Und ich werde es nie wieder tun?«

Die Stimme des Hünen nahm wieder diesen ruhigen, *unbewegten* Ton an. »Geben Sie sich mehr Mühe.«

»Richtig. Ja. Mehr Mühe. Und ich... Ich möchte, dass Sie als Entschuldigung mein Auto bekommen!«, platzte er heraus, während er seine Schlüssel neben den Umschlag warf. »Es ist ein Jaguar XJ mit Lederbezügen und Sitzheizung...«

»Und?«

Philip Innes' Unterlippe bebte, seine Augen glänzten feucht. »Und... Und auch meine Uhr?«

»So ist's recht.« Big Jimmy Grieve lächelte. »Na, ist es nicht ein gutes Gefühl, sein Gewissen so zu erleichtern, Philip?«

Er fuhr sich mit einer Hand über das tränennasse Gesicht. »*Bitte*, darf ich jetzt ins Gefängnis?«

III

Lund vergewisserte sich, dass Phil Innes ordentlich ange-schnallt war, dann kletterte sie aus dem Käfig und schloss die Hecktür des Transporters ab. Sie zeigte mit dem Daumen darauf. »Wir wären dann so weit, Sarge.«

Steel nickte. »Einen Moment noch, Veronica. Ich muss noch rasch was erledigen.«

Tufty scharrte mit den Füßen, als Lund durch die Seiten-tür in den Transporter stieg und sie hinter sich zuwarf, sodass er mit Steel und dem Grauen in Form von Big Jimmy Grieve zurückblieb. »Äh, Sarge? Soll ich vielleicht...?« Er wies hinter sich auf den Transporter.

»Sie bleiben, wo Sie sind. Vielleicht können Sie ja was lernen.« Dann kehrte sie ihm den Rücken zu. »Sie haben es immer noch drauf, Mr Grieve.«

Ein bescheidenes Zucken der massigen Granitschultern.

»Zum Zeichen unserer Dankbarkeit werde ich Ihnen jetzt Ihr übliches Honorar überreichen...« Aus irgendeinem Grund streckte sie Tufty die Hand hin. Als ob er auch nur einen blassen Schimmer hätte, was hier eigentlich lief.

»Ich habe keine Ahnung, was Sie – Au!«

Sie gab ihm noch einen Klaps auf den Hinterkopf.

»Au!«

»Hol die Rowies.«

Rowies? Waren jetzt alle verrückt geworden?

Er eilte ums Auto herum zur Beifahrerseite, öffnete die Tür, nahm die fettige Papiertüte vom Armaturenbrett und eilte wieder zurück, um sie Steel in die Hand zu drücken. Die sie gleich an Big Jimmy Grieve weitergab.

»Ein halbes Dutzend. Sie können Sie gerne zählen, wenn Sie möchten.«

Big Jimmy Grieve wog die Tüte in der Hand. »Ich vertraue Ihnen. Also, wenn wir hier fertig sind – es ist Freitagnachmittag, halb sechs, und ich muss noch ein Vogelhäuschen aufstellen.«

Er wandte sich zum Gehen.

Okay, dann also – jetzt oder nie.

Tufty räusperte sich. »Mr Grieve?«

Der Hüne blieb stehen und blickte sich um. Mit der Sorte von Blickkontakt, bei der sich auch dem allermutigsten Detective Constable die Eingeweide zusammenzogen.

So.

Jetzt war es so weit.

Tief Luft geholt. »Was haben Sie mit Philip Innes gemacht? Er war … Es war, als wäre jemand mit einer Dampfwalze über ihn hinweggerollt. Und hätte die ganze Grausamkeit und Gemeinheit einfach aus ihm rausgequetscht. Was wird seine Verteidigung uns an den Kopf werfen, wenn es zum Prozess kommt?« Tufty reckte das Kinn, legte seine rechtschaffene Empörung in jede Silbe. »Ich will wissen, was Sie gemacht haben.«

Big Jimmy Grieve ging auf ihn zu, bis er direkt vor ihm stand – die Spitzen seiner Stiefel bohrten sich in die von Tufty –, und blieb so stehen. Sagte kein Wort. Fixierte ihn nur mit diesen erstarrten Augen aus Granit …

Tja.

Vielleicht doch nicht.

Ganz sicher nicht.

Tufty schluckte, wich zurück und wies über die Schulter auf den Transporter. »Ich werde dann mal … ähm …«

Big Jimmy Grieve sah Steel an. »Schlauer werden Sie auch nicht, wie?«

»Ich gebe die Hoffnung nicht auf, aber … nein.«

Tufty zog die Seitentür auf und kletterte hinein. Warf sie wieder zu und verriegelte sie.

Er sank auf seinen Sitz.

Und wäre fast sofort wieder aufgesprungen, als eine Hand auf seiner Schulter landete. Er war wirklich nicht seine Absicht gewesen, »Iieks!« zu machen, ganz bestimmt nicht.

Lund tätschelte ihm die Schulter. »Haben wir Big Jimmy Grieve zu einem Schwanzvergleich herausgefordert? Haben wir verloren?«

Draußen stellte Steel sich auf die Zehenspitzen und gab Mr Grieve einen Kuss auf die Wange.

Das hünenhafte Monster nickte, starrte zu den Fenstern des Transporters herein – einen Augenblick zu lange –, als ob er sich Tuftys Gesicht einprägen wollte, um es bei Gelegenheit mit seinem Stiefel umzuoperieren. Dann stapfte er davon.

Ein Schauder lief Tufty über den Rücken. »Das ist ohne jeden Zweifel der *gruseligste* Motherfunker, dem ich je begegnet bin.«

Tufty stieß die Tür zum CID-Büro auf, sprang herein wie ein aufgedrehter Labradoodle-Welpe und schmetterte eine Ein-Mann-Fanfare: »Ta-ta-ta-taaa!«

Barrett, Lund und Harmsworth schwangen in ihren Bürostühlen herum, als Roberta hereinstolziert kam, die Hände zu einem doppelten Victoryzeichen erhoben, und sang: »*We are the champions!*«

Lund strahlte. »Hat er gestanden?«

»Hat nicht mal versucht, einen auf ›Kein Kommentar‹ zu machen.« Sie legte ein kleines Highland-Tänzchen aufs Parkett. »Die kürzeste Vernehmung, die ich je erlebt habe:

schwere Körperverletzung, Tierquälerei, illegaler Geld-verleih, Belästigung und noch neunundvierzig weitere zu berücksichtigende Vergehen. CHAMPIONS!« Noch zwei Pas de Basques, drei High Cuts, und fertig. Sie stand da und grinste sie alle an, dann ließ sie die Arme sinken. »Wir, meine kleinen Kuscheläffchen, gehen heute Abend ins Pub zum Feiern!«

Lund reckte die Faust in die Luft. »Rippa!«

»Also …« Barrett hob eine Hand. »Vergesst nicht, dass wir morgen diese Bauerndemo haben. Und das Fernsehen wird dabei sein, also müssen wir gleich als Erstes zur Musterung antreten.«

»*Aye*, und?«

»Also ist es dann vielleicht keine so *super*gute Idee, bis drei Uhr morgens Flaming Sambuca zu trinken.«

Cagney & Lacey schmetterte durch das Büro. »Moment mal.« Sie zog ihr Handy aus der Tasche.

»RUFNUMMER UNBEKANNT.«

Roberta nahm den Anruf an. »Hallo?«

Der gottverdammte Jack Wallace schon wieder. »*Sieh an, sieh an, wenn das nicht meine heißgeliebte degradierte Polizistin ist.*«

Das Handy ächzte ein wenig, als sie es würgte. »Was zum Teufel wollen *Sie* jetzt schon wieder?«

»*Haben Ihnen meine Fotos gefallen? Die waren gut, nicht wahr?*«

Sie tippte wieder aufs Display und schaltete auf Laut-sprecher. »Sie wissen doch, wohin Sie sich Ihre Fotos ste-cken können, Wallace?«

Die anderen rückten näher und starrten ihr Handy an, als seine schleimige Stimme wieder aus dem Lautsprecher glitschte.

»*Oh, nun seien Sie doch nicht so grantig. Ich sitze hier gerade in Doug's Dinner und genieße ein leckeres Essen mit meinen Kumpels, und da dachte ich, ich melde mich mal kurz. Wir sind hier schon ... wie lange ungefähr?«*

Eine gedämpfte Stimme im Hintergrund. *»Anderthalb Stunden?«*

Tufty stellte sich vor sie und schnitt ein paar Grimassen, dann rannte er zum Whiteboard und wischte die Worte des Tages und die hingekritzelte Pimmelsammlung aus.

»Anderthalb Stunden. Und jetzt gehen wir uns noch einen Film anschauen. Was ganz Spannendes. Dürfte so bis ... ungefähr halb zehn dauern.«

»Gähn.« Roberta hockte sich auf die Kante des nächsten Schreibtischs. »Und warum sollte mich das jucken?«

Tufty riss die Kappe von einem Whiteboard-Marker, schrieb in großen roten Lettern das Wort »ALIBI!!!« an und unterstrich es, um dann mit ausladenden Pantomimengesten auf die Tafel zu zeigen.

Dreimal gottverdammte Schafscheiße mit Schleifchen – der Kerl hatte recht. »Wallace? Was haben Sie getan?«

»Ich?« Ein schmieriges kleines Lachen. *»Gar nichts. Das ist es ja gerade.«*

Und dann war die Leitung tot. Er hatte aufgelegt.

Roberta starrte das Display an, dann ihr Team. »Schnappt euch eure Jacken und Handschellen, wir müssen wieder los. *Sofort!«* Sie stürmte hinaus und scrollte durch ihre Kontakte, während die anderen sich ihr hastig anschlossen. Sie drückte die Taste und hörte den Wählton. »Tufty, besorg uns einen Transporter. Owen, du und Davey ...«

Eine scharfe, ungeduldige Stimme tönte aus ihrem Handy. *»Vine.«*

»Aye, John – Jack Wallace führt etwas im Schilde.«

»Oh, das ist doch zum ... Wir hatten das doch geklärt! Sie können nicht einfach ...«

»Würden Sie vielleicht mal für zwei Minuten die Löffel aufsperren?« Sie stieß die Doppeltür am Ende des Flurs auf und marschierte hindurch. Das Treppenhaus hallte vom Klackern ihrer Stiefelabsätze wider. »Wallace hat mich gerade angerufen.«

Tufty schob sich an ihr vorbei und rannte die Treppe hinunter, immer zwei Stufen auf einmal.

Die anderen stürmten hinterher.

»Hören Sie, ich bin gerade mitten in einer Ermittlung, also ...«

»Wallace wollte mich wissen lassen, dass er seit anderthalb Stunden mit seinen Kumpels beim Essen sitzt und dass sie anschließend bis halb zehn im Kino sein werden.«

Vines Stimme wurde grimmiger und lauter. *»Und Sie haben tatsächlich geglaubt, das sei* wichtig *genug, um mich bei einer ...«*

»Er legt sich wieder ein Alibi zurecht.« Um den Absatz herum und die nächste Treppenflucht hinunter. »Irgendeine arme Frau wird heute Abend vergewaltigt!«

Eine letzte Treppenflucht, dann weiter durch einen Flur mit Fahndungsplakaten an den Wänden.

»John? Sind Sie noch dran?«

Sie rumpelte durch die Tür am Ende und trat hinaus auf den für Polizeitransporter reservierten Parkplatz.

»Detective Inspector Vine?«

Tufty kam um die Ecke gerannt und schwenkte einen Schlüsselbund mit einem fusseligen rosa Anhänger. »Hab ihn!«

Aus dem Lautsprecher des Handys drang das Weinen eines Kindes, gefolgt von knirschenden Geräuschen.

»Haben Sie mich gehört? Irgendwo wird jeden Moment eine Frau vergewaltigt!«

Tufty schloss den Transporter auf, und sie kletterten alle hinein. »Anschnallen, Leute!«

Roberta stieg auf der Beifahrerseite ein, als Vines Stimme wieder zu hören war. Vollkommen tonlos – aller Zorn verflogen.

»*Verstehe.*« Er räusperte sich. »*Sie kommen zu spät.*«

»FUCK!« Sie schlug aufs Armaturenbrett, während Tufty den Wagen wendete und über die Poultry Market Lane davonbretterte.

»Wohin geht's?«

»Union Square.« Wieder ins Telefon: »Ich hab's Ihnen verdammt noch mal *gesagt*, oder nicht?«

»*Lassen Sie das jetzt, okay?*« Im Hintergrund heulte immer noch das kleine Kind. »*Karen Marsh. Lehrerin. Im Mutterschaftsurlaub. Ich hab ja schon so einiges gesehen in meinem Berufsleben, aber das hier … Du liebe Zeit.*«

Der Transporter schoss hinter dem Polizeipräsidium hervor und bog in die Queen Street ein. Tufty drückte den »999«-Knopf, und die Sirene heulte auf, während das blauweiße Blitzen von parkenden Autos und Schaufensterscheiben reflektiert wurde.

»Wir sind unterwegs, um Jack Wallace festzunehmen.«

Vine stöhnte. »*Wenn er Sie angerufen hat, um mit seinem Alibi zu prahlen, was glauben Sie, wie hoch die Wahrscheinlichkeit ist, dass es wasserdicht ist? Denn er weiß, dass wir es überprüfen werden.*«

»Es ist gefälscht. Es muss gefälscht sein.« Sie packte den Haltegriff über der Tür, als der Transporter mit quietschenden Reifen in die Broad Street einbog. »Er behauptet, am Union Square zu sein. Wir werden uns die Überwachungsvideos besorgen und das Vergewaltigerschwein aus dem Kino zerren.«

»*Hören Sie eigentlich, was Sie da reden? Wenn er auf den Aufnahmen zu sehen ist und wenn er immer noch im Kino ist, dann kann – er – es – nicht – gewesen – sein!*«

»Trotzdem hat er die Finger im Spiel! Er weiß davon!«

Rechts ab auf die Union Street. Der Verkehr teilte sich vor ihnen, als Tufty auf die Tube drückte.

»Und wie beweisen wir es? Wo ist der verdammte Zauberstab, mit dem wir die Anklage hieb- und stichfest machen können?«

»Wir können aber auch nicht einfach Däumchen drehen und nichts tun! Da werden Frauen vergewaltigt!«

Die nächste Ampel war rot. Tufty wechselte auf die Gegenfahrbahn und drückte auf die Hupe, als ein großer blauer Isuzu D-Max mitten auf der Kreuzung stehen blieb. Der bärtige Idiot am Steuer schnitt Grimassen, als ob das irgendwie helfen würde.

»Nein. Wir *können nicht Däumchen drehen. Aber* Sie müssen *es.«*

Endlich setzte der Idiot zurück und machte den Weg frei. Der Transporter röhrte los und bog in die Market Street ein.

»Ich werde nicht …«

»Lassen Sie zwei Leute aus Ihrem Team die Überwachungsvideos checken. Die können auch Wallace aus dem Kino holen – und sich vergewissern, dass er sich nicht durch den Seitenausgang davongestohlen hat. Aber Sie kommen nicht in seine Nähe, verstanden?«

Aber klar doch.

»Er steckt da mit drin!«

»Die – werden – Sie – feuern, Roberta! Halten Sie sich ja von Jack Wallace fern!«

Der Transporter sauste um die Ecke in die Guild Street. Der dunkelgraue Quader des Union Square ragte vor ihnen auf. Sie umkurvten eine Ansammlung von Bussen, fuhren über zwei rote Ampeln, vorbei am Jury's Inn und dann bis dicht vor die Metallpoller vor dem Union Square.

»Haben Sie gehört, was ich gesagt habe? Die werden Sie feuern!«

Roberta schniefte. Sie starrte aus dem Fenster auf die riesige Glasfassade des Einkaufszentrums, das direkt an den Bahnhof grenzte. »Hab gar nicht gewusst, dass Sie das interessiert.«

»Sie sind eine gute Polizistin, Roberta, Sie haben sich da bloß … in etwas verrannt. Das ist Ihre zweite Chance – vermasseln Sie sie nicht wegen so einem Dreckstück wie Jack Wallace. Den kriegen wir schon.«

»O mein Gott…« Sie legte eine Hand aufs Herz. »Ich glaube, mir kommen gleich die Tränen… Ich meine, ich bin eine verheiratete Frau, aber ja! Ja, ich werde mit Ihnen durchbrennen!«

»Ich meine es ernst.«

Ein Seufzer, dann ließ sie sich in ihren Sitz zurücksinken. »Na schön.«

»Gut. Sagen Sie mir Bescheid, wenn Ihr Team irgendetwas findet.« Er legte auf.

Sie stopfte ihr Handy wieder in die Tasche.

Halten Sie sich von Jack Wallace fern. Man wird Sie feuern. Sie sind eine gute Polizistin, Roberta. Wir lieben Sie, Roberta. Bitte, verlassen Sie uns nicht.

Sie kniff die Augen fest zu. Holte tief Luft und brüllte es heraus: »AAAAAAAAAAAAAAH!« Sie packte das Armaturenbrett mit beiden Händen, bohrte die Fingernägel in den Kunststoff und warf sich sechs- oder siebenmal vor und zurück, dass alles nur so knarzte und ächzte. Dann ließ sie los und sackte zusammen.

Alles starrte sie an, die Münder gespitzt, die Augenbrauen hochgezogen.

Schulterzucken. »Ich hasse es, wenn sie einem so verflucht vernünftig kommen.« Sie gestikulierte in Richtung der hinteren Sitze. »Davey, Sie überprüfen mit Veronica Wallace' Alibi.«

Barrett drückte sein Klemmbrett an die Brust. »Sarge.«

Lund zog die Tür auf, die beiden sprangen hinaus auf das Kopfsteinpflaster und marschierten auf das Union-Square-Gebäude zu.

Harmsworth warf die Tür wieder zu und rutschte ein Stück nach vorne. »Gut gemacht. Es wird ihnen guttun, einmal einen kleinen Auftrag selbstständig zu erledigen. Vielleicht lernen sie ja was dabei.«

Tufty trommelte aufs Lenkrad. »Warten wir auf sie, oder fahren wir zurück ins Präsidium?«

»Pfff...« Roberta schüttelte den Kopf. »Bringt ja nichts, hier rumzuhängen. Also ab mit uns aufs Revier.«

»Sarge.« Tufty wendete in vier etwas holprigen Zügen.

Harmsworth wechselte auf die rückwärts gerichtete Bank direkt hinter den Vordersitzen. »Und DC Barrett würde es nicht schaden, die ersten paar Runden im Pub auszulassen. Er wird viel zu laut und nervig, wenn er sechs Pints intus hat. Und was Lund betrifft – pffff...« Er drehte sich auf seinem Sitz um und legte ihr und Tufty die Arme um die Schultern. »Wir sind das *Herz* des Teams. Es ist nur angemessen, dass wir...«

Roberta schob seine Hand weg. »Hocken Sie sich wieder auf Ihren Hintern, Owen, und schnallen Sie sich an. Wallace darf ich nicht verhaften, aber ich schwöre bei Gottes flauschigen Filzpantoffeln: Ich werde heute noch irgendjemanden verhaften, und wenn es mich umbringt.«

Roberta stieß beide Flügel der Hintertür auf und rauschte in den Gewahrsamstrakt wie eine erboste Mutter, mit Tufty im Schlepptau. Ein pummeliger Constable in voller Ausgehmontur stand vor dem Schalter, eine Hand am Arm einer reiferen Frau mit mürrischem Gesichtsausdruck, Netzstrümpfen, kurzem Rock und Kunstlederjacke. Haare wie ein Topfkratzer.

Downie war wieder Sergeant vom Dienst. Er musterte die Frau über den Rand seiner Brille hinweg. »Aha. Und hat der betreffende Herr für diese Liebesdienste im Voraus bezahlt, oder hat er ein Konto?«

»Klar doch, und 'ne Vielfliegerkarte und alles. Wir vergeben neuerdings sogar Treuepunkte, wissen Sie?«

»He, Downie!« Roberta stürmte zum Schalter. »Wem haben Sie dieses Handy gegeben? Das gestohlene? Ich will einen Namen!«

Die missgelaunte Prostituierte reckte die Nase in die Luft. »Ich darf doch *bitten*! Ich und Sergeant Downie, wir haben hier was Intimes zu besprechen.«

»Platz da, Dorothy.« Roberta hob drohend einen Finger. »Kommen Sie mir heute Abend lieber nicht in die Quere, Downie. Susan schwört, dass ich in die Wechseljahre komme, und ich bin auf Krawall gebürstet.«

Er nahm seine Brille ab. »Wenn Sie am Beginn der Schicht in Ihr Postfach geschaut hätten, dann wüssten Sie es längst, nicht wahr?«

Sie ballte die Fäuste. »Sagen Sie nicht, ich hätte Sie nicht gewarnt…«

Seine Augen weiteten sich. Er duckte sich unter den Tresen, holte eine Kladde hervor und begann darin zu blättern. »Handy, Handy, Handy… Ah ja. Da haben wir's.«

Downie drehte die Kladde um und schob sie Steel hin.

Sie kniff die Augen zusammen – alles ganz verschwommen und unscharf. »Wie soll ich das lesen? Sie haben ja eine Handschrift wie zwei Spinnen, die mit einem Igel kämpfen.«

»Meine Handschrift ist absolut leserlich, vielen Dank. Hier steht: ›Peter Stephenson, Lochnagar Drive vierundzwanzig‹.«

Peter…?

Onkel Pete.

Verheiratet mit der schrecklichen Tante Vicki.

Der Widerling, der diese Pornofotos von Josie Stephenson gemacht hatte, war ihr *Onkel*.

Roberta fletschte die Zähne. »Dieser dreckige … GRAAAAAAAH!« Sie schlug mit der Faust auf den Tresen. Und knurrte: »Constable Quirrel: Zurück zum Auto!«

IV

»DU DRECKSTÜCK! DU WIDERLICHES, PERVERSES DRECKSTÜCK!« Tante Vicki versuchte sich auf ihn zu stürzen, die Krallen ausgefahren.

Harmsworth packte sie und hielt sie fest, während Tufty Peter Stephenson aus dem Wohnzimmer abführte. Die Einrichtung hätte aus einer Supermarktbroschüre stammen können: eine Mustertapete mit Farnwedeln, jede Menge Ikea-Möbel, Edelnippes und bestickte Sofakissen, Kieselsteine und Treibholzstücke in Bilderrahmen über dem Kamin, in dem ein munteres künstliches Holzfeuer flackerte.

Und ja, sie *hätten* Onkel Pete noch die Zeit lassen können, sich anzuziehen, aber egal. In Boxershorts, beigen Pantoffeln und einem alten T-Shirt aufs Revier geschleift zu werden würde eine gute Übung für ihn sein. Dort, wo er hinkommen würde, warteten noch ganz andere Demütigungen auf ihn.

Roberta ließ das gestohlene und zurückerstattete Handy in einen Beweismittelbeutel gleiten. Sie sah Tante Vicki an. »Möchten Sie es Josies Mutter sagen, oder sollen wir das übernehmen?«

»Wenn ich dieses *Dreckstück* je wiedersehe, bringe ich ihn um!«

Kein schlechter Plan.

»Also ...?«

Tante Vicki reckte das Kinn. »Machen Sie es. Ich werde ihr nie wieder in die Augen sehen können nach dieser Sache.

Wegen diesem DRECKSTÜCK!« Immer noch wand sie sich in Harmsworths haariger Umarmung.

»Na schön.« Roberta drehte sich um und spazierte hinaus in die Abendluft.

Sie hatte noch nicht das Gartentor erreicht, da schoss Tante Vicki aus der Haustür heraus und brüllte auf das gebrochene Häufchen Elend ein, das ihr Ehemann war, als er gerade von Tufty auf die Rückbank des Polizeitransporters verfrachtet wurde.

»DU BIST FÜR MICH GESTORBEN, HÖRST DU, DU PERVERSES SCHWEIN? GESTORBEN!«

Harmsworth kam ihr nachgeeilt und packte sie wieder an den Armen. »Ich kann nichts dafür, Sarge, sie hat mich gebissen!«

»DU BIST TOT, DU PERVERSES KINDERSCHÄNDER-DRECKSTÜCK! TOT!«

»Schaff sie wieder ins Haus.«

»Sarge.«

Aus jedem Fenster in der Nachbarschaft spähte ein neugieriges Augenpaar – niemand wollte sich das kleine Familiendrama entgehen lassen, das sich in ihrer behaglichen Spießbürgeridylle abspielte. Das würde noch für Monate bei ihren Dinnerpartys für Gesprächsstoff sorgen.

Roberta schlurfte zum Transporter hinüber.

Tufty verstaute Onkel »Kotzbrocken« Pete gerade im Käfig und schnallte den Gurt über seinen Handschellen fest. Sie wollten ja nicht riskieren, dass ihm etwas zustieß, ehe irgendjemand die Chance bekäme, ihn in der Gefängnisdusche abzustechen.

Sobald Onkel Pete ordentlich verschnürt und verpackt war, wies Roberta mit dem Daumen über die Schulter. »Constable Quirrel, gehen Sie und helfen Sie Owen, die Frau zu beruhigen, bevor sie noch irgendwas kaputtschlägt.«

Er sah sie an, dann das Haus, dann wieder sie, einen besorgten Ausdruck in seinem wieselhaften Gesicht. »Sarge? Sie werden doch nicht…?« Er deutete mit dem Kopf in Richtung von Onkel Pete.

»*Jetzt*, Constable.«

»Okay…« Er lief zurück ins Haus.

Sie zählte bis zehn, dann kletterte sie zu dem Festgenommenen in den Käfig, knallte die Tür hinter sich zu und starrte ihn finster an.

Onkel Pete saß so weit vorgebeugt, wie der Sicherheitsgurt es nur zuließ. »O Gott, es tut mir so leid, es tut mir so leid…«

»Ihr Bruder ringt im Krankenhaus mit dem Tod, und Sie *vögeln* seine fünfzehnjährige Tochter.«

»Es tut mir leid, ich wollte nicht…«

»UND SIE HABEN ES AUCH NOCH MIT IHREM BESCHISSENEN HANDY FOTOGRAFIERT!« Es hallte wie Donner von den Wänden des Transporters wider.

Er drückte sich ängstlich in seinen Sitz.

Roberta holte tief Luft. Atmete zischend aus. Ganz ruhig.

»Jetzt hören Sie mir mal gut zu: Wir bringen Sie jetzt in die Queen Street und nehmen Sie in Gewahrsam. Sie rufen Ihren Anwalt an, und er wird Ihnen raten, zu allem ›Kein Kommentar‹ zu sagen. Er wird Ihnen sagen, wenn Sie schön den Mund halten, könnte er vielleicht erreichen, dass Sie mit einer Verwarnung davonkommen.« Sie hielt den Beweismittelbeutel mit dem pornoverseuchten Nokia des Anstoßes hoch. »Und dann werden wir uns alle vor Gericht wiedersehen. Man wird Josie in den Zeugenstand rufen und sie zwingen, aller Welt zu erzählen, wie ihr Onkel sie missbraucht hat. Wir werden die Fotos zeigen müssen. Im Gerichtssaal. Vor ihrer *Mutter*, während ihr Vater im Sterben liegt. Wollen Sie Josie das zumuten?«

»Ich … liebe sie.«

»Denn so oder so wandert der gute alte Onkel Pete ins Gefängnis.«

Er starrte auf seine nackten Knie. Schniefte. Räusperte sich. Gab sich alle Mühe, vernünftig zu klingen. »Es war nicht meine Idee. Sie hat mich betrunken gemacht und …«

»WAGEN SIE ES JA NICHT! Sie sind ein älterer Mann, und sie ist fünfzehn.«

»Aber …«

»Zählen wir doch mal zusammen, wie tief Sie in der Scheiße stecken, ja?« Sie streckte den Daumen aus: »Sex mit einem älteren Kind.« Zeigefinger: »Sexueller Missbrauch unter Ausnutzung einer Vertrauensstellung.« Mittelfinger: »Anfertigung unzüchtiger Aufnahmen von einem Kind.« Ringfinger: »Versuchte Rechtsbeugung.« Sie baute sich drohend vor ihm auf. »Und wissen Sie was, Petey-Boy? Ich würde Sie *zu* gerne ›Kein Kommentar‹ sagen hören, denn wenn Sie sich nicht vor Prozessbeginn schuldig bekennen, können wir Sie für neunundzwanzig Jahre hinter Gitter schicken.«

»Neunund…« Seine Wangen wurden bleich, dann klappte ihm die Kinnlade herunter. Auf seiner Oberlippe glitzerte Rotz.

»Neunundzwanzig Jahre, zusammengesperrt mit all den anderen Pädos und Vergewaltigern.« Okay, das war jetzt nicht *ganz* korrekt – wenn er an einen milden Richter geriete, würde der alle vier Anklagepunkte zu einem Paket zusammenschnüren, was maximal vierzehn Jahre bedeuten würde. Aber das wusste der gute alte Onkel Pete nicht. »Und wenn Sie *irgendwem* von diesem Gespräch erzählen, dann schwöre ich bei Gott, dass die Kinderschänder im Knast das geringste Ihrer Probleme sein werden. Verstanden?«

Onkel Pete sackte zusammen und schluchzte.

»Gut.« Sie stieg aus und knallte die Tür so fest zu, dass der ganze Transporter wackelte. Dann drehte sie sich um und marschierte zurück zum Haus.

Tufty erwartete sie schon. »Sarge?«

»Hat die Frau sich ein bisschen beruhigt?«

»Sie hat aufgehört zu schreien, was schon mal ein Fortschritt ist.« Er trat von einem Fuß auf den anderen und starrte über ihre Schulter hinweg zum Transporter. »Äh, Sarge, Sie haben doch nicht…?«

»Wenn wir wieder auf dem Revier sind, lassen Sie ihn erkennungsdienstlich behandeln und vernehmen ihn.«

Tufty zog eine Braue hoch. »Wollen Sie das nicht machen?«

»Nein. Denn wenn ich seine schmierige Fresse heute Abend noch einmal sehen muss, dann tu ich das, von dem Sie glauben, dass ich es gerade getan habe. Nur fester. Und mit einem Baseballschläger.«

Die North Deeside Drive zog an den Fenstern des Transporters vorbei. Das Dröhnen des Dieselmotors war gerade nicht laut genug, um das Schluchzen von Onkel Pete hinten im Käfig zu übertönen.

Große Häuser, große Gärten, große Hecken, große Bäume, alles in gleißendes Sonnenlicht getaucht.

Robertas Handy summte sie an, wie ein kleiner, leistungsschwacher Vibrator. Eine Textnachricht:

> Kommst du heute nach Hause oder nicht? Du schuldest mir immer noch ein Essen beim Edelfranzosen, du alte Workaholikerin!

Stimmt.

Sie war gerade dabei, eine Antwort zu tippen, als das Ding *Cagney & Lacey* zu dudeln begann. »Wee Davey Barrett« leuchtete auf dem Display auf. Sie nahm den Anruf an. »Davey? Sagen Sie mir, dass Sie gute Nachrichten für die liebe Tante Roberta haben.«

»Tut mir leid, Sarge. Wir haben uns die Überwachungsvideos angeschaut, und Jack Wallace war genau da, wo er zu sein behauptet hat. Eindreiviertel Stunden in Doug's Dinner und danach im Kino, wo Once Upon a Time in Dundee *lief.«*

Sie blickte stirnrunzelnd auf die Parklandschaft hinaus. Glückliche Pärchen spazierten Hand in Hand die verschlungenen Wege entlang. »Vielleicht hat er sich rausgeschlichen?«

»Nein. Wir haben uns auch die Aufnahmen aus dem Restaurant angeschaut – er ist mal fünf Minuten auf dem Klo, aber länger ist er nie vom Tisch weg. Wir haben ihn aus Kino 4 aufgescheucht, als Ewan McGregor gerade im Overgate Centre um sich geballert hat. Haben uns einiges an Gefluche anhören müssen, als wir das Licht haben einschalten lassen. Er und seine zwei Kumpel saßen genau in der Mitte einer Reihe. Da können sie sich unmöglich unbemerkt rausgeschlichen haben.«

Mist …

Das perfekte Ende eines perfekten Tages.

Roberta sank in ihren Sitz zurück und hielt sich eine Hand vor die Augen. »Danke, Davey. Sie und Lund, Sie schreiben jetzt noch Ihr Protokoll, und dann machen Sie Feierabend.«

»Danke, Sarge.«

Und bestimmt würde es morgen wieder mal einen Besuch vom Horrorduo Jack Wallace und Sandy die schleimige Schlange geben. Und das übliche Gejammer darüber, wie der arme kleine Vergewaltiger-Drecksack »schikaniert« wurde.

Tufty tippte ihr auf die Schulter. »Sarge, alles in Ordnung?«

»Nein. Nichts ist in Ordnung.« Sie löschte ihre Antwort an Susan und schrieb eine neue.

Ist schon zu spät, um noch einen Tisch zu reservieren. Leg den Wodka ins Gefrierfach und hol die Reiseprospekte raus. Wir können uns ruhig die Nacht um die Ohren schlagen. Ich glaube, sie werden mich morgen feuern.

Senden.

Und wisst ihr was? Ich bin froh, wenn ich euch alle los bin.

Tufty beäugte sie mit diesem Geprügeltes-Hundchen-Ausdruck in seinem blöden Gesicht. »Möchten Sie darüber reden?«

»Nein. Ich möchte nach Hause fahren und mir nach Strich und Faden die Kante geben.«

Was immer der morgige Tag an Scheiße bereithielt, es konnte warten.

NEUNTES KAPITEL

in welchem ein paar Traktoren die Union Street entlangfahren und alle eine Dusche abbekommen

I

»Uff...« Roberta zwängte sich mühsam in die kratzigste schwarze Hose, die je ein Mensch erfunden hatte. Oder genauer gesagt ein *Mann* – keine Frau würde je etwas so Scheußliches kreieren wie diese uniformhosenförmigen Folterinstrumente Marke Police Scotland.

Und dass sie um zwei Größen geschrumpft war, seit Roberta sie das letzte Mal angehabt hatte, machte die Sache auch nicht gerade besser.

Sie ließ sich wieder auf die geblümte Bettdecke plumpsen und mühte sich ächzend und schnaufend, das verfluchte Teil über den Hintern zu ziehen.

Susan lehnte mit dem Rücken am Frisiertisch, einen Fuß auf die Chaiselongue mit Schottenkaro gestellt, und lächelte amüsiert in ihrem luftigen Laura-Ashley-Kleid.

Altes Miststück.

Endlich gab die Hose den Kampf auf. Roberta rollte vom Bett herunter, zog den Bauch ein und zwang den Knopf durchs Knopfloch. Dann drückte sie den hervorquellenden Speck rein und zog rasch den Reißverschluss drüber.

Die Hose war *eindeutig* eingegangen.

Susan kam herbeigeschlendert und wischte ein paar Katzenhaare von den Schulterklappen an Robertas schwarzem T-Shirt. »Oh, ich *liebe* Frauen in Uniform.«

»Wundert mich, dass sie immer noch passt... Beinahe... Solange ich nicht atme... Und total kratzig ist sie auch.«

»Also, ich finde, du siehst sehr sexy aus.« Sie fädelte den

schwarzen Gürtel durch die Schlaufen ein und biss sich auf die Unterlippe. »Vielleicht solltest du sie anlassen, wenn du nach Hause kommst? Und vergiss nicht deine Handschellen. Schließlich werde ich Marion Bridgeport heute auf dem Golfplatz nach allen Regeln der Kunst in die Pfanne hauen, da bin ich nachher bestimmt in Feierlaune!«

Roberta ließ sich stöhnend auf die Chaiselongue sinken und zog ihre Stiefel an. Während sie sie zuband, wurde alles Blut oberhalb der Gürtellinie in ihren Kopf gedrückt, und der Hosenbund machte das Atmen unmöglich. Sie ließ sich nach hinten fallen und holte tief Luft. »Verdammter Mist ...«

Sie brauchte *wirklich* eine größere Hose.

Sie blickte zu Susan auf. »Stell dir vor, Sandy die Schlange hat mich gar nicht honorarfrei verteidigt – jemand hat ihn bezahlt. Und zwar ...«

»... Logan. Er wollte nicht, dass du es erfährst und dich dann querstellst.« Ein kleiner betrübter Seufzer entwich ihr, als sie die Schulterklappen noch einmal abbürstete. »Zu schade, dass sie Hemd und Krawatte durch das T-Shirt ersetzt haben. Du hast mir immer so gut gefallen mit Krawatte.«

Wunderbar. Dann hatten es also alle gewusst außer ihr.

Roberta senkte den Blick, sie konnte Susan nicht in die Augen sehen. »Warum hast du's mir nicht gesagt?«

»Weil ich auch nicht wollte, dass du dich querstellst. Wie soll ich denn meine versauten Spielchen mit dir machen, wenn du irgendwo im Knast hockst?«

Sie zog sich an einem der Bettpfosten hoch. »Er hat mich an die Spitzelbrigade verpfiffen.«

»Und außerdem war ich mir gar nicht sicher, ob ich dir trauen kann – wenn du rund um die Uhr mit all diesen verruchten Weibern eingesperrt wärst ... Mit Gemeinschaftsduschen und so? Wenn du da nicht auf dumme Gedanken gekommen wärst.«

»Ich habe ihm *vertraut*.«

»Das weiß ich doch, Robbie.« Sie legte den Arm um Roberta, grabschte eine Pobacke und drückte sie fest. »Und jetzt schaff deinen kratzigen sexy Arsch nach unten. Es gibt Arme Ritter zum Frühstück!«

»Hi!« Er hatte besonders cool und männlich klingen wollen, aber was herauskam, war eher ein kastratenhaftes Quieken. Tufty räusperte sich und setzte erneut an. Viel tiefer diesmal. »Constable Mackintosh.«

Ein zarter rosa Schimmer breitete sich über ihren Hals aus, wo er aus Stichschutzweste und Warnjacke ragte. »Detective Constable Quirrel.«

Im Versammlungsraum wimmelte es von uniformierten Beamten, die lachten, scherzten, schimpften und jammerten und sich darüber unterhielten, wie toll es war, zur Abwechslung erst um neun Uhr anstatt wie sonst um sieben den Dienst anzutreten.

»Na ... sind Sie bereit für heute?«

Sie nickte. »Und Sie?«

Er steckte die Hände in die Ärmellöcher seiner Schutzweste. »Schön, mal wieder in Uniform zu sein. Verstehen Sie mich nicht falsch, das CID ist super, aber es ist nicht das Gleiche, wenn man in seinen eigenen Klamotten rumläuft. Als ob man den Polizisten nur *spielt*.«

»Aha.«

Tja, das lief nicht ganz so glatt, wie er es sich gedacht hatte.

Er räusperte sich noch einmal. Besser das Thema wechseln. »Also ... halb drei heute Nachmittag?«

»Ja.« Ein kleines Lächeln. »Ich freu mich schon drauf. Also, nein, nicht direkt. Ich meine, es ist die Einäscherung eines kleinen Hundes, da müsste man ja ziemlich krank im Kopf sein, dass einem so was Freude macht. Ich wollte sagen, es ist schön, einer alten Dame etwas Gutes tun zu können…« Constable Mackintosh rückte ihren Einsatzgürtel zurecht, schwer behängt mit Fixiergurten, Handschellen, Pfefferspray und Teleskopschlagstock. »Nur schade, dass wir keine Urne haben. Würde irgendwie besser aussehen.«

»Stimmt. Viel besser, als seinen Hund in einem Schuhkarton zurückzubekommen.« Er starrte auf seine Füße. »Hätten Sie Lust, nach der Einäscherung noch…«

Eine Stimme dröhnte von der Tür. »So, wenn ich mal um Ruhe bitten dürfte!« Der Sprecher war hinter einem Meer von Köpfen verborgen. »Chief Superintendent Campbell möchte noch ein paar Worte sagen, bevor Sie ausrücken. Chef?«

»Danke, Steve. Meine Damen, meine Herren, Detective Sergeant Marshall: Die sozialen Medien sind voll mit Posts von Leuten, die in der heutigen Bauerndemonstration nur eine Gelegenheit sehen, alte Rechnungen zu begleichen. Unabhängigkeit: dafür – dagegen. Brexit: dafür – dagegen.« Ein Stapel Papier wurde für ein paar Sekunden über dem Gewoge von kurz geschorenen Schädeln geschwenkt. »Sie sollten alle so ein Infoblatt haben – ich möchte, dass Sie ganz besonders Gareth Thannet und Angus Menzies im Auge behalten. Das letzte Mal, als diese beiden aneinandergeraten sind, haben sie die Glasgower Innenstadt in eine Kampfzone verwandelt. Und jetzt scheinen sie zu glauben, dass sie mal eben einen Ausflug nach Aberdeen machen und in *unseren* Straßen Rabatz machen können. Liegen sie da richtig?«

»NEIN, CHEF!«, scholl es wie aus einer Kehle.

»Sie glauben, wir lassen sie einfach in unserer Stadt randalieren. Lassen wir sie?«

»NEIN, CHEF!«

Es war, als knisterte der ganze Saal vor Elektrizität, die Härchen auf Tuftys Armen richteten sich auf.

»Nein, das lassen wir verdammt noch mal nicht zu. Und jetzt gehen Sie da raus und machen Sie mich stolz!«

Jubel brandete auf. Das war der Moment. Sie waren bereit. Und wenn Thannet und Menzies Ärger zu machen versuchten, würden sie ihr blaues Wunder erleben. Denn die North East Division war randvoll mit Adrenalin und platzte schier vor Energie und Tatendrang.

Jawohl, verdammt – sollen sie nur kommen!

»Gott, ist mir langweilig.« Roberta knickte ein wenig ein, aber weit kam sie nicht – die Stichschutzweste drückte sie fest zusammen wie eine zu voll gestopfte Wurst, quetschte ihre Brüste ein und machte jeden Atemzug zu einer Kraftanstrengung. Weil ja eine eingegangene, kratzige Uniformhose noch nicht schlimm genug war.

Sie rieb ihre Beine an der hüfthohen Metallschranke, die den Pöbel zurückhielt, aber auch das half nicht. Sie hätte schwören können, dass diese Dinger aus Ameisen, Flöhen und Mückenstichen gemacht waren.

Eine riesige, wogende Menge füllte den Platz vor dem Marks & Spencer. Plakate wurden in die Höhe gereckt, auf denen alte Argumente für und gegen alles Mögliche aufgewärmt wurden, von der letzten Parlamentswahl bis hin zu Agrarsubventionen. Die mobilen Metallschranken hielten eine Fläche in der Mitte des Platzes frei, weitere zwei Reihen von Barrieren verhinderten, dass die Menge auf die Union Street überschwappte, und dennoch reichte der Aufmarsch auf der einen Seite bis hinter das *Prince of Wales* und auf der anderen bis hinunter zur St. Nicholas Kirk. Sogar auf der Dachterrasse des St. Nicholas Centre drängten sich die Menschen.

Die Organisatoren hatten vor der Clydesdale Bank eine Bühne aufgebaut, die den Weg zu den Geldautomaten versperrte. Sie bot Platz für ein Dutzend Stühle, ein Rednerpult und einen Mikrofonständer. Und dann waren da noch rund fünfundsiebzig Prozent der Polizeikräfte von Aberdeen, die einen undurchdringlichen Wall aus Schwarz und Neongelb zwischen den verschiedenen Interessengruppen bildeten. Big Tony Campbell war es sogar gelungen, zwei berittene Kollegen von Strathclyde herzubeordern.

Roberta sah wieder auf ihre Uhr. »Eine Stunde stehen wir jetzt schon hier rum. Eine volle Stunde, und es ist noch nicht mal irgendwer seinem Nachbarn auf den Fuß gestiegen.«

Lund blickte lächelnd zum blauen Himmel auf. »Trotzdem, ist doch schön, zur Abwechslung mal draußen in der Sonne zu sein.«

Auf der anderen Seite schnaubte Harmsworth ungehalten und starrte finster vor sich hin. »Allein vom Rumstehen hier in der Sonne krieg ich wahrscheinlich ein fettes Melanom. *Und* meine Hose kratzt.«

Roberta spähte an seinem fetten Wanst vorbei, und da war Tufty, der schon wieder die knackige Wildlife-Crime-Kollegin anquatschte.

Der kleine Lustmolch.

Lund stellte sich auf die Zehenspitzen. »Ui, ich kann Traktoren sehen! Jetzt geht's los.«

Roberta versuchte etwas zu erkennen, aber die Ecke der Royal Bank versperrte ihr fast völlig die Sicht auf die Union Street.

Pfff…

Nicht dass Traktoren irgendwie besonders aufregend gewesen wären, aber immerhin gäbe es mal etwas anderes zu sehen als nur die bunte Mischung von Plakaten. Und nachdem man sich einmal die obligatorischen Sprüche nach dem Motto »NIEDER MIT DIESEM ODER JENEM!« und »ICH BIN SO SAUER, DASS ICH SOGAR EIN SCHILD GEBASTELT HABE!« zu Gemüte geführt hatte, blieb einem nichts mehr zu tun, als in der sengenden Sonne herumzustehen, ganz in Schwarz gekleidet und mit einer gut fünf Kilo schweren Ausrüstung behängt, dass einem der Schweiß nur so über den Rücken und in die Unterhose lief.

Welch ein Spaß.

Harmsworth fummelte wieder an seinem Hosenboden herum. »Ah, das juckt vielleicht ...«

Roberta boxte ihn. »Ich sag's nicht noch einmal: Finger weg vom Arsch!«

»Aber es juckt!«

»Es juckt uns *alle*, Owen, so läuft's nun mal im Leben: Man wird geboren, es juckt einen, und dann stirbt man.«

Er fing wieder an zu bohren.

»Lassen Sie das!« Sie deutete über den Platz hinweg zu der Stelle, wo die Medien ihr Lager aufgeschlagen hatte. Eine Blondine vom Typ Wetterfee stylte sich die Lockenfrisur im Spiegel eines Kameraobjektivs. »Wollen Sie vielleicht, dass die ganze Nation in den Abendnachrichten sieht, wie Sie nach Arschnuggets graben?«

»Ach ja, natürlich, der arme Owen muss mal wieder still leiden, wie üblich.«

»Still? Sie hören doch nie auf, über alles und jedes zu jammern!«

Fünf Personen kamen hinter der Royal Bank hervor, sie trugen ein Transparent, fast so breit wie die Union Street: »RETTET UNSERE LANDWIRTSCHAFT!!!« Sie winkten der Menge zu. Direkt hinter ihnen fuhr ein riesiger Mähdrescher mit langsam rotierendem Schneidwerk. Vermutlich als Warnung an die Transparentträger: Nur ja nicht langsamer werden oder hinfallen, sonst ...

Blondie war jetzt fertig gestylt und trat ein paar Schritte zurück, das Mikrofon in der Hand. Nicht dass sie es wirklich gebraucht hätte mit ihrer dröhnenden Stimme, wie ein Nebelhorn mit Westküstenakzent. »Bist du so weit, Chris?«

Anne drehte das Mikrofon in ihrer Hand so, dass das BBC-Logo von vorne zu sehen war. Auf geht's. Noch mal tief durchgeatmet. Der Whiskymixer mixt den Whisky. Den Whisky mixt der Whiskymixer.

Sie schenkte der Kamera ihr gewinnendstes Lächeln.

Du schaffst das, Anne. Du schaffst das!

Wenn du das hier ohne Panne über die Bühne bringst, wird sich alles andere von selbst ergeben. Sie werden erkennen, dass du mehr bist als bloß ein hübsches Gesicht, das vor einer Wetterkarte steht und von Tiefdruckgebieten labert, die von Westen her aufziehen. Sondern dass du das Zeug zu einer *ernsthaften* Fernsehjournalistin hast.

Zugegeben, es ist nur ein Beitrag von lokalem Interesse für den 24-Stunden-Nachrichtenkanal, aber vielleicht bringen sie ihn ja in gekürzter Form auch in den Achtzehn-Uhr-Nachrichten? Und vielleicht wird dann *endlich* irgendjemand dein ganzes unausgeschöpftes Fernsehpotenzial erkennen?

Dann werden sie dich vielleicht in exotische Weltgegenden schicken, um wichtige Leute wie den Dalai Lama zu interviewen. Vielleicht bekommst du deine eigene Sendung? Dann trittst du bei *Let's Dance* auf und bekommst einen *fetten* Buchvertrag: nicht bloß eine Autobiografie, sondern eine ganze Reihe von Kinderbuchbestsellern – natürlich alles von Ghostwritern geschrieben. Dafür gibt's dann den Orden für Verdienste um die Literatur. Dann noch ein bisschen ehrenamtliches Engagement, und schwupps, schon bist du *Dame* Anne Darlington, von Millionen geliebt. Mein herzlicher Dank gilt dem Komitee für die Verleihung des Friedensnobelpreises …

Und alles hat hier angefangen, vor der Aberdeener Filiale von Marks & Spencer.

Sie straffte die Schultern und legte noch einen Tick mehr Sex-Appeal in ihr Lächeln.

Oder war das jetzt *zu* sexy? Freundlich und offen, aber ernsthaft – so sollte sie rüberkommen.

Und sie konnte es schaffen.

Chris, der Kameramann, sah hinter seinem Sucher hervor. Obwohl die Sonne vom Himmel knallte, hatte er immer noch seine Pudelmütze auf, das stoppelbärtige Gesicht zu einem Grinsen verzogen. »Nur keine Panik, du wirst super sein!«

Ja. Ja, das würde sie.

Er schürzte die Lippen. »Wenn bloß der Bulle da im Hintergrund mal aufhören würde, sich am Arsch zu kratzen.« Chris streckte eine Hand seitlich aus und signalisierte ihr mit den Fingern den Countdown. »Und wir sind live in fünf, vier, drei, zwo …« Er machte eine wischende Geste, und sie begann mit ihrer freundlichen und offenen, aber ernsthaften Stimme zu sprechen, passend zu ihrem freundlichen und offenen, aber ernsthaften Lächeln.

»Die Stimmung ist angespannt heute in Aberdeen, wo die Gewerkschaft Ackerbau, Lebensmittelproduktion und Viehwirtschaft zu einer Demonstration gegen die geplanten Ausgleichsregelungen nach dem Brexit aufgerufen hat.« Sie drehte sich um und wies über den Platz hinweg auf eine Gruppe von Polizeibeamten in ihren Bobby-Kostümen mit Warnwesten drüber. »Wie Sie sehen können, haben wir hier eine *massive* Polizeipräsenz, nachdem in den sozialen Medien Gerüchte kursierten, wonach eine Reihe von extremistischen Organisationen die Protestveranstaltung für gewalttätige Auseinandersetzungen missbrauchen wollen.«

Wie aufs Stichwort rumpelte ein riesiger Mähdrescher vorbei, gefolgt von einem Oldtimer-Traktor mit einem Anhänger, auf dem eine Pappmaschee-Premierministerin auf dem Scheiterhaufen verbrannt wurde. Die künstlichen Flammen aus Seidenpapier flatterten im Wind.

Ein bisschen gruselig, aber *ideal* für Fernsehbilder.

»Bis jetzt verläuft die Demonstration jedoch friedlich.«

Bills Stimme ertönte in ihrem Ohrhörer, übertragen aus dem Londoner Studio. *»Und wir hören, dass der Landwirtschaftsminister den Gewerkschaftsboss Ronnie Wells zu einer Debatte herausgefordert haben soll.«*

Sie hielt einen Finger ans Ohr. »Das ist richtig, Bill. Ronnie Wells hat sich zu einer Reizfigur entwickelt, seit er letztes Jahr im Mai den Gewerkschaftsvorsitz übernommen hat. Er hat der schottischen Regierung vorgeworfen, die ländlichen Gemeinden Schottlands im Stich zu lassen zugunsten einer schnelleren Einigung mit der Regierung in Westminster.«

Der »Hexenverbrennung« folgten zwei Bagger, zwischen deren erhobenen Schaufeln ein riesiges Transparent gespannt war: »FARMING LIVES MATTER!!!«

Eine Mischung aus Anfeuerungs- und Buhrufen erhob sich aus der Menge, als eine Handvoll behäbiger älterer Männer in grauen Anzügen das Podium erklommen. Der behäbigste und kahlköpfigste von ihnen schlurfte zum Mikrofon.

»Dies ist natürlich die erste öffentliche Rede von Minister George Rushworth seit dem Arrangate-Skandal. Wir können also damit rechnen, dass er rhetorisch gewaltig auftrumpfen wird, um diese Geschichte vergessen zu machen.«

Es gab ein schrilles Rückkopplungspfeifen, als der Landwirtschaftsminister prüfend ans Mikrofon tippte, dann tönte die Stimme von George Rushworth aus den Lautsprechern. *»Können Sie mich alle hören? Gut. Okay. Also. Ich weiß, dass die Gemüter erhitzt sind, aber ich möchte Ihnen versichern, dass der* *schottischen Regierung das Wohl der Landwirtschaft in diesem Land* sehr *am Herzen liegt.«*

Wieder Buhrufe.

Alfie nahm eine Hand vom Lenkrad, zog die Whiskyflasche aus dem Getränkehalter neben seinem rechten Ellbogen und kippte sich einen Schluck hinter die Binde. Es brannte wie Feuer auf dem Weg nach unten.

Hätte besser was von dem teureren Stoff gekauft. Aber wie sollte er sich den leisten können? Darum ging's ja gerade bei dem ganzen Scheiß hier – wie konnten er oder irgendein anderer der um ihre Existenz kämpfenden Bauern sich noch irgendetwas leisten?

Trotzdem. Wäre schön gewesen.

Das torfige Feuer breitete sich in seinem Magen aus und stieg von dort in den Brustkorb. Und dann ins Gehirn, ließ es anschwellen und kribbeln.

Also, nur so als Beispiel, dieser große John-Deere-Traktor – hatte irgendjemand von denen da draußen auch nur einen blassen Schimmer, was es kostete, so ein Gerät zu unterhalten? Wartung und Reparaturen waren ja schon schlimm genug, aber was war mit den Unmengen an Diesel? Und das alles *zusätzlich* zu den enormen Anschaffungskosten von dem verdammten Teil. Für den Preis kriegte man locker eine Dreizimmerwohnung in Aberdeen.

Noch ein Schluck.

Genieß es, solange du kannst. Wenn sie dich erst mal eingeholt haben, ist mit Whisky Feierabend. In solchen Dingen sind sie wahrscheinlich ziemlich streng im Gefängnis.

Aber sie hatten ihm schließlich keine andere Wahl gelassen, oder?

Das hatten sie sich alles selbst zuzuschreiben.

Der gelbe Lack der Bagger vor ihm glänzte in der Sonne,

das zwischen ihnen gespannte Transparent war makellos sauber.

Anders als das landwirtschaftliche Gerät, das *er* schleppte. Er konnte es im Rückspiegel des Traktors sehen: eine gemeine schwarze Bombe aus Metall, groß und dunkel und an den Rändern rostig. Und sie konnte jeden Moment hochgehen.

Sein Funkgerät piepste ihn an, als die geschniegelte Granitfassade der Royal Bank links vorbeizog – und da waren sie. Zu Hunderten schwenkten sie ihre albernen Plakate, als ob das irgendwas bewirken würde.

Nix da.

Es gab nur eines, wenn man irgendwas bewirken wollte. Im Krieg musste man mit schmutzigen Methoden kämpfen.

Henrys Stimme bratzelte aus dem Lautsprecher. *»Na los, Alfie, zeig's den Mistkerlen!«*

Alfie warf noch einmal einen Blick in den Rückspiegel – und da war Henry, der ihm aus der Kabine seines Massey Ferguson das Daumen-hoch-Zeichen machte.

Es war so weit.

Noch ein letzter Schluck Whisky auf den Erfolg.

Ein paar von denen da unten hatten verstanden. Ein paar waren auf der Seite der Bauern.

Für die war's schade.

Aber in jedem Krieg gab es immer Kollateralschäden.

Alfie griff nach dem Handapparat seines Funkgeräts und drückte die Sendetaste. Ein tiefer, nach Whisky und Torfrauch schmeckender Atemzug. »YEEEEEEEEE-HAAAAA-AAAHH!«

Er legte den Schalter um und zog den Hebel.

Und möge Gott ihnen allen gnädig sein.

II

*»Die schottischen Bauern haben alles Recht der Welt, wütend
zu sein. Es ist dringend erforderlich, dass wir diese Probleme
angehen, aber wir müssen realistisch sein!«*

Tufty zuckte mit den Schultern, versuchte sich cool zu
geben. »Also…« Er musste beinahe brüllen, um den Redner zu übertönen, dessen Stimme aus den Lautsprechern
dröhnte. »Ich dachte mir, nach der Einäscherung könnten
wir vielleicht Mrs Galloway einen Besuch abstatten. Ich
glaube, es würde sie freuen zu wissen, dass Pudding bis zu
ihrer Entlassung aus dem Krankenhaus in guten Händen
ist.«

Constable Mackintosh nickte. »Das stimmt, aber ich
glaube kaum, dass sie *mich* sehen will. Schließlich sind Sie
derjenige…«

»Ach was. Sie haben alles organisiert. Sie haben das mit
dem Krematorium in die Wege geleitet. Ohne Sie wäre das
alles nicht passiert.«

Sie wurde wieder ein bisschen rot. »Ach, das war doch
gar nichts.«

»Sie haben einer alten Dame einen großen Liebesdienst
erwiesen. Das ist doch nicht gar nichts, das ist…« Tuftys
Augen weiteten sich. »O Gott!«

Der riesige grün-gelbe Traktor – derjenige, der hinter den
Baggern mit dem Transparent herfuhr – der mit dem großen
schwarzen Güllefass im Schlepptau – der Traktor, dessen
Fahrer, wie es aussah, Supermarktwhisky aus der Flasche

trank – ließ ein dumpfes Klacken vernehmen und entfesselte das GRAUEN.

Die Sprühdüse am hinteren Ende erwachte zum Leben und ejakulierte ein breites braunes Pfauenrad aus übelriechender Flüssigkeit. Der äußere Rand des Fächers klatschte auf die Demonstranten und ihre Plakate und überzog alles mit stinkendem Unflat.

Und in diesem Moment ging das Geschrei los.

Die braune Flut rückte vor.

Unaufhaltsam – ein dichter Sprühregen, der alles durchtränkte, was damit in Berührung kam, bis der ganze Platz vom bitter-scharfen Gestank vergorenen Schweinemists erfüllt war.

Die Menschen auf der rechten Seite des Platzes – direkt am Podium und am weitesten entfernt von dem Sprühregen – wichen panisch zurück und versuchten sich in Sicherheit zu bringen, ehe das Verhängnis über sie hereinbrach. Doch sie konnten nirgendwo hin. Es gab kein Entkommen. Sie drängten sich nur zu einem dichten Haufen zusammen, während der Gülleregenbogen näher und näher kam.

PC Mackintosh starrte ihn an. »Ich will nicht mit Kacke vollgespritzt werden!«

In der Mitte des Platzes spülte die dampfende braune Sichel über die Vertreter der überregionalen Medien hinweg und besudelte den rechten wie den linken Flügel gleichermaßen. Eine Frau mit blonden Locken kreischte in ihre Kamera, als sie plötzlich zur Brünetten wurde.

O nein, es kam näher …

Auf dem Podium stand der langweilige Redner wie angewurzelt da. Seine Stimme dröhnte immer noch aus der Lautsprecheranlage, als die Gülle bei ihm ankam. »AAAAAAAH! O GOTT! AAAAAAAAAAAAAAH! ICH HAB ES IN DEN MUND GEKRIEGT!«

Näher.

Noch näher.

Tufty holte tief Luft, dann packte er PC Mackintosh, drückte sie in die Hocke hinunter, schirmte sie mit seinem eigenen Körper ab und zog den Kopf ein, als auch schon der stinkige kaffeefarbene Regen auf seine Warnjacke und seine Mütze niederprasselte, die Ärmel seines T-Shirts tränkte und am Rücken seiner Stichschutzweste hinabrann.

Puh, der Gestank! Der Gestank! Der Gestank!

Er zählte bis drei, dann zog die Sintflut endlich weiter.

Tufty richtete sich auf, und PC Mackintosh tat es ihm gleich. Sie blickte sich entgeistert um.

Von hier bis zur Royal Bank am anderen Ende, alles voller schreiender, spuckender und fluchender Menschen. Auf der anderen Seite, der noch nicht vollgespritzten, war die Menge in einem hilflosen Versuch, sich in Sicherheit zu bringen, zur Clydesdale Bank zurückgewichen, doch auch hier gab es kein Entkommen, und schon schloss die Gülle sie in ihre stinkende Umarmung.

Und dann endlich zog der Traktor mit dem Fass des Grauens weiter – vermutlich um nunmehr der Vorderseite des Gebäudes einen neuen Anstrich zu verpassen.

Dampf stieg aus der Menschenmenge auf.

Jemand übergab sich. Dann noch einer. Und dann breitete es sich wie eine Epidemie über den Platz aus.

PC Mackintosh sah blinzelnd und mit offenem Mund zu Tufty auf. »Das ist das Netteste, was *je* irgendjemand für mich getan hat.«

Von der anderen Seite des Platzes kam ein gellender Schrei: »O GOTT, NICHT NOCH EINER!«

Der Traktor direkt hinter dem Güllefass schleppte einen Miststreuer, der mit Strohhalmen gespickte Dungbatzen in die Menge schleuderte.

Steel stand drüben an der Absperrung, triefend und mit ausgebreiteten Armen wie eine Vogelscheuche. »Gaaaaaaahhhh…«

Zu ihrer Linken trippelte Harmsworth immer im Kreis herum, die Ellbogen ausgefahren, als ob er mit einem großen, unsichtbaren Bären tanzte. »Nein, nein, nein, nein…«

Und rechts von ihr Lund, regungslos wie eine kotbespritzte Statue, die Augen weit aufgerissen, während der Mist auf die Menge gegenüber niederprasselte.

Dann schüttelte Steel ihre Hände aus und gab einen Urschrei von sich. Sie wischte sich das Gesicht ab, blickte sich um. Und rannte auf Tufty zu, ihre Stiefelsohlen rutschend und glitschend auf den nassen Gehwegplatten. Sie packte ihn und deutete zur Union Street, auf das Heck des immer noch sprühenden Güllebehälters. »Sie übernehmen den da. Verhaften Sie den Dreckskerl. LOS!«

Sie ließ ihn los und stürmte halb laufend, halb schlitternd auf den Miststreuer zu.

Tufty starrte das Hinterteil des Güllefasses an. Der Fahrer hatte die Düsen noch immer nicht abgeschaltet, und die stinkende Fontäne war breit genug, um beide Seiten der Union Street gleichzeitig zu bespritzen. Ach du bekackter Motherfunker – um an den Traktor zu gelangen, würde er mitten durch den Gülleregen laufen müssen.

Erst mal tief Luft holen.

Tja, das hätte er besser bleiben lassen – die Luft schmeckte *grauenhaft*.

Er lief los.

Ganz am Rand der Menschenmenge saß eine Frau in einem zweifarbigen Tweedkostüm – hinten grau, vorne braun und matschig – auf dem Gehsteig und gab leise Quiektöne von sich. Sie hielt ihr Plakat noch umklammert – ein großes Schild, auf dem in fetten roten Lettern stand:

»NEHMT DAS, IHR LINKSVERSIFFTEN WEICHEIER – IHR HABT VERLOREN!!!«

Er riss ihr das Plakat im Vorbeilaufen aus der Hand und hielt es hoch wie einen Schutzschild. Auf geht's – Ereignishorizont in drei, zwei, eins ...

GAAAAAAAAAAAAAAAHHHHHHHHHHHHHHHHH!

Mitten durch und auf die andere Seite.

O Gott, es war *überall* ...

Er warf das Plakat weg und trabte über den Gehweg, vorbei an dem Güllefass und dem Traktor, bis er auf Höhe der Kabine war. Er winkte dem Fahrer zu. »HE, SIE DA! SOFORT STEHEN BLEIBEN! POLIZEI!«

Doch der knollennasige, latzhosentragende, glatzköpfige Mistkerl zeigte ihm nur den Finger und tuckerte weiter im Schritttempo die Straße hinunter.

Okay.

Tufty schwenkte näher heran, bis er nur noch drei Schritte von der Trittleiter zur Kabine entfernt war. »POLIZEI! STELLEN SIE SOFORT DAS VERDAMMTE DING AB!«

Bauer Stinky nahm einen Schluck aus der Whiskyflasche und gab Gas, bis der Traktor in strammem Joggingtempo dahinratterte.

Es blieb ihm nichts anderes übrig – er musste in die Kabine klettern und selbst den Motor abstellen.

Ein Kinderspiel.

Noch ein bisschen näher ran, auf die unterste Stufe springen, die Metallstange packen, die den Außenspiegel hielt, hochklettern und die Tür aufmachen. Kein Problem. Solange er nicht danebengriff. Oder ausrutschte. Oder stürzte. Denn wenn er nur *eines* davon machte, würde ihn das riesige Hinterrad überrollen und ihn in den Asphalt der Union Street manschen wie fünfundsiebzig Kilo Hackfleisch in einer Stichschutzweste und einer kratzigen Hose.

Puh…

Na los, Tufty, rette die Situation!

Er wagte es. Sprang im letzten Moment, grabschte nach der Spiegelhalterung und zog sich auf die Trittstufe hoch.

Noch nicht tot!

Von hier oben hatte man einen herrlichen Blick die Union Street hinauf zu den Gebäuden der Stadtverwaltung und weiter zum Castlegate. Alles durch eine Reihe von Metallschranken für den Verkehr gesperrt. Die einzigen anderen Fahrzeuge in Sichtweite waren der Streifenwagen, der an der Kreuzung mit der Broad Street parkte, und ein glänzender schwarzer Bentley mit kleinen Flaggen, die an Stöckchen zu beiden Seiten der Motorhaube flatterten, und einem angeberischen Wunschkennzeichen.

Schade eigentlich. Wäre schön gewesen, wenn es wenigstens einen Zeugen für seinen historischen Sprung gegeben hätte. Oh Tufty, du bist ja so ein Actionheld! Eine Art Bruce Willis, nur sexyer, mit mehr Haaren und nicht im Unterhemd. Und mit Scheiße vollgeschmiert.

Tufty packte den Türgriff des Traktors, drückte den Knopf, um sie zu öffnen… Nichts. Der Mistkerl hatte sich eingeschlossen.

Bauer Stinky grinste durchs Fenster und kippte sich noch einen Schluck Glen Spiritus hinter die Binde.

»Na schön, wenn du es so willst.« Tufty zog seinen Teleskopschlagstock aus dem Gürtel und ließ ihn zu voller Länge ausfahren. Dann holte er aus und zerdepperte mit einem Schlag die Scheibe. Tausender kleiner Glaswürfelchen flogen durch die Luft.

Er steckte den Schlagstock zurück in sein Futteral, griff durch das klaffende Loch und packte Bauer Stinky, während er die Stimme erhob, um das Dieselgrollen zu übertönen: »SIE SIND FESTGENOMMEN, MANN!«

Bauer Stinky lachte ihn aus und hüllte ihn dabei in eine Wolke von Whiskydünsten ein. »Du kommst zu spät!« Er schlug nach Tuftys Hand.

Tufty schlug zurück.

Noch ein Schlag. Und dann ging es so richtig los. Das Kinn eingezogen, den Kopf möglichst weit nach hinten gereckt, rauften sie einhändig wie Schulkinder auf dem Pausenhof. Und überließen das Lenkrad seinem Schicksal.

Der Traktor scherte nach links aus und wurde durchgeschüttelt, als das Vorderrad auf den Gehsteig rumpelte.

Dann ein fürchterliches Knirschen und Kreischen.

Tufty riskierte einen Blick. Der Frontlader des Traktors bohrte sich in die Wand eines Buswartehäuschens, verformte die Metallstreben und riss sie aus dem Beton. Die Plexiglaswände brachen mit lautem Knacken aus dem Rahmen, als das riesige grün-gelbe Ungeheuer im Schritttempo hindurchpflügte.

Die Konstruktion wurde zerdrückt und verbogen und schrammte über die Motorhaube, ein Plexiglaskeil kratzte am Lack entlang. Und kam immer weiter auf Tufty zu.

Hilfe!

Es würde ihn glatt vom Traktor fegen und unter das Hinterrad werfen. Knirsch, knarsch, der Tufty ist im … Eimer.

Er schlang beide Arme um die Spiegelhalterung, als das Plexiglasschwert ihn zu durchbohren drohte. Zog den Kopf ein und drückte sich an die Kabine. Klammerte sich verzweifelt fest, als das Ding sich in seiner Stichschutzweste verhakte und ihn herumdrehte.

»Aaaaaaaahh!«

Und dann – *sproing!* – war es vorbei.

Ein gequältes Kreischen übertönte das Motorgeräusch, als der Rest des Wartehäuschens unter dem Hinterrad zermalmt wurde.

Der Traktor rumpelte zurück auf die Straße.

Bauer Stinky lachte. Lenkte mit einer Hand und setzte mit der anderen die Whiskyflasche an. »Erhöh du mir noch *einmal* die Grundsteuer!«

Hä?

Tufty sah in die Richtung, in die sie fuhren: schnurstracks auf den Bentley mit den Wimpeln zu.

O ja ... der sah teuer aus.

Der Frontlader des Traktors hob sich unter dem Sirren der pneumatischen Kolben, die Schaufel zeichnete sich groß und schwarz gegen den Himmel ab. Dann krachte sie auf die Motorhaube des Bentley hinunter und zermalmte Karosserie und Wimpel unter sich. Doch Bauer Stinky trat immer noch nicht auf die Bremse – er fuhr einfach weiter. Wieder hob sich der Frontlader, wieder sauste er herab, zerschmetterte die Windschutzscheibe und drückte das halbe Dach ein. Der Traktor bäumte sich auf, als er die ruinierte Limousine erklomm.

Tufty hielt sich am Rahmen des eingeschlagenen Fensters fest und hievte seine obere Körperhälfte in die Kabine, während der Traktor an dem Bentley emporkletterte, höher und höher und ...

Irgendetwas musste in dem Auto unter ihnen nachgegeben haben, denn das Vorderende des Traktors sackte mit einem Knirschen wieder ab.

Bauer Stinky ließ seine Whiskyflasche fallen.

Tufty robbte über den Schoß des Kerls hinweg zur anderen Seite der Lenksäule. Er griff nach dem Schlüssel, der im Zündschloss steckte, drehte ihn nach links und zog ihn heraus.

Der Traktor kam mit einem Ruck zum Stehen.

Stille.

Dann das Platschen und Pladdern einer *Menge* Flüssigkeit, die aus großer Höhe auf den Asphalt klatschte.

Und dann nur noch das Ächzen und Knacken des sterbenden Bentleys.

Tufty nahm seine Handschellen heraus. Bäh… Er schüttelte sie ein wenig, um einen Batzen Gülle zu entfernen. »Also, neuer Versuch, okay? Sie sind aber auch *so was von* festgenommen!«

O Gott…

Alles. War. *Ruiniert.*

Ihr Friedensnobelpreis. Ihr Interview mit dem Dalai Lama. Ihre Reihe von Kinderbuchbestsellern. Und der Tango mit einem dauergebräunten Mann, der zu viele Pailletten trug.

RUINIERT!

Um sie herum sah Aberdeen aus wie das Set eines Zombiefilms – die Leute wankten stöhnend umher, von Kopf bis Fuß versaut. Oder kauerten schluchzend an den Häuserwänden. Oder erbrachen sich heftig und ausgiebig im Hintergrund der Einstellung.

Anne blinzelte in das tote schwarze Auge der Kamera.

Chris stand einfach nur da und filmte, während *scheußliches* braunes Zeugs von seiner Pudelmütze tropfte.

Daran siehst du, dass er ein Profi ist, Anne, wie *du* angeblich auch!

Sie wischte sich die Gülle aus dem Gesicht, räusperte sich und hob das Mikrofon wieder an den Mund, wobei sie nicht vergaß, das Logo zur Kamera zu drehen. Und sie ließ die Nation ihr freundliches und offenes, aber ernsthaftes Gesicht sehen. »Zurück zu Ihnen ins Studio, Bill.«

III

Der dicke Gary verschränkte die Arme und stellte sich in die offene Tür, sodass sie alle auf dem Parkplatz festsaßen. »Nein.«

Die Wut, die ihm entgegenschlug, war fast so stark wie der Gestank. Fünfundzwanzig Polizeibeamte, alle in ihren gülleverschmierten Police-Scotland-Uniformen. Mehr als genug Material für einen anständigen Lynchmob. Allerdings würden sie einen extrastarken Strick und einen extrastarken Ast brauchen, um den Fettsack aufzuknüpfen.

Roberta bahnte sich einen Weg durch die stinkende Menge nach vorne. »Jetzt stell dich mal nicht so an, Gary! Lass uns rein, wir müssen dringend duschen!«

Hinter ihr wurden Stimmen laut: »Genau!« – »Aus dem Weg!« – »Platz da, Dicker!« – »Ich bin voll mit Scheiße!«

Doch Gary rührte sich nicht von der Stelle. »*So* setzt ihr mir keinen Fuß in mein schönes sauberes Revier. Nix da, kommt gar nicht infrage, meine Herrschaften.«

Roberta schnippte ein Klümpchen getrockneten Mist von ihrem Handrücken. »Und was zum Teufel sollen wir jetzt machen?«

Aaah, das war schon besser. Ehrlich gesagt, es war sogar ganz angenehm, hier zu stehen, auf diesem sonnenbeschienenen Fleckchen hinter der Rechtsmedizin. Schön warm und kribbelig, mit der sanften Brise, die über ihre nackte Haut strich.

Also, überwiegend nackt.

Roberta trocknete sich den Rücken ab.

Ein doppelter Regenbogen glitzerte im Sprühnebel, als die Rechtsmedizinerin und ihr Assistent – ausgerüstet mit Plastikschürzen, weißen Gummistiefeln, grünen OP-Anzügen, lila Nitrilhandschuhen und Atemschutzmasken – die beiden nächsten Kandidaten mit dem Schlauch abspritzten.

Harmsworth hustete und prustete und hielt sich beide Hände vors Gesicht, als das Wasser ihn traf. »Aaaah, das ist kalt!«

Roberta trocknete sich als Nächstes den Hintern ab und betupfte die blasse, wabbelige Haut um ihre knallrote Unterhose herum. Also, wenn sie gewusst hätte, dass sie sich vor der halben Tagschicht würde ausziehen müssen, hätte sie bestimmt einen passenden BH angezogen. »Na los doch, Owen – letzten Donnerstag waren Sie schließlich auch nicht so schüchtern. Runter mit den Klamotten!« Sie pfiff anzüglich. »Oder müssen wir erst ein paar kleine Kinder holen, die Ihnen beim Ausziehen helfen?«

»Ja, so ist's richtig, immer schön den armen Owen mit schlüpfrigen Bemerkungen triezen. Er hat euch nichts getan, oder? Nein, Owen hat sich wie ein Gentleman benommen, aber interessiert das vielleicht irgendwen?« Er schnallte seinen Einsatzgürtel ab und hielt ihn in den Strahl, bis das herablaufende Wasser klar war. Dann löste er die Klettverschlüsse an seiner Stichschutzweste und duckte sich mit verkniffenem Gesicht dahinter, um nur ja nichts von dem teefarbenen Spritzwasser abzubekommen.

Tufty kniete in seiner ThunderCats-Unterhose am Boden, tauchte einen Schwamm in einen Eimer Seifenwasser und schrubbte sich damit ab. »Bäh … stinkig, stinkig, stinkig, stinkig, stinkig …«

Harmsworth warf sein T-Shirt weg und kämpfte sich aus

seiner Uniformhose, bis er nur noch in der klatschnassen Unterhose dastand und sich im Wasserstrahl wand. Die ganzen Bissmale hatten sich in kleine kreisförmige Blutergüsse verwandelt – als ob er einen käseweißen Strampelanzug mit Leopardenmuster und einem Besatz aus krausen schwarzen Haaren trüge.

»He, Doc!« Roberta legte sich das Handtuch um die Schultern und zeigte auf Harmsworth. »Sie haben eine Stelle vergessen.«

Die Rechtsmedizinerin nickte und schwenkte den Schlauch herum, und wieder spritzte das Wasser an Harmsworths haarige Brust.

»AAAAAAAAAAH!«

»So ist's recht, schon *viel* besser.«

Roberta grinste.

Wenn das Leben einem Gülle gab, musste man manchmal ganz einfach Limonade draus machen.

»Bäh ... ich kann es immer noch riechen.« Barrett schnupperte an seinem nackten Arm und schüttelte sich. »Einmal mit dem Schlauch abgespritzt, einmal mit dem Schwamm abgeschrubbt und einmal mit Karbolseife geduscht, und ich kann es *immer* noch riechen!«

Roberta rückte ihre Anatomie zurecht und sank auf ihren Schreibtischstuhl. Verblüffend, wie schnell man sich mit einem feuchten BH wundgescheuert hatte.

Harmsworth hockte in Unterhose und Socken auf seinem Stuhl und stierte missmutig vor sich hin. Sein spärliches Resthaar stand in feuchten Büscheln ab. »Ich esse nie wieder Ochsenschwanzsuppe.«

Lund schüttelte sich, wobei alles an ihr auf *höchst* interessante Weise ins Wackeln geriet. Entweder wollte sie später noch was aufreißen gehen, oder sie war unglaublich organisiert: Ihr BH passte tatsächlich zur Unterhose. Und beide waren weder grau wie ein altes Gebiss, noch sahen sie aus, als würden sie sich bei der nächsten Wäsche in Wohlgefallen auflösen. Sie fing Robertas Blick auf und bedeckte ihre Brüste mit den Armen. »Sie starren schon wieder!«

»He, ich bin verheiratet, aber nicht tot.«

Die Tür flog auf, und herein kam Tufty, beladen mit einem großen Pappkarton. Er hatte seine ThunderCats-Unterhose unter einer FC-Aberdeen-Jogginghose versteckt. Seine obere Hälfte steckte in einem Tour-T-Shirt der Band *Frightened Rabbit*, allerdings war das Wort »Frightened« falsch geschrieben.

Er stellte den Karton auf seinem Schreibtisch ab. »Alle mal herhören, hier gibt's prima nachgemachte Marken-klamotten für lau!« Er kramte eine Latzhose hervor und warf sie Roberta zu. »Givenchy-Imitat – mit den besten Empfeh-lungen der netten Jungs und Mädels von der Gewerbe-aufsicht. Sie hatten auch Louis-Vuitton-Fakes, aber das Sonderermittlungsteam ist uns zuvorgekommen.« Er griff noch einmal hinein. »Ein gefälschtes Tommy-Hilfiger-Sweat-shirt oder lieber ein nachgemachtes Calvin-Klein-Poloshirt?«

»Zur Latzhose? Da geht nur Gucci.«

Er wühlte noch ein wenig und warf ihr ein rot geblümtes Chiffonteil mit Rüschen zu. Roberta zog es und die Latz-hose über ihre feuchte Unterwäsche an.

Tufty kramte wieder im Karton. »Was hättest du lieber, Veronica: Nicht-ganz-Armani oder Nicht-ganz-Fendi?«

»Armani.«

Harmsworth schaute mürrisch drein. »Ja, so ist's recht – lassen wir DC Lund zuerst wählen, kümmert euch nicht um Owen, er ist ja nur vier Jahre länger dabei als sie.«

Tufty warf ihr eine Jeans und ein blaue Glitzerbluse zu. »Wo bleiben deine Manieren, Owen? Ladies first. Und du solltest es doch inzwischen gewohnt sein, im Adamskostüm rumzulaufen.« Er grinste. »Was ist mit dir, Davey?«

»Ist mir eigentlich egal, Hauptsache, Harmsworth kriegt ganz schnell was zum Anziehen. Das neulich war schon schlimm genug – die ganze käsig-graue, behaarte Haut. Urgh. Das kann einem dauerhaft den Appetit auf Würstchen verderben.«

»He!«

Roberta fummelte an den Trägern ihrer Latzhose herum. »Was meint ihr – beide oben oder einer ein bisschen kokett über die Schulter gerutscht?«

Es klopfte an der Tür, und schon platzte DCI Rutherford herein, ohne auf eine Antwort zu warten. Der Mistkerl sah exakt so sauber und aus dem Ei gepellt aus wie bei der morgendlichen Einsatzbesprechung. Musste ein tolles Gefühl sein, *keine* Gülledusche abgekriegt zu haben. Er blieb in der Mitte des Büros stehen, so steif, als hätte er einen Besen verschluckt, und sah sie missbilligend an. »Der Bürgermeister ist *sehr* verärgert wegen der Sache mit seinem Wagen. Und wegen des Wartehäuschens. Diese Dinger wachsen nicht auf Bäumen, wissen Sie?«

Sie warf sich in ihrem Stuhl zurück und bedachte ihn mit einem finsteren Blick. »Ach ja? Der Bürgermeister kann mir mal den frisch geschrubbten Buckel runterrutschen.«

Rutherford grinste. »Ich hingegen habe seit *Ewigkeiten* nicht mehr so gelacht.«

»He!« Harmsworth zog schon wieder einen Flunsch. »Das ist nicht fair. Ich bin mit vergorenem Schweinemist vollgesaut worden!«

Tufty warf ihm Cargoshorts und ein Batman-T-Shirt zu. »Heul, schluchz. Ich musste da durchlaufen, also wurde ich *zweimal* vollgesaut!«

»Und das, Constable Quirrel, ist der Grund, weshalb ich

Sie für eine Belobigung vorschlage. Und auch Sie, Roberta – indem Sie diesen Miststreuer außer Gefecht gesetzt haben, haben Sie sehr viele Menschen vor eine Dungattacke bewahrt.« Rutherford klatschte in die Hände. »Und was das Allerbeste ist: Zu den vorhergesagten Unruhen ist es gar nicht erst gekommen! Offenbar war beiden Seiten nach der ausgiebigen Gülledusche nicht mehr nach einer Schlägerei zumute. Das sollten wir den Kollegen in Glasgow empfehlen, für das nächste Spiel Rangers gegen Celtic.«

Barrett drückte ein höfliches Lachen ab, der alte Kriecher.

»Nun, unter den gegebenen Umständen würde ich sagen, dass Sie und Ihr Team sich einen vorgezogenen Feierabend verdient haben. Und wenn Sie um halb vier im *Flare and Futtrit* vorbeischauen, werden Sie hinter dem Tresen zweihundertfünfzig Pfund vorfinden, als besonderes Dankeschön an Sie von unserem Chief Superintendent. Es wird auch ein Buffet für Sie aufgefahren.«

Tufty warf die Hände in die Luft. »Juhuu!«

»Aber bevor Sie gehen…« Er wandte sich Roberta zu. »Detective Sergeant Steel, würden Sie bitte mit mir in mein Büro kommen? Jack Wallace hat sich wieder einmal beschwert.«

Ach du Schande.

Wäre ja auch zu schön gewesen, um wahr zu sein.

Vine war schon da, er saß auf dem anderen Besucherstuhl, als Roberta DCI Rutherford in dessen Büro folgte. Er nickte ihr zu. »DS Steel.«

»So, John«, Rutherford nahm hinter seinem Schreibtisch Platz, »wenn Sie dann so freundlich wären?«

Vine zog das Tischtelefon heran und tippte auf den Tasten herum. Man hörte den Wählton aus dem Lautsprecher.

Sie deutete mit dem Kopf auf den freien Stuhl. »Darf ich

dazu sitzen, oder muss mein Arsch zu Versohlungszwecken frei zugänglich bleiben?«

»Bitte, setzen Sie sich.« Rutherford lehnte sich in seinem Stuhl zurück und legte die Fingerspitzen aneinander.

Sie ließ sich auf den freien Stuhl fallen.

Huch!

So eine nachgemachte Givenchy-Latzhose wurde gleich *viel* zu intim, wenn man sich schnell hinsetzte.

Eine Frauenstimme rasselte aus dem Lautsprecher, abgehackt und geschäftsmäßig. »*Anwaltskanzlei Moir-Farquharson und Partner, guten Tag.*«

»Ja, hier ist Detective Inspector Vine, ich möchte Mr Moir-Farquharson sprechen. Er erwartet meinen Anruf.«

»*Einen Augenblick bitte.*« Die Pause wurde von einer Panflötenversion von »I Shot the Sheriff« ausgefüllt.

Roberta fummelte am Schritt der vorwitzigen Latzhose herum. »Was immer er sagt, er lügt. Es ist …«

Rutherford hielt einen Finger hoch, als Sandy die Schlange sich am anderen Ende meldete. »*DI Vine. Ich nehme an, es handelt sich nicht um einen Höflichkeitsanruf?*«

»Ihr Mandant hat sich erneut über Police Scotland beschwert.« Er nahm ein Blatt Papier aus der Aktenmappe zu seinen Füßen. »Ich verweise Sie auf den Brief, den einer Ihrer Referendare heute Morgen abgegeben hat.«

»*Allerdings. Ihre Beamten haben meinen Mandanten vor den Augen der übrigen Besucher aus einem Kino gezerrt und ihm damit erhebliche Ängste und seelische Qualen zugefügt. Ganz zu schweigen vom Schaden für seinen Ruf. Anschließend haben sie ihn zu einer Vergewaltigung befragt, die begangen wurde, während er mit zwei Freunden beim Essen saß, umgeben von Zeugen.*«

»Und Sie machen Police Scotland dafür verantwortlich?«

»*Aber selbstverständlich. Bei allen unbestrittenen Stärken von*

Detective Sergeant Steel, ihre Fixierung auf meinen Mandanten ist ebenso destruktiv wie ungesund.«

Roberta hielt im Bearbeiten ihres Schritts inne. »*Aye, aye*, Sandy. Was machen die Knutschflecken an Ihrem Hintern?«

»*Detective Sergeant. Ich fürchte, diesmal haben Sie die Fähigkeit meines Mandanten zur Vergebung erschöpft. Wir werden auf Schadenersatz und eine Bußgeldzahlung klagen.«*

DCI Rutherford klopfte mit den Knöcheln auf die Tischplatte. »Mr Moir-Farquharson, ich finde das ziemlich unfair, meinen Sie nicht? Sie unterstellen, dass dieser Vorfall das Resultat eines persönliche Grolls war, den DS Steel hegte.«

»*Ah, Detective Chief Inspector Rutherford, Sie sind auch da. Wie schön.«* Ein Seufzer. »*Ich unterstelle gar nichts, ich konstatiere nur schlichte Tatsachen. Ihre Beamten schikanieren meinen Mandanten ohne* jeglichen *Beweis oder nachvollziehbaren Anlass.«*

»Ohne nachvollziehbaren Anlass?« Rutherford runzelte die Stirn. »Das ist aber merkwürdig. Denn Ihr Mandant hat schließlich DS Steel angerufen, um sich ein Alibi zu verschaffen für eine Vergewaltigung, die gerade begangen worden war. Er wurde aus dem Kino geholt, weil er sich selbst verdächtig gemacht hatte.«

»*Soll ich etwa glauben …«*

»Ja, das sollen Sie.« Roberta zeigte der körperlosen Stimme den Stinkefinger. »Und ich hab den hinterfotzigen Mistkerl auf Lautsprecher gestellt – das ganze Team hat mitgehört.«

Schweigen am anderen Ende der Leitung.

Dann noch ein bisschen mehr Schweigen.

Und noch ein bisschen.

Sie machte sich wieder daran, Klumpen von Jeansstoff aus ihrem Unterbau zu pfriemeln. »Vielleicht ist er mal eben pieseln gegangen?«

Rutherford beugte sich über das Telefon. »Mr Moir-Farquharson?«

»Ich ... bitte um Entschuldigung. Mir war nicht bekannt, dass mein Mandant die gestrigen Vorgänge selbst ausgelöst hatte.«

»Uuuuuuuh.« Endlich flutschte auch die letzte Stofffalte raus. »Ihr Mandant hat doch nicht etwa Geheimnisse vor Ihnen, oder, Sandy? Das ist nicht gut.«

»Ich werde selbstverständlich Mr Wallace raten, dass er vernünftigerweise seine Beschwerde zurückziehen und auf die geplanten rechtlichen Schritte verzichten sollte.«

Roberta fragte in bewusst naivem Ton: »Weil die Geschworenen ihn mit einem Tritt in seinen haarigen Vergewaltigerarsch aus dem Gerichtssaal befördern und uns einen Riesenhaufen Entschädigung zusprechen werden?«

Vine hob eine Hand. »Das reicht, Detective Sergeant, ich glaube, Mr Moir-Farquharson hat schon verstanden.« Und er lächelte sogar, während er es sagte. »Nicht wahr, Mr Moir-Farquharson?«

Ein Schniefen. *»Wenn Sie mich jetzt entschuldigen würden, ich muss mit meinem Mandanten sprechen.«*

Tja, viel Glück dabei.

Tufty fuhr seinen Computer herunter und stand auf. Er streckte sich, seufzte und griff nach seiner Jacke.

Steel sah ihn an. »Wo wollen wir denn hin, hm?«

»Sie haben gehört, was der Boss gesagt hat – ich darf früher nach Hause, weil ich so tapfer war.«

»Ach ja? Und haben wir auch alle Aufgaben abgearbeitet und unser Festnahmeprotokoll geschrieben?«

»Alles fertig und an Sie gemailt.«

Sie fixierte eine Weile ihren Bildschirm. »Oh.«

»Und außerdem muss ich bis halb drei noch ein paar Sachen erledigen.«

»Und was passiert um halb drei?« Sie neigte den Kopf zur Seite und beäugte ihn wie eine Katze eine verletzte Maus. »Haben Sie ein heißes Date oder so?«

»Könnte man so sagen. Wir bringen Mrs Galloways Hund ins Krematorium. Die geben einem die Asche in einem Pappkarton zurück, wenn man keine Urne hat. Ich fand, das wäre ein bisschen ... na ja.« Er tat so, als würde er einer armen verprügelten alten Frau einen Pappkarton übergeben. »Ach übrigens, hier ist Ihr Hund.«

Ein anzügliches Grinsen. »Und wenn Sie ›wir‹ sagen, heißt das Sie und Ihre knackige Wildlife-Crime-Kollegin?«

Es wurde ein paar Grad wärmer im Zimmer. »Es ... Constable Mackintosh hat das mit dem Krematorium organisiert – sie erlassen uns die Gebühr und all das.«

»Oh, Tufty, Tufty, Tufty.« Steel schüttelte den Kopf. »Ich weiß, wir sollten Gelegenheitssex nicht auch noch fördern, aber wenn Sie noch nicht mal per Du mit ihr sind, sollten Sie sie wirklich nicht vögeln.«

»Ich bin ... Es ... Ich habe nicht ...«

»Sie sind ein richtiger kleiner Casanova, wie?« Sie stand auf und zog ihre Latzhose stramm. »Na los, kommen Sie mit. Ich kenne da ein kleines Männlein, bei dem können wir günstig eine gebrauchte Urne kriegen, alles ganz diskret.«

»Kratzt Ihre Unterhose auch so? Meine ist echt wie Schmir-gelpapier.« Steel vollführte einen kleinen schlurfenden Stepptanz, als ob sie da unten etwas lockern wollte, dann drückte sie nochmals den Knopf der Sprechanlage.

Es sah nicht sehr vielversprechend aus – eine große, schlichte hölzerne Doppeltür, eingelassen in eine gesichts-lose Granitwand, versteckt auf halbem Weg die Jopp's Lane hinunter, zehn Minuten zu Fuß vom Polizeipräsidium. Schmal, grau und ignoriert.

Tufty zuckte mit den Schultern. »Ich hab meine ausgezogen und sie schön lange unter den Handtrockner im Herrenklo gehalten.«

Sie starrte ihn an. »*Verdammt.* Auf die Idee hätte ich auch kommen können.« Sie klingelte noch einmal. »Obwohl, das hätte wohl ziemlich komisch ausgesehen, wenn ich so splitterfasernackt im Männerklo gestanden hätte. Da hätte ich doch allen den Kopf verdreht mit meinem animalischen Sex-Appeal.«

Na klar …

Eine Stimme schnarrte scheppernd aus der Gegensprechanlage. »*Besichtigungen nur nach Vereinbarung. Guten Tag.*«

Sie bearbeitete den Klingelknopf mit der ganzen Hand. »Machen Sie auf, Haddie, sonst statte ich Ihrer Frau Mama einen Besuch ab.«

Eine Möwe landete auf dem Dach eines verdreckten kleinen Fiat, die Flügel ausgebreitet wie ein Pterodactylus, und beobachtete sie argwöhnisch. Sie hatte auch ungefähr die Größe eines Pterodactylus.

Endlich meldete sich die Stimme wieder. »*Detective Chief Inspector Steel. Hab ja ewig nichts mehr von Ihnen gehört.*«

Sie blickte auf und winkte in eine Überwachungskamera, die über einem kaputten Dunstabzug montiert war. »Ich mach keine Witze, Haddie. Ich und Ihre Frau Mama, wir haben uns eine *Menge* zu erzählen.«

Ein Seufzen, dann summte es, und der linke Türflügel öffnete sich einen Spaltbreit.

»Braver Junge. Und jetzt setzen Sie das Teewasser auf.« Sie ging hinein.

Tufty vergewisserte sich, dass der Pterodactylus ihnen nicht folgte, und schlüpfte hinter Steel durch die Tür.

Durch einen kurzen Flur gelangten sie zu einer massiv aussehenden Stahltür – die Art von Tür, an die man stundenlang mit dem großen roten Nachschlüssel hinarbeiten musste. Sie war sogar mit einem kleinen Sichtfenster ausgestattet, wie bei den Speakeasys der Prohibitionszeit.

Das Fenster öffnete sich mit einem Klicken, und ein bebrilltes Augenpaar spähte zu ihnen heraus. »Seid ihr nur zu zweit?«

»Nein.« Steel schob die Hände in die Taschen ihrer Latzhose. »Ich hab da draußen noch dreihundert Mann Spezialtruppen und ein Schusswaffenteam, und darüber kreist der Polizeihubschrauber. Und wir wollen alle Tee und Kekse.«

Das Fenster klappte zu.

Ein wenig Klacken und Rasseln und Scharren, dann schwang der eine Flügel der großen Metalltür auf und gab den Blick frei auf einen kleinen, rundlichen Mann in einem blauen Overall und schwarzen Lackschuhen. Üppiger grauer Schnurrbart, ein paar spärliche graue Strähnen, die unter seiner Tweedmütze hervorlugten. Die Haut so blass, dass sie im flackernden Schein der Deckenleuchten fast blau wirkte.

Steel spazierte an ihm vorbei. »Constable Quirrel: Elinsworth Fredrick De Selincourt alias Fischstäbchen-Freddy alias The Haddie. Bekannt aus Sätzen wie: ›Hast du den Riesenhaufen gestohlene DVD-Player gesehen, den der Haddie heute vertickt?‹«

»Oh, ich kann Ihnen versichern, Detective Chief Inspector, dass ich derartigen Praktiken längst nicht mehr fröne. Ich bin eine geläuterte Seele, und ich beschränke mich ausschließlich auf Haushaltsauflösungen und Konkurswarenverkäufe.«

»Ja, sicher.«

Tufty schlüpfte durch die Metalltür in einen langen, niedrigen Raum von der Größe einer Lagerhalle. Er war mit Kartons und Kisten vollgestopft. Stapel- und haufenweise Zeugs und Krempel, eingestaubt und aufgeschichtet zwischen den Säulen, die die Decke trugen. Mehrere Standuhren tickten asynchron vor sich hin und erzeugten ein Hintergrundzischeln wie von tausend Schlangen, die Chips knabberten.

Steel wühlte in einer Teekiste. »Sie müssen uns einen Gefallen tun, Haddie.«

»Warum überrascht mich das nicht?« Er packte den massiven Griff an der Innenseite der Tür und warf sie mit einem hallenden *Klong* zu. Dann schob er drei Riegel vor, fädelte eine dicke Kette durch die Ösen und warf sie über einen Haken in der Wand, ehe er schließlich eine Metallstange zwischen einer Rille im Boden und einer zweiten in der Tür verkeilte.

Von wegen großer roter Nachschlüssel – man würde einen *Panzer* brauchen, um da durchzukommen.

Er verschränkte die kurzen Ärmchen vor seiner breiten Brust. »Und was für einen Gefallen, wenn ich fragen darf?«

Tufty hob eine Hand. »Ich brauche eine Urne. Irgendwas Schönes.«

»Hmm, verstehe. Und da hielten Sie es für angemessen, *hierher*zukommen?« Haddie schlurfte zwischen den Warenstapeln umher. »Und ich nehme an, dass Sie der verstorbenen Person nicht nahestanden, Constable Quirrel? Aber natürlich nicht. Sie würden doch keine gebrauchte Urne erwerben wollen für einen Menschen, der Ihnen wirklich wichtig war.«

»Sie ist nicht für mich. Sie ist für eine kleine alte Dame, die kein Geld hat. Jemand hat sie krankenhausreif geprügelt und ihren Hund in die Mikrowelle gesteckt.«

Haddie hielt inne. Er drehte sich um. »Jetzt bin ich verwirrt – ist die Urne für die Überreste der Dame gedacht oder für die ihres Hundes?«

»Für den Hund – ein Yorkshireterrier namens Pudding.«

»Nun, über Geschmack lässt sich nicht streiten.« Er griff in seine Hosentasche und zog ein Teppichmesser hervor, klickte ein fingernagelbreites Stück Klinge heraus und zog sie durch das braune Paketklebeband, mit dem einer der Pappkartons verschlossen war. »Hier ruhen die sterblichen Überreste von … Nun ja, ich muss zugeben, dass ich mehr oder weniger den Überblick verloren habe.« Er hob eine bauchige dunkle Urne heraus, die von der Form her Ähnlichkeit mit einem Bowlingpokal hatte. »Wir denken immer, wenn wir mal sterben, wird unsere Asche von unseren Angehörigen in Ehren gehalten. Dass sie sie von Generation zu Generation weiterreichen werden, um die Erinnerung wachzuhalten. Dass wir auf diese Weise nie wirklich sterben werden.«

Er seufzte und nahm eine andere Urne heraus, diesmal ein gedrungenes, brutalistisches Modell. »Stattdessen landen wir in einem Sammelsurium von Omas altem Krempel, der auf dem Flohmarkt vertickt wird, sobald sie nicht mehr ist.« Die nächsten drei Urnen sahen eher aus wie Thermosflaschen. Dann wieder eine im Pokaldesign. Dann zwei reich verzierte Modelle in Vasenform. Und eine Holzkiste mit einem Schmetterling aus Messing drauf. »Sagen Sie Bescheid, wenn Sie etwas sehen, von dem Sie glauben, dass es die Persönlichkeit des Verstorbenen widerspiegelt.«

Tufty drehte sich langsam einmal um die eigene Achse. Kisten und Kartons und noch mehr Kisten und noch mehr Kartons und die Standuhren wie chipsfressende Schlangen … »Stammt das alles aus Haushaltsauflösungen?«

»Es ist traurig, aber wahr – wenn die Leute sagen, dass irgendetwas einen enormen ideellen Wert hat, dann meinen sie meistens, dass sie keine Lust mehr haben, es abzustauben. Ah, da haben wir's.« Haddie richtete sich auf und hielt ein blaues, mit verschlungenen goldenen Mustern verziertes Emailgefäß hoch. »Auf dem Messingschild steht: ›David Fairbairn, 1935–1994, geliebter Vater und Ehemann‹, aber da könnten Sie einen Aufkleber drübermachen oder so. Und da es für einen guten Zweck ist, würde ich sie Ihnen umsonst überlassen.«

Tufty nahm ihm die Urne ab. Sie fühlte sich kühl an in seinen Händen. Und schwer auch. »Äh … ist David …?«

»… zu Hause?« Haddies Augenbrauen schossen in die Höhe. »Oh, allerdings.« Dann sanken sie wieder ab. »Ah, verstehe. Natürlich, wie taktlos von mir. Bitte.« Er streckte die Hände aus, und Tufty gab ihm die Urne zurück. »Ich bin gleich wieder da. Sie können sich inzwischen gerne umsehen.«

Er drehte sich um und eilte durch das Kistenlabyrinth davon.

Steel kam auf Tufty zu. »Sie werden da doch keinen Aufkleber draufmachen, oder?«

»Ich könnte sie zu diesem Schlüsseldienst mit Gravurservice in der Rosemount bringen. Und denen sagen, sie sollen ein kleines Schild machen, das man auf das von David kleben kann.« Er drehte sich wieder im Kreis. »So viel *Zeug.*«

»Ich hab Hunger. Sie auch?«

»So viele Menschenleben … Da rackert man sich ab und spart, um sich Sachen kaufen zu können, und dann landet es alles hier.«

Das gedämpfte Dröhnen eines Staubsaugers war in der Ferne zu hören.

»Wissen Sie, worauf ich Lust hätte? Auf Nudeln. Nein, Rippchen! Oder vielleicht Hähnchen?«

Tufty schlängelte sich zwischen einem Stapel Orientteppiche und einem Regal voller gerahmter Jagddrucke hindurch. »Versteckt in einem Lagerhaus, wo es worauf genau wartet?«

»Oh, jetzt weiß ich's: Chinesisch!« Steel rieb sich die

Hände. »Wir könnten ins Manchurian gehen, drüben beim Mounthooly-Kreisel.«

Eine Herde Fahrräder, übereinandergestapelt. Ein Schwarm Stehlampen. Tiefer und tiefer in die düsteren Ecken und Winkel. »Wissen Sie, was ich glaube? Ich glaube, Mr De Selincourt macht sich etwas vor. Er schwafelt davon, dass unsere Asche auf einem Flohmarkt landen könnte, weil niemand sich drum kümmert. Was ist mit dem ganzen Zeug hier? Wer kommt hier rein und kauft ganz spontan eine …« – Tufty wies darauf – »… Pedalnähmaschine aus dem frühen Mittelalter oder ein Banjo ohne Saiten? Dieser ganze Krempel wird hier rumliegen und Staub ansetzen, bis er den Löffel abgibt, und dann wandert es zurück auf den Flohmarkt oder gleich auf die Müllkippe.«

Die haarigen grauen Schichten auf den Oberseiten der Kartons wurden dicker, je weiter Tufty nach hinten vordrang. Ein Klavier war mit einem so dichten Staubpelz überzogen, dass es schon etwas Säugetierhaftes hatte.

»Da machen sie absolut sensationelle Dim-Sum-Gerichte. Und die Chickenwings! O Gott, die Chickenwings …« Steel gab ein Homer-Simpson-Gurgeln von sich.

»Ich dachte, im *Flare and Futtrit* wartet ein Buffet auf uns?«

»Schon, aber erst um halb vier.«

Und ganz hinten die am gründlichsten vergessenen Stapel von allen: Bücher. Hardcover und Taschenbücher, ledergebundene und solche mit Schutzumschlag. Sie sahen aus, als wären sie seit Ewigkeiten nicht mehr in die Hand genommen worden. Die graue Kruste, die Pompeji unter sich begraben hatte, war nichts dagegen.

Ganz hinten? Na ja, nicht *ganz* …

Zwei Kartons versteckten sich hinter den Büchern. Beide komplett staubfrei.

»Wissen Sie, Tufty, wenn Sie mit Ihren Kollegen ein Fass aufmachen wollen, ist es wichtig, dass Sie vorher für eine ordentliche Unterlage sorgen.«

Warum sollten nagelneue Kartons dort hinten versteckt sein?

»Ja, sicher, es gibt Leute, die sagen: ›Vorher was beißen heißt bescheißen‹, aber das sind genau die, die hinterher in der Ecke liegen, mit dem Gesicht in der eigenen Kotze.«

Sie waren mit braunem Klebeband verschlossen, genau wie der Karton mit den Urnen.

Er stieß einen davon mit der Schuhspitze an. »Kommt Ihnen das nicht verdächtig vor? Dass die so blitzsauber sind, wo alles andere total eingestaubt ist?«

»Joghurt ist natürlich gut, aber für mich geht nichts über Dim Sum. Schön klebrig und mehlig … Hören Sie mir überhaupt zu?«

»Nein.« Und man durfte nicht vergessen, dass Elinsworth Fredrick De Selincourt wegen Hehlerei vorbestraft war. Einmal Dreck am Stecken, immer Dreck am Stecken. Niemand hörte einfach so auf, gestohlene Ware zu verticken. »Ich bitte Sie, das ist nicht bloß verdächtig, das ist *saumäßig* verdächtig.«

»Dann machen Sie sie auf. Werfen Sie einen Blick rein.«

»Geht nicht. Das wäre nicht gerichtsfest.«

»Ach du liebes bisschen.« Sie schubste ihn beiseite. »Dann mach ich's eben, du Schlapp…«

»Entschuldigung!« Haddies Stimme tönte von irgendwo hinter ihnen und kam mit jedem Wort näher. »Sie haben hier hinten nichts zu suchen. Ich schenke Ihnen aus purer Herzensgüte eine Urne, und *so* vergelten Sie es mir? Indem Sie hier herumschnüffeln?«

»Mr De Selincourt.« Tufty zeigte auf die Kartons. »Würden Sie uns bitte verraten, was da drin ist?«

Haddie leckte sich die Lippen. »Also wissen Sie, ich bin heute Nachmittag sehr beschäftigt. Wenn Sie vielleicht für Ende der Woche einen Termin machen möchten...?«

Steel sog die Luft geräuschvoll durch die Zähne ein. »Oh, Haddie, Haddie, Haddie. Nicht schon *wieder*!«

»Ich... Ich hab nichts Verbotenes getan, und Sie haben keinen Durchsuchungsbeschluss. Diese Kartons sind aus einer Haushaltsauflösung. Daran ist nichts Illegales.« Seine bleichen Wangen bekamen ein wenig Farbe. »Sie haben nicht das Recht, meine Geschäftsräume zu durchsuchen. Und wenn Sie es tun, ist es nicht gerichtsfest.«

»Mein hässlicher kleiner Kollege hier hat gerade genau das Gleiche gesagt, Haddie. Aber *Sie* haben gesagt, wir dürften uns gerne umsehen, schon vergessen?« Sie klatschte ihm eine Hand auf die Schulter, wobei er ein wenig in den Knien einknickte. »Und Sie haben recht: Ich *kann* Ihre Schatzhöhle nicht durchsuchen. Aber ich kann Folgendes tun: Ich kann Constable Quirrel diese Kartons hier bewachen lassen, während ich mal eben kurz verschwinde und einen Durchsuchungsbeschluss organisiere. Das wird ungefähr eine Stunde dauern, und da ich noch kein Mittagessen hatte, dürfte ich, wenn ich wiederkomme, sehr hungrig und sehr, *sehr* schlecht drauf sein.«

Tufty nickte. »Und sie hat kratzige Unterwäsche an, also – Au!« Er rieb sich den Arm und versuchte den brennenden, stechenden Schmerz von ihrem Boxhieb wegzumassieren.

»Nun, Haddie, mein fischiger kleiner Flegel, Sie können entweder jetzt gleich kooperieren und diese Kartons ganz freiwillig öffnen – oder wir können es in einer Stunde machen, wenn ich *vermutlich* so weit bin, dass ich Ihnen den Arm abreißen und ihn aufessen möchte. Liegt ganz bei Ihnen.«

»Aber ich... Das ist nicht...« Seine Augenbrauen schoben

sich zusammen, seine Schultern sackten ab. »Ich habe Ihnen eine Urne *umsonst* gegeben.«

Sie griff nach der Urne und zog sie ihm aus den Händen. »Danke für die Spende, ich bin sicher, Mrs Galloway wird ganz gerührt sein.« Sie klemmte sich das Ding unter den Arm. »Also: freundlich-kooperative Kartons jetzt oder unfreundliche Auf-dem-Revier-Kartons später?«

Haddie gab eine Art asthmatisches Stöhnen von sich, dann nickte er. Er nahm sein Teppichmesser aus der Tasche und zog die Klinge durch das makellose braune Klebeband an beiden Kartons. Er seufzte. »Das hat man davon, wenn man nett zu den Leuten ist.« Er klappte den Deckel des ersten Kartons auf, dann den des zweiten.

Tufty warf einen Blick hinein und pfiff. Er griff in den ersten Karton und zog zwei nagelneue, originalverpackte iPhones heraus. »Das muss aber eine sehr merkwürdige Haushaltsauflösung gewesen sein, Mr De Selincourt. Wenn ich das recht sehe, hat der Verstorbene modernste Mobilfunktechnologie im Wert von ungefähr dreitausend Pfund hinterlassen.«

Steel griff sich ein verpacktes Samsung und drehte es in den Händen. »Darf ich raten? Die haben Sie von einem diebischen kleinen Rotzbengel namens Billy Moon. Liege ich da richtig?«

»Detective Chief Inspector Steel, ich …«

»Detective *Sergeant*, bitte sehr. Sie haben mich degradiert, weil ich einen fetten kleinen Hehler kopfüber vom Dach seines Lagerhauses habe baumeln lassen. Und losgelassen habe. Wollen wir sehen, ob mir das zweimal hintereinander gelingt?«

»Aber ich kooperiere doch!« Ein weinerlicher Ton schlich sich in seine Stimme.

»Das tun Sie allerdings.« Sie warf Tufty das Handy zu.

»Elinsworth Fredrick De Selincourt, ich verhafte Sie gemäß Paragraf vierzehn des Criminal Justice (Scotland) Act...«

Die Frau mit der burgunderfarbenen Schürze hauchte auf das mit Daumenabdrücken übersäte Messingrechteck und polierte es mit dem Saum ihrer Schürze. Ihr Blick ging zum Fenster hinaus auf die Union Street. »Man möchte es kaum glauben, nicht wahr? Dass zwei kleine Traktoren *so* ein Chaos anrichten können.«

Tufty trat neben sie und sah ebenfalls hinaus, durch die Lücke zwischen einer Auslage mit Schlüsselanhängern und einem animatronischen Plastikmännchen, das einen Nagel in einen Schuh hämmerte.

Vier Feuerwehrautos versperrten die Straße vor dem Marks & Spencer – zwei versprühten Strahlen von dickem weißem Schaum, die beiden anderen spritzten die Gebäude mit Wasser ab. Die Rinnsteine quollen über von brauner Gischt.

»Ich bin nur froh, dass unser Laden nicht in Windrichtung liegt.« Sie hauchte noch einmal auf die Plakette. »Bitte sehr, jetzt glänzt sie wieder schön.« Sie steckte sie in eine kleine Papiertüte. »Das macht dann sechs Pfund, bitte.«

IV

»Jetzt bleib schon *kleben*, du verdammtes Scheiß…« Tufty setzte die Finger anders an und drückte noch ein bisschen fester zu. Das Messingschild rutschte auf dem Kleber hin und her, und dann blieb es *endlich* an Ort und Stelle. »So.«

Er kletterte aus seinem rostigen alten Fiat Panda, schloss ihn ab, rückte seine Krawatte zurecht und eilte über den Parkplatz. Es war einiges los – Scharen von Menschen kamen aus dem Krematorium und gingen zu ihren Autos.

Er nickte einem dünnen Mann mit roten Augen und zitternder Unterlippe zu, murmelte »Herzliches Beileid« und tätschelte ihm im Vorbeigehen kurz den Arm.

Das Krematorium von Aberdeen sah aus wie eine Kreuzung aus einem Atombunker und einem nicht fertiggestellten Hauptstadtflughafen. Nur mit weniger Charme. Ein schwarzes Dach kauerte über Betonwänden, die leicht nach innen geneigt waren. Dunkle Glasscheiben zu beiden Seiten einer großen, dunklen Holztür.

Die letzten Mitglieder der Trauergemeinde sammelten Gestecke und Kränze ein, während im Hintergrund feierliche Musik lief. Ganz vorne saß noch jemand und starrte reglos zu den roten Samtvorhängen auf. PC Mackintosh.

Tufty schob sich »Beileid« murmelnd an den Trauernden vorbei und setzte sich auf den Stuhl neben ihr. »Tut mir leid.«

»Nein, ist schon okay.«

»Ich musste noch rasch heimfahren und mich umziehen. Fand es irgendwie unpassend, in FC-Aberdeen-Jogginghose und einem gefälschten T-Shirt hier aufzukreuzen.«

Sie musterte ihn von Kopf bis Fuß. Das Hemd, die schwarze Krawatte, den schwarzen Anzug. »Ich finde, Sie sehen sehr gut aus.«

Er erwiderte ihr Lächeln. »Sie aber auch. Ich meine, es ist nur eine Polizeiuniform, aber sie steht Ihnen, und ... « Warum war es heute überall so heiß? Ach so, ja – das Krematorium. Tufty räusperte sich. »Also, jedenfalls – ich hab Ihnen das hier mitgebracht.« Er hielt ihr die Urne hin.

»Oh, Constable Quirrel, die ist *wunderschön*!«

»Da ist auch eine Inschrift.«

Sie fuhr mit dem Finger über das glänzende Messingrechteck. »›Pudding der Yorkshireterrier, innig geliebter Freund und Gefährte.‹ Das ist total süß.«

»Eigentlich wollte ich noch was hinzufügen wie ›Jetzt jagt er die Eichhörnchen im Himmel‹, aber ich wusste nicht, ob er Eichhörnchen mochte oder nicht. Und ... « Er griff in seine Tasche. »Ta-taa!« Er hielt einen Lion-Riegel und eine Tüte Skittles hoch.

Mackintosh lächelte, dann griff sie nach dem Lion. »Sie haben es nicht vergessen.«

»Natürlich ist in einem Lion nicht *wirklich* echter Löwe drin. Und da Schokolade für alle Katzen einschließlich Löwen giftig ist – das heißt das Koffein und das Theobromin *in* der Schokolade, um ganz genau zu sein –, können Sie das nicht guten Gewissens vertreten, oder? Der Schokoriegel ist eine Lüge.«

»Ach ja? Also, der Spruch von Skittles lautet ›*Taste the rainbow*‹. Ein Regenbogen ist eine optische Täuschung, verursacht durch die Spiegelung und Brechung des Sonnenlichts durch Wassertropfen in der Atmosphäre, abhängig vom Standort des Beobachters, und er hat keinen Eigengeschmack. Die *Skittles* sind eine Lüge.«

Ui-ui-ui … Das war ja mehr als nur ein bisschen sexy.

Tufty sah sie an. »Wie stehen Sie zum Thema Schleifenquantengravitation? Weil …«

Sie packte ihn an der Krawatte – und hatte sie gleich in der Hand, da es sich um eine Clipkrawatte handelte. Also packte sie ihn stattdessen am Revers und zog ihn zu sich heran, um ihn zu küssen. Ihre Lippen schmeckten nach Schokolade und Kaffee und Erdbeeren. Warm und weich und kribbelig. Aber ohne Zunge.

Direkt hinter ihnen gab es einen dumpfen Schlag und ein Knarren, dann eine Stimme: »Ich hoffe, ihr zwei lasst wenigstens die Zungen weg – das hier ist ein Krematorium und kein Puff!«

Aaaaarrgh!

Sie zuckten beide zurück.

PC Mackintosh ließ Puddings Urne fallen und machte eine jähe Bewegung, um sie aufzufangen, ehe sie auf den Teppichboden aufschlug.

Tufty stürzte sich im gleichen Moment darauf, und sie knallten mit den Köpfen zusammen, während die Urne auf den Boden knallte.

Direkt hinter ihnen machte Steel: »*Nyak-nyak-nyak.*«

»Au!« Mackintosh rieb sich den Kopf.

Er hob die Urne auf. »Es ist nichts passiert. Nicht mal ein Kratzer.« Und das Schild war auch drangeblieben. Er gab sie ihr zurück. Dann drehte er sich um.

Steel strahlte ihn an. Sie trug immer noch ihre Latzhose und das geblümte Chiffontop, die Haare zu einer Nichtfrisur gestylt. Sie zwinkerte. »Ach, junge Liebe.«

Er senkte die Stimme zu einem Zischen. »Was zum Teufel tun *Sie* denn hier?«

»Halb drei, haben Sie gesagt. Ich bin hier, um dem armen kleinen Pudding die letzte Ehre zu erweisen. Im Gegensatz zu Ihnen, Sie Lustmolch.«

»Ich bin *kein* Lustmolch, ich …«

»Verzeihung?« Eine Männerstimme. Sie blickten sich um, und da stand ein großer, dünner Kerl mit Kollar und dunklem Anzug, Flaschenbodenbrille und einer mit spärlichen Strähnen überkämmten Glatze. »Entschuldigen Sie die Störung, aber möchte jemand noch ein paar Worte über den Verstorbenen sagen, ehe wir beginnen?«

»Wurde aber auch Zeit!« Barrett schnappte sich seine Jacke und klatschte in die Hände. »Los, Leute, auf geht's! Das Buffet wird in fünfzehn Minuten eröffnet.«

Harmsworth hievte sich aus seinem Stuhl hoch und stand da in seinen Cargoshorts und dem Batman-T-Shirt. Beides passte *wirklich* nicht zu seinen schweren Polizeistiefeln. »Oh, kein Problem, geht nur und amüsiert euch, ihr zwei. Und kümmert euch nicht um uns, wir erledigen gerne den Papierkram und vernehmen *eure* Gefangenen.«

Steel kratzte ein wenig an ihrer juckenden Achselhöhle. »E*u*r*en* Gefange*nen*. Singular, Owen, Singular. Hat er gestanden?«

Lund zog ihre Jacke an. »Mr De Selincourt hat entschieden, dass es voll in Ordnung geht, wenn er uns bei unseren Ermittlungen behilflich ist. Zumal wenn wir ihm einen Deal dafür anbieten, dass er ein paar seiner Konkurrenten verpfeift.«

»Da schlag ich doch ein.«

Tufty setzte Puddings Urne vorsichtig auf seinem Schreibtisch ab. Immer noch warm. Tja, bei so einem kleinen Hundchen dauerte es nicht lange, bis es zu Asche verbrannt war. Armer Pudding. Er klopfte auf den Deckel. »Du bleibst schön hier, da kann dir nichts passieren. Morgen, wenn du abgekühlt bist, bringen wir dich zu deinem Frauchen.«

Und wenn der DS-Steel-Horror-Express sich überreden ließe, im Büro zu bleiben, würde PC Mackintosh vielleicht mitkommen? Wenn er sie höflich fragte. So als moralische Unterstützung, nicht wahr? Sie könnten sogar auf dem Weg dorthin über Physik diskutieren. Wie vorhin im Krematorium, wo ihre warmen, weichen Lippen mit dem Geschmack von …

Lund stieß ihn an. »Worüber grinst du denn so?«

»Nichts.«

Barrett klatschte wieder in die Hände. »Na los doch, Leute, kommt in die Gänge! Nicht rumtrödeln.« Er scheuchte sie aus dem Büro, schloss die Tür ab und steckte den Schlüssel ein. »Also, wie kommen wir hin – zu Fuß oder mit dem Taxi?«

»Taxi?« Harmsworth zeigte auf eine Ecke des Flurs. »Es sind zehn Minuten zu Fuß in diese Richtung. Der Weg zum nächsten Taxistand ist weiter.«

»Okay, okay.« Er hob sein Klemmbrett über den Kopf. »Wir gehen also zu Fuß.« Sprach's und marschierte voran, den Flur entlang zum Treppenhaus. Lund hüpfte hinterdrein, Harmsworth schlurfte neben ihr her, als die Titelmelodie von *Cagney & Lacey* aus Steels Hosentasche tönte.

Sie blieb stehen, fischte ihr Handy heraus und ließ die anderen vorgehen, während sie den Anruf annahm.

Lund sah sich um und grinste. »Nur dass ihr's wisst: Ich werde mir systematisch die Kante geben, dann einen geilen Typen abschleppen und mir von ihm den Hengst machen lassen!«

Barrett schlug sich die Hand vor die Brust. »Oh, meine Löffel und Schnurrhaare!«

O ja, das würde mal wieder einer von *diesen* Abenden werden.

Tufty wandte sich wieder Steel zu.

Sie stand am Treppenabsatz, einen Fuß auf der obersten Stufe, das Telefon ans Ohr gepresst, die Miene finster. »*Was?*« Ihr ganzer Körper spannte sich an, und sie fletschte die Zähne. »Nein, jetzt hören *Sie mir* zu: Ich werde Ihnen das Fell über die Ohren ziehen und Sie als Tanga tragen! ... Ach ja? Na, das werden wir ja sehen!« Sie legte auf und stopfte das Handy wieder in die Hosentasche. Dann machte sie kehrt und ging die Treppe wieder hinauf.

Tja, das sah nicht gut aus.

Er eilte ihr nach und holte sie am nächsten Treppenabsatz ein. »Kommen Sie nicht mit ins Pub? Mir ist nur aufgefallen, dass Sie in die falsche Richtung gehen.«

Sie sah ihn nicht einmal an. »Ich muss noch mit jemandem über ein mieses Vergewaltiger-Dreckstück reden.«

O nein, nicht schon wieder.

Sie rumpelte durch die Tür in den Flur und marschierte an den kleinen Büros und Besprechungszimmern vorbei bis zu DI Vines Tür.

Dahinter war Gelächter zu hören.

Tufty legte einen kleinen Sprint ein und stellte sich ihr in den Weg. »Das ist jetzt vielleicht nicht die allerbeste Idee, oder? Sie sind wütend, Sie sind mit Schweinekacke übergossen worden, wir waren bei einer Trauerfeier! Sie sollten vielleicht ...«

»Ich brauche keinen Aufpasser, *Constable*.«

»He, wegen Ihnen hab ich *zweimal* die Scheiße abgekriegt, schon vergessen?«

»Idiot.« Sie schob ihn zur Seite und hämmerte an Vines Tür. Dann drückte sie die Klinke und stürmte hinein, ohne eine Antwort abzuwarten.

Vine saß hinter seinem Schreibtisch, und bei ihm waren seine zwei Sidekicks mit dem hässlichen Achtzigerjahre-*Miami-Vice*-Look. Die beiden schauten ihm über die Schultern und lachten.

Der Hässlichere deutete auf Vines Computerbildschirm. »Mach noch mal, mach noch mal!«

»Ah, DS Steel.« Vine blickte auf und lächelte sie an. »Die Latzhose steht Ihnen super!« Er deutete mit einem Nicken auf das, was sie sich gerade angeschaut hatten. »Das wird Ihnen gefallen – es gibt da eine wunderbare Aufnahme von Ihnen, wie Sie gerade vollgespritzt werden.« Er klickte mit der Maus und drehte seinen Monitor halb um.

Ein YouTube-Video füllte den Bildschirm aus, mit dem BBC-News-Logo auf einem roten Schriftband am unteren Rand und der Schlagzeile »BAUERNDEMONSTRATION IN ABERDEEN.« Ein glatzköpfiger Dickwanst in einem zerknitterten Anzug stand schwadronierend am Rednerpult. *»Die schottischen Bauern haben alles Recht der Welt, wütend zu sein. Es ist dringend erforderlich, dass wir diese Probleme angehen, aber wir müssen realistisch sein!«*

Sie zeigte mit dem Finger auf Vine. »Was passiert mit Karen Marsh?«

»Ihre Zukunft liegt uns sehr am Herzen, denn wir wissen, wie wichtig… AAAAAAGH! O GOTT!« Die braune Flut ergoss sich über ihn.

Steel schlug mit der flachen Hand auf den Tisch. »Karen Marsh, John!«

Das Lächeln erstarb. »Ah… Nicht gut. Die Ärzte versuchen immer noch zu retten, was von ihrem Gesicht übrig ist. Er…« Vine räusperte sich.

Das Bild wackelte, und dann sah man wieder die Journalistin gebeugt dastehen und in ihr Mikro kreischen: *»AAAAAAAAAAAAAH!«* Ein schrilles Piepsen übertönte

ihre nächsten Worte, dann noch einmal: »*So ein [PIEP]!*
Gottver[PIEP], das ist doch zum [PIIIIIEP] – AAAAAAAHHH!!!«

Vines Hand fand die Maus, und er stoppte das Video.

Schweigen.

Er leckte sich die Lippen. Sah weg. »Das Dreckschwein
hat Karens Sohn gezwungen zuzuschauen. Der Kleine ist
gerade mal vierzehn Monate alt.«

»Und wieso sitzen Sie dann hier rum und gucken Inter-
netvideos? Sie sollten lieber zusehen, dass Sie Jack Wallace
zum Reden bringen!«

»Wie oft soll ich das noch sagen? Ohne Beweise kommen
wir an Wallace nicht ran.«

»Er hat gerade wieder angerufen. Er hat mich verhöhnt –
schon *wieder*! Vor zwei Minuten war das.« Steel stemmte die
Fäuste auf den Schreibtisch und baute sich vor ihm auf wie
ein Silberrücken. »Wallace hat erzählt, was er heute Abend
machen wird. Abendessen und dann Kino, genau wie bei
seinen gottverdammten Alibis für die beiden letzten Male.
Irgendeine arme Frau wird jeden Moment vergewaltigt!«

»Wir können nichts beweisen. Wir – haben – keine – Beweise!«

»Geben Sie mir fünf Minuten in einem Zimmer mit dem
Dreckskerl, und ich *verschaffe* Ihnen welche.«

Jetzt war Vine ebenfalls auf den Beinen, seine Sidekicks
wichen zurück. »O ja, weil das ja überhaupt kein Klischee ist,
nicht wahr? Und Sie müssen auch nicht mit ihm in einem
Zimmer sein, um Beweise zu finden, nicht wahr? Nein, Sie
müssen nur welche fabrizieren und sie ihm unterschieben,
genau wie Sie es letztes Mal gemacht haben!«

»Unterstehen Sie sich!«

»Und wie ist *das* für Sie ausgegangen?«

Das einzige Geräusch im Raum kam von der Zentral-
heizung.

Schließlich bleckte Steel die Zähne. »Na SCHÖN!« Sie stieß sich vom Schreibtisch ab, stürmte hinaus und schlug die Tür hinter sich zu.

Tufty blieb mit Vine und seinen Lakaien zurück.

Alle sahen ihn an.

Tufty wies zur Tür. »Ich sollte wahrscheinlich …«

»Aaaaaaah!« Vine schnitt eine Grimasse und ballte die Fäuste, seine Arme zitterten. »Warum muss diese Frau so *verdammt* schwierig sein?«

Sie saß auf dem Fahrersitz ihres MX-5, würgte das Lenkrad und schnitt Gesichter, die jeden Wasserspeier das Fürchten gelehrt hätten.

Tufty schlich sich an das Auto heran und stieg auf der Beifahrerseite ein. »So … nächster Halt: *Flare and Futtrit*. Ein paar Drinks, was zu futtern und mal so richtig vom Leder ziehen über …«

»Nein.« Sie hielt den Blick starr nach vorne gerichtet. »Steigen Sie aus.«

»Ich weiß, Vine kann eine herablassende, kotzbrockige, hamstervögelnde Nervensäge sein, aber …«

»Raus aus meinem gottverdammten Auto!«

Er seufzte. Schüttelte den Kopf. »Wallace hält nicht nur Sie zum Narren, wenn er mit seinen Alibis anruft, er hält jeden Einzelnen von uns zum Narren.«

»Sie wollen das nicht erleben, Tufty, das wollen Sie ganz bestimmt nicht.«

»Ihre Vergehen sind meine Vergehen, schon vergessen? Wenn ich schon die Schuld für etwas in die Schuhe geschoben kriege, kann ich es verdammt noch mal auch *tun*.« Er schnallte sich an. »Also, wohin jetzt?«

Wenn nicht geradewegs zur Hölle …

ZEHNTES KAPITEL

in welchem alles fürchterlich schiefgeht und
wir der NE-Division Auf Wiedersehen sagen

I

Steel hielt direkt vor Wallace' Haus und blieb bei laufendem Motor sitzen. Der Blick, mit dem sie durch die Frontscheibe starrte, erinnerte an eine Betonwand mit Migräne.

Tufty rutschte auf seinem Sitz hin und her, das Blut dröhnte in seinen Ohren.

Vielleicht war ja noch Zeit, es ihr auszureden?

Das Sonnenlicht tanzte und flirrte über die Motorhaube des MX-5, gefiltert durch das Laub des Baums, unter dem sie geparkt hatte.

Er räusperte sich. »Puh, ganz schön heiß, nicht wahr? Ich könnt jetzt wirklich ein Bierchen gebrauchen. Sie nicht auch? So ein schönes kühles Bierchen ...?«

Nichts.

Noch ein Versuch. Er drehte sich zu ihr um und legte ihr die Hand auf den Arm. »Sind Sie *sicher*, dass wir das durchziehen wollen?«

Sie schnallte sich ab, stieg aus und knallte die Autotür zu.

Tufty sackte ein wenig zusammen. »Das deute ich mal als ein ›Ja‹.«

Was soll's – so eine Karriere wurde ohnehin völlig überschätzt.

Er stieg aus und blieb einen Moment im laubscheckigen Sonnenlicht stehen.

Zwei Häuser weiter schob ein Mann einen dröhnenden Luftkissenmäher über ein kleines grünes Rasenrechteck. Gegenüber kniete eine Frau in ihrem Vorgarten und pflanzte Rosen. Ein kleines Mädchen lief kreischend den Gehsteig entlang und zog einen taumelnden Drachen hinter sich her.

Steel stapfte über die Straße und den Gartenweg entlang zu Wallace' Haustür.

Tufty holte sie ein, als sie gerade Sturm klingelte. »Mir ist nur aufgefallen, dass wir gar keinen Plan haben ...«

»Wir scheuchen ihn auf, wir schrecken ihn auf, wir ... noch irgendwas, was mit ›auf‹ anfängt und mit meinem Stiefel in seinem Arsch aufhört.«

»Aufs Dach steigen? Auf die Pelle rücken?«

Sie gab das Klingeln auf und hämmerte stattdessen an die Tür. »JACK WALLACE!«

Keine Antwort.

»Okay.« Tufty scharrte mit den Füßen. »Vielleicht ist er nicht zu Hause?«

Sie hämmerte wieder an die Tür. »KOMM SOFORT RAUS, DU DRECKSACK!«

»Wir könnten gehen und später noch mal vorbeischauen? Vielleicht Montag oder Dienstag? Dienstag würde mir gut passen.«

Steel sah ihn an. »Sie kapieren es nicht, wie? Er – hat – sich – für – heute – Abend – ein – Alibi – zurechtgelegt. Und während er in der Pizzeria sitzt und sich einen Film anschaut, wird irgendwo da draußen eine Frau vergewaltigt!«

Sie schlug mit den flachen Händen an die Tür. »WAL-LACE!«

Immer noch nichts.

»Er ist nicht da.«

Steel drehte sich um und marschierte zum Auto zurück. »Na gut. Dann warten wir eben!«

Trotz offenem Verdeck war es immer noch bullig heiß im Auto. Tufty nahm seine Krawatte ab und stopfte sie in die Jackentasche. Dann zog er die Jacke auch aus.

Steel warf ihm einen Seitenblick zu. »Jetzt ist aber Schluss, ja? Der Anblick von Ihnen in Unterhose heute Morgen hat mir für dieses Leben vollauf gereicht.«

Sie musste gerade reden, wie sie da saß, beide Träger ihrer Latzhose aufgeknöpft und heruntergerutscht.

»Sarge?«

»Was?«

»Diese Jack-Wallace-Geschichte – was wir hier machen – finden Sie das nicht ein bisschen …«

»Wenn noch ein einziges Wort aus Ihrem Mund kommt, schreibe ich es mit Tintenstift auf eine Kokosnuss und schieb sie Ihnen so tief hinten rein, dass alles einen Monat lang nach Bounty schmeckt.«

Ah …

Er krempelte die Hemdsärmel hoch. »Themawechsel?«

»Bitte.«

»Okay. Dann eben noch ein paar Schwänke aus meinem Liebesleben.« Tufty lächelte und seufzte. »Ich mag PC Mackintosh wirklich. Ich meine, ich hab sie *richtig, richtig* gern.«

»Ach du liebe Zeit – ich sitze in einem Auto mit einem verliebten Backfisch!«

»Sie ist hübsch, sie hat Humor, sie interessiert sich für Physik … Wer liebt nicht eine Frau, die sich für Physik interessiert?«

Steel starrte ihn an. »Sie sind ein Idiot, wissen Sie das?«

Der idiotische Knabe tippte mit dem Finger aufs Armaturenbrett, als ob sein Geschwafel dadurch weniger langweilig würde. »Aber wenn Sie *mich* fragen, ist schon die Frage falsch gestellt. Die Schwerkraft ist *keine* Kraft wie der Elek-

tromagnetismus oder die starke und die schwache Kern-
kraft, sondern eine emergente Eigenschaft der gequetschten
Raumzeit. Warum sollte sie also die gleiche Stärke haben?«

»Also ganz ehrlich, wenn Sie nicht aufhören, über Physik
zu labern, nehme ich eine Gabel, unterziehe Sie einer Not-
skrotektomie und zwinge Sie …« Ihr Handy spielte *Cagney &
Lacey*. »Oh, dem haarigen Gott sei Dank.« Sie zog es hervor.

»BARRETT« stand in der Mitte des Displays.

»Davey?«

»Sarge, Sie haben doch nicht vergessen, dass wir ins Flare and
Futtrit *gehen wollten? Die haben da ein großes Buffet für uns
aufgefahren, und es ist alles vorbereitet.«*

»Alles klar, Davey, aber wir sind gerade ziemlich beschäftigt. Wir stoßen zu euch, sobald wir können.« Hmm … Nur
für alle Fälle: »Und lassen Sie Owen und Veronica nur ja
nicht an die Kasse ran – die beiden könnten in fünf Minuten
allein zweihundertfünfzig Pfund versaufen.«

*»Na ja … ich werde mein Bestes tun, aber versprechen kann
ich nichts.«*

Nicht schwer zu erraten, was *das* bedeuten sollte.

»… also lassen sich Quantentheorie und Allgemeine Relativi-
tätstheorie vielleicht einfach nicht kombinieren?«

Es machte *Ding-ding*, und Steel warf einen Blick auf ihr
Mobiltelefon. »Susan möchte, dass ich Toilettenpapier, Windeln und Fußpilzpuder mitbringe.«

»Weil Einstein ja gezeigt hat, dass die Schwerkraft eine
Illusion ist, nicht wahr? Sie ist einfach nur die Beschleuni-
gung, die entsteht, wenn eine Masse die Raumzeit verzerrt
und …«

»Glauben Sie mir, Tufty, das Leben als Lesbe besteht
auch nicht nur aus Liebesschaukeln und Dildos.«

Der Typ war endlich mit Rasenmähen fertig und machte

sich nunmehr daran, seine Hecken mit einem riesigen Elektroteil zu stutzen, das an einen orangefarbenen Schwertfisch erinnerte.

Tufty richtete sich in seinem Sitz auf. »Ah, jetzt hab ich's – ›Motorrad‹!«

»Nein.«

»… und ich frage mich: Was ist, wenn er recht hatte?« Roberta sank noch ein wenig tiefer in ihren Sitz, bis das Haus von Jack Wallace fast hinter der Autotür verschwand.

Die ganze Sache war total verkorkst. Und nicht nur das mit Jack »Abschaum« Wallace – nein, alles. Von Detective Chief Inspector auf Detective Sergeant runtergestuft – zwei Dienstgrade auf einmal. Die größte Degradierung, die die Interne Dienstaufsicht vom Gesetz her verfügen konnte. Der nächste Schritt wäre, dass sie ihren Dienstausweis einkassierten und sie vor die Tür setzten.

Und das alles nur, weil sie Jack Wallace nicht ungestraft davonkommen lassen wollte … nein, *konnte.*

Ihm Beweise unterschieben?

»Gah …« Wie hatte sie glauben können, das sei eine gute Idee?

Was für eine beschissene, schlonzlöffelige Schnapsidee.

Tufty sah sich mit großen Augen um, wie ein Labrador in einem Eichhörnchengeschäft. »Schwarzer Vogel‹?«

»›SF‹, ›F‹, Sie Idiot.« Sie rieb sich mit der Hand über die geschlossenen Augen. »Was wäre passiert, wenn McRae mich nicht an die Spitzelbrigade verpfiffen hätte – hätte ich es dann wieder getan? Noch jemandem Beweise untergeschoben? Vielleicht ein Geständnis erpresst? Oder jemanden in der Arrestzelle zusammengeschlagen? Bestechungsgeld angenommen …« O ja, es war leicht gesagt, dass so etwas nie passiert wäre, aber Hannibal Lecter hatte auch

nicht gleich von Anfang an Leute ermordet und aufgegessen, oder? Wahrscheinlich hatte er sich ganz allmählich
rangetastet. So wie man in ein heißes Bad steigt.

Sie hatte einen Zeh ins Wasser getaucht.

»›Schwarzes Fell‹!«

Und Logan McRae hatte sie aufgehalten.

Was, wenn sie die ganze Zeit falschgelegen hatte?

»Was, wenn er mich in Wahrheit gerettet hat?«

Tufty stupste sie an. »Ist es ›Schwarzes Fell‹?«

»Nein.«

»Ähm … Sarge?«

Sie hielt den Blick auf das Display ihres Handys gerichtet
und daumte eifrig darauf herum. Wenn sie so tat, als ob sie
ihn nicht sehen und hören könnte, würde er vielleicht endlich aufhören, von dem gottverdammten Gravitationslinsen-
effekt zu schwafeln.

> Wie ist es denn beim Golf gelaufen? Wirst du eine
> stinkige alte Susan sein, wenn du heimkommst?

Senden.

Tufty stupste sie an. »Sarge?«

Nicht aufgeben – ignorier ihn weiter, dann wird er schon
verschwinden.

Ding-ding.

> Sechs unter Par! Persönliche Bestleistung! Jetzt muss
> ich nur noch Gillian McMillan schlagen, und der Great
> Hazlehead Ladies Challenge Cup gehört für ein weiteres
> Jahr mir!
> MIR!
> Mein Goldstück!!!!!!!
> :P

Wenigstens hatte *irgendjemand* einen guten Tag.

Wieder der stupsende Finger. »Sarge? Hallo, Sarge!«

Verdammt – ignorieren funktionierte nicht. Na ja, den Versuch war's wert gewesen.

Sie schenkte Tufty einen Seufzer – schön genervt, damit er auch wusste, wie er ihr auf den Senkel ging. »Okay, okay: ›Buchenlaub‹.«

»Nein. Ich meine, ja, es *ist* ›Buchenlaub‹, aber das ist nicht der Grund, warum ich Sie die ganze Zeit be-Sarge. Jack Wallace.«

»El Brocco del Cozzo.«

»Genau der. Was ich vorhin schon sagen wollte, wo Sie mich aber mit einem Kokosnuss-Zäpfchen bedroht haben: Warum sind wir hier? Ich meine, wir vergeuden doch unsere Zeit, nicht wahr?«

Sie warf ihm einen finsteren Blick zu. »Wir sind hier, weil irgendeine arme Frau heute Abend vergewaltigt wird!«

»Das hab ich schon kapiert, aber warum sind wir *hier*, vor seinem Haus? Wallace hat Sie mit seinem vorgefertigten Alibi angerufen, richtig? Er geht raus essen, danach ins Kino. Er wird dafür sorgen, dass er auf den Überwachungsvideos zu sehen ist, sodass wir ihm nichts nachweisen können. Wer immer die eigentliche Vergewaltigung begeht, *er* wird es nicht sein. Und angenommen, er kommt nach Hause und wir schnappen ihn uns – er *weiß*, dass wir ihn nicht zwingen können, es auszuspucken. Er muss bloß die Klappe halten und warten, bis sein Anwalt da ist. Er legt Beschwerde ein, wir müssen ihn laufen lassen, dann tritt DCI Rutherford uns in die Klöten, bis wir quieken, und feuert uns beide.«

»Also, die Motivationsreden halte hier immer noch ich, verstanden?«

»Aber ich hab doch recht, oder nicht? Er weiß, dass wir

alles überprüfen werden, also wird sein Alibi so unangreifbar sein wie Harmsworths Geldbeutel. Alles, was wir hier erreichen können, ist, dass wir es verbocken und rausgeschmissen werden. Wallace gewinnt.«

Roberta knirschte eine Weile mit den Zähnen und starrte finster auf die Bäume, die Häuser, den scheußlichen blauen Himmel hinaus.

Verdammter Mist.

Der hässliche kleine Kerl hatte recht. Wallace wusste, dass es eine Vergewaltigung geben würde, aber wenn sie ihn nicht gerade an einen Stuhl fesselten und ihm mit einer Socke voll Batterien die Seele aus dem Leib prügelten, wie sollten sie ihn zum Reden bringen? Nicht dass die Idee mit der Socke und den Batterien nicht ihren Reiz gehabt hätte…

Hannibal Lecter – schon vergessen?

Gaaaaaaah…!

Nichts zu machen: Tufty hatte recht, und sie hatte unrecht.

Kam natürlich nicht infrage, dass sie es zugab. »Ich sehe was, was du nicht siehst, und das fängt an mit ›DM‹.«

»…die zwei Kinder, die Sie in diesem Wandschrank gefunden haben, sind also versorgt.«

Roberta kratzte sich ein wenig unter dem Arm. »Gute Pflegefamilien?«

Am anderen Ende war es kurz still. »Nein, beschissene. Wir wollen, dass die Kinder wenn irgend möglich eine total furchtbare Erziehung bekommen. Damit uns die Arbeit nicht ausgeht.«

Der Himmel bewahre uns vor sarkastischen Sozialarbeiterinnen. Aber gab es überhaupt andere?

»Was ist mit Harrison Gray?«

»Abgesehen von einem neuen Namen, mit dem er weniger gehänselt werden wird? Wird eine Weile dauern. Aber bis er aus

dem Krankenhaus entlassen wird, dürften wir etwas haben.
Vielleicht eine Familie mit einem Hund, damit er lernt, wofür
Pedigree Chum eigentlich gedacht ist?«

»Danke, Pauline, Sie haben was gut bei mir.«

»Oh, ich habe eine ganze Menge gut bei Ihnen.« Und dann
war Pauline weg.

Tufty starrte sie an. »Was?«

»Sie lächeln. Wieso lächeln Sie?«

»Geht Sie nichts an. Und dreimal dürfen Sie noch raten:
›GP‹.«

»›Glückliche Polizisten‹?«

»Nein.«

Ihr Handy *ding-dingte* sie wieder an. Harmsworth diesmal.

> Ich störe Sie ja nur höchst ungern bei Ihrer wichtigen
> Mission, was immer das sein mag, aber besteht vielleicht
> eine gewisse Chance, dass Sie heute noch ins Pub
> kommen? Oder hoffen Sie einfach nur, dass Owen hier
> verhungern wird? Denn mir hängt der Magen schon auf
> den

Ding-ding.

> Knien!!!

Als ob irgendeine Gefahr bestünde, dass Harmsworth ver-
hungerte. Er hatte genug Fettreserven, um bis Weihnachten
durchhalten zu können. Hier konnten sie allerdings auch
nicht viel reißen, nicht wahr? Und Tufty hatte inzwischen
bestimmt vergessen, dass es seine Idee gewesen war, die
Aktion abzubrechen, oder? Der Knabe hatte die Aufmerk-
samkeitsspanne eines Schmetterlings.

Schau ihn dir doch nur an, wie er da auf dem Beifahrersitz hockt und über Gott weiß was schwadroniert.

»…und wie kann man eine Theorie der Quantengravitation aufstellen, wenn die Gravitation gar nicht existiert? Leuchtet doch ein.«

Die Alternativen waren also, hier sitzen zu bleiben – nur um zu beweisen, dass sie recht gehabt hatte – oder ins Pub zu fahren und die zweihundertfünfzig Pfund vom Chief Superintendent zu versaufen.

Keine wirkliche Alternative…

Sie steckte ihr Handy ein und knöpfte die Träger ihrer Latzhose wieder fest. »Okay, das reicht. Wenn ich noch eine Sekunde länger hier sitze, werde ich ein Menschenleben auf dem Gewissen haben. Oder genauer gesagt ein Idiotenleben.« Sie drehte den Zündschlüssel und ließ den Motor aufheulen.

Tufty wackelte mit den Augenbrauen. »Pub?«

»Wir machen jetzt einen drauf, bis wir voll sind wie die Brunzwiesel.«

II

Jubel brandete am Ecktisch auf, als Steel und Tufty die Tür zum *Flare and Futtrit* aufstießen. Lund und Barrett sprangen auf, johlten und pfiffen und vollführten einen Freudentanz in ihren gefälschten Klamotten Marke Gewerbeaufsicht.

Harmsworth blieb sitzen und applaudierte in Zeitlupe. »Wurde aber auch Zeit!«

Aus der Jukebox rieselten softe Klassiker in eine Lounge-Bar, die wahrscheinlich zur gleichen Zeit in gewesen war wie Föhnfrisuren und Schulterpolster. An den grau karierten Tapeten leuchteten abstrakte Neonmuster in Pastellfarben. Der Teppichboden hätte als Sitzbezug in einem Bus herhalten können.

Der Tisch war mit einer reichhaltigen Auswahl an Servierplatten bedeckt: frittiertes Zeug, Sandwiches, Schüsseln mit Chips, Sausage Rolls, kleine Quiches, noch mehr frittiertes Zeug, kleine Schweinefleischpasteten, noch mehr frittiertes Zeug.

Barrett prostete ihnen mit seinem halbvollen Pintglas zu, dem Aussehen nach Lager. »Die machen uns auch Pommes, haben sie gesagt, falls jemand Lust hat?«

Lund juchzte und leerte ihr Schnapsglas in einem Zug. »Pommes!«

»Also, *falls* niemand was dagegen hat«, Harmsworth zog die Frischhaltefolie von einer Platte ab, »können wir jetzt vielleicht *endlich* das Buffet eröffnen. Ich bin am Verhungern...«

»Hey!« Steel warf einen Bierdeckel nach ihm. »Nicht so schnell, Gierschlund. Ich hab was zu sagen.«

Er warf sich zurück und bedeckte das Gesicht mit den Händen. »Oh, welch neue Höllenqualen sind das?«

»Hört zu, Leute, wir haben heute gute Arbeit geleistet … Na ja, Tufty und *ich* haben gute Arbeit geleistet – wir haben zwei scheißeschleudernde Traktoren aus dem Verkehr gezogen, während ihr alle triefend rumgestanden habt wie überflüssige Socken bei einer Orgie – aber worauf es ankommt, ist: Wir haben verhindert, dass es zu Krawallen kommt.« Sie sah sie alle der Reihe nach durchdringend an. »Chief Superintendent Campbell, DCI Rutherford, DI Vine – die halten uns alle für einen Haufen Idioten. Sie glauben, sie könnten verhindern, dass wir Ärger machen, indem sie uns unsere Zeit mit blöden gestohlenen Handys vergeuden lassen. Sie glauben, was anderes könnte man uns nicht zutrauen. Und wisst ihr was? Die können uns mal. Die können uns mal von hinten durch die Brust ins Ohr!«

Tja … Falls das inspirierend wirken sollte, kam es irgendwie nicht an.

»Wir sind verdammt gute Polizisten. Wir sind die *besten*. Niemand hat bessere Leute als ich! Und wir lassen uns von denen nicht länger wie die Dorftrottel behandeln. Solange noch solche Vergewaltigerschweine wie Jack Wallace auf freiem Fuß sind, werden wir diejenigen sein, die ihnen das Handwerk legen. *Wir* werden diejenigen sein, die ihn schnappen, bevor er noch jemandem etwas antun kann. Und wenn DCI Brunzwiesel Rutherford glaubt, dass wir weiter brav gestohlene Scheißhandys zurückgeben, kann er sich das ganze Gelump in seinen mothergefunkten Arsch schieben!« Sie schlug mit der Faust auf den Tisch. »Ich bin nicht zur Polizei gegangen, um einen besseren Weihnachtswichtel im Fundbüro abzugeben, ihr vielleicht?«

Barrett schüttelte den Kopf. Harmsworth knurrte. Lund reckte das Kind in die Höhe. »Nein, verflucht!«

»Wir machen verdammt noch mal Nägel mit Köpfen, hab ich recht?«

Diesmal war die Reaktion ein wenig enthusiastischer. Entschlossenes Gegrummel und Nicken allerseits.

»Wir werden diesen Schlonzlöffeln zeigen, wozu *richtige* Polizisten imstande sind!«

»Yeah!«

Sie waren alle aufgesprungen.

»Jack Wallace ist die längste Zeit damit durchgekommen. Wir werden ihn im Gebüsch finden! Wir werden ihn in den Nachtclubs finden! Wir werden ihn in den Straßen finden, und wir werden *niemals* aufgeben!«

Lund ließ ein kehliges »WHOOOO!« vernehmen.

Barrett applaudierte. »Verdammt richtig!«

Tufty reckte die Faust. »Halleluja, Amen!«

»Hurra und so weiter.« Harmsworth setzte sich wieder hin. »Können wir jetzt essen?«

»Na, von mir aus, Sie unpatriotischer Muffel.« Steel rieb sich die Hände. »Also, wer ist für die Kasse zuständig? Eure Tante Roberta hat heute Abend einen Mordsdurst!«

Tufty steckte sich einen Finger ins Ohr und ging zur anderen Seite der Gaststube, wo der Billardtisch stand. Er gab sich alle Mühe, schön deutlich und nüchtern zu klingen. Kein bisschen vernuschelt oder angetüdelt. Nee, nee, nix da. »Na ja, und ich wollte nur mal fragen, was du morgen so vorhast?«

Ein langsamer Blues trudelte aus der Jukebox. Lund war aufgestanden und tanzte mit sich allein. Sie wand sich schlangengleich und machte Sachen mit ihren Händen, die ans Obszöne *grenzten*, ohne je die Grenze zu überschreiten.

»*Morgen?*« PC Mackintosh klang irgendwie unsicher, als ob sie nicht so recht wüsste, was »morgen« eigentlich war und warum so ein komischer Typ sie anrief, um sie danach zu fragen.

»Übrigens, ich bin's, DC Quirrel. Vom Krematorium?«

»*Ja, ich weiß. Das hast du schon dreimal gesagt.*«

»Tut mir leid. Ich bin nicht betrunken oder so, wir feiern nur ein bisschen. Wegen den Traktoren.« Er war dabei, es zu vergeigen. Er vergeigte es, kein Zweifel. Abbruch. ABBRUCH. »Tut mir leid, ich hätte nicht anrufen sollen. Ich … Tut mir leid.«

»*Ich bin morgen bis fünf bei meiner Mutter. Danach mache ich die Wäsche. Du kannst vorbeikommen und mir beim Zusammenfalten helfen, wenn du magst?*«

In Tuftys Bauch kribbelte es, und seine Brust weitete sich. »Cool. Klar, gerne doch. Cool.«

»*Gut. Bring Wein mit.*« Eine kleine Pause. »*Kannst du bügeln?*«

War doch eigentlich gar keine so üble Truppe, die sie da beisammenhatte. Ihr Team. Ihre Büttel. Ihre Knechte. Plus eine Magd. Roberta lächelte, als Barrett jedem von ihnen ein volles Schnapsglas hinstellte. Sogar Harmsworth war gar nicht so schlimm, wenn man ihn mal besser kannte. Und solange man nicht allzu viel Zeit mit dem alten Miesepeter verbringen musste. Und ihm sagen konnte, dass er sich verpissen und woanders depressiv herumhängen sollte.

»Okay.« Barrett klopfte auf den Tisch. »Alle auf die drei. Also nicht bis drei und *dann,* sondern *auf* die drei. Okay? Okay.« Sein Lächeln franste an den Rändern ein wenig aus, genau wie seine Augen. »Eins. Zwei. Drei!«

Sie rissen alle ihre Schnäpse hoch und kippten sie runter, dann knallten sie die Gläser wieder auf den Tisch.

Der blumig-bitter-chemisch schmeckende Schuss pflügte sich durch ihren Brustkorb nach unten. Ein Atemhauch wie ein Gasleck, das auf das Streichholz wartet. »Huuuuu!«

Lund klopfte mit der flachen Hand auf den Tisch. »Noch eine Runde Tequila!«

»Ihr habt die Dame gehört.« Barrett kramte eine Handvoll Münzen aus der Reißverschlusstasche. »Na los, jeder noch einen Zwanziger für die Kasse.«

Denn, um ehrlich zu sein, mit zweihundertfünfzig Pfund für fünf Leute kam man nicht allzu weit. Selbst bei den speziellen Police-Scotland-Freundschaftspreisen im *Flare and Futtrit*.

Und der Abend war noch jung.

Tufty stupste sie an. »Du schnarchst.«

Aber es machte keinen Unterschied, Lund zeigte nicht die geringste Reaktion. Sie hing schlaff zurückgelehnt auf ihrem Stuhl, den Mund aufgesperrt, und machte Geräusche wie eine Kettensäge in einer Mülltonne aus Metall. Aber sie war nicht die Einzige, die ein bisschen zu viel intus hatte.

Zum Beispiel Harmsworth. Er hatte den Arm um Steels Schultern gelegt und schunkelte sie hin und her. »Nein, das is mein voller Ernst. Ich liebe Sie. Wirklich.« Schunkel, schunkel. »Sie sind die *beste* DS von der ganzen Welt.«

Steel nickte. »Das … Das ist sehr wahr. Ich bin …« *Hicks.* »Ich bin wundervoll.«

Tufty stupste Barrett an. »Ich glaub, Owen hat einen im Tee.«

Barrett sah nicht von den zwei Hühnerbeinen auf, mit denen er spielte. Er ließ sie über zwei gekreuzten Sausage Rolls den Schwerttanz tanzen. »Hippity, hoppity, hippity hop.«

»Hab ich dir von ihren Haaren erzählt, Davey?« Tufty

stupste ihn wieder. »Die Haare von Police Constable Mackintosh sind wie … wie dieses Weizenfeld am Anfang von *Gladiator*. Bloß … bloß ohne die ganzen Leichen.«

»Hippity, hoppity.«

Tufty schlug so fest mit der Hand auf den Tisch, dass die Sausage-Roll-Schwerter aufhüpften. »Sambuca! Ich bin für … für eine Runde Flaming Sambuca!«

»Hoppla.« Jedes Mal wenn sie Lund in das Taxi zu gießen versuchten, floss sie prompt wieder raus.

Es schien ihr aber nichts auszumachen – sie sang einfach weiter, während Harmsworth und Barrett sie vom Asphalt des Parkplatzes auflasen:

»Mein Cowboy hat's mit Kühen nicht,
poppt Schafe auf den Weiden,
Davor hat er den Hund gepoppt,
doch der ließ sich scheiden …«

Die Sonne ließ sich gemächlich auf die Dächer niedersinken und malte alles in Braun-, Gelb- und Orangetönen, wie auf einem alten Foto aus den Siebzigern.

Sie bugsierten sie auf den Rücksitz. »Drinbleiben, drinbleiben …«

Sie kippte langsam zur Tür um und sang:

»Er poppt das Schwein, er poppt das Huhn,
Hat außer Poppen nix zu tun …«

»Okay.« Barrett stieg in Lunds Taxi. »Warten Sie, wir kommen auch mit … Komm jetzt … mach schon, Owen.«

»Er poppte einen Kakadu,
Auch einmal einen Barsch …«

Harmsworth stieg ebenfalls ein. »Uii!«

»Und einmal auch, ihr glaubt es nicht,
Sich selber in den ...«

Owen knallte die Tür zu und schnitt ihr das Wort ab.

Das Taxi startete. Die drei winkten aus dem Heckfenster, als sie davonfuhren und Tufty und Steel allein auf dem Parkplatz zurückließen.

Steel klopfte ihm auf die Schulter und hielt ihm die andere Hand unter die Nase, Handfläche nach oben, während sie auf ihren schwanken Füßen schwankte. »Nein. Komm schon, her mit dem Schlüssel.«

Er kniff ein Auge zu. »Aber ...«

»Nein. *Schlüssel!*« Sie schlug ihm wieder auf die Schulter, fester diesmal. »Freunde lassen Freunde nicht be... betrunkt Auto fahren.«

Das klang vernünftig.

»Oh. Okay.« Er kramte die Schlüssel aus der Tasche und drückte sie Steel in die Hand. Dabei kippelte er ein wenig zur Seite und wieder zurück. War aber okay, hatte niemand gemerkt. Niemand, niemand, niemand. Tufty hob die Hand und klopfte *ihr* auf die Schulter. Weil, das war nur höflich. »Owen ist ein elender Jammerlappen.«

»Das ist er allerdings.«

»Aber!« Tufty hielt einen Finger hoch. »Aber er hat recht. Doch, wirklich. Sie sind eine ganz wunderbare Detective Sergeant. Das sind Sie. Jawohl.«

Ein ernsthaftes Nicken. »Das bin ich.« Sie schwankte noch ein bisschen. »Und Sie ... *Sie* sind ein wunnerbarer Defective Connsable.«

»Und deswegen ... Deswegen werden wir Jack Wallace schnappen.«

»DAS KANNST DU LAUT SAGEN!«

»Schhhh!« Tufty vergewisserte sich rasch, dass niemand mithörte. »Wir… wir machen einen *Plan* und… und erwischen ihn auf frischer Tat.«

»Voll in den Arsch!«

»Voll in den…« Tufty runzelte die Stirn. »Moment mal.« Er zeigte mit dem Finger auf ihre geschlossene Faust. »Ich bin doch gar nicht mit dem Auto da! Das… Das sind *Ihre* Schlüssel.«

»Oh…« Sie gab sie zurück. »Vielleicht sollten wir ein Taxi…?«

»Und… und ich begleite Sie zu… zu Ihrer Haustür, weil… Gentleman und so.«

Steel lächelte, nickte und ließ dann einen Rülpser fahren, dass die Scheiben klirrten.

Das Taxi hielt vor einem großen Granithaus in einer Granitstraße mit Bäumen auf beiden Seiten. Das Haus sah aus wie die Residenz von einem Investmentbanker oder so einem Hedgefonds-Fuzzi. Der Himmel verblasste allmählich von Dunkellila zu Wischiwaschiblau, die Straßenlaternen schimmerten zwischen den Bäumen durch.

Der Taxifahrer drehte sich zu ihnen um. »Das macht dann fünfzehn Pfund.«

Steel fummelte am Türgriff und taumelte hinaus. Ließ Tufty auf der Rechnung sitzen.

Mal wieder typisch.

Er kramte seine Brieftasche hervor und gab das Geld nach vorne. Schön langsam und bedächtig, damit auch jeder merkte, dass er überhaupt nicht betrunken war. »Is fünfzehn.«

Der Taxifahrer nahm das Geld und zählte es. Dann sah er Tufty streng an. »Hör mal, Freundchen, ich will schwer hoffen, dass du nicht vorhast, dich an der armen betrunkenen alten Frau zu vergreifen.«

»O *Gott*, nein.« Tufty kletterte hinaus in die warme Abendsonne.

Steel wirbelte auf dem Gehsteig herum. »Bin keine *alte
Frau*, bin LESBISCH!« Sie breitete die Arme in Kruzifix-
manier aus, wie neulich Tommy Shand. Dann stand sie
schwankend da in ihrer Latzhose und dem roten, rüschen-
besetzten Chiffontop.

Der Taxifahrer verdrehte die Augen. »Polizisten sind die
schlimmsten Besoffenen …« Er wendete sauber in drei Zügen und fuhr zurück in Richtung Zentrum.

Bye-bye.

Tufty schielte zu dem großen granitigen Gebäude auf.
Irgendwas stimmte da nicht. »Wohne ich hier?«

»Nein … Nein …« Sie stakste mit steifen Beinen auf ihn
zu, wie ein Roboterhuhn. »Mein Haus. Aber … aber wir
haben *Whisky*.«

Er hielt einen Finger hoch. »Wie heißt es richtig?«

»Wir tut Whisky haben?«

»Genaaau!«

»Pssst!« Sie packte ihn am Arm. »Geheimnis. Und jetzt her
mitten … mitten Schlüsseln.«

Er fischte sie aus der Tasche. Steel stocherte eine ganze
Weile mit dem Hausschlüssel um das Schloss herum, bis es
endlich *klick* machte.

Sie schob die Tür behutsam auf und schlich hinein.
»Schhhhh!«

Dunkel hier drin. Kein Licht.

Aber der orange Schimmer, der von draußen hereinfiel,
reichte, um die Finsternis ein klitzekleines bisschen zu erhel-
len. Es war eine protzige Diele mit einer großen Holztreppe
auf der einen Seite und haufenweise Urlaubsfotos an der
Wand gegenüber. Steel und eine hübsche blonde Frau in
Badeanzügen und Shorts und Flip-Flops und … O nein. Das

da war Steel im Bikini, in einer Art Marilyn-Monroe-Pose, mit Schmollmund und verruchtem Augenaufschlag.

Schauder.

Heute Nachmittag war schon schlimm genug gewesen, als sie sich für die Gemeinschaftsschlauchdusche ausgezogen hatte, aber da hatte sie wenigstens nicht versucht, auf sexy zu machen, und man hatte so gut wie nichts sehen können von...

O schauderiger Schaudergraus.

Es war, als ob man seine Oma dabei ertappte, wie sie in Netzstrümpfen und Strapsen den Milchmann zu verführen versuchte.

Tufty schlug sich die Hand vor den Mund. Das hatte er jetzt nicht laut gesagt, oder?

Steel legte die Schlüssel in eine Schale an der Garderobe, dann drehte sie sich um und grinste ihn an.

Oh, Gott sei Dank – er hatte es nicht laut gesagt.

»Und... und Tufty sprach: ›Es werde Licht.‹« Er streckte die Hand nach dem Schalter aus, doch sie schlug sie weg.

»Nein!« Ihre Stimme war ein raues, rauchiges Flüstern. »Is... heimlich un' leise! Verstann? Nix Susan sagen. Schhhh...«

Ah. Er nickte. »Schhhh...«

»Gut.« Sie tätschelte seine Wange. »Du: Küche... Gläser holen. Ich geh Jasmine und Naomi Gutenachtkuss geben. Und... vielleicht pieseln...?«

Pieseln war eine gute Idee. Aber bevor er sie fragen konnte, wo der Pieselraum war, wankte sie schon die Treppe rauf und klammerte sich dabei an dem Holzgeländer fest, als wäre es das Einzige, was sie auf den Beinen halten konnte.

Musst halt später pieseln, Tufty. Gläser jetzt. Pieseln später.

Okeydokey.

Er holte tief Luft und schlich weiter ins Haus hinein.

Küche? Wo bist du, kleine Küche? Komm zu Onkel Tufty ...

Ah, da war sie: am Ende des Flurs und ein bisschen nach links. Es ging ein paar Stufen runter.

Und es war gar keine kleine Küche, es war eine godzillamäßig große. Große, glänzende Arbeitsflächen schimmerten im Licht, das durch die Terrassentür und die Küchenfenster hereindrang. Im Dämmerschein draußen war schemenhaft ein Garten zu erkennen, mit einer Schaukel und einem Klettergerüst. Ui, das wär ein Spaß. War ... war ja *ewig* nicht mehr auf 'nem Klettergerüst gewesen.

Nein. Nicht ablenken lassen. Musst die Whiskygläser finden.

Okay.

Er hob die Hand zum Lichtschalter und zog sie im letzten Moment zurück.

Böser Tufty. Heimlich – schon vergessen?

Geheimoperation Whiskygläser. Er griff in die Jackentasche und holte seine LED-Stablampe hervor – so lang wie ein Finger, aber viel, viel heller. Der dünne weiße Lichtstrahl strich über den Fliesenboden und die Küchenschränke aus Eichenholz. Eine Frühstückstheke mit sechs Stühlen. Ein Geschirrspüler, der im Dunkeln vor sich hin rauschte und summte. Ein großer, bauchiger amerikanischer Kühlschrank, behängt mit absolut scheußlichen Kinderzeichnungen.

Sollte das ein Piraten-Tyranno-Einhornsaurus rex sein? Wo war sein Papagei? Hm? Wo war er? Die Jugend von heute, echt.

Augenblick mal, wieso war er ...?

Ach ja: Gläser.

»Kommt raus, ihr kleinen Gläser, nicht verstecken vor Onkel Tufty ...«

Im Bad rauschte noch der Spülkasten, als Roberta vorsichtig die Tür schloss. Sie zupfte ihre Latzhose zurecht. Das war das Tolle an den Dingern – sie waren so geräumig. Und sie wanderten nicht ständig nach unten und nahmen dabei die Unterhose mit. Sollte eigentlich immer so eine tragen.

Bisschen klischeehaft, aber sie waren nun mal bequem.

Man durfte sich bloß nicht zu schnell hinsetzen.

So. Jetzt sind wir mal schön mütterlich und gar nicht betrunkt.

Sie schlich auf Zehenspitzen den Flur entlang zu einer rosafarbenen Tür mit einem großen Schild genau in der Mitte: ein grinsender Totenschädel mit gekreuzten Knochen über den Worten »JASMINES GRAUSIGE GRUSELHÖHLE!«

Die Tür knarrte ein bisschen, als Roberta sie öffnete, aber die Gestalt unter der Skeleton-Bob-Bettdecke rührte sich nicht. Das hier war ganz klar eines der besten Zimmer im ganzen Haus. Nix Chintz und geblümte Bezüge und Zeugs. Die ganze Einrichtung ein einziger wilder Stilmix, so eine Art Mischung aus *My Little Pony* und *Game of Thrones*. Wovon man allerdings im Halbdunkel nicht viel sehen konnte.

Jasmine lag da mit dem Daumen im Mund, einen Arm um ihren Teddybären Mr Stinky geschlungen, der vor lauter Kuscheln schon ganz kahl um die Ohren war.

Roberta schlich sich hinein und gab Jasmine einen Kuss auf die Stirn. Dann küsste sie auch noch Mr Stinky, damit er sich nicht übergangen fühlte. Und dann hielt sie den Finger an die Lippen, sah ihn streng an und machte »Pssst!« – nur für alle Fälle.

Und schlich sich wieder aus dem Zimmer.

Also ehrlich, wenn Susan den Great Hazlehead Ladies Challenge Cup verdient hatte, dann hatte *Roberta* allemal den Preis für die Mutter des mothergefunkten Jahres verdient. So – eine Tochter erledigt, blieb noch eine. Und dann war Whisky-Time!

Sie tippelte auf Zehenspitzen zur Tür gegenüber: knall-orange mit der Aufschrift »NAOMIS ZIMMER«. Ihre Finger waren noch Zentimeter von der Klinke entfernt, als hinter ihr die Dielen knarrten.

Dann eine Männerstimme. »Hast du mich vermisst?«

Sie legte einen Finger an die Lippen. »Schhh… Ich hab doch gesagt…«

Ach du verdammte *Scheiße*.

Das war nicht Tufty.

Das war Jack Wallace!

Sie fuhr herum, die Zähne gefletscht, die Fäuste ge…

Etwas Hartes schmetterte gegen ihre Schläfe, dass das ganze Haus wackelte und waberte. Warm hinter ihren Augen. Die Knie… wollten nicht…

Dann sprang der Flurteppich hoch und packte sie.

Rumms.

Dunkelheit.

Im Obergeschoss tat es einen dumpfen Schlag.

Tufty, der auf dem Küchenboden kniete, richtete den schlenkernden Strahl seiner Taschenlampe auf die Decke.

Und da besaß sie die Frechheit, *ihm* einzuschärfen, er solle ja still sein und keinen Lärm machen – während sie selber da oben rumtrampelte wie ein liebestoller Elefant auf einem Pogo-Stick.

Na ja, Hauptsache, sie brachte den Whisky mit.

Er senkte den Strahl wieder auf den kleinen Schrank. Gläser funkelten ihm entgegen, erfasst vom harten weißen Licht. »Whisky, Whisky, Whisky, Whisky.«

Schön vorsichtig – bloß nix zerdeppern. Aufpassen wie ein Vor-sich-Tiger.

Tufty zog ganz langsam zwei Whiskytumbler heraus, als ob es Atombrennstäbe wären, dann klappte er die Schranktür zu und stand auf, schlich hinüber zur Frühstückstheke.

Die Gläser landeten mit leisem Klicken auf der Granitplatte.

»Whisky, Whisky, Whisky ...«

Oha ...

Sein sechster Tufty-Sinn britzelte plötzlich.

Da war jemand hinter ihm, nicht wahr? Jemand ...

»Kuckuck!«

Etwas schwirrte durch die Luft, und er zuckte nach links weg, fuhr herum.

Das Ding krachte auf seine Schulter anstatt auf seinen Kopf, glühender Stacheldraht bohrte sich in den Muskel.

Die schattenhafte Gestalt eines Mannes ragte in der Dunkelheit auf, seine Züge nur eine Andeutung von Nase, Mund und Brille. Tufty schlug mit der Faust mitten rein, und der Kopf des Mistkerls schnellte nach hinten, begleitet von einem Grunzen. Ha!

Der schattige Mistkerl grabschte nach Tufty und riss ihn mit sich zu Boden, und zusammen krachten sie auf die Fliesen. Arme und Beine, Ellbogen und Knie ineinander verhakt, wälzten sie sich auf dem Küchenboden.

Zwei schnelle Gerade in die Rippen, und der Schattenmann musste wieder grunzen.

Sie knallten gegen einen Schrank, das Geschirr darin schepperte.

Und wieder zurück über den Boden.

Eine Stichflamme zuckte durch Tuftys Handgelenk, als der Schattenmann seine Zähne hineinschlug. »AAAAARGH!«

Sie rollten wieder in die andere Richtung, und RUMMS, voll gegen den Kühlschrank. Die Tür flog auf, ein schwacher, kalter Lichtschein ergoss sich in die Küche.

Der Kerl war groß, haarig, hässlich. Das Blut sprudelte ihm aus seiner neuerdings unsymmetrischen Nase übers Gesicht. Die Zähne gefletscht, rosa verfärbt von seinem oder von Tuftys Blut. Elender Beißer. »BRING DICH UM!«

Eine massige Faust witschte an Tuftys Gesicht vorbei.

O nein, Freundchen!

Er packte den Schattenmann am Schlafittchen, rammte seinen Kopf in den offenen Kühlschrank und knallte die Tür auf ihn drauf, noch mal und noch mal und noch mal, dass die Flaschen und Gläser drinnen nur so klirrten. Butterpackungen und Joghurtbecher flogen heraus und klatschten um sie herum auf den Boden.

Noch einmal draufgeknallt, und der Schattenmann wurde schlaff.

Tufty zerrte ihn aus dem Kühlschrank und rollte ihn auf den Bauch. Er zog seine Handschellen raus und packte das Handgelenk des Kerls, um ihm den Arm auf den Rücken zu drehen. »Sie sind aber auch *so was* von ver...«

Da war wieder das Britzeln.

Er drehte sich um. Zu langsam.

Es blieb ihm gerade noch die Zeit, im gespenstischen Schein des Kühlschranks eine fette, kahlköpfige Gestalt auszumachen, ehe grelle gelbe Lichtblitze explodierten und die Küche auslöschten. Tat nicht mal weh, als sein Kopf auf die kühlen, glatten Fliesen knallte.

Fette Finger griffen nach ihm, und die Welt sagte leise adieu ...

Mnnnnghfff ... *DONK.* Alles schnellte nach oben, dann wieder nach unten. *DONK.* Rauf, dann runter. *DONK.* Rauf, dann runter.

Der Wecker klingelte. Zeit aufzustehen.

DONK.

Oder waren es Sirenen?

DONK.

Moment, das war ... Was tat sie denn auf der Treppe?

Roberta machte den Mund auf, aber es kam nur ein »Unnnnnnggghhhh ...« heraus.

DONK.

Und warum war ihr Bein ...? Jemand zog sie an den Beinen die Treppe runter.

Hä?

Eine verschwommene Gestalt nahm ganz langsam Konturen an. Jack Wallace. Er lächelte sie an. »Oh, wir werden ja *so* viel Spaß haben!«

DONK.

DONK.

DONK.

Und alles wurde wieder schwarz.

III

Schläfriger Schlaf. Warmer, behaglicher, schläfriger …

»AAAAH!« Tufty richtete sich ruckartig auf – oder fast.

Sein Kopf bewegte sich, aber der Rest blieb genau dort, wo er war: an einen Stuhl gefesselt, die Hände fest hinter dem Rücken zusammengebunden. Und zwar, wie es sich anfühlte, mit Handschellen. Wie konnte …

Ah. Genau. Der Schattenmann hatte noch einen fetten, glatzköpfigen Kumpel gehabt.

Er blinzelte. Schüttelte den Kopf. Aber das hatte nur zur Folge, dass alles von links nach rechts und wieder zurück pendelte und schwang. Der Boden hob und senkte sich. Die Decke schaukelte, die Wände schlingerten.

Tufty kniff die Augen zu und biss die Zähne zusammen, bis das Gefühl, bei Windstärke neun auf einer Fähre zu sein, allmählich nachließ. Vorsichtig hievte er ein Augenlid hoch.

Ach du Scheiße.

Es war ein schick eingerichtetes Wohnzimmer, mit diversen Stehlampen, zwei Sofas mit gestepptem braunem Lederbezug und dazu passenden Sesseln und einem Kamin, in dem Blumen standen, mit Golfpokalen auf dem Sims. Fröhliche Familienfotos. Ein Klavier. Eine Kollektion rostiger alter Golfschläger in einer Tasche aus Leder und Stoff, die wie ein Elefantenkondom aussah. Ein riesiger Orientteppich auf polierten Holzdielen. Als ob er in einem Fotoshooting für ein Boutiquehotel aufgewacht wäre.

Fünf Sterne würde es aber wohl kaum bekommen. Nicht

bei der Szene, die sich in der Mitte des Zimmers bot. Drei hölzerne Esszimmerstühle waren im Dreieck angeordnet. Die blonde Frau von den Fotos – das musste Steels Frau Susan sein – war geknebelt und an den Stuhl rechts gefesselt. Ihre Augen funkelten zornig, ihre Nasenflügel bebten. Steel war an den linken gefesselt, sie hing schlaff in den Seilen. Und Tufty, der alte Glückspilz, bildete das spitze Ende, am weitesten vom Kamin entfernt.

An dem lehnte Jack Wallace und nippte an einem Tumbler mit einer tief bernsteinfarbenen Flüssigkeit. Das Glas sah merkwürdig aus in seinen Händen, die in schwarzen Lederhandschuhen steckten, doch das rauchige Aroma des Whiskys breitete sich durch die Luft aus wie Ölschlieren.

Fatty McGlatzkopf saß auf einem der Sofas, ebenfalls mit einem Drink in der Hand.

Ein dritter Mann, der Tufty irgendwie bekannt vorkam – vielleicht einer der Typen von dem Überwachungsvideo mit Wallace' Kinobesuch? – goss gerade einen kräftigen Schluck in einen weiteren Tumbler und drückte ihn einem schwer lädierten Exemplar in einem blutverschmierten Hemd in die Hand.

Hellrotes Blut troff aus Nase, Ohren und Mund des Exemplars und tropfte auf das Geschirrtuch, das er in der anderen Hand hielt. Das musste dann Tuftys alter Freund der Schattenmann sein. Was auch die kühlschranktürförmigen Dellen in seinem hässlichen Schädel erklärte.

Tufty nickte ihm zu. »Da sollten Sie was Kühles drauftun. Wie zum Beispiel eine Gefrierkombi.«

Der Schattenmann kippte einen Schluck von Steels Whisky, zuckte kurz zusammen und schoss ihm aus seinen verquollenen Schielaugen giftige Blicke zu. Ach ja, genau: Die Brille fehlte. Die war bei ihrer Begegnung in der Küche zu Bruch gegangen.

Och, du Ärmster.

Wallace schnippte mit den Fingern. »Richard, kneble ihn.«

Der Irgendwie-Bekannte stellte sein Whiskyglas auf dem Klavier ab, griff in Tuftys Haare und zog seinen Kopf ruckartig nach hinten.

Tausend Nadeln bohrten sich in seine Kopfhaut. Dann wurde ein Klumpen Stoff in seinen Mund gestopft, gehalten von einem zweiten Streifen, der am Hinterkopf verknotet wurde.

Jetzt schmeckte alles nach muffigen Lumpen.

»Okay, ich glaube, es wird allmählich Zeit, dass wir mit der Party loslegen!« Wallace kippte seinen Whisky und knallte das leere Glas auf den Kaminsims. Er beugte und streckte die Finger seiner behandschuhten Hand, während er auf Steel zumarschierte, und versetzte ihr eine schallende Ohrfeige.

Keine Reaktion.

Immer noch bewusstlos.

»Wollen wir das noch mal versuchen?« Noch fester diesmal – so fest, dass der ganze Stuhl wackelte.

Sie kam zu sich, hustend und prustend. »Gnnnn…« Scharlachrotes Blut rann ihr von den Mundwinkeln.

»Willkommen zurück, Schlafmütze! Haben wir ein schönes Nickerchen gemacht?«

Sie schüttelte den Kopf. Blinzelte. Und dann fletschte sie die Zähne und fauchte, warf sich vor und zurück gegen die Stricke, die sie an den Stuhl fesselten. Vergeblich. »GRRRRRRRRRRRRRRAAAAAAAAAAA!«

Wallace griff in den Stoff ihres Chiffontops. »Du hast wirklich geglaubt, du könntest damit durchkommen, wie? Mit dem, was du mir angetan hast.« Er lachte. »Ich hab dir doch gesagt, eines Tages reiße ich deine kleine Welt in Fetzen. Tja, und heute ist der Tag!«

Steels Stimme war hart wie ein selbstgebasteltes Knastmesser. »Verschwinde aus meinem Haus, verdammt noch mal!«

»All die Monate, eingesperrt mit dreckigen Pädophilen und Vergewaltigern.« Er sah seine Kumpels an und hob grüßend die Hand an die Schläfe. »Nichts für ungut, Jungs.«

»Wenn ihr Susan etwas antut …« Steels Augen traten aus den Höhlen, und sie kämpfte wieder gegen die Fesseln an. Immer noch vergebens.

Was sie brauchten, war ein Plan. Irgendwas Cleveres. Etwas, das damit endete, dass alle, die momentan gefesselt waren, den Platz tauschten mit all denen, die momentan *nicht* gefesselt waren. Und damit, dass Jack Wallace drei oder vier Fußtritte in die Eier bekam.

Denk nach.

Es musste doch etwas geben …

Haha! Ein Plan!

Er musste seinen Stuhl zerdeppern, *das* war die Lösung! Wenn der Stuhl kaputt wäre, würden die Stricke ihn an nichts mehr fesseln. Sie würden einfach abrutschen. Dann müsste er nur noch die Arme über seinen Hintern bugsieren und die Hände wieder nach vorne bringen. Sich mit einem Sprung befreien und … irgendwas Heldenhaftes tun.

Zum Beispiel Wallace in den Hals boxen. Dann Fatty McGlatzkopf gegens Knie treten. Dann noch dem irgendwie bekannten Richard mit gestrecktem Arm die flache Hand in die Nase rammen und sie zerquetschen, und schon wäre die Sache erledigt. Der Schattenmann war zu sehr damit beschäftigt, finster zu schauen und in sein Geschirrtuch zu bluten, um großartig Widerstand zu leisten.

Und dann Steel und Susan befreien.

O Tufty, du bist unser Held!

Orden. Eine Parade. Und eine Beförderung.

Also, wenn *das* kein Plan war.

Na los, Tufty – es hängt alles von dir ab!

Er holte tief Luft, krümmte sich zusammen und schnellte dann rückwärts. Hart und schnell. WIE – EIN – NINJA!

Die Stricke ächzten. Der Stuhl knarrte.

Komm schon, geh kaputt, verdammt noch mal!

…

Aber der Stuhl tat ihm den Gefallen nicht.

Das Einzige, was passierte, war, dass sein gebissenes Handgelenk noch ein bisschen doller wehtat.

Der irgendwie bekannte Richard versetzte ihm einen Schlag auf den Hinterkopf. »Still sitzen, du kleine Schwuchtel.« Er zog ein Teppichmesser hervor und schob die Klinge heraus. Dann drehte er das Messer unter Tuftys Nase, sodass es das Licht reflektierte. Schimmernd und glänzend. »Soll ich dich mal ein bisschen zurechtstutzen? Mach ich glatt.«

Ah … Okay.

Wallace zog ein Buch aus einer Ledertasche und wandte sich wieder Steel zu. »*Einen* Vorteil hat es ja, wenn man im Knast sitzt: Man hat reichlich Zeit zum Lesen.«

Sie starrte ihn an. »Wenn Sie Susan gehen lassen, können wir darüber reden.«

»In der Gefängnisbücherei gab es *das* hier.« Er hielt es ihr kurz vor die Nase, dann las er vom Cover ab. »›Szenenwechsel‹, Untertitel: ›Vom Detective Inspector auf der Jagd nach Serienmördern zum Blockbusterregisseur.‹ ›Ein faszinierendes und bewegendes Buch …‹, schreibt der *Scotsman*. ›Ich kann Ihnen dieses Buch nur wärmstens ans Herz legen.‹ *Daily Mail*. ›Absolut großartig.‹ William Hunter.«

Steel räusperte sich. Dann sprach sie mit der gewollt ruhigen und vernünftigen Stimme, die sie manchmal einsetzte, um DCI Rutherford rumzukriegen. »Ich meine es ernst, Jack. Lassen Sie Susan gehen.«

»Er war ein Kollege von dir, nicht wahr, dieser DI Insch? Oh, wenn du wüsstest, was er hier so alles über dich schreibt. Ts-ts.«

»Susan hatte nichts damit zu tun. Das ist eine Sache nur zwischen Ihnen und mir.«

»Ach, fast hätte ich's vergessen: Ich hab meine Lieblingsstelle angestrichen.« Ein Zwinkern. »Das wird dir gefallen.« Er schlug das Buch auf. »›Und dann sagte Ken Wiseman die schrecklichsten Worte, die ich in meinem Leben je gehört hatte. Er würde mir meine kleine Tochter wegnehmen, meine Sophie, und sie an Pädophile verkaufen. Sie würden sich Sophie heranziehen. Und mit ihr machen, was immer sie wollten.‹ Ui-ui-ui...« Er klappte das Buch zu. »Ganz schön hart, wie?«

Fatty McGlatzkopf scharrte mit den Füßen. »Können wir jetzt mal zur Sache kommen, Jacky? Ich werd nämlich langsam ein bisschen ... spitz.«

Wallace sah ihn nicht einmal an. »Behalt ihn noch zwei Minuten in der Hose. Wir haben massig Zeit.« Er ging vor Steel in die Hocke und blickte zu ihrem Gesicht auf, eine Hand auf ihrem Knie. »Siehst du, *dir* habe ich es zu verdanken, dass sie mich mit all diesen Sexualstraftätern zusammengesperrt haben. Und das Komische ist: Pädophile, das sind in der Regel ganz nette Typen. Na ja, abgesehen davon, dass sie kleine Kinder ficken. Und jetzt hast du rein zufällig zwei *wunderschöne* kleine Mädchen.« Er ließ Steels Knie los und fuhr stattdessen mit seinem behandschuhten Finger an der Innenseite ihres Oberschenkels hinauf. »Was schätzt du, wie viel ich für die zwei kriegen werde?«

Susan brüllte hinter ihrem Knebel und warf sich gegen ihre Fesseln und den Stuhl. Der Stuhl wackelte, die Beine hüpften und rutschten vom Teppich aufs Parkett.

Richard ging auf sie zu und versetzte ihr einen solchen

Schlag mit dem Handrücken, dass der ganze Stuhl mit ihr nach hinten umkippte und auf den Boden krachte.

Susan ächzte. Irgendetwas splitterte.

Er rieb sich die Knöchel. »Und bleib nur ja unten, du dreckige Lesbenschlampe! Du kommst schon noch an die Reihe.«

Wallace nahm Steels Gesicht zwischen die Finger und drehte es von Susan weg, zurück zu sich selbst. »So viel Zeit hast du damit vergeudet, mich zu jagen. Aber ich war es ja nie *allein*, nicht wahr? Nee, das ist ein Mannschaftssport. Einer von uns steht auf dem Platz, die anderen drei sitzen auf der Bank und sorgen für das Alibi.« Er deutete auf seinen blutverschmierten Kumpel. »Terry ist derjenige, der es dieser Lehrerin besorgt hat, während ihr Kleiner zuschaute. Saubere Arbeit, Terry.«

Terry starrte Tufty finster an, seine Aussprache feucht und undeutlich. »Der Mistkerl von Bulle hat mir die halben Zähne ausgeschlagen ...«

Gut so.

»Also, wir werden jetzt Folgendes tun: Wir werden ein bisschen Spaß haben. Und dann wirst du mit deinen kleinen Freunden hier baden gehen. Mit Betonklötzen an den Füßen.«

Fatty McGlatzkopf grinste. »Terry hat ein Fischerboot. Und ich hab das hier.« Er griff sich in den Schritt und knetete den Inhalt. »Uuuh, yeah.« Er rubbelte sich durch den Stoff der Hose. »Ich weiß, ihr Lesben lechzt alle nach 'nem richtigen Mann. Nach 'nem schönen harten Schwanz, der euch wieder richtig einnordet.«

Wallace stand auf. »Siehst du? Hab dir doch gesagt, wir werden Spaß haben. Eric macht die Zweitverwertung, Richard ist flotter Dritter, und Terry macht die Viererkette komplett. Was bedeutet, dass *ich* als Erster dran bin.« Er machte seine Hose auf, holte seine Erektion heraus und wedelte damit vor Steels Gesicht herum.

Eric – alias Fatty McGlatzkopf – johlte und klatschte in die Hände, als Wallace näher trat. »Na los, lutsch ihn, du runzlige alte Schlampe. Du weißt doch, dass du's willst. Lutsch ihn!«

Steels Kopf zuckte zurück.

»He!« Eric zog ein fünfzehn Zentimeter langes Jagdmesser aus der Tasche, die eine Schneide gezahnt, die andere blitzend vor Schärfe. »Lutsch ihn, sonst tranchier ich dein trutschiges Lesbenschlampenweib wie 'nen Sonntagsbraten!«

Wallace schwenkte seinen Ständer mit einer Hüftdrehung hin und her. »Und er macht keine Witze. Schon verblüffend, was Eric mit einer Frau anrichten kann. Das ist deine Würde doch nicht wert, oder? Dass dein hübsches Leckschwesterchen ganz zerschnippelt wird?«

Tufty startete noch einen Versuch. Ganz tief geduckt, und dann zack – WIE EIN NINJA!

Er zerrte und zog.

Biss die Zähne zusammen.

Sämtliche Muskeln in seinem Rücken brannten wie Feuer …

Nichts.

Er sackte wieder in sich zusammen. Außer einem Knarren hatte er nichts bewirkt.

Steel senkte den Kopf. Sie schniefte und ließ einen langen, flatternden Atemzug entweichen. Dann nickte sie und machte den Mund auf.

Wallace grinste. »Na also. Wusste ich's doch, dass du scharf drauf bist.« Er nahm seinen Schwanz in einer Hand und fasste sie mit der anderen im Nacken, sodass sie nicht zurückweichen konnte. »Achtung, Flieger setzt zur Landung an …«

Steels Kopf schnellte nach vorne, ihre Zähne schlugen mit

einem hörbaren *Klack!* aufeinander, während sie den Kopf hin und her warf.

Wallace taumelte ein paar Schritte zurück. Er starrte auf ihr blutüberströmtes Kinn, dann auf seinen Schritt hinunter, wo das Blut hervorschoss. Ein hohes, schrilles, pfeifendes Geräusch entrang sich seiner Kehle, und dann ging das Geschrei los. Er kippte um wie ein Sack Kartoffeln, wälzte sich auf dem Teppich zwischen den zwei Sofas und hielt sich den Schritt, während hellrotes Blut zwischen seinen zusammengekrampften Fingern hervorquoll. »AAAAAAAAAAAAAAAH! O GOTT, O GOTT, O GO-HO-HOOOTT!«

Steel spuckte das abgetrennte Stück auf den Teppich vor ihren Füßen. »Wie war ich, *Darling*? Ich dachte, du *magst* es ein bisschen grob!«

Richard schob die Klinge seines Teppichmessers wieder heraus und stürzte sich auf sie.

O nein, nix da!

Tufty ließ seinen Fuß vorschnellen und trat mit aller Kraft seitlich gegen Richards Knie. Irgendetwas da drin machte vernehmlich *knacks*.

Er ging direkt vor Steel krachend zu Boden, kreischte auf und hielt sich sein nunmehr deformiertes Bein. Das Teppichmesser rutschte unters Klavier.

Steel hob schnell den linken Fuß und rammte ihm den Stiefelabsatz ins Gesicht. Einmal. Zweimal. Dreimal. Bei jedem Tritt hörte man die Knochen knacken und knirschen.

Zwei erledigt, blieben noch zwei.

Wallace wälzte sich schreiend am Boden, strampelte mit den Beinen und krümmte sich noch mehr zusammen. »AAAAAAAAAAAAAH! GOTT IM HIMMEL, AAAAAAAAAAAAAAAH!« Der Teppich färbte sich rot von seinem Blut.

»Du bist tot, Miststück!« Eric packte sein Jagdmesser fester und malte mit der Spitze kleine Achter in die Luft, während er fauchend auf Steel zustürmte. »Tot!«

Tufty hob jetzt auch den Fuß und trat fest nach hinten gegen das Bein des Stuhls, an den er gefesselt war – Wallace' Schreie übertönten das Knacken des brechenden Holzes. Noch einmal. Das Bein brach entzwei, der Stuhl kippte seitlich auf den Teppich, der ganze Rahmen knirschte beim Auftreffen. Tufty warf sich vor und zurück, um die Fesseln zu lockern.

Ha – es funktionierte! Sie wurden tatsächlich lockerer. Noch eine Sekunde, und er ...

Ach du Scheiße.

Terry blickte auf ihn herunter, die eingeschlagenen Zähne gebleckt – blutige Stümpfe und zerfetztes Zahnfleisch. Er nahm kurz Anlauf und trat Tufty mit solcher Wucht in den Bauch, dass er mitsamt dem Stuhl auf den Rücken rollte.

Tausend brennende Spinnen krabbelten durch seine Eingeweide, krallten sich ins Fleisch und versengten es. Er atmete pfeifend ein, die Luft wie Glassplitter, die das Feuer noch mehr anfachten.

Dann hockte Terry plötzlich auf ihm, die Knie auf seiner Brust, die Hände an seinem Hals. Und drückte zu. »Findest es wohl komisch, Leuten die Kühlschranktür auf den Kopf zu knallen, wie? Findest du das komisch?«

Da tauchte plötzlich Susan hinter ihm auf, mit einem dieser rostigen alten Golfschläger in den Händen. Blut rann aus ihrem Mundwinkel und tropfte ihr vom Kinn. »Ich bin *nicht* trutschig!« Sie schmetterte ihm den Schläger mit einem schallenden *Donnngggg* auf den Schädel.

Seine Augen verdrehten sich nach innen, dann wurden sie trüb, und dann kippte er nach vorne auf Tufty.

»Mmmmmmmmpf!« O Mann, der Kerl wog eine Tonne!

Tufty sog die Luft durch den Knebel ein, mühte sich mit aller Kraft, ihn abzuwälzen… Aber der Fettsack lag einfach da und drückte ihn in den Teppich. »Mrrnfff mnnng glllngg!«

Aber Susan tat nichts dergleichen. Stattdessen zog sie sich selbst den Knebel aus dem Mund. Dann drehte sie sich um und baute sich vor Eric mit seinem Fünfzehn-Zentimeter-Messer auf.

Sie nahm den Schläger in beide Hände, stellte die Füße schulterbreit und setzte den Schlägerkopf auf den Teppich. »HE, DUMPFBACKE!«

Steel riss die Augen auf. »SUSAN, NEIN! LAUF WEG!«

»Glaubst wohl, mit deinem kleinen Golfstöckchen könntest du dich und deine Freunde retten? Vergiss es.« Eric grinste. Sein Messer glänzte, die Klinge zog ihre Kreise durch die Luft. »Ich schlitz dir die Gedärme auf, und dann…«

»ACHTUNG!« Susan holte aus und schwang den Schläger, *blitzschnell*, mit einer kurzen Hüftdrehung – der Schlägerkopf sirrte in weitem Bogen herab und wieder hinauf und landete genau zwischen Erics Beinen – *WACK* – so fest, dass es ihn kurz von den Füßen hob.

Ooooooooh…

Das *musste* wehtun!

Erics Augen traten aus den Höhlen. Dann ließ er das Messer fallen und taumelte vorwärts, quiekend wie ein Schwein in einem Zementmischer. Tränen strömten ihm übers Gesicht, seine Lippen bewegten sich, aber es kamen keine Worte heraus.

Susan warf ihren Golfschläger auf die Couch und versetzte Eric noch einen Tritt. »Siegerin im Great Hazlehead Ladies Challenge Cup, und das *drei Jahre in Folge*, Motherfunker!«

Blau-weiße Lichter pulsten durch die Dunkelheit und verwandelten alles in ein flackerndes Chaos aus Silhouetten und Reflexen. Drei Streifenwagen und vier Ambulanzen parkten vor Steels Haus und versperrten die Straße, sämtliche Fenster in der Nachbarschaft waren hell erleuchtet, und auf dem Gehsteig verfolgte eine Traube von Menschen in teuer aussehender Freizeitkleidung gebannt das Geschehen.

Logan parkte auf dem nächsten freien Stellplatz, zwei Häuser weiter, und starrte durch die Windschutzscheibe.

Zwei Rolltragen wurden aus dem Haus geschoben, darauf zwei reglose Gestalten, festgeschnallt und mit Sauerstoffmasken im Gesicht. Die Sanitäter rollten sie den Gartenweg hinunter und verfrachteten sie in die wartenden Rettungswagen.

Okay, das war *kein* gutes Zeichen.

Er stieg aus dem Audi und verriegelte die Türen. Dann trabte er auf das Haus zu, während der erste Rettungswagen losfuhr, dicht gefolgt vom zweiten. Mit heulenden Sirenen verschwanden sie in der Dunkelheit.

»Verzeihung …« Logan bahnte sich seinen Weg durch die Schar der Schaulustigen, zog seinen Dienstausweis hervor und zeigte ihn dem uniformierten Beamten, der sie in Schach hielt. »Sind sie noch drin?«

»Inspector McRae?« Der Constable nahm flugs Haltung an. »DI Vine ist leitender Ermittlungsbeamter, die Spurensicherung ist schon vor Ort, DC Goodwin ist Tatortkoordinator, und DCI Rutherford wird gegen zweiundzwanzig Uhr erwartet. Er ist bei irgend so einem Galadinner. Sir.«

»Okay.« Nicht ganz das, was er gemeint hatte, aber egal.

Logan marschierte auf das Gartentor zu. Und wich zurück, als eine dritte Trage auf den Gehsteig hinausgerollt wurde, mit einem dicken, kahlköpfigen Mann, dem die Tränen übers Gesicht liefen. Um seinen Hosenlatz herum war der Stoff rot von Blut. Er gab ein hohes, wimmerndes Schluchzen von sich, als er in den dritten Krankenwagen geschoben wurde. Wieder heulten die Sirenen.

In Steels Wohnzimmer waren die Jalousien geschlossen, doch das Blitzen eines Fotoapparats erhellte den Raum wie ein kleines Gewitter.

Er eilte auf die Haustür zu und musste auf das Kiesbett ausweichen, als eine vierte Trage zur Haustür hinausgewuchtet wurde. Nicht nötig, im Polizeicomputer nachzuschauen, um zu wissen, wer *das* war.

Jack Wallace stöhnte unter seiner Sauerstoffmaske, die Haut weiß wie Papier. Sie hatten ihm Handschellen angelegt und die Hose bis zu den Knien heruntergezogen, eine dicke Lage blutgetränkter Verbandmull war über seinem Schritt festgeklebt.

Der vordere Sanitäter schüttelte sich. »Puh, allein bei der Vorstellung wird einem schon ganz anders, wie?«

Sein Kollege, der von hinten nachschob, meinte: »Zu dumm, dass wir das fehlende Stück nicht finden konnten …«

Sie rollten ihn zur Straße, luden ihn in den Rettungswagen und fuhren davon.

Okay, das war … merkwürdig.

Logan trat über die Schwelle von Steels Haus, und da war DC Goodwin, mit seiner strähnigen Matte und der schiefen Nase. »Was haben Sie hier zu suchen, das ist ein Tat… Oh.« Er nahm sein Klemmbrett unter den Arm und salutierte. »Inspector McRae. Tut mir leid.«

»Ist schon gut, Dougie. Ist Steel noch hier?«

»Ja, Inspector. Sie sind in der Küche.« Er wies zum Ende des Flurs, als ob Logan noch nie hier gewesen wäre. »DI Vine ist bei ihnen.«

Logan blieb, wo er war, und starrte auf Goodwin hinunter. »Und?«

»Äh … DC Quirrel und Steels Frau sind auch da?«

»Nein. Sie sind Tatortkoordinator. Ich muss mich bei Ihnen eintragen, schon vergessen?«

»Ach ja, richtig! Eintragen.« Er hielt Logan Klemmbrett und Stift hin. »Tut mir leid, Inspector. Ich habe es einfach … Tut mir leid.«

Logan schrieb seine Angaben auf das Blatt, dann drückte Goodwin sich flach an die Garderobe, um ihn vorbeizulassen.

Aus der offenen Wohnzimmertür kam das Klacken des Fotoapparats, die Blitze wurden von dem polierten Holzgeländer und den gerahmten Fotos in der Diele reflektiert. Logan riskierte einen Blick.

Vier Kriminaltechniker in voller Tatortmontur maßen, etikettierten und fotografierten Dinge. Was immer hier drin passiert war, es musste brutal gewesen sein: zwei zerbrochene Stühle, ein Gewirr von blauen Nylonseilen, der ganze Perserteppich voller Blut. Im Parkettboden steckte ein Jagdmesser mit Fünfzehn-Zentimeter-Klinge.

Also, das sah wirklich nicht gut aus.

Wie dem auch sei – er konnte es nicht länger vor sich herschieben.

Logan straffte die Schultern und ging den Flur entlang. Noch einmal tief durchgeatmet, dann öffnete er die Küchentür und trat ein.

Susan war auf allen vieren vor dem Kühlschrank und wischte einen Joghurtfleck auf, der an die Hinterlassenschaft eines Riesenvogels erinnerte. Tufty saß auf einem Hocker an der Frühstückstheke und hielt sich eine Tüte tiefgefrorene Erbsen an den Kopf. In seinem Gesicht prangte ein prächtiges Veilchen, ein roter Ring zog sich um seinen Hals, und das eine Handgelenk war bandagiert.

DI Vine stand etwas abseits, in Mimik und Haltung ganz

der strenge Polizeibeamte. »Ich kann nicht glauben, dass Sie ihn glatt abgebissen haben …«

»Urgh …« Steel setzte eine Flasche Smirnoff an, gurgelte, schwappte den Wodka im Mund hin und her und spuckte ihn dann ins Spülbecken. »Erinnern Sie mich nicht dran.« Noch ein Mundvoll. Sie sah Logan an. Spuckte aus. »Du hast dir aber Zeit gelassen.«

»Die Leitstelle sagt, Jack Wallace hätte euch überfallen. Was ist passiert, geht's euch allen gut?«

»Logan!« Susan stand auf. Ihre Lippen waren geschwollen und an einer Seite aufgesprungen, ein beginnender Bluterguss färbte ihre Wange dunkel. Sie wischte sich die Hände an einem Geschirrtuch ab und umarmte ihn. Warm und weich, mit einem leisen Pfirsichduft.

»Jasmine und Naomi?«

»Oh, denen fehlt nichts. Die haben das ganze Drama glatt verschlafen.« Sie drückte ihn noch einmal, dann ließ sie von ihm ab und trat zurück. »So, wie wär's jetzt mit einem schönen Tässchen Tee?«

Vine nickte ihm zu. Ganz förmlich. Argwöhnisch. »Inspector McRae.«

»John.«

»Nun, ich denke, wir sind hier so weit fertig.« Er wandte sich Steel zu. »Kommen Sie morgen aufs Revier, dann machen wir Ihre Aussagen fertig. Und danach haben Sie und Constable Quirrel sich ein paar Tage Urlaub verdient, würde ich sagen.« Er hob eine Hand. »Nein, danken Sie mir nicht. Das ist nur recht und billig.« Dann drehte er sich um und ging mit steifen Schritten zur Tür hinaus.

Steel spuckte noch einen Mundvoll Wodka aus und wischte sich das Kinn mit der Hand ab. »Bla-bla-bla. Dachte schon, er geht nie.«

»Ui-ui-ui!« Tufty wibbelte auf seinem Hocker auf und ab,

während er sich immer noch die Erbsentüte an den Kopf hielt. »Du hättest uns sehen sollen, es war großartig! Jack Wallace wollte Sergeant Steel seinen Pimmel ins Gesicht stecken, und sie so: ›Nix da!‹ Und er so: ›Achtung, Flieger setzt zur Landung an!‹«

»Dieser Schlag auf den Kopf hat wohl keinen plötzlichen Intelligenzschub bewirkt, wie?«

Steel schniefte. »Sag ich doch.«

»... und sie so: ›HAMMM!‹ – und dann Geschrei, und Richard will sie mit einem Teppichmesser aufschlitzen, und...«

»Tufty.« Steel schraubte den Deckel auf den Smirnoff. »Es reicht jetzt, ja?«

Er streckte die freie Hand aus und tat so, als steche er auf jemanden ein. »... aber ich stell ihm ein Bein, und dann kommt Eric mit diesem *riesigen* spitzen Messer, und Terry versucht mich zu erdrosseln, weil ich ihm die Kühlschranktür auf den Kopf geknallt hab...«

Steel warf einen Topfschwamm nach ihm. Daneben. »Tufty!«

»... aber Susan kann sich befreien, und sie hat so einen Satz antike Golfschläger...«

»CONSTABLE QUIRREL!«

»Und ZACK! Und dann...« Der zweite Schwamm traf ihn mitten auf der Brust und hinterließ einen rechteckigen feuchten Fleck auf seinem Hemd. »IIe!«

Sie trocknete sich die Hände. »Es reicht jetzt wirklich, okay? Ich hab's gerade selbst durchlebt, da brauch ich keine detaillierte Zeitlupenwiederholung.«

»Oh...« Seine Schultern sackten ein wenig ab, dann holte er tief Luft und ratterte alles so schnell wie möglich runter: »Und dann ruft sie: ›ACHTUNG!‹ Und BÄNG! Über den ganzen Fairway weg. Hat ihm ein *hole in one* verpasst. Ist aufgeplatzt wie eine zerquetschte Weintraube.«Tufty lehnte sich zurück und lächelte, offensichtlich hochzufrieden mit sich selbst, weil er es bis zum Ende durchgezogen hatte. Dann runzelte er die Stirn. »Mir ist ein bisschen schwindelig. Ist sonst noch wem ein bisschen schwindelig?«

Der hintere Teil des Gartens verlor sich in der Dunkelheit. Vorne war das kurz gemähte Gras mit Spielsachen übersät, lauter knallbunte Plastiklandminen, die auf unvorsichtige Füße lauerten. Die Heckenkirsche blühte und erfüllte die Luft mit dem klebrigen Duft von warmem Honig.

Steel hatte sich auf die Gartenbank beim Spielhaus gepflanzt und paffte ihre E-Zigarette, die ihre eigene kleine Nebelbank mit Erdbeeraroma produzierte.

Logan stellte einen dampfenden Becher vor sie hin und setzte sich auf die Bank gegenüber. »Trink dein Horlicks.«

»Hmm.« Sie beugte sich vor und schnupperte daran. »Hättest ja wenigstens einen Schuss Whisky reintun können.«

Er starrte in die Bäume. »Geht's dir gut?«

»Gut?« Sie lachte kurz auf, dann schlürfte sie einen Schluck von der Malzmilch. »Jemand hat gedroht, meine Frau zu vergewaltigen und meine Kinder an Pädophile zu verkaufen, und hat mir seinen Schwanz in den Mund gesteckt. Was schätzt *du* denn?«

»Die Sache hat auch ihr Gutes – er wird das nie wieder tun. Jack Wallace' Tage als Vergewaltiger sind vorbei. Wenn er je aus dem Gefängnis entlassen wird, kann er mit dem zerfetzten Stummel, den du ihm gelassen hast, keinen Schaden mehr anrichten.« Logan riskierte einen Blick. Auf ihren Zügen lag ein *sehr* fieses Lächeln. »Du weißt, dass sie es wahrscheinlich wieder hätten annähen können, nicht wahr?«

»Ich werde mich nie wieder darüber beklagen, dass Susan zu viel Zeit auf dem Golfplatz verbringt.«

»Wenn sie das Stück gefunden hätten, das du abgebissen hast.«

»Du hättest sie sehen sollen, Laz – sie war großartig. Eine Amazone mit einem Eisen sechs. *Wonder-Susan!*«

Ein riesiger, pelziger Kater kam aus der Dunkelheit herbeispaziert und zog seinen dicken grauen Schwanz wie eine Rauchwolke hinter sich her. Er strich schnurrend um Logans Beine, dann tat er das Gleiche bei Steel. Er setzte zum Sprung an und landete mit seinen großen weißen Pfoten auf den Picknicktisch.

Steel kraulte ihn hinter den Ohren. »Hast du Hunger, Mr Rumpole? Ja?«

»Es wird eine interne Ermittlung geben – bleibt uns gar keine andere Wahl nach dem Gemetzel hier heute Abend –, aber du hast absolut nichts zu befürchten. Versprochen.«

»Wo ist er denn, mein hungriger kleiner Bursche?« Sie stand auf und hob Mr Rumpole ächzend hoch. »Pfff… Boah, du bist ja ein richtiger Fettkloß.« Er hing in ihren Armen wie ein pelziger Kartoffelsack. Der rauchgraue Schwanz zuckte, als sie ihn durch die Terrassentür in die Küche trug und auf die Frühstückstheke plumpsen ließ.

Logan hob die Becher wieder auf und folgte Steel ins Haus. Er räusperte sich, während sie eine Tüte Katzenfutter aus dem Schrank nahm und aufriss. »Roberta, ich…«

»Sag's nicht. Okay?« Sie sah ihn nicht an, als sie in die Hocke ging und das Futter in Mr Rumpoles Napf drückte. »Ich weiß schon.«

»Aber…«

»Du hast mich nicht verpfiffen, weil du ein mieser Verräter bist. Du hast mich verpfiffen, weil ich im Unrecht war. Ich hätte Jack Wallace niemals etwas anhängen dürfen, ganz gleich, was für ein dreckiges Vergewaltigerschwein er ist. Ich habe Mist gebaut. Wenn ich mich an die Regeln gehalten hätte, wäre er nicht hierhergekommen. Ich habe Susan, Jasmine und Naomi in Gefahr gebracht.« Sie trat auf das Pedal des Mülleimers und warf die leere Tüte hinein. »Du hattest recht, und ich hatte unrecht.«

Roberta Steel gab zu, dass sie unrecht hatte?

Du liebe Zeit, das war ja etwas ganz Neues.

Er legte ihr eine Hand auf die Schulter. »Es tut mir wirklich total leid, dass es so gelaufen ist, wie es gelaufen ist.«

»Mir auch.« Sie seufzte, dann drehte sie sich zu ihm um. Sie breitete die Arme aus, und ihre Stimme stockte ein wenig, als sie sagte: »Na, komm schon, du Riesenbaby.«

Er umarmte sie, und sie drückte ihn so fest, das seine Rippen knacksten.

Steel schniefte. Sie ließ von ihm ab und wischte sich mit dem Handballen die Augen. »Gah …«

Logan lächelte. »Eine Umarmung *und* Tränen? Du bist einfach ein totaler Softie, stimmt's?«

»Wenn du jemals *irgendwem* erzählst, was ich gerade gemacht habe, kastrier ich dich auch.« Sie griff in ihre Hosentasche und ließ einen kleinen, schrumpeligen, blutigen Fleischfetzen auf das Katzenfutter fallen. Dann hob sie Mr Rumpole von der Frühstückstheke herunter und setzte ihn vor seinen Napf. »Fressi ist fertig!«

Sie sahen schweigend zu, wie er alles hinunterschlang.

Als der Napf leer war, klatschte Steel in die Hände. »So. Wie wär's, wenn wir jetzt den Whisky aufmachen?«

IV

»BLEIBST DU WOHL STEHEN!« Roberta drängelte sich durch ein Rudel von Schwachköpfen in Hoodies und klobigen Turnschuhen.

»Hey, pass doch auf, Oma!«

»›Oma‹ – haha, das ist gut, Baz!«

Idioten.

Die Union Street war gesteckt voll mit Passanten – Alte, Junge, Männer, Frauen, Reiche, Arme –, und alle waren sie VERDAMMT NOCH MAL IM WEG!

Der rote Hoodie entfernte sich immer weiter, rempelte Familien und Senioren zur Seite, während Roberta knöcheltief in einem Sumpf von Volltrotteln feststeckte.

Billy Moon blickte sich zu ihr um, johlte und streckte ihr die Zunge raus, dann flitzte er um die Ecke in die Market Street.

Frecher Rotzbengel.

Sie biss die Zähne zusammen und setzte ihm nach.

Tufty half dem Alten auf die Füße. Graue Haare und feuchte Augen – die Iris von einem hellgrauen Ring umgeben. Fertigmahlzeiten von Marks & Spencer lagen auf dem Gehsteig verstreut, von einer Flasche Rotwein waren nur noch rundliche grüne Scherben übrig. »Haben Sie sich wehgetan?«

»Er hat meine Brieftasche und mein Handy!« Der Mann schwenkte eine zittrige Faust in Richtung der anderen Straßenseite, wo Steel und der rote Hoodie von Billy Moon sich rapide bergab entfernten. »Du kleiner Scheißkerl! Komm her, ich versohl dir den Arsch!«

»Bleiben Sie hier!«

Und Tufty rannte los über die Straße, wich flink den Autos aus und schlug sich bis zur anderen Seite durch. Steel und Billy Moon preschten schon die Market Street hinunter, aber Tufty hatte eine geniale Idee. Anstatt ihnen zu folgen, machte er kehrt und lief die Union Street hinauf in Richtung Trinity Centre.

Es war Zeit für einen cleveren Plan.

Billy Moon schlug einen Haken nach rechts und trappelte die Stufen zum Aberdeen-Market-Einkaufszentrum hinunter, einem flachen grauen Block mit dem ganzen Charme eines überdimensionalen Katzenklos.

Die Sohlen seiner Turnschuhe quietschten auf dem Boden, als er durch die Automatiktür im Gebäude verschwand.

Roberta packte das Geländer, schwang sich um die Kurve und lief die Treppe hinunter, ihm nach. Durch die Tür und hinein in ein Labyrinth aus kleinen budenartigen Geschäften.

Sie zog ihr Handy aus der Tasche und tippte im Laufen mit dem Daumen auf dem Display.

»*Leitstelle.*«

»Wo bleibt meine Verstärkung, verdammt noch mal?«

Vorbei an Läden, die Handys entsperrten oder witzige Luftballons vertickten oder Unterhosen im Sechserpack verkauften.

»*Ich hab's Ihnen schon mal gesagt: Für Ladendiebe schicken wir keine Verstärkung!*«

Zu nichts zu gebrauchen, diese Flitzpiepen.

Sie steckte das Handy wieder ein und rauschte an einem Geschäft mit selbstgemachtem Schmuck vorbei, einem Laden für alte Elektrogeräte, einem Tattoostudio, einem Lebensmittelladen...

Sie konnte Billy in der Ferne gerade noch ausmachen: Lachend rempelte er sich den Weg frei und hinterließ eine Spur aus gestürzten Rentnern und ihren verstreuten Einkäufen.

Arrgh...

Roberta sprang über ein altes Mütterchen hinweg, das inmitten von einem Dutzend Packungen Spitzenunterwäsche am Boden lag, während ein Gelege von Luftballons mit der Aufschrift »HAPPY HEN NIGHT!« gegen die Deckenfliesen stieß – die Hälfte davon wie Pimmel geformt.

Und weiter. Um die Ecke.

Vor ihr tat sich ein zweigeschossiges Atrium auf, eine Treppe führte zum Untergeschoss. Billy Moon war schon auf halbem Weg nach unten.

Tufty hielt sich an der Mauerkante der Thorntons-Filiale fest, schwang sich um die Ecke auf die Back Wynd Stairs und rannte, immer zwei Stufen auf einmal nehmend, hinunter zum Green, die Arme ausgestreckt, um das Gleichgewicht zu halten, den Mund weit aufgerissen. »Aaaaaaaaaaaaaaah!«

Heilige Mutter Ottos, war das *steil*!

Die Granitstufen waren in der Mitte abgetreten, übersät mit Kaugummis, überzogen mit rotzgrünem Moos und Algen, aber sie waren trotzdem noch hart und scharfkantig genug, um einen Schädel aufplatzen zu lassen wie einen vollen Joghurtbecher.

Ein kurzer Absatz, und dann ging es wieder steil bergab.

»Aaaaaaaaaaaaaaaaaaaaaaaah!«

Billy Moon setzte mit einem angeberischen Drehsprung über das Treppenhausgeländer hinweg, landete auf der Kante eines großen hölzernen Blumentopfs und schlug einen Salto rückwärts. Mit quietschenden Sohlen kam er zum Stehen, die Arme in die Höhe gereckt, die Fäuste geballt, die Mittelfinger gereckt, ein Feixen im Gesicht.

Na warte, Bürschchen.

Roberta polterte die Stufen hinunter.

Er wich langsam zurück. Aber nein, das stimmte gar nicht: Der arrogante Mistkerl bewegte sich im *Moonwalk* rückwärts und ließ sie absichtlich ein wenig aufholen.

Na, wenn sie den erwischte, würde sie die Spitze von Mrs Stiefel Bekanntschaft mit dem dunklen und stinkigen Teil von Mr Arschloch machen lassen!

Er formte die Hände zum Megafon. »Na los, Oma, du schaffst das!«

Was fiel den ganzen Leuten ein, sie »Oma« zu nennen? Sie *war* keine Oma, verdammt noch mal! Bei *Weitem* nicht alt genug, so fing's schon mal an! Und das würde Billy-die-rotzfreche-Flitzpiepe gleich rausfinden!

Roberta legte einen Zwischenspurt ein und flog die letzten Stufen zum Untergeschoss hinunter.

»Hu-*huuuuu*!« Er drehte sich um und stürmte zum Ausgang hinaus.

Sie rannte mit klappernden Absätzen durch das Atrium und hinaus auf den Green.

Der Fahrer eines Mondeo Kombi legte eine Vollbremsung hin und kam mit quietschenden Reifen auf dem Kopfsteinpflaster zum Stehen, während Billy Moon an der Motorhaube vorbeitänzelte und dem Fahrer lachend den Stinkefinger zeigte. Der Mondeofahrer hupte wütend.

Aber Billy war schon wieder auf und davon.

Roberta schnaufte und keuchte, der Schweiß rann ihr in

Bächen zwischen den Brüsten und den Pobacken hinunter. Bei jedem Schritt bohrte sich ein kleines spitzes Messer zwischen ihre Rippen.

Sie war nicht zu alt für so was. Sie war nur ... zu wichtig.

Unverschämten kleinen Langfingern hinterherzujagen war ein Job für Detective Constables, nicht für Detective Sergeants.

Und wo zum Teufel war Tufty, wenn man ihn mal brauchte?

Das war *sein* verdammter Job!

Argh ...

Roberta trabte schwerfällig hinter Billy Moon her, aber sie wurde langsamer, und er entfernte sich immer weiter – blickte sich im Laufen um, johlte und feixte.

Jung, schnell und absolut unmöglich zu ...

Tufty tauchte hinter der Restaurantterrasse in der Mitte des Green auf, streckte einen Arm aus, und *RUMMS* – Billy wurde jäh gestoppt, mit einer sauberen Clothesline, auf die jeder Wrestler stolz gewesen wäre.

Seine Beine schossen unter ihm weg, der Hintern schwebte kurz einen guten Meter über dem Pflaster, als ob die Schwerkraft nicht existierte. Dann setzte sie wieder ein, er fiel wie ein Stein und landete krachend auf seinem Rucksack. Stöhnend blieb er liegen.

Sie wankte auf ihn zu, beugte sich vor und stützte die Hände auf die Knie, hustete sich die Lunge aus dem Leib. »Aaaaaaaah ... Seitenstechen ...«

Tufty hüpfte auf und ab wie eine dünne, hässliche Version von Rocky auf den Stufen des Kunstmuseums. »Juhuu, gewonnen!«

»Idiot ... Ahhh ... Verdammte Flitzpiepe ...« Noch ein Hustenanfall. »Argh ...«

Er zog Billy hoch. »William Moon, ich verhafte Sie gemäß Paragraf vierzehn des …« Tufty verstummte, als Billys Unterlippe zu zittern begann und ihm die Tränen übers Gesicht liefen. Zwei glänzende Rotzbahnen zogen sich über seine Oberlippe.

»Herrgott noch mal.« Roberta richtete sich auf. »Was bist du denn für ein Waschlappen?«

Das ganze arrogante »Ich-bin-jung-und-unbesiegbar«-Gehabe war schlagartig verschwunden, und zurück blieb nur ein armseliger kleiner Junge. Wie alt war er – zehn? Vielleicht elf, wenn's hochkam.

Alles andere als der Profigangster, für den er sich hielt.

Das Schluchzen wurde lauter, feuchter und rotziger.

Tufty trat von einem Fuß auf den anderen. »Vielleicht dieses eine Mal …?«

Ein zehnjähriger Junge, der sich hier auf dem Pflaster von Aberdeen die Augen ausheulte.

Ach, was soll's …

Sie seufzte. »Na, dann machen Sie mal.«

Er durchsuchte Billys Taschen und förderte Mobiltelefone, Brieftaschen und Uhren zutage, die er in den Rucksack steckte. Dann nahm er Billy den Rucksack ab und warf ihn sich über die Schulter. »Das ist alles konfisziert.«

Billy blinzelte ihn an und schniefte. Er wischte sich die glänzende Nase mit dem Ärmel ab. »Es tut mir leid, Mister.«

»Und hör auf, Leute zu beklauen! Willst du vielleicht so enden wie dein Kumpel Charlie Roberts?«

Er schüttelte den Kopf und schluchzte noch ein bisschen mehr.

Tufty wies auf die Straße hinter ihm. »Na, dann ab mit dir, Freundchen.«

Billy starrte ihn nur an. Er schniefte wieder. Blickte sich in die Richtung um, in die Tufty zeigte, und rannte los, so schnell er konnte. Die Sohlen seiner Turnschuhe klatschten aufs Pflaster, er schwang die Arme, als er im Tunnel unter dem St. Nicholas Centre verschwand. Genau wie beim letzten Mal.

Aus der Dunkelheit hallte seine Stimme: »SEE YOU LATER, MASTURBATORS!«

Und weg war er.

Roberta steckte die Hände in die Hosentaschen. »Wieso werde ich das Gefühl nicht los, dass wir gerade ganz schön naiv gewesen sind?«

Schulterzucken. »Weil's wahrscheinlich so ist. Vielleicht sollten wir…« Die Titelmelodie von *The Sweeney* tönte aus seiner Hosentasche, und er zog das Handy hervor. Er registrierte ihren Blick und meinte: »Was denn – haben Sie vielleicht ein Monopol auf Klingeltöne von alten Fernsehserien?« Er nahm den Anruf an. »Kate?« Ein Grinsen. »Ach ja…«

Oh, noch einmal so jung, dumm, schlaksig und verliebt sein.

Er entfernte sich ein paar Schritte. »Tatsächlich? Das ist ja toll. M-hm.… Ja.… Ich weiß…«

Roberta fischte ihr eigenes Handy aus der Tasche und scrollte durch ihre Textnachrichten. Die von Logan war noch da.

> Wegen Jasmines Party: Ich kann eine Hüpfburg besorgen, wenn ihr wollt?
> Ein Bekannter von mir hat eine, die wie ein Piratenschiff aussieht, und er macht uns einen guten Preis.

Sie lächelte und tippte eine Antwort.

> Perfekt – das wird prima zu dem Zombie-Thema passen.
> Und vergiss nicht, VIEL Alk mitzubringen. Wird ein LANGER Tag.

Senden.

Als sie aufblickte, stand Tufty da und strahlte sie an. »Das war Kate. Sie sagt, Mrs Galloway wird heute aus dem Krankenhaus entlassen. Wir fahren hin und kümmern uns drum, dass mit ihrem Umzug ins betreute Wohnen alles glattläuft. Wollen Sie mitkommen?«

»Warum nicht?«

Sie gingen langsam zurück zum Aberdeen Market.

Roberta kickte eine leere Plastikflasche über das Kopfsteinpflaster. »Und behält Agnes nun das Auto, oder verkauft sie es?«

»Sie verkauft es. Selbst gebraucht ist es noch um die dreißigtausend wert.« Er nahm den Rucksack auf die andere Schulter. »Sarge, wegen dem Auto ...?«

Ihr Magen gab ein dezentes Knurren von sich. »Oh. Ich glaub, ich brauch ein bisschen was zum Schnabulieren.«

»Ja, aber wegen dem Auto und dem Geld und der Uhr. Big Jimmy Grieve ...« Er verzog das Gesicht. »Sind wir ihm jetzt einen Gefallen schuldig? Weil, ich will nicht einem Gangster einen Gefallen schulden.«

»Tufty, Sie Dummerchen – Mr Grieve ist kein Gangster, er ist ein Ex-Cop. Der erste DI, für den ich gearbeitet habe. Also, *der* Mann verträgt wirklich einen ordentlichen Stiefel. Ich könnte Ihnen Geschichten erzählen, da stellen sich Ihnen die Schamhaare auf.«

»Oh, Gott sei Dank.« Tufty sackte ein wenig zusammen. »Ich dachte, das läuft auf so eine Art *Pate*-Deal hinaus.« Er zuckte zusammen, als ihr Magen wieder grollte. »Zurück aufs Revier zu Tee und Keksen?«

»Das ist heute der erste vernünftige Vorschlag aus Ihrem Mund.«

»Es ist ja sicher fast schon Zeit für die Zehn-Uhr-Pause.« Er sah auf seine Uhr. »Wir können ...« Seine Augen weiteten sich, als er auf den blassen, behaarten Hautstreifen an seinem Handgelenk starrte. Er streifte den anderen Ärmel zurück und starrte auf das Handgelenk auf dieser Seite. Dann wieder auf das linke. »Die miese kleine Flitzpiepe hat meine Uhr geklaut!« Er rannte los, auf den Tunnel unter dem St. Nicholas Centre zu. »KOMM SOFORT ZURÜCK, DU DIEBISCHER MISTKERL, DU!«

Siehst du? *Das* hast du davon, wenn du nett zu den Leuten bist.

Roberta schüttelte den Kopf. »Ganz schön naiv.« Dann trottete sie hinter ihm her.

Denn er mochte zwar eine hoffnungslose kleine Nulpe sein, aber er war *ihre* hoffnungslose kleine Nulpe.

Und es gab Tage, da kam es allein darauf an.

DAS
AUF-WIEDERSEHEN-KAPITEL

in welchem sich Stuart bei einigen Leuten bedankt,
die ihm geholfen haben

Mein Dank geht an: Fiona (Mit-Pferdestehlerin, Teemacherin und frechere Hälfte aus Fife) – sie weiß, wofür; Grendel (flauschige Katze, Muse und Beraterin für die blutrünstigen Passagen); Beetroot (kleines samtiges Kätzchen) für ihre aufrichtigen Bemühungen, alle Wörter vom Bildschirm wegzuschnappen, während ich sie tippte; Susan Calman (Top-Stand-up-Comedian, Autorin und komische Person bei Radio 4) für die Erlaubnis, den Spruch mit den »Liebesschaukeln und Dildos« zu zitieren; Chuck Imisson (Buchhändler der Extraklasse und Frontmann von *Death Watch*) für die Inspiration für das »Wort-des-Tages«-Spiel des CID-Teams; Charlie Morrison (Technikguru), der mehr als einmal meine Rettung gewesen ist; Allan Buchan (alias Allan Guthrie, hervorragender Autor von *richtigen* Tartan-Noir-Romanen) für seine vielen Anregungen und Rückmeldungen zu diesem Buch und den darin enthaltenen Kapriolen; Terence Caven (Held der Herstellung) für seine Geduld mit meinen Oldcastle-Stadtplan-induzierten Schnapsideen; Sergeant Bruce »Brucie« Crawford (preisgekrönter Polizei-Tweeter) der nach wie vor ein Quell umfassenden Wissens ist; allen bei HarperCollins, aber ganz besonders Sarah Hodgson (leidgeprüfte Lektorats-Guruine mit Engelsgeduld, die seit Jahren meinen ganzen Schmarrn ertragen muss), Jane Johnson, Julia Wisdom, Jaime Frost, Anna Derkacz, Sarah Collett, Charlie Redmayne, Roger Cazalet, Kate Elton, Hannah Gamon, Sarah Shea, Damon Greeney, Finn

Cotton, der adleräugigen Rhian McKay, Marie Goldie und der wilden Affenbande vom DC Bishopbriggs; Phil Patterson und dem Team von Marjacq Scripts. Und alle, die in einer Buchhandlung oder Bücherei arbeiten, haben auch ein dickes, fettes Dankeschön verdient – denn wie oft sind sie es, die in den Menschen Begeisterung für Bücher erwecken. Ihr seid alle gigantisch fabulös!

Und last, aber ganz bestimmt nicht least, möchte ich den Hut vor Ihnen ziehen: dem Menschen, der dieses Buch liest. Ohne Leserinnen und Leser gäbe es keine Schriftsteller, Büchereien, Buchhandlungen oder Verlage. Und was wäre das denn für eine doofe, stinklangweilige Welt?